天才小毒妃

천재소독비 7

ⓒ지에모 2019

초판1쇄 인쇄	2019년 6월 7일
초판1쇄 발행	2019년 6월 18일

지은이	지에모 芥沫
옮긴이	전정은

펴낸이	박대일
편집	이문영 · 임유리 · 신지연 · 전보라 · 신지은
마케팅	임유미 · 손태석
디자인	박현주
일러스트레이션	우나영

펴낸곳	파란미디어
출판등록	2004년 9월 14일 제313-2004-00214호

주소	03992 서울시 마포구 동교로23길 14 국제빌딩 6층
전화	02.3141.5589 영업부 070.4616.2012 편집부
팩스	02.3141.5590
전자우편	paranbook@gmail.com
카페	http://cafe.naver.com/paranmedia
페이스북	http://www.facebook.com/paranbook

ISBN	978-89-6371-671-8(04820)
	978-89-6371-656-5(전26권)

천재소독비

7

天才小毒妃 지에모芥沫 지음 · 전정은 옮김

파란

차례

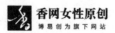

군어君語, 금 소리는 임의 말소리

한운석과 용비야가 마차에서 내리자 목령아는 벌떡 일어나 한운석에게 달려왔다.

용비야에게 넋이 빠져 정신을 못 차리는 여자를 숱하게 본 한운석에게 용비야를 거들떠도 보지 않는 여자는 처음이었다.

"한운석, 칠 오라버니는 어디 있어?"

목령아가 직접적으로 물었다. 그녀가 내내 도성에 남았던 까닭은 칠 오라버니 때문이었다. 한운석을 밀어낸 일로 칠 오라버니가 찾아와 따질 것이라고 생각했는데 예상과 달리 아무리 기다려도 나타나지 않았다.

아버지가 찾아와 진왕부에서 풀려난 후 목령아는 내내 진왕부에서 가장 가까운 객잔에 묵었고, 칠 오라버니를 만날 수 있기를 기대하며 진왕부 정문이나 후문에서 기다리곤 했다.

하지만 애석하게도 늘 실망한 채 돌아서야 했다.

"내게 맡겨 놓은 것도 아닌데 내가 어떻게 알아?"

한운석이 웃으며 물었다.

목령아는 말문이 막혔지만 다시 물었다.

"칠 오라버니가 널 찾아왔었어?"

멍청하긴, 용비야 앞에서 그런 말을 물으면 어떡해? 설사 고칠소가 찾아왔었다 해도 그렇다고 할 수는 없잖아!

목령아는 용비야를 쳐다보지도 않았지만, 용비야 역시 똑같이 그녀를 무시한 채 한운석의 손을 잡고 계속 걸었고 한운석도 따라갔다.

그런데 목령아는 대담하게 용비야 앞을 가로막았다.

"당신이 칠 오라버니를 해쳤어!"

목씨 집안 후원의 대나무 숲에서 벌어진 일 때문에 아버지가 그녀에게 어찌된 일이냐고 물었고, 그 덕분에 그녀도 고칠소가 용비야의 발길질을 당해 물에 빠졌다는 것을 알게 되었다.

사실 아버지는 그녀가 대나무숲에서 뭘 하는지 암암리에 감시해 왔지만 그녀는 전혀 알아차리지 못하고 있었다. 게다가 바보처럼 아버지에게 고칠소에 관한 모든 것을 솔직하게 털어놓았고, 자신이 고칠소를 좋아한다는 것까지 말했다.

"꺼져라."

용비야가 싸늘하게 말하자 목령아도 마침내 그 기세에 눌려 순순히 한발 물러났다. 그래도 입으로는 여전히 뻣뻣하게 굴었다.

"한운석, 칠 오라버니가 한 일은 다 너를 위해서였어. 오라버니에게 무슨 일이 생기면 네가 책임져!"

그녀는 이 말만 하고 돌아서서 성큼성큼 떠났다.

목령아는 칠 오라버니가 나타나기 전까지 계속 한운석을 쫓아다니기로 결심했다. 칠 오라버니는 반드시 한운석을 찾아올 것이라고 굳게 믿었다.

사실 목령아가 알려 주지 않았더라도 한운석은 줄곧 고칠소를 걱정하고 있었다. 확실히 너무 오랫동안 소식이 없었고, 상처가 어떤지도 걱정스러웠다.

고칠소뿐 아니라 벙어리 노파 문제도 있었다. 용비야는 초서풍에게 사람을 동원해 수색하게 했지만 여태 소식이 없었다.

그 높은 절벽에서 떨어졌으니 시체가 없어도 이상하지 않지만, 그래도 한운석은 시체를 찾지 못했다는 이유로 벙어리 노파가 죽었다는 사실을 받아들이지 않았다.

부용원으로 돌아왔을 때는 이미 한밤중이었다. 두 사람이 함께 꽃밭에 난 길을 걷는 것이 벌써 몇 번째인지 몰랐다.

깊고 조용한 밤 달빛이 망사처럼 얇게 내려앉은 가운데 용비야는 그녀를 데리고 천천히 걸음을 옮겼다. 여기서는 시간도 느려지고 모든 것이 유난히 아름다워졌다.

"한운석, 금 연주를 할 줄 아느냐?"

용비야가 불쑥 물었다.

금 연주?

연주라는 말이 너무 거창하게 느껴져서 한운석은 뭐라고 대답해야 할지 몰랐다.

"연회에서 실컷 듣지 않았어요?"

그녀는 웃으며 반문했다.

그녀가 아무리 눈부시게, 아무리 즐겁게 웃어도 그는 늘 싸늘했다.

웃음이 서로 감염된다는 말이 진짜 사실인지 의심스러웠다.

"별 뜻 없이 물은 것이다."

용비야가 담담하게 말했다.

"듣고 싶으면 별 뜻 없이 타 볼게요."

한운석은 여전히 웃고 있었다. 그의 쌀쌀함에는 이미 익숙한 데다 오늘 밤은 기분이 무척 좋았다.

그녀는 반주할 줄도 모르고 고대 악보를 볼 줄도 모르지만, 명곡 몇 곡 정도는 탈 줄 알았다.

오늘 밤 정말 초청가와 시합을 했다면 반드시 지지는 않았을지도 모른다.

다만 더 좋은 방법이 있으니 당연히 그걸 쓴 것뿐이었다. 진왕비라는 신분이 있는데 사람들 앞에서 재주를 부리듯 연주하고 싶지는 않았다.

연회 자리에는 권세가들이 가득했지만, 그녀의 금을 들을 자격이 있는 사람은 얼마 되지 않았던 것이다.

"본 왕이 진지하게 듣는다면 진지하게 연주하겠느냐?"

용비야가 흥미로운 듯 물었다.

한운석은 고개를 들다가 보기 드물게 웃음을 띤 용비야의 눈동자와 마주쳤다. 희미하고 보일락 말락 웃는 듯 마는 듯한 그 웃음은 고요한 달빛 아래에서 유난히도 깊고 매혹적이었다.

그녀는 대책 없이 멍청하게 빠져들었다. 이 인간도 오늘 밤은 기분이 좋은 모양이었다. 그의 웃음을 보는 게 얼마만인지 기억도 나지 않았다.

"네!"

한운석은 진지하게 고개를 끄덕였다. 그녀는 초청가처럼 많은 사람들 앞에서 연주하는 것이 아니라 오로지 한 사람을 위해 연주하는 것이었다.

용비야는 그녀를 데리고 운한각이 아닌 침궁 쪽으로 향했다.

한운석은 처음 왕부에 왔을 때 용비야의 이 신비한 침궁을 한 번 둘러보았기 때문에 돗짚자리로 꾸민 다실에 진귀한 고금이 있다는 것을 알고 있었다. 하지만 왕부에 온 지 1년이 다 되어가도록 금 소리를 들어 본 적은 없었다.

용비야가 몸소 차를 끓여 신선한 차 향기가 은은히 퍼지고, 한운석이 손을 씻고 향을 피워 맑은 향이 모락모락 솟았다.

분명히 차인데도 용비야의 동작은 마치 술을 따르는 것 같았다. 이미 폭이 넓은 하얀 평복으로 갈아입은 그는 돗짚자리 위에 편안하게 앉아 차를 마셨다.

지금의 그는 차가움이 다소 가시고 약간 느슨해진 모습이었다. 창가에 자리를 잡고 앉은 덕분에 달빛이 몽롱하게 몸에 내려앉아 마치 산선散仙(하늘에서 관직을 맡지 않아 자유롭게 지내는 신선) 같았다.

한운석은 못나게도 그의 모습에 완전히 넋이 빠졌다. 이렇게 오래 함께 지냈지만 이렇게 느슨한 모습은 처음이었다.

이것이 그녀가 모르는 그의 모습일까, 아니면 술을 많이 마셔 취기가 돌아서 그런 걸까?

갑자기 용비야가 뜨뜻미지근하게 말했다.

"한운석, 언제까지 보고 있을 셈이냐."

한운석은 처음에는 멍해졌지만 곧 정신이 들어 황급히 시선을 돌리며 뭐라고 대답해야 할지 몰라 허둥거렸다.

보고 있도록 가만 내버려 뒀으면서!

한운석이 귀뿌리까지 빨갛게 물들이자 용비야의 눈동자에 웃음기가 떠올랐지만 곧 사라졌다.

한운석은 현을 살며시 만지며 생각나는 대로 화제를 돌렸다.

"이 금은 이름이 뭐죠?"

"군어君語."

용비야가 담담하게 대답했다.

그 이름이 무척 아름답다는 생각이 들었다. 한운석은 '군어'라고 중얼거리면서 현을 퉁겨 〈양축梁祝〉이라는 곡을 연주했다. 구성진 금 소리가 높아졌다 낮아졌다 하면서 은은히 퍼져 나갔다. 흐느끼는 것 같기도 하고 하소연하는 것 같기도 한 소리가 마치 오랜 세월 변치 않는 사랑 이야기를 가만가만 들려주는 듯했다.

한운석 자신도 왜 이 곡을 골랐는지 몰랐다. 어쩌면 '군어'라는 이름 때문일지도.

군어, 임의 말. 금 소리는 곧 임의 말소리였다.

금 소리를 들으면 꼭 임이 말하는 것 같다니, 얼마나 크나큰 그리움인가?

용비야는 한 손으로 얼굴을 받치고 조용히 귀를 기울였다.

그는 내내 한운석을 바라보고 있었다. 진지하게 연주를 듣는 것 같지만 사실은 진지하게 그녀를 보고 있었고, 홀린 듯 연주를 듣는 것 같지만 사실은 홀린 듯 그녀를 바라보고 있었다.

그는 그렇게 진지하게, 그녀의 고운 눈썹, 오뚝한 콧날, 빨간 입술, 눈을 내리뜨고 집중하는 표정, 그리고 보라색 옷을 입은 몸에서 흘러나오는 존귀함과 기품을 바라보았다.

사냥감을 살피듯 자세히 살피는 것 같기도 했고, 한편으로는 진귀한 보물을 보듯 조사하는 것 같기도 했다.

그렇게 바라보는 동안 그의 눈빛이 점점 무거워지고 가라앉았다. 마치 남모르는 비밀을 많이, 아주 많이 숨기고 있는 사람처럼.

자신을 향한 그의 마음이 지금 이 눈빛처럼 너무나 많은 것이 뒤섞이고 묵직하게 가라앉아 있다는 것을, 그녀는 알지 못했다.

한운석은 고개를 숙이고 계속 현을 퉁기느라 용비야가 사실은 연주를 듣지 않고 자신을 바라보고 있다는 것도 깨닫지 못했다.

마지막에 이르러 금소리가 아득하게 그치자 그녀도 그제야 고개를 들었다. 그녀 자신마저 〈양축〉의 구슬픔에 푹 빠져 있었다.

그때 용비야는 이미 눈동자에 떠올랐던 감정을 모두 거두고 평소의 말없고 싸늘한 모습으로 돌아가 있었다.

"그 곡의 제목이 무엇이냐?"

용비야가 물었다.

"〈양축〉이에요. 내가 쓴 것이 아니라 유명한 곡이에요."

"〈양축〉? 무슨 뜻이지?"

용비야가 궁금해하며 물었다.

한운석은 〈양축〉의 이야기(양산백과 남장한 축영대가 서당에서 함께 공부하다가 정을 키우지만 축영대의 정해진 혼사 때문에 결국 이루어지지 못하는 비극적인 사랑 이야기)를 간단하게 들려준 뒤 웃으며 말했다.

"전하, 전하께서 양산백이었다면 어떻게 하셨을까요?"

뜻밖에도 용비야는 차갑게 대답했다.

"본 왕은 그렇게 약하지 않다!"

한운석은 말문이 막혔다. 하긴, 이 인간이 아무리 기분이 좋다고 해도 이런 유의 이야기를 할 상대는 아니지. 정말 안 어울려!

용비야는 차를 몇 잔 더 마신 뒤에야 평가를 내렸다.

"음, 훌륭했다."

한운석은 말이 없었다. 이 인간이 진짜 금 연주를 들으려고 한 것이 아니라는 생각이 어렴풋이 들었지만, 갑자기 흥이 나서 연주를 듣고자 한 게 아니라면 이 한밤중에 무슨 할 말이 있는 건지 알 수가 없었다.

그녀는 그의 옆에 앉아 함께 차를 마셨다.

"전하, 서산의 일은……."

천휘황제가 명을 내렸고 태후의 생신 연회가 끝났으니 이제 서산으로 가야 했다.

용비야가 연회에서 벌인 일은 확실히 천휘황제에게 위협적이었지만, 서산에 가는 일은 아직 해결되지 않았던 것이다.

한운석이 약선을 꺼낸 것은 그 자리에서 금을 연주하고 싶지 않아서이기도 했고, 더불어 서산 문제를 해결할 길을 마련하려고 태후에게 미끼를 던지기 위해서였다.

"내일 태의원에 가 보면 알 것이다."

용비야는 담담하게 말했다.

비밀인가?

용비야가 이렇게 말한 이상 한운석도 캐묻지 않고 속으로만 궁금해했다.

태의원에 무슨 일이 있기에, 아니면 누가 왔기에 서산에 가지 않아도 되는 걸까?

고북월은 아닐 텐데!

아무리 생각해도 짚이는 데가 없어서 그냥 내일 알아보기로 했다.

서산의 일까지 이야기가 끝나자 한운석도 입을 다물었다.

사실 그녀가 먼저 이야기를 꺼내지 않으면 두 사람은 대부분 말이 없었다. 본래는 그녀도 침묵을 지키다가 최근 들어 점점 말이 많아졌지만, 지금은 무슨 이야기를 해야 할지 알 수가 없었다.

그는 금을 듣고 싶어 했고 그녀의 연주는 끝났다.

두 사람은 또다시 부지불식간에 침묵에 빠졌다.

그들은 이런 침묵에 익숙해져 있었다. 다만 오늘은 밤이 깊어 분위기가 조금 이상한 것뿐이었다.

갑자기 용비야가 말을 꺼냈다.

"한운석······."

"네."

한운석이 즉시 대답하며 고개를 들고 그를 바라보았다.

네 눈동자가 마주쳤다. 용비야가 한참 동안 다음 말이 없자 한운석이 먼저 물었다.

"전하, 무슨 일이세요?"

용비야는 다소 망설이는 것 같더니 곧 부인했다.

"아니다, 가자. 데려다주지."

무엇 때문인지 한운석은 갑자기 가슴이 텅 비는 것 같아 가만히 대답했다.

"네."

운한각은 침궁에서 멀지 않았지만 용비야는 그래도 그녀의 손을 잡고 운한각 입구까지 데려다주었다.

밤은 몹시 깊었고 그녀의 심정은 다소 혼란스러웠다. 그가 손을 놓는 순간 또다시 마음이 허전해졌다.

그러나 그는 처음부터 끝까지 냉정하고 이성적이어서, 진지한 목소리로 당부했다.

"내일 아침 반드시 태의원에 가거라. 늦지 마라."

내일 아침에 태의원에 가면 누가 한운석을 기다리고 있을까?

독을 쓰라고 보내신 거예요

규칙에 따르면 휴가를 내지 않는 이상 태의들은 부르면 언제든 달려갈 수 있도록 태의원에서 번갈아 당직을 서야 했다.

하지만 한운석은 신분이 신분이다 보니 천휘황제도 태의원에 이름만 올려놓았을 뿐이어서 여전히 자유롭게 지낼 수 있었다.

용비야가 태의원에 가라고 한 일과 서산에 가는 일이 무슨 관계가 있는지 짐작이 가지 않았지만, 그녀는 이튿날 아침 일찍 곧장 태의원으로 달려갔다.

이번에는 고북월을 만날 수 있었다.

해가 동쪽 하늘에 막 떠오를 때, 고북월은 태의원 뒤쪽 어약방 입구에 서 있었다. 온몸에 햇살을 받아 몸에 걸친 백의에서 금빛을 뿜어내고 있는 그의 모습에서는 뭐라고 말하기 힘든 존귀함과 신성함이 느껴졌다.

햇살을 마주하고 선 한운석은 마치 대천사를 보는 기분이었다. 이유는 모르지만 이 남자를 볼 때마다 아름답다는 생각이 들면서 기분이 좋아졌다.

한운석을 발견한 고북월이 서둘러 다가와 점잖고 온화하게 예를 올렸다.

"소관이 왕비마마께 인사 올립니다."

"고북월, 나는 일개 태의이고 당신은 태의원 수석 어의이니 이제 내가 당신 아랫사람이에요. 나도 같이 예를 올려야겠죠?"

한운석이 장난스레 말했다.

그 말에 놀란 고북월이 황급히 손을 내저었다.

"아닙니다, 당치도 않습니다."

"의술이라면 나는 당신 상대가 아니에요."

한운석의 말은 사실이었다. 의학원이 정한 의품에 따르면 고북월은 5품 신의이지만 그녀는 3품도 되지 않을 것이다.

"왕비마마, 독의 또한 의원입니다."

고북월은 진지했다.

확실히 독의도 의원이었다. 하지만 운공대륙 의학계는 의학원이 쥐고 있었고 그들의 의품에는 독의가 없었다. 다시 말해 의학원은 독의를 인정하지 않았다.

한운석은 이야기를 나누며 어약방으로 들어갔다. 용비야가 대체 무슨 준비를 해 놓았는지 모르지만, 어쨌든 그가 보낸 사람은 보이지 않으니 우선 어약방을 둘러볼 생각이었다. 지난번에는 첫 출근이라 바빠서 들어가 보지 못했던 것이다.

어쩌면 좋은 약재를 보충할 수 있을지도 몰랐다. 천휘황제가 용감하게도 그녀를 태의로 삼았으니 언제든 그녀에게 약재를 제공할 준비를 해야 할 것이다.

"고 태의는 어젯밤 당직이었나요? 이렇게 이른 시간에 여긴 무슨 일이죠?"

한운석이 별 뜻 없이 물었다.

뜻밖에도 고북월이 웃으며 대답했다.

"소관은 내내 왕비마마를 기다리고 있었습니다."

"내가 올 줄 알았어요?"

한운석은 깜짝 놀랐다.

"어제 생신 연회가 끝나고 백리 장군이 몸소 소관을 찾아오셨습니다. 오늘 아침 일찍 사람을 보내 왕비마마께 명향 소저의 진맥을 부탁드리겠다며 병력서病歷書를 미리 준비해 놓으라고 하셨습니다."

고북월의 설명에 한운석은 몹시 의외였지만, 잠시 생각하자 곧 어떻게 된 일인지 알 수 있었다.

분명히 용비야가 한 일일 것이다!

"명향 소저가 무슨 병이죠? 심각한가요?"

한운석이 물었다.

고북월은 병력서를 하나 건넸다.

"며칠전 병에 걸렸는데 여러 태의들이 진맥했지만 아직 원인을 알아내지 못했습니다. 어제 소관이 직접 가 보았더니 아무래도…… 중독된 것 같습니다."

한운석은 병력서를 뒤적였다. 병이 발생한 시간을 보니 천휘황제가 그녀를 태의로 봉한 다음날 아침이었다.

기간이 오래지는 않지만 병력서에는 벌써 넷이나 되는 태의의 필적이 있었다. 고북월까지 더하면 다섯 명이었다.

태의들이 내린 진단과 사용한 약은 병력서에 상세하게 적혀 있었다.

한운석과 고북월이 몇 마디 이야기를 나누고 있는데 백리 장군부 사람이 한운석을 찾아왔다.

"고 태의도 함께 가겠어요?"

한운석이 물었다.

고북월은 고개를 저었다.

"소관이 가도 도움이 되지 못할 테니 왕비마마 혼자 가시는 게 좋겠습니다."

한운석은 별수 없이 병력서를 들고 백리 장군부 사람을 따라갔다.

백리 장군부와 목 대장군부는 각각 도성의 동쪽과 서쪽에 있었는데, 백리 장군부 역시 목 대장군부와 똑같이 대문 앞에 무장을 갖춘 병사들이 두 줄로 도열해 있고 주홍색으로 칠한 대문도 크고 넓어서 장군의 저택다운 위엄과 장중함을 풍겼다.

가마에서 내리기도 전에 문가에 서 있는 단정하고 당당한 여자가 눈에 띄었다.

한운석도 그녀를 기억하고 있었다. 어젯밤 연회에서 둘째 황자를 놀렸던 여자로, 백리 장군의 막내딸이자 백리 장군부에서 유일하게 시집가지 않은 딸, 백리명향이었다.

여자의 당당함은 자신감이 쌓이고 쌓여서 나오는 것인데, 이 여자의 자신감은 바로 출신과 교양이었다. 그녀의 몸에서 흘러나오는 귀한 집 규수다운 당당함은 뼛속에 새겨진 것이어서 그 누구도 얕볼 수가 없었다.

한운석은 백리명향의 타고난 기질이라면 몇 년 후 경력이 쌓이면 가만히 앉아만 있어도 그 기품이나 기세가 천녕국 황후나 태후에 못지않을 것이라고 확신했다.

첫인상부터 그녀는 이 여자가 무척 마음에 들었다.

그러나 거리가 가까워지자 놀라지 않을 수 없었다!

해독시스템은 백리명향이 중독되었다고 판단했는데, 검출된 것은 한 가지가 아니라 여러 가지 만성 독약이었고 그 수는 놀랄 만큼 많았다.

기본적인 검사만 했는데 독성이 치명적이지는 않지만 수가 너무 많았다. 어떻게 된 걸까?

한운석은 복잡한 눈빛을 한 채 해독시스템의 딥 스캔 기능을 켜고 백리명향의 몸에 든 독을 하나하나 천천히 분석했다.

한운석이 가마에서 내리자 명리명향이 빠른 걸음으로 다가와 허리를 숙여 예를 올렸다.

"왕비마마께 인사 올립니다. 만수무강하세요."

한운석은 태의로서 찾아왔지만 아무래도 왕비라는 신분이 있었다. 다른 태의라면 태의라고 부르지만 한운석에게는 공손하게 왕비마마라고 불러야 했다.

"환자 아닌가요? 왜 나왔어요? 어서 일어나요."

한운석은 차분하게 말했다.

"직접 찾아가야 마땅하지만 움직일 수가 없어 이곳까지 마마를 모셨습니다. 부디 용서하시지요."

백리명향의 목소리에는 진심이 묻어 있었다.

하지만 한운석은 웃음을 터트렸다.

"찾아온다고요? 그럼 용비야가 뭐 하러 나더러 태의원에 가라고 했겠어요?"

　단순히 백리명향을 치료하는 일이라면 백리명향이 진왕부를 찾아가거나 직접 그녀를 부중으로 부르면 되지, 태의원을 거칠 필요가 없었다.

　고북월이 준 병력서와 날짜로 보아 한운석은 용비야가 일부러 태의원에 기록을 남기려 했다는 것을 알 수 있었다.

　나중에 천휘황제가 물으면 적당한 증거가 필요했기 때문이었다.

　한운석의 말에 영리한 백리명향도 참지 못하고 쿡쿡 웃더니 조용히 말했다.

　"왕비마마, 안으로 드시지요."

　백리명향은 한운석을 규방으로 데려간 뒤 시녀들을 모두 물렸다.

　한운석은 앉자마자 다급히 물었다.

　"연극일 뿐인데 왜 그렇게 많은 독을 먹었어요?"

　"왕비마마는 참으로 총명하시군요. 전하께서 좋아하실 만합니다."

　백리명향이 웃으며 말했다.

　얼마 전 천휘황제는 한운석을 태의로 봉하고 태후의 생신 연회가 끝나면 서산으로 가서 황후를 치료하라고 명령했다. 이튿날 아침 백리명향은 꾀병을 지어내 태의원에 기록을 남기라는 진왕 전하의 명을 받았다.

　처음에는 왜 그러는지 몰랐지만 어젯밤 연회에서 전하가 아버지를 나서게 하자 그제야 숨은 뜻을 깨달았다.

생신 연회에서 전하가 천휘황제에게 위협을 가했으니 천휘황제도 몸을 사리며 충돌이 격화되는 것을 피하려 할 것이다. 이런 상황에서 아버지에게 아무것도 모르는 척 태의원을 찾아가 한운석에게 진맥을 청하게 함으로써 만성적인 병을 핑계로 한운석을 도성에 남겨 두려는 속셈이었다.

이렇게 하면 천휘황제도 용비야의 위협과 아버지의 신분이 마음에 걸려 서산 문제를 한발 양보할 수밖에 없었다.

백리명향은 연회에서의 소동이 진왕 전하의 본래 계획인지 아니면 한운석을 위한 임시 계책인지 알지 못했다. 확신할 수 있는 것은 한운석이라는 여자가 전하의 마음에서 차지하는 위치가 가볍지 않다는 것이었다!

그렇지만 어쨌든 그녀는 전하가 대국을 먼저 생각하고 여자 하나 때문에 오랫동안 준비해 온 계획을 망치지 않기를 바랐다.

그녀는 전하를 오랫동안 좋아해 왔고, 바로 그 냉정함과 냉혹함을 가장 좋아했다.

백리명향을 쳐다보던 한운석은 뭐라고 대답해야 좋을지 판단이 서지 않았다.

그가 날 좋아해?

이런 말은 처음 듣는 것 같았다.

여태껏 그가 직접 좋아한다고 말한 적도 없었다! 가끔 곰곰이 생각도 해 봤지만 그녀 스스로도 그와 자신이 대체 무슨 사이인지 알 수가 없었다.

단목요의 일이라면 신경 쓰인다고 말했고 그가 해명함으로써 오해는 싹 가셨다.

하지만 그 오해가 있기 전까지 그들은 거의 이름뿐인 부부였다.

한운석은 곧 실타래같이 복잡한 생각에서 깨어나 백리명향을 향해 환하게 웃어 보이며 장난스레 대답했다.

"내가 총명하지 않았더라도 전하는 날 좋아했을 거예요!"

"아니에요. 총명하지 않으셨다면 전하께서 좋아하실 리 없어요."

백리명향도 웃으며 농담을 했다.

한운석은 그 말이 이상하게 들렸지만 깊이 생각할 틈이 없었다. 백리명향의 몸에 있는 독은 꽤 골치 아픈 것이었다.

그녀는 자리에 앉아 정신을 집중해 백리명향의 독을 검사했고 곧 이상하다는 것을 알아차렸다.

조금 전에는 여러 가지 만성 독이 몸에 들어 있다는 것만 알았지만, 독성을 하나하나 분석했더니 다양한 만성독이 들어 있을 뿐만 아니라, 개중에는 같이 복용한 게 아니라 서로 다른 시간에 복용한 것도 있었다.

다시 말해, 이 여자는 적어도 일곱 살부터 독약을 먹었고 한 달에서 석 달 간격으로 계속 한 가지씩 복용해 왔다는 말이었다.

한운석은 검사하면 할수록 충격을 받아 눈을 휘둥그레 뜨고 믿을 수 없는 눈길로 백리명향을 바라보았다. 이 여자가 아직 살아 있다는 것을 믿을 수가 없었다.

몸 속에 든 만성독이 치명적이지는 않지만 이렇게 많은 독소가 몸에 쌓이면 면역력을 약화시키기에 충분했고 독이 발작하게 만들어 죽을 수도 있었다!

이 여자는 어떻게 살아 있는 걸까?

한운석은 의심스레 백리명향의 맥을 짚어 보았지만, 놀랍게도 맥상에는 중독 현상이 나타나지 않았다.

그녀가 놀란 목소리로 물었다.

"대체 몸이 어떻게 된 거죠?"

백리명향이 부드럽게 웃었다.

"왕비마마, 사실 전하께서 마마를 보내신 것은 해독하기 위해서가 아니라 독을 쓰기 위해서랍니다."

"그게 무슨 말이죠?"

"왕비마마, 전하께는 미인혈美人血이 필요합니다."

백리명향은 여전히 웃고 있었지만 한운석은 충격 때문에 말이 나오지 않았다.

미인혈!

한운석도 《상고독경上古毒經》에서 관련 기록을 본 적이 있는데, 미인혈이란 곧 독혈毒血로, 독을 만드는 원료로 사용할 수 있었다.

미인혈은 자연적으로 생기는 것이 아니고 특수한 체질을 통해 만들어 내야 했다.

미인혈을 만드는 방법은 서로 다른 만성독을 자주 먹어 독소를 핏속에 쌓는 것이었다.

쌓인 독소가 3백 가지가 되면 미인혈을 얻을 수 있는데, 그렇게 만든 후 그 사람이 어떻게 변하는지는 책에도 기록이 없었다.

당당하고 단정한 얼굴로 부드럽게 미소를 짓는 백리명향을 보자 한운석은 마음이 몹시 아팠다.

백리명향의 몸속에는 벌써 여든 가지에 가까운 독약이 쌓여 있었고 그중 수십 가지는 일정한 시각에 발작하는 것이었다.

죽지는 않겠지만 사는 것이 죽는 것보다 더 괴로울 것이다!

이런데도 웃으면서 '미인혈'이라는 말을 할 수 있다니……

죽을 수 없다, 살아라

백리명향을 보는 한운석은 마음이 아프고 온갖 생각이 들었다.

그녀가 독을 먹은 시기를 보면 가장 빠른 것이 다섯 살 때일 것이다. 올해 스무 살이니 15년 전에 용비야가 미인혈을 원했다는 것인데, 당시 용비야는 여덟 살 정도였다.

그가 미인혈을 만들자고 한 것일까, 아니면 당문에 있는 가족들이 만들자고 한 것일까?

미인혈을 만들어서 뭘 하려는 걸까?

15년 전이면 용비야는 고작 여덟 살쯤이고 선제도 건재했는데, 무슨 수로 백리 장군을 자기 사람으로 만들었을까?

아니면, 백리 장군과 당문이 무슨 관계가 있는 걸까?

백리씨 집안이 딸에게 어려서부터 그런 고초를 겪게 한 것은 용비야에게 충성하기 때문일까, 아니면 당문에 충성하기 때문일까?

"왕비마마, 전하 휘하의 독의들이 쓸 수 있는 만성독은 모두 썼답니다. 수고스러우시겠지만 앞으로는 왕비마마께서 저를 위해 약을 지어주셔야 합니다."

백리명향이 한운석을 생각의 늪에서 끌어냈다.

"용비야가 미인혈로 뭘 하려는 거죠?"

《상고독경》에 기록된 미인혈은 전설에나 나오는 이야기라고 여겼지, 이런 끔찍한 것이 진짜 있을 줄은 생각지도 못한 일이었다.

"그건 비밀이에요."

백리명향은 담담하게 대답했다.

한운석은 화가 났다.

"사람을 불러 놓고 사실을 알려 주지도 않는데, 그래도 내가 낭자를 도울 것 같아요?"

"왕비마마, 마마는 저를 돕는 것이 아니라 전하를 돕는 것이랍니다."

백리명향은 차분했다.

"그러니까, 정말 알려 주지 않겠다는 거예요?"

한운석이 진지하게 물었다.

뜻밖에도 백리명향이 생긋 웃었다.

"마마, 저도 비밀을 모른답니다. 알고 싶으시면 직접 전하께 여쭤보세요."

백리명향도 한운석이 불쾌하게 여기는 것을 알아차리고, 해명하지 않으면 오해할 것이라고 생각했다.

그녀는 '비밀'이라는 말로 한운석에게 과시를 하려던 게 아니라 정말로 미인혈을 만드는 목적에 대해 전혀 아는 바가 없었다.

그녀가 기억하는 것은 어렸을 때 아버지의 손에 이끌려 당문의 어떤 여자에게 갔던 일뿐이었다. 아주 무서운 여자였다.

그때부터 그녀는 종종 독약을 먹었는데 당시에는 독약인줄도 몰랐고 그저 무척 쓰다는 생각만 했다.

그 여자가 무서워서 '싫어요'라는 말은 입에 담지도 못했고, 약을 다 먹고 나면 아무도 몰래 한참 동안 울어야 했다.

아버지가 몹시 미웠다.

일곱 살 되던 해 그 여자가 죽자 그녀는 다시는 약을 먹지 않아도 되는 줄 알고 뛸 듯이 기뻐했다. 하지만 아버지는 그녀를 집에 데려오면서 약을 한가득 싸들고 와서 시간에 맞춰 억지로 먹였다.

그때쯤 그녀도 독약이라는 것을 알았다. 이따금 독이 발작하기 시작했고 구역질을 하고 혼절할 만큼 아플 때가 잦았다. 그녀는 언제나 자신이 고통 속에서 죽을 것이라고 생각했다.

하지만 그렇지 않았다. 지금까지 살아 있었다.

미워하고, 원망하고, 달아나려고도 해 봤지만 안타깝게도 힘이 따르지 못했다. 아버지의 명령은 태산처럼 무거운 군령이어서 오로지 복종할 뿐 거역할 이유가 없었다.

열세 살 때 그녀는 자살을 시도했다. 후원의 연못에 뛰어들었는데 세 살 많은 소년이 구해 주었다.

그녀는 그날 본 그의 모습을 영원히 잊지 못했다. 보라색 옷을 입은 쌀쌀하고 존귀한 모습, 천상의 사람처럼 차갑고 잘생긴 얼굴, 깊고 신비한 눈동자.

그는 그녀를 뭍으로 끌어다 놓고 차갑게 한마디 던졌다.

'너는 아직 죽을 수 없다. 살아야 한다.'

그런 다음 그는 더 이상 말하지 않았다. 그녀가 아무리 물어도 한마디도 하지 않았다. 그가 침묵하면 세상이 다 조용해졌다.

그 후로 그는 매일 저녁나절 연못가에 나타나 한두 시진 동안 조용히 앉아 있었다. 넋을 놓은 것 같기도 하고 깊이 생각에 잠긴 것 같기도 했다.

그녀도 매일 연못을 찾아갔고, 때로는 좀 더 일찍 가서 그를 기다리기도 했다.

그녀는 그에게 아주 많은 이야기를 했다. 그간 겪었던 억울함과 아픔을 모두 이야기했다. 그가 듣고 있는지 어떤지는 모르지만, 결과적으로 꼬박 한 달이 지나도록 그는 대답 한마디 하지 않았다.

심지어 한 번은 대담하게 이렇게 말하기도 했다.

'날 데려가 줘. 날 데리고 멀리 멀리 달아나 줘.'

하지만 그는 그녀를 쳐다보지도 않았다.

그녀는 그가 입 다물라고 하지 않는 것만 해도 충분했다.

그러다가 어느 날부터 그가 갑자기 오지 않았다.

그녀는 석 달 동안 매일매일 나가서 기다렸다. 어느 날 아버지가 그녀를 데리고 약을 받으러 진왕부에 갔는데, 그제야 자신을 구해 준 사람이 백리 장군부의 진짜 주인, 백리씨 집안이 대대로 충성을 바쳐야 하는 주인, 진왕 용비야라는 것을 알게 되었다.

어떨 때는 사람을 좋아하는 데 고작 한 찰나도 걸리지 않을 수도 있었다. 그녀도 자신이 그에게 한눈에 반했다는 것을 인정했다.

어떨 때는 사람을 사랑하는 데 수년이 걸릴 수도 있었다. 수년간 그녀는 소리 소문 없이 사랑을 했다.

그를 사랑하는 방식은 딱 한 가지였다. 지난날 그가 구해 주면서 했던 말대로 하는 것. 죽지 말고 사는 것.

아버지마저 미인혈을 만들어 어디에 쓰려는지 몰랐고, 그녀는 더욱더 알지 못했다.

그녀가 아는 것은 그것이 살아갈 이유라는 것뿐이었다.

백리명향이 한운석에게 준 놀라움은 정말이지 너무 많았다. 한운석은 이 여자가 '미인혈'의 용도도 모르면서 기꺼이 괴로움을 감수하며 독혈을 만든다는 사실을 도무지 이해할 수가 없었다.

미접몽과 관련이 있느냐고 묻고 싶었지만 곰곰이 생각해 보니 용비야가 백리명향에게 미접몽을 알려 주려 하지 않을 수도 있을 것 같아서 결국 아무 말도 하지 않고 아무것도 묻지 않았다.

이 일에 관해서는 역시 용비야에게 묻는 것이 나았다.

"낭자의 아버지도 마음 아파하지 않으시나요?"

한운석은 참지 못하고 물었다.

"백리 장군부의 모든 사람은 기꺼이 전하를 위해 일한답니다. 목숨을 내놓게 되더라도 말이지요."

백리명향은 진지하게 말했다.

"왕비마마, 전하께서는 늦어도 3년 안에 미인혈을 만들어야 한다고 하셨어요. 어서 약을 만들어 주시지요."

미인혈을 만드는 데는 3백 가지 독약이 필요한데, 이렇게 오랫동안 백리명향은 겨우 여든여 가지밖에 복용하지 못했다. 이런 속도라면 어느 세월에 3백 가지를 복용할 수 있을까?

진왕 전하가 한운석을 보낸 것은 그녀더러 적절한 만성독을 만들게 해서 시간을 줄이기 위해서였다.

한운석은 눈썹을 단단히 찌푸렸다.

"나는 사람을 해치고 싶지 않아요. 이 일은 확실히 물어본 뒤에 하겠어요."

백리명향은 한운석이 이렇게 나올 줄 몰라 다소 당황했지만 곧 미소를 지었다.

"왕비마마, 마마는 저를 해치시는 게 아니랍니다. 아니, 도우시는 거예요."

3년 안에 고통에서 벗어날 수 있다면 그것도 행복이었다. 하지만 이 일이 끝나면 다시는 전하를 뵙지 못하게 되지나 않을까.

길게 아프기보다는 짧게 아픈 편이 낫다는 것은 독의인 한운석이 백리명향보다 더 잘 알았다. 그녀는 한참을 망설이다가 말없이 백리명향의 몸속에 든 독약의 각종 자료를 해독시스템에 모두 기록했다.

태의원 병력서에는 만성독 하나를 써 넣고 오랫동안 조리가 필요하다는 의견을 적었다.

그녀는 독약 대신 고통을 없애 주는 데 특효인 진통약 한 알을 건넸다.

그리고 담담하게 말했다.

"다음에 다시 올게요."

백리명향도 긴 말하지 않았다. 그녀는 시종일관 따스한 미소를 지은 채 몸소 한운석을 대문 앞까지 배웅했다.

"안녕히 가세요, 마마."

한운석은 떠나려다가 참지 못하고 한마디 덧붙였다.

"들어가요. 진통약이 효과가 없으면 언제든 날 찾아와요."

의원으로서 이런 상황에 마주치자 한운석은 마치 커다란 바위를 몇 개나 쌓아 놓은 것처럼 마음이 무거웠다.

하루 만에 백리명향의 몸속에 있는 모든 독을 해독할 방법이 있었지만, 그렇게 하면 백리명향이 10여 년간 견뎌온 고초가 물거품이 되는 셈이었다.

용비야, 당신은 대체 얼마나 냉정한 거야!

한운석이 떠난 지 오래지 않아 여 이모가 백리명향 앞에 나타났다.

백리명향이 허리를 숙여 인사를 하건 말건, 여 이모는 엄숙한 얼굴로 한운석이 두고 간 약을 조사했다.

한참 후에야 그녀가 싸늘하게 입을 열었다.

"일어나거라."

"예."

백리명향은 무척 얌전했다.

"어째서 독약을 주지 않았지?"

여 이모가 물었다.

"무슨 일인지 확실히 물어보아야겠다고 하셨습니다."

백리명향이 사실대로 대답했다.

여 이모의 눈동자에 불쾌한 빛이 스쳤다.

"전하에게는 내가 왔다고 알리지 마라."

백리명향은 두말없이 고개를 끄덕였다. 그러나 여 이모가 떠나자 즉시 사람을 보내 초서풍에게 소식을 전했다.

영리한 그녀는 여 이모가 한운석에게 강한 적의를 품고 있다는 것을 알아차렸다. 이유는 모르지만 그녀는 전하께 모든 것을 알릴 책임이 있었다.

한운석은 태의원에 들러 가짜로 쓴 병력서를 고북월에게 보관하게 한 뒤 곧바로 진왕부로 돌아갔다.

어서 빨리 용비야를 만나고 백리명향에 관해 확실히 물어보고 싶었다. 그런데 골목 모퉁이에서 누군가가 앞을 가로막았다.

"왕비마마, 함께 차를 마실 수 있는 영광을 주실는지요? 최근에 딴 기문홍차祁門紅茶입니다!"

익숙한 목소리였다. 한운석이 와락 가리개를 걷자 고칠소가 새빨간 옷을 차려입고 손에 빨간 도자기병과 찻잎 통을 든 채 가마 앞에 요염하게 서 있었다. 나라를 주어도 아깝지 않은 아름다운 얼굴에는 웃음꽃이 활짝 피어 있었다.

한운석은 몹시 놀라고 기뻐하며 황급히 가마에서 내려 고칠소에게 달려갔다.

"무사했구나!"

"안 죽으니까 걱정 마!"

고칠소는 무척 즐거운 듯 더욱 눈부신 웃음을 지었다.

"저런, 저런. 내게 아주 관심이 많구나. 그런 줄 알았다면 용비야를 몇 번 더 걷어차 줄걸."

수다를 늘어놓는 것을 보니 정말 괜찮은 것 같았다. 한운석은 억지웃음을 지었다.

"목령아가 사방으로 당신을 찾고 있어!"

사실 고칠소는 용비야와 한운석을 쫓아 도성으로 돌아왔지만 용비야에게 발각될까 봐 너무 가까이 접근하지 못한 것뿐이었다.

줄곧 도성에서 요양했기 때문에 목령아가 용비야에게 갇혔다가 풀려났고, 태후의 생신 연회에서 한바탕 소란을 피운 일까지 모두 알고 있었다.

"실컷 찾으라고 해."

고칠소가 매정한 목소리로 내뱉었다.

뜻밖에 한운석이 그보다 더 매정하게 나왔다.

"잡아다 줄 테니 죽이든 살리든 마음대로 하라던 사람이 누구더라?"

"기다려!"

고칠소가 한운석에게 찻잎을 건네고는 휙 돌아서자 한운석은 황급히 그를 붙잡았다.

"됐어, 그때 일은 서로 청산했으니 당신은 끼어들지 마."

한운석의 추측이 틀리지 않았다면 요 며칠 목령아는 마음 편히 지내지 못했을 것이다. 생신 연회에서 있었던 일이 약성에 전해지는 것은 금방이었다.

목령아가 제멋대로 선물을 주지 않은 일을 삼대명가 사람들이 알게 되면, 아버지 목영동도 그녀를 가만두지 않으려 할 것임은 충분히 짐작이 갔다.

"그렇다면 이 몸의 체면을 보아 함께 차를 마셔 주시겠는지요?"

고칠소가 일부러 점잖게 말했다.

"그럼!"

한운석은 시원시원했다. 고칠소가 무슨 일이 있어서 찾아왔다는 것을 알아차렸던 것이다.

고칠소는 한운석을 데리고 도성에서 명향차루의 뒤를 잇는 최고급 차루인 천향차루로 갔다. 안으로 들어가자 한운석은 이곳도 고칠소가 운영하는 곳임을 알 수 있었다.

이 남자는 정말 숨은 부자였다. 용비야가 찾아내지 못한 사업장이 얼마나 더 있을까?

두 사람이 고급 별실에 들어가 앉자 한운석이 단도직입적으로 물었다.

"말해 봐. 무슨 일로 찾아왔는지."

가만히 그녀를 응시하는 고칠소의 눈동자에 정이 담뿍 배어 있었다.

"보고 싶어서."

보조약재, 진위 판별이 어려워

고칠소의 정감 어린 얼굴을 보자 한운석은 참지 못하고 눈을 흘겼다.

"당연히 보고 싶어서 왔지."

고칠소는 진지하게 말했다.

그에게서 농담을 너무 많이 들은 탓인지, 그가 진지한 목소리로 말하자 한운석은 더욱더 눈을 흘겼다.

진지하게 농담을 하는 사람이야 말로 가장 얄밉지 않나?

"그 외엔?"

한운석은 그를 무시하고 물었다.

고칠소도 그제야 본론으로 들어갔다.

"벙어리 노파는 어떻게 됐어?"

그날 저녁, 그는 본래 초서풍을 뒤쫓으려고 했지만 독누이가 걱정스러워 결국 그녀를 쫓았다.

벙어리 노파 이야기가 나오자 반짝이던 한운석의 눈동자가 금세 어두워졌다. 그녀가 가라앉은 목소리로 말했다.

"사고를 당해 절벽에서 떨어졌어."

고칠소는 깜짝 놀랐다.

"그래서 어떻게 됐어?"

벙어리 노파는 무척 중요했다. 한운석의 진짜 신분을 캐내고 출신을 알아내는 일이 모두 벙어리 노파에게 달려 있었다.

"생사를 몰라."

한운석이 말한 뒤 한마디 덧붙였다.

고칠소는 눈을 반짝이며 물었다.

"누가 공격한 거야?"

"흑의 복면인이라는데 누구인지는 몰라."

한운석도 벌써 초서풍에게 물어서 무슨 일이 있었는지 알고 있었다.

"대체 어떤 자이기에 용비야의 손에서 사람을 빼냈지?"

고칠소는 분명히 의심하고 있었다.

"용비야가 직접 벙어리 노파를 데려갔다면 이렇게까지는……."

한운석은 무척 슬퍼했다. 벙어리 노파를 해쳤다고 자신을 비난하던 목령아의 말이 아직도 마음에 남아 있었다. 그녀가 벙어리 노파를 목씨 저택에서 데리고 나오지 않았다면 아무 일도 일어나지 않았을 것이다.

"용비야의 부하 손에서 사람을 빼내는 것 역시 쉬운 일이 아니야."

고칠소의 말속에 뼈가 있었지만 안타깝게도 한운석은 진지하게 듣지 않았다.

"목영동은 아니야. 그자는 아직도 이 일을 모르고 있어. 휴……. 공격한 사람이 무엇 때문에 벙어리 노파를 데려가려고 했는지 몰라."

고칠소는 한참 생각하다가 다시 말했.

"독누이, 미독의 해약 약방문 가지고 있지?"

지난번에 벙어리 노파에게 배독을 해 주기는 했으나 해약이 있어야만 귀와 목을 막은 독을 제거할 수 있었다.

"사람이 사라졌는데 약이 있으면 뭐해?"

한운석이 풀죽은 목소리로 말했다. 약방문은 용비야에게 주었는데 벙어리 노파를 찾지 못한 데다 용비야도 무척 바빠서 아마 아직 약재를 구하지 못했을 것이다.

고칠소가 손을 내밀었다.

"보여 줘. 내가 찾을게."

사람도 찾고 해약도 구하겠다니, 그렇게나 할 일이 없었나? 한운석은 이 남자가 온종일 할 일 없이 뒹구는 사람이 아닐까 의심스러웠다.

물론 그래도 기꺼이 해약 약방문을 내주었다. 약재를 찾는 일이라면 이 남자가 용비야보다 훨씬 뛰어났다.

미독의 해약 약방문에 들어간 약재는 단 세 가지, 사과蛇果, 웅천熊川, 미천홍련彌天紅蓮이었다.

이를 본 고칠소가 참지 못하고 혀를 찼다.

"하나같이 귀한 것들이군!"

"누가 아니래. 난 그중 하나도 직접 본 적이 없어. 쉽게 찾아내지는 못할 거야."

한운석이 진지하게 말했다.

벙어리 노파가 아직 살아 있다면, 벙어리 노파는 찾을 수 있을망정 저 약재는 찾아내지 못할 수도 있었다. 세 가지 모두 생장 조건이 무척 까다롭고 자라는 시간도 길어서 본래 희귀한 약재인데, 자라다가 죽는 경우도 있어서 끝까지 남는 것은 몇 포기 되지 않았다.

몹시 희귀하기는 했지만 고칠소는 그래도 자신이 있었다.

"걱정 마, 독누이. 그 두 가지는 내게 맡겨."

찾는 사람이 늘어나면 도움도 되고 희망도 커지기 때문에 한운석은 진심으로 고개를 끄덕였다.

"그래!"

"내가 노파를 찾아 주면 어떻게 보답할 거야?"

고칠소가 웃으며 물었다.

방금까지 진지하던 한운석은 곧바로 눈을 좁히며 냉소를 터트렸다.

"됐어, 찾지 않아도 돼."

고칠소의 웃음이 딱딱하게 굳었다. 이 여자는 그의 천적이 아닐까? 동굴에서 처음 만났을 때를 빼면 번번이 이 여자에게 지는 느낌이었다.

한운석은 말문이 막힌 고칠소의 표정이 갈수록 마음에 들었다. 그렇지만 장난은 장난일 뿐, 결국 궁금한 것이 떠올라 시험하듯 물었다.

"고칠소, 만약 내가 정말 독종의 잔당이라면 날 싫어할 거야?"

그녀는 고칠소의 좋은 점도 잘 알지만, 고칠소의 목적도 훤히 꿰뚫어 보고 있었다.

이자는 그녀의 독술에 관심을 가진 이후 당문 암기에 관심을 가졌고, 나중에는 진료 주머니의 자수에도 관심을 보이며 천심 부인을 조사해 벙어리 노파를 찾아냈다. 이 모든 것이 그녀의 출신을 알아내기 위해서였다.

그는 그녀가 독종과 관계가 있는지 무척 신경을 쓰고 있었다.

지금 벙어리 노파를 찾겠다는 목적도 목심과 독종의 잔당이 맺어졌다는 소문의 진위를 확인하기 위함이었다. 그녀의 친아버지는 독종의 잔당일까 아니면 한종안일까.

만약 친아버지가 한종안이 아니라 독종의 잔당일 가능성이 무척 크다는 것을 알려 준다면, 그는 어떻게 반응할까?

그녀가 독종과 관계가 있는지 저렇게 신경을 쓰는 건 대체 무엇 때문일까?

"만약은 없어."

고칠소는 여전히 웃으며 말했다. 뚜렷한 확신이 담긴 목소리였다.

"그래도 만약에 그렇다면?"

한운석이 계속 물었다.

갑자기 고칠소가 벌떡 일어나 차 탁자 너머로 몸을 기울여 왔다. 한운석은 꼼짝 않고 그가 눈앞까지 다가오도록 내버려 두었다.

고칠소는 말없이 두 눈으로 한운석의 눈을 똑바로 들여다보았다. 그 순간 그의 눈동자는 매가 사냥감을 노려보는 것처럼 예리했다.

한운석은 절로 가슴이 철렁 내려앉아 멍청하게 그의 시선을 마주한 채 어쩔 줄 몰랐다. 고칠소가 자신을 이렇게 쳐다볼 줄은 생각해 본 적도 없었다.

이 남자는 의학원에 원한이 있는 거야, 독종에게 원한이 있는 거야? 복수 때문에 독종의 후예를 찾는 걸까?

한운석은 즉시 경계심이 솟아 피하려고 했지만, 뜻밖에도 고칠소가 휙 물러나더니 좁고 가느다란 눈을 초승달처럼 휘며 히죽 웃었다.

"흐흐, 독누이, 놀랐지?"

뒤로 물러나려던 한운석은 그가 이렇게 나오자 멈추지 못하고 눈을 휘둥그레 뜨고 고칠소를 바라보면서 그대로 뒤로 나동그라졌다.

고칠소가 재빨리 탁자 위로 몸을 날려 한운석을 끌어당긴 뒤 품에 안고 빙글 돌면서 안전하게 바닥에 내려섰다.

그녀를 안은 손은 차루에 처음 들어왔을 때처럼 정다웠다.

"독누이, 정말 그렇더라도 난 아닌 걸로 생각할 거야. 내 말 믿지?"

"왜 독종의 후예를 찾는 거지?"

한운석은 몹시 진지하게 물었다.

때로는 속에 뭘 품고 있는지 입을 꾹 다물고 있는 용비야가 몹시 얄밉게 느껴지기도 했지만, 지금은 간이라도 내줄 것처럼 히죽거리면서 절대 사실을 말하지 않는 고칠소가 제일 얄밉게 느껴졌다.

"보조약재로 써서 해약을 만들려고."

고칠소는 여전히 진지하지 못하게 눈을 가늘게 뜨고 웃었다.

한운석은 그를 홱 떠밀었다.

"사람을 보조약재로 쓰겠다고? 무슨 독에 중독된 거야?"

"천하에 으뜸가는 독."

고칠소는 희희낙락 대답했다.

한운석은 그 말을 무시했다. 오랫동안 해독을 해 왔지만 사람을 보조약재 삼아 해약을 만든다는 말은 들어 본 적이 없었다.

이 남자가 사실을 알려 주지 않아도 상관없었다. 어쨌든 그녀도 그에게 사실을 알려 주지 않았으니까.

한운석은 탁자에 있던 차를 다 마시고 돌아섰다. 중요한 일이 있어서 고칠소와 노닥거릴 틈이 없었다.

그렇지만 고칠소가 그녀를 붙잡고 찻잎 통을 내밀었다.

"받아. 새 찻잎이야."

그는 그녀가 새로 딴 찻잎을 좋아한다는 것을 알고 있었다. 천녕국에 가지고 있던 차원들은 용비야가 모두 봉쇄해 버린 탓에 운공대륙을 온통 뒤져서 구한 최고급품으로, 그 자신마저 마시기 아까워하던 찻잎이었다!

"고마워."

한운석은 진심으로 기뻐했다.

문가에 거의 이르렀을 때 그녀가 돌아보았다.

"고칠소, 목령아는 당신을 무척 좋아해. 그 마음을 저버리지 마."

"한운석, 난 너를 무척 좋아해. 그러니 너도 내 마음을 저버리면 안 돼."

고칠소가 당당하게 말했다.

이 남자가 정말······!

한운석은 아무렇게나 찻잎통을 휙 집어던지고는 뒤도 돌아보지 않고 가 버렸다.

고칠소는 찻잎통을 받아들고 싱글싱글 웃었다.

한운석의 뒷모습이 사라진 후에도 그는 계속 웃고 있었다. 요사하고 장난스럽고 환하게 반짝이는 웃음이었다. 용비야의 눈을 아무도 들여다볼 수 없는 눈이라고 한다면, 고칠소의 웃음은 아무도 이해할 수 없는 웃음이었다.

그는 창가에 섰다. 오래지 않아 차루 입구에 낯익은 모습이 나타났다. 다름 아닌 목령아였다.

사실 그는 도성에서 여러 차례 목령아와 우연히 마주쳤다. 그는 목령아를 보았지만 목령아는 그를 보지 못했다. 그때마다 그는 아무 반응 없이, 마치 낯선 행인처럼 그녀를 모른 척했다.

하지만 이번에는 한참 동안 그녀를 바라보다가 입꼬리를 올리며 고약한 미소를 지었다.

목령아는 방금 아버지의 비합전서飛鴿傳書(비둘기를 통해 보낸 서신)를 받았는데, 잠시 약성에 돌아오지 말고 바깥에 피해 있으라는 내용이었다.

천녕국 태후의 생신 연회에서 제멋대로 선물을 주지 않으며 진왕 용비야의 편을 든 일은 벌써 약성에 전해졌다. 왕씨 집안과 사씨 집안은 무척 불만스러워하며 회의를 소집해 그녀를 제재하기로 했고, 목씨 집안사람들도 하나같이 엄벌을 내려야 한다고 주장했다.

혹시 왕씨 집안과 사씨 집안이 용비야를 지지할 수도 있지만, 이렇게 좋은 기회가 왔는데 목씨 집안의 천재 약제사를 순순히 내버려 둘 리 없었다.

목씨 집안에서는 항렬에 상관없이 거의 대부분이 목영동에게 가장 사랑받는 목령아가 무너지기를 바랐기 때문에 그녀를 벌하는 일에 왕씨나 사씨 집안보다 더 앞장섰다.

목영동이 아무리 버텨도 여론이 너무 강하고 집안의 반대도 너무 커서 혼자 힘으로는 막을 수가 없었다! 하물며 이번 일은 애초부터 목령아의 잘못이었다!

목영동이 할 수 있는 일은 목령아의 행방을 모른다는 이유로 일을 미루는 것뿐이었다.

소식을 들은 목령아는 기분이 무척 좋지 않았다. 그녀는 객잔으로 돌아가 침상에 팔다리를 쭉 뻗고 벌러덩 누워 눈을 감고 고운 눈썹을 잔뜩 찌푸렸다.

천재 약제사라고 하지만 약성에서 진심으로 그녀를 자랑스러워하는 사람이 몇이나 될까? 아마 아버지 한 사람뿐, 거의 모두가 그녀가 죽기를 바라마지 않았다! 그녀는 싸우는 것이 무척 싫어서, 가능하다면 평범한 사람이 되고 싶었다.

아아, 칠 오라버니는 어디 있을까.

그녀가 속으로 한숨을 쉬는데 바로 다음 순간 낯익은 목소리가 들렸다.

"배은망덕한 못된 계집애. 하하하."

목령아는 침상에서 튀어오르듯 벌떡 일어나 앉아 놀란 소리로 외쳤다.

"칠 오라버니! 어디 있어요?"

고칠소가 들보에서 뛰어내려 차가운 눈길로 그녀를 바라보았다.

"목령아, 처음 만났을 때는 네가 그렇게 악독한 사람인 줄 왜 몰랐을까?"

목령아도 당연히 그가 갱에서 있었던 일을 두고 하는 말인 줄 알고 입술을 깨물며 고개를 숙였다.

"나도 내가 정말 악독하다고 생각해요."

외숙부의 속내

풀이 죽어 고개를 푹 숙인 목령아를 보자 고칠소가 재미난 듯 물었다.

"그래서 어쩔 거야?"

"모르겠어요."

목령아는 무척 솔직했다.

예전이었다면 하고 싶은 대로 벌하라고 떳떳하게 말했겠지만, 당사자인 한운석마저 별말 없이 풀어 준 마당에 도리어 칠오라버니가 따지고 나오자 견딜 수 없게 슬펐다.

고칠소는 손가락을 까딱여 가까이 오라는 손짓을 했다.

"날 도와줘. 그 일을 해 주면 따지지 않을게."

목령아의 어둡던 눈동자가 순식간에 환해지고 반짝반짝 웃음기를 떠올렸다. 그녀는 쪼르르 달려가 기쁜 목소리로 물었다.

"뭐든 시키세요. 무슨 일인데요?"

고칠소가 미독의 해약 약방문을 건넸다.

"웅천과 미천홍련을 찾아 줘."

목령아는 약을 배합하고 제조하는 솜씨가 일품이고 온갖 기괴한 약방문을 지겹도록 보아 왔지만, 이 약방문은 이해가 가지 않았다.

"해약인가 봐요?"

목령아가 의아해하며 물었다. 여기 적힌 약재는 당연히 알지만 이를 배합하면 어떤 약효가 있는지는 알 수가 없었다.

"약재만 찾아 주면 되니까 쓸데없이 궁금해하지 마."

고칠소는 목령아에게 벙어리 노파가 중독되었다는 것을 말해 주지 않았고, 이것이 미독의 해약이라는 것을 알려 줄 생각도 없었다. 목령아를 경계해서가 아니라, 그녀가 알 필요 없는 일이고 말해 주기도 귀찮았기 때문이었다.

목령아는 골이 나서 물었다.

"그럼 사과는요? 찾기 힘든 약재잖아요."

고칠소가 웃음을 지었다.

"사과는 가지고 있어."

"어디서 났어요?"

목령아는 눈을 휘둥그레 떴다.

약성의 천재 약제사인 그녀는 운공대륙의 진귀한 약재들을 훤히 알고 있었다. 그녀가 알기로, 사과는 현재 약귀곡의 약귀 대인이 한 알 가지고 있는데 다 자랐는지는 미지수였다.

"훔쳤어."

고칠소는 대충 대답했다.

"야…… 약귀곡에 가서 훔쳤어요?"

목령아는 까무러칠 듯이 놀랐다. 약귀 대인을 한 번 만나봤는데 그 생각을 하면 아직도 간담이 서늘했다!

그 노인네는 괴팍하고 무시무시해서 결코 쉬운 상대가 아니었다. 칠 오라버니가 사과를 훔친 것을 약귀 대인이 알게 되면

칠 오라버니는 하루도 편히 쉬지 못할 것이다.

고칠소는 대답을 피하고 찻잎 한 통을 건넸다.

"받아. 새 찻잎이야."

목령아는 통을 떨어뜨릴까 무서운지 황급히 받아들면서 이상한 듯 물었다.

"난 차를 좋아하지 않아요."

"내가 좋아해."

고칠소는 그렇게 말하며 걸어갔고, 목령아는 의아한 얼굴로 통을 열어 향기를 맡아보았다. 칠 오라버니가 이런 취향이라는 것을 왜 몰랐지?

"칠 오라버니……."

그런데 그녀가 고개를 들었을 때 고칠소는 이미 보이지 않았다.

"칠 오라버니, 어디 가요? 잠깐만요!"

목령아는 객잔 밖까지 쫓아나갔지만 아쉽게도 고칠소는 모습을 감춘 뒤였다.

"좀 더 이야기하면 누가 죽기라도 한담!"

목령아는 입을 삐죽이며 잔뜩 불만스러운 얼굴을 했다. 물론 그녀는 재빨리 객잔으로 돌아가 다짜고짜 짐을 싸서 집으로 돌아갈 준비를 했다.

웅천과 미천홍련이라는 약재는 무척 희귀해서 명확히 기억이 나지 않았기 때문에 집으로 가서 직접 써 놓은 상세한 기록을 다시 뒤져 봐야 했다. 조금 전에 받은 아버지의 비합전서는 이미 머릿속에 없었다.

한운석이 진왕부에 돌아간 것은 정오가 막 지났을 때였다. 본래는 서재로 가서 미접몽을 연구하며 용비야가 돌아올 때까지 기다릴 생각이었다.

그런데 뜻밖에도 용비야가 꽃밭에 있었다.

그가 낮에 왕부에 머문 게 언제였던지 기억조차 나지 않았다.

한운석이 다가갔을 때 초서풍은 여 이모가 백리 장군부를 찾아 백리명향을 만났다는 보고를 하다가 그녀가 오는 것을 보고 곧바로 물러났다.

한운석은 단도직입적으로 물었다.

"전하, 미인혈과 미접몽에 무슨 관계가 있나요?"

미인혈은 3백 가지 독으로 만드는 것이니 용비야가 미인혈을 원하는 이유는 미접몽과 관계가 있다고 생각할 수밖에 없었다.

용비야가 설명하려는데 갑자기 조 할멈이 나타나 보고했다.

"전하, 여 이모께서 오셨습니다. 낙하정落霞亭에 계신데 급한 일이니 당장 뵙자 합니다."

용비야가 오늘 일부러 시간을 내 왕부에 머문 것은 한운석과 이야기를 하기 위해서였다. 그런데 뜻밖에도 여 이모가 백리 장군부에 들렀다 이곳에 나타난 것이다.

그는 불쾌한 눈빛을 지었지만 그래도 만나 보기 위해 일어나면서 한운석에게 말했다.

"기다려라. 조금 있다가 찾아가겠다."

여 이모에게 호감이 없는 한운석은 은근히 불안했다.

"네, 기다릴게요."

용비야가 낙하정에 도착하자 여 이모가 엄숙한 얼굴로 물었다.

"미인혈의 비밀까지 한운석에게 알려 주려는 거니?"

"문제라도 있습니까?"

용비야는 차갑게 반문했다.

"야아, 변했구나!"

여 이모가 질책했다. 요 며칠 그녀는 줄곧 한운석을 공격할 기회를 노리고 있었지만 적절한 기회가 오지 않았다.

이렇게 완강한 태도를 보이면 용비야에게 반감만 일으킬 뿐이라는 것은 알지만, 도저히 두고 볼 수가 없었다.

백리명향같이 좋은 낭자조차 미인혈의 비밀을 알 자격이 없는데, 한운석이 뭔데 알려 줘야 할까?

저 아이는 한운석에게 푹 빠져 이성을 잃어버린 모양이었다!

미접몽을 얻는 자는 천하를 얻는다고 했는데, 그 미접몽을 한운석에게 맡겼는데도 되찾을 힘이 없었다. 그렇지만 미인혈의 비밀만은 절대로 한운석에게 알려 주도록 놔둘 수 없었다.

"다른 일이 없으시다면 먼저 가겠습니다."

용비야의 싸늘한 태도는 절망적이었다.

그런데 여 이모가 말했다.

"외숙부가 널 만나시겠다는구나. 늘 만나던 곳에서."

용비야는 여 이모보다 외숙부를 훨씬 존경했다. 그는 복잡한 눈빛을 띤 채 두말없이 돌아섰다.

여 이모는 자신의 오라버니, 즉 당문의 문주이자 당리의 아버지인 당자진唐子晋에게 모든 것을 털어놓았다. 한운석이 영족의 수호를 받는 사람이란 비밀까지도.

그녀는 당장 가서 한운석을 처리하고 싶었지만 꾹 참았다. 오라버니에게는 더 좋은 방법이 있으리라 믿었기 때문이었다. 용비야가 문을 나서자 그녀는 곧바로 뒤쫓았다.

여 이모가 말한 '늘 만나던 곳'이란 천녕국 도성 서쪽 교외에 있는 용비야의 은신처 유각이었다.

유각은 그 이름에서 알 수 있듯 깎아지른 절벽 가운데 자연적으로 움푹 들어간 곳에 숨겨져 있었다. 움푹 들어간 절벽이 누각 전체를 가렸고 밖으로 돌출된 곳에는 인공적으로 노대를 만들어 놓았다.

이 노대 위에 서면 도성의 전경을 내려다볼 수 있었고, 천녕국 황궁조차 발아래에 있었다.

용비야가 도착했을 때 당자진은 노대에서 차를 끓이고 있었다. 마흔에 가까운 나이지만 수염을 기르지 않았고 준수한 얼굴에 기품이 있는 사람이었다.

"외숙부님, 언제 오셨습니까? 왜 말씀하지 않으셨습니까?"

용비야가 태연하게 인사를 했다.

"리아離兒(당리를 친근하게 부르는 이름)에게 혼약이 있다는 걸 알면서도 숨겨 주다니! 참으로 괘씸하구나!"

당자진은 불쾌하게 꾸짖었다.

용비야는 자리에 앉아 태연자약하게 차를 따랐다.

"외숙부님, 억지 장가를 보내 보았자 좋을 것이 없습니다."

"그래? 너도 억지 장가를 들었지만 나쁘지 않은 것 같더구나."

당자진이 명확하게 꼬집었다.

용비야는 시선을 거두며 그 말에 동요하는 대신 도리어 물었다.

"저를 꾸짖기 위해 찾아오시지는 않으셨을 텐데요?"

당자진이 이런 말을 했다면 당리는 벌써 붙잡힌 게 분명했다.

"네 이모에게 듣자니 미접몽을 한운석에게 주었다더구나?"

당자진이 진지하게 물었다.

"예. 그 여자가 풀어낼 겁니다."

용비야의 대답이었다.

"그 아이는 믿을 만하냐? 네 이모 말로는 그 아이의 어머니 천심부인의 내력이 모호하다던데."

사실 당자진은 이미 모든 것을 알고 있었지만 용비야의 성격을 잘 알기 때문에 여 이모처럼 충동적으로 행동하지 않았다.

"믿을 만하지 않다 해도 제 손아귀에서 빠져나갈 수 없으니 안심하십시오."

용비야는 태연하게 말했다.

"야아, 이건 중요한 일이다. 네가 선을 잘 지키리라 믿는다."

당자진은 잠시 망설이다가 다시 말했다.

"네 이모도 네가 걱정되어 그러는 것이니 미워하지 마라."

엄격히 말해 당자진은 용비야의 외숙부지만 역시 용비야의 부하였고, 여 이모도 마찬가지였다. 당문은 백리씨 집안에 비해 한 등급 낮았다.

다만 용비야는 한 번도 그들을 부하처럼 대한 적이 없었다. 여 이모는 늘 집안 어른 노릇을 하려고 했으나 당자진은 훨씬 예를 차렸다.

"그럴 리 있겠습니까?"

용비야는 한마디도 먼저 꺼내지 않았기 때문에 당자진도 그가 정말 어떻게 생각하는지 알아낼 수가 없었다.

물론 당자진은 아들에게는 화를 참지 못했지만 용비야에게는 달랐다. 그는 초청장 하나를 꺼내며 화제를 돌렸다.

"리아를 데려갈 겸 네게 초청장을 전해 줄까 해서 왔다."

새빨간 초청장은 틀림없이 당리의 혼례식 초청장이었다.

용비야는 뜻밖이었다.

"이렇게 빨리 말입니까?"

"미뤄 봐야 그 못된 녀석이 또 무슨 짓을 할지 누가 알겠느냐."

당자진은 진지했다.

초청장을 펼쳐보는 용비야는 눈빛이 어두웠지만 아무 말도 하지 않았다.

"혼례에는 한운석과 함께 오너라. 네가 그 아이를 믿는다면 모든 것을 말해 줘야겠지."

당자진의 태도는 여 이모와는 전연 딴판이었다.

하지만 용비야는 전혀 놀라지 않은 듯 가만히 고개를 끄덕였다.

"그러겠습니다."

두 사람은 차를 마시며 저녁때까지 한담을 나누었지만, 당자진은 다시는 한운석 이야기를 꺼내지 않았고 용비야도 먼저 말하지 않았다.

누구든 그들의 대화를 들었다면 당자진이 여 이모의 말을 듣고 용비야를 설득하러 왔다고는 믿지 못했을 것이다.

밤이 되자 당자진은 사람을 시켜 좋은 술을 구해 오게 했다.

"이렇게 함께 한 지도 오랜만이니 술 한잔 하는 게 어떻겠느냐?"

예전이었다면 반드시 남았을 용비야지만 이번에는 거절했다.

"일이 있으니 다음에 마시겠습니다."

눈동자에 실망의 빛이 스쳤지만, 당자진은 곧 그 표정을 감추고 웃으며 고개를 끄덕였다.

"그럼 늦지 않게 가 보거라."

용비야가 떠나자 여 이모가 기다렸다는 듯이 나타나 화난 소리로 말했다.

"어째서 미인혈 이야기는 안 하셨어요? 어쩌시려는 거죠?"

당자진은 단 한마디로 대답했다.

"천천히 처리하자."

"미뤄서는 안 되는 일이에요, 오라버니! 영족이 수호한다면 한운석은 바로 서진 황족의 핏줄이라고요!"

여 이모는 심각했다.

"영족을 상대하는 것은 어렵지 않고 한운석을 상대하는 것은 더욱더 어렵지 않다. 어려운 것은 비야다. 명심해라. 이 일은 머리를 써야만 한다."

당자진은 생각에 잠긴 표정을 지었는데, 그 속에는 이미 머리를 쓴 대책이 마련되어 있었다.

모든 것은 당리의 혼례까지 기다려야 했다. 한운석이 감히 당문에 들어오면 손쉽게 처리할 방법이 있었다.

여 이모는 심호흡을 했다. 마음에 들지는 않지만 방법이 없었다.

"시키는 대로 하죠!"

용비야는 유각을 떠나 곧바로 운한각으로 돌아가지 않고 고원으로 가서 몸소 고수 열 명을 파견했다. 그가 한 분부는 딱 한마디였다.

"무슨 방법을 써서라도 혼례 전에 당리를 빼내라."

이렇게 하는 것이 단순히 당리를 돕기 위해서인지, 아니면 당자진의 속마음을 알아차렸기 때문인지는 그 자신만 알고 있었다.

할 일을 끝내고 왕부로 돌아갔을 때는 이미 한밤중이었지만, 운한각에는 여전히 등불이 밝혀져 있었다…….

천하는 네가 생각하는 것보다 넓다

깊고 조용한 밤, 진왕부 부용원은 더욱더 고요했다.

운한각에는 등불이 켜져 멀리서 누각 위의 창가에 선 아리따운 그림자가 보였다. 한운석이었다.

용비야는 정원의 긴 회랑에 서서 멀찌감치 떨어진 채 그 모습을 바라보았다. 마치 망설이기라도 하듯 한참 동안 바라보던 그는 결국 그쪽으로 다가갔다.

용비야가 운한각 정원에 도착하기 전에 그를 발견한 한운석은 재빨리 누각을 내려가 용비야 앞으로 달려가며 생긋 웃었다.

"돌아왔군요!"

그녀는 용비야가 나간 후부터 내내 그를 기다렸다. 미접몽을 연구할 생각이었지만 마음이 어지러워 진정이 되지 않았다. 조 할멈이 당자진이 찾아온 일을 알려 주어 특히 더 그랬다.

당자진은 용비야의 외숙부이자 당문의 문주이니, 아마도 여 이모와 같은 입장일 것이다. 사실 그녀는 여 이모가 왜 그렇게 자신을 적대시하는지 정말 알 수가 없었다.

당자진을 만나 본 적은 없지만 당리에게 혼사를 강요한 것만 봐도 썩 좋은 사람 같지 않았다.

한운석이 밤늦게까지 창가에 서 있었다는 것을, 용비야는 분명 몰랐을 것이다.

한운석은 무척 기뻐했지만 용비야는 차분하게 고개만 끄덕이고는 운한각 서재로 들어갔다.

이 인간은 늘 이렇게 냉담했지만 한운석은 그의 기분이 좋지 않다는 것을 뚜렷하게 느꼈다.

그녀가 따라 들어가서 물었다.

"당문에…… 무슨 일 있어요?"

용비야는 책상에 놓인 각종 독초를 살피면서 대답했다.

"아니."

"그렇군요……."

한운석은 골이 났다. 분명히 무슨 일이 있는데 그가 말해 주지 않는 것뿐이었다.

용비야는 곧 한운석이 유리병에 넣어 둔 독 난초를 발견했다. 지난번 독종의 금지 독초 창고 지하에서 가져온 부식성 강한 독초였다.

"미접몽 연구는 진전이 있느냐?"

그가 담담하게 물었다.

미접몽을 한운석에게 준 지 여러 날이 흘렀다. 그가 원하는 것은 미접몽의 배합 방법이었다.

요 며칠 바쁘게 보낸 한운석이지만 그 일은 잊지 않고 있었다.

독은 두 가지로 분류할 수 있는데, 하나는 단일 독이고 다른 하나는 복합 독이었다.

단일 독은 말 그대로 단 한 가지 독성만 띠는 것을 말했다. 자연계에 본래부터 존재하는 독으로, 독성을 띤 식물이나 동물, 돌멩이 등에 있는 것은 대부분 단일 독이었다.

복합 독은 독성이 혼합된 것이었다. 인공적으로 만든 독약은 대부분 복합 독인데, 다양한 독약을 한데 섞어 새로운 독약을 만드는 것으로, 지난번 목청무가 중독된 만사독이 전형적인 복합 독이었다.

복합 독은 여러 가지 독약을 혼합해 만들지만, 일단 만들고 나면 단 한 가지 독성만 갖게 된다.

그런데 독 난초는 무척 독특해서 이 두 분류의 범위를 뛰어넘은 존재였다.

해독시스템은 독 난초의 독성을 탐지하지 못했지만 그 속에 몇 가지 단일 독이 있는 것은 알아냈다.

논리대로라면 복합 독에 속해야 하는데 해독시스템에 기록되지 않은 독이어서 그 독성을 탐지하지 못한 것이다.

한운석은 독 난초에 함유된 단일 독을 모두 분석하고 그 독을 구해 서로 섞어 새로운 독성을 만들어 냈고, 그것을 이용해 해독시스템에 새로운 기록을 만들었다.

하지만 그 후 다시 독 난초를 검사해 보아도 여전히 독성을 탐지하지 못했다.

다시 말해 독 난초를 분석해서 나온 단일 독을 섞어 새로 만든 독은 독 난초에 있는 독이 아니라는 뜻이었다.

해독시스템의 분석은 몹시 세밀해서 독 난초에 들어 있는 각종 단일 독의 분량까지 분석해 냈고, 그 분량에 따라 또다시 독을 만들어 보았다.

이치대로라면 해독시스템은 독 난초의 독성을 탐지해 내야 했지만 그렇지 못했다.

한운석은 머리를 쥐어짰지만 이유를 알아내지 못했고, 해독 시스템에 오류가 있는 게 아닐까 의심하기까지 했다. 하지만 결국 알아냈다.

"제가 사용한 방법은 각종 단일 독을 구해 비율에 따라 섞은 것이지만, 독 난초는 재배한 것이니 독성이 다를 수도 있어요. 그래서 단일 독으로 새로운 독을 만들더라도 독 난초의 독은 아니지요."

한운석은 진지하게 설명했다.

문외한이라면 무슨 말인지 몰라 어리둥절했겠지만 용비야는 단번에 알아들었다

"그러니까 독 난초는 여러 가지 단일 독을 띤 약초를 교배해서 만든 신품종 독초라는 말이군."

"맞아요! 분명히 혼합형 독 약초일 거예요!"

한운석은 그가 무척 영리하다고 생각했다.

이렇게 독초를 교배하는 것은 새로운 방법은 아니었다. 약귀곡의 고칠찰이 이 방면의 고수로, 독약이 아니라 약초를 기른다는 것을 빼면 다를 바가 없었다.

"어쩌면 미접몽도 재배해서 만든 독인지도 모르겠군."

용비야가 혼잣말을 중얼거렸다.

한운석은 아직까지 미접몽의 독성을 분석해 내지 못했지만, 그녀는 아무리 사소한 것이라 해도 독에 관한 것이라면 늘 엄

격하고 신중하게 접근했다.

"그건 확실하지 않아요. 전하, 미접몽은 독종의 물건이죠?"

"음."

용비야는 고개를 끄덕인 후 다시 말했다.

"미접몽을 얻는 자가 천하를 얻는다."

지난번에 물었을 때에는 그렇게 많이 알 필요 없다고 했는데, 오늘은 먼저 여러 가지 정보를 알려 주다니 뜻밖이었다.

한운석은 말로 표현하기 힘든 만족감을 느꼈다. 이 남자와 한 걸음 더 가까워지고 더 많이 알게 된 기분이었다.

물론 미접몽에 그런 비밀이 있었다는 것이 몹시 뜻밖이기도 했다.

'미접몽을 얻는 자가 천하를 얻는다'라니, 이걸 어떻게 해석해야 할까?

"독 하나로 천하를 정벌할 수 있을까요?"

한운석이 이해가 가지 않는 얼굴로 말했다.

"본 왕도 알고 싶다. 독 하나로 어떻게 천하를 정벌할 수 있을지."

용비야는 10여 년간 그 문제를 고민해 왔다. 믿고 싶지 않지만 이 독약은 모비가 목숨과 바꾼 것이었다. 그의 앞에서 자결하기 전, 모비는 마지막으로 이렇게 말했다.

'야아, 독 하나로 천하를 정벌할 수 있다. 네게 줄 수 있는 것은 이것뿐이구나!'

"미인혈은요? 미인혈은 또 뭔가요?"

한운석이 진지하게 물었다. 이렇게 늦은 시각까지 기다린 것은 그가 걱정되어서이기도 하지만 미인혈의 용도를 알고 싶어서이기도 했다.

여 이모가 경고하고 당자진 역시 관심을 보인 일이지만, 그래도 용비야는 한운석에게 사실을 숨기지 않았다.

"미접몽의 제조법에 미인혈을 섞는 것이다. 미접몽의 용도지."

미접몽과 미인혈이 관계가 있다는 한운석의 추측이 옳았다.

"용도라니, 미접몽으로 뭘 할 수 있는 거죠?"

한운석은 점점 더 이해가 가지 않았다. 중독시키는 것 말고 또 어디에 독약을 쓴다는 거지?

용비야는 모비가 미접몽으로 어떻게 천하를 정벌할 수 있는지 알고 있었지만 말해 주지 않았을 뿐이라고 어렴풋이 느끼고 있었다.

그는 한운석을 흘끔 바라볼 뿐 대답하지 않고 책상을 따라 걸으면서 위에 놓인 독약을 바라보며 생각에 잠겼다.

"전하, 반드시 미인혈이 필요한가요?"

사실 한운석은 이렇게 묻고 싶었다. 반드시 미접몽으로 천하를 정벌해야 하나요?

용비야는 그녀의 속마음을 읽었는지 눈동자에 반드시 해야 한다는 의지를 떠올렸다.

"한운석, 천하는 네가 생각하는 것보다 넓다."

그가 원하는 천하는 천녕국 하나도 아니고 세 나라도 아니었다. 그는 운공대륙 전체, 그리고 그 너머까지도 원했다!

한운석은 살짝 놀랐다. 용비야가 평범한 인물이 아니라고는 생각했지만 이토록 야심이 클 줄이야.

용비야는 천녕국의 황족이 아니고 엄청난 세력을 쥐고 있으면서도 여태 천휘황제와 싸우지 않았다. 지금까지는 그가 천녕국 황권에 흥미가 없어서라고 생각해 왔는데, 이제 보니 흥미가 없는 것이 아니라 천녕국을 발판으로 삼을 생각인 것 같았다.

"대진제국의 천하는요?"

한운석은 문득 운공대륙의 전성기가 생각났다.

용비야는 대답하지 않고 걸음을 멈추더니 담담하게 말했다.

"백리명향에게 약을 지어주고 가능한 한 빨리 미인혈을 얻도록 해라. 미접몽을 파악하는데 도움이 될지도 모른다."

"전하, 평생 가야 만들어 낼 수 있는 독혈인데 시간을 단축시키면 백리명향은 더욱 고통을 받게 돼요."

한운석이 일깨워 주었다.

정상적인 속도로 석 달에 하나씩 만성독을 쓰면 3백 가지 독을 모두 복용할 때까지 평생이 걸렸다.

"평생 기다릴 수는 없다."

용비야가 말했다.

"너무 잔인해요."

의원이고 여자인 한운석은 아무래도 마음이 아팠다.

"평생을 그렇게 사는 것이 가장 잔인한 일이다."

용비야의 목소리는 얼음처럼 차가웠다.

한운석은 입을 꾹 다물고 말이 없었다. 그의 냉혹한 옆얼굴을 보면 얼음처럼 무정한 사람이라는 생각이 들어 저도 모르게 한기가 느껴졌다.

이 남자는 대체 얼마나 마음이 차가운 걸까?

백리명향처럼 충성스런 부하를 고통스럽게 하면서, 한 번이라도 망설인 적이 있긴 할까?

하지만 그의 말이 옳았다. 평생 그렇게 사는 것이 가장 잔인했다.

"다음번에 백리 장군부에 갈 때는 잊지 말고 독약을 가져가거라."

용비야는 태연하게 분부한 뒤 돌아서서 나갔다. 한운석은 무거운 표정으로 깊이 생각에 잠겼다.

그런데 그때 조 할멈이 야참을 가지고 서재 입구에 나타나 용비야의 앞을 가로막았다.

"전하, 잠깐만, 잠깐만 기다리십시오. 전하께서 오셨다기에 소인이 일부러 가장 좋아하시는 설련연자갱을 끓여 왔습니다."

조 할멈은 주름살에 눈이 파묻힐 만큼 웃었다. 뭐가 그리 좋은지 모르지만, 어쨌든 그녀는 저녁 내내 주방에서 연자갱을 끓이면서 히죽거렸다.

"전하, 몇 년 동안 못 드셨지요? 자자, 어서 드셔보시지요. 소인의 솜씨를 보시기 전에는 못 가십니다."

용비야는 연자갱을 쳐다보지도 않았지만 그래도 돌아가서 자리에 앉았다.

조 할멈은 무척 기뻐하며 황급히 두 그릇을 내밀었다.

파란미디어 도서목록

상상의 경계를 허문다
이야기의 힘을 믿는다

파란

e-mail paranbook@gmail.com
cafe cafe.naver.com/paranmedia
facebook facebook.com/paranbook
tel 02, 3141, 5589 fax 02, 3141, 5590

중국 최고의 로맨스 작가 동화 桐華

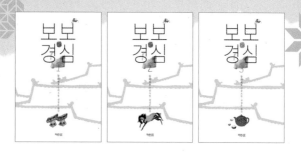

보보경심 전정은 옮김 | 각 권 14,500원(전3권)

중국 120만 부 화제의 밀리언셀러!
SBS 드라마 '달의 연인-보보경심 려' 원작 소설
18세기 초 청나라 강희제 시대로 시간을 거슬러 간
21세기 중국 여성 장효의 사랑과 운명!

장효/마이태 약희
불의의 사고로 300여 년 전 과거로 타임슬립한다. 피로 얼룩질 황자들의 운명을
알고 있는 약희는 비정한 역사의 흐름에 휩쓸리지 않으려 애쓰지만
오히려 점점 깊이 개입하게 된다.

사황자 윤진
카리스마 넘치는 절대군주. 속을 알 수 없는 냉랭함으로 약희를 혼란스럽게 만들지만
약희가 태자와 원치 않는 혼인을 할 위기에 처하자 드디어 움직이기 시작한다.

팔황자 윤사
사고뭉치지만 사랑스러운 약희를 애틋하게 보살피며 약희와의 사랑을 키워 간다.
그러나 권력과 사랑, 둘 중 하나를 선택하길 바라는 약희의 요구에 크게 갈등한다.

© 步步驚心 보보경심

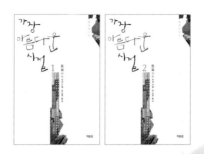

가장 아름다운 시절

유소영 옮김 | 각 권 13,000원(전2권)

동화 작가의 첫 현대소설! 드라마 '최미적시광'의 원작
도시를 배경으로 하는 네 남녀의 얽히고설킨 오피스 로맨스!

첫사랑의 회사로 이직한 주인공 쑤만의 고군분투 사랑 쟁취기!

ⓒ 最美的时光 가장 아름다운 시절

새로운 스케일의 이야기가 온다!

화천골 과과 지음 · 전정은 옮김 | 각 권 13,000원(전4권)

100만 독자가 추천한 베스트셀러!
6억 명이 열광한 인기 드라마 '화천골'의 원작소설

그녀는 팔자가 사납고 음기가 너무 강했다.
그녀가 태어날 때 어머니는 난산으로 숨지고 성 안은 이상한 향기가 가득했다.
봄날의 수많은 꽃들이 단숨에 시들며 그녀는 화천골花千骨이라는 이름을 얻었다.

귀신과 요괴에 시달리며 외롭게 자란 소녀, 화천골.
절대 닿을 수 없는 스승 백자화에게 마음을 빼앗기며 가혹한 운명에 맞서다!

화천골
"앞으로는 소골이 함께할게요. 제가 사부님 곁에 있으니, 더 이상 혼자가 아니에요."
기이한 운명을 벗어나기 위해 노력하지만 스승 백자화에게 허락되지 않은 마음을
품게 되면서 스스로 금기의 덫에 몸을 던진다.

백자화
"백자화의 생에 제자는 화천골, 단 한 명뿐입니다."
달빛이 쏟아지는 것처럼 우아하고 초연한 장류산의 상선. 그 누구도 제자로 들이지
않았던 그에게 화천골이 들어오면서 그의 마음속에서도 미묘한 파동이 생겨난다.

"왕비마마, 어서 드셔보십시오. 전하께서 어려서부터 좋아하시던 겁니다."

한운석도 연자갱을 한 숟갈 떴다. 설연은 진득하게 익혔지만 아직도 투명했고, 연자에는 알알이 푸르스름한 연자심이 든 데다 국물은 딱 좋을 만큼 걸쭉했다.

모양만 봐도 군침이 도는데 용비야가 좋아하는 것이라고 하니 손에 꼽을 미식이 분명했다.

용비야는 벌써 먹기 시작했다. 한 손으로 그릇을 들고 다른 손으로는 숟가락을 잡고, 눈을 내리뜨고 가만히 먹기만 하는데도 동작 하나하나가 비할 데 없이 우아하고 존귀해 보였다.

처음으로 용비야에게도 좋아하는 것이 있다는 사실을 알게 된 한운석은 어서 빨리 무슨 맛인지 알고 싶었다. 그런데 웬걸, 한 숟갈 입에 넣자마자 곧 '왝' 하고 토해 내고 말았다!

이게 무슨 맛이람!

너무 맹숭맹숭하잖아?

용비야가 고개를 들고 눈을 찌푸리자 조 할멈이 황급히 다가왔다.

"마마, 목에 걸리기라도 하셨습니까?"

한운석은 전혀 그런 적 없지만 재빨리 그렇다고 대답하려다가 입속에 남아 있던 음식물을 잘못 삼켜 정말 목에 걸리고 말았다.

"쿨럭쿨럭…… 쿨럭……."

기침이 심해 숨조차 쉴 수가 없었다.

다급해진 용비야가 재빨리 다가와 등을 두드려 주었다.

도우려던 조 할멈은 그 광경을 보고 화다닥 손을 치운 뒤 엄숙한 얼굴로 말했다.

"전하, 음식이 목에 걸린 것이니 등을 두드려 봐야 소용이 없답니다. 가슴을 두드려 주셔야지요!"

공을 세워 잘못을 씻는 좋은 할멈

한운석은 힘껏 기침을 해 봤지만 그래도 나아지지 않았고, 용비야는 초조한 마음에 등을 두드려 주면서도 차마 힘을 주지 못했다.

위급한 상황에서 조 할멈이 방법을 알려 주자 그는 정말 커다란 손을 그녀의 가슴 앞으로 가져가 가볍게 아래로 쓸어 주었다.

그렇게 한 번 두 번 쓸어내리는 동안 무심결에 손끝이 한운석의 가슴을 스쳤다. 순간 한운석은 심장에서부터 온몸으로 전류가 퍼지는 것 같은 짜릿함을 느꼈다.

'헉' 하고 찬 숨을 들이켠 덕에 곧장 목 멘 것이 사라지고 호흡이 편안해졌다.

그녀는 입술을 꾹 다물고 온몸을 뻣뻣하게 굳힌 채 더는 기침을 하지 못했다. 본래도 발그레하게 달아올랐던 얼굴이 마치 불에 타는 것처럼 새빨개졌다.

그의 손을 밀어내고 싶었지만 몸이 너무 뻣뻣해져 움직일 수도 없었다.

초조해하던 용비야는 자신이 뭘 했는지도 모른 채 여전히 위에서 아래로 가슴께를 쓸어내렸고, 또다시 무심결에 일이 벌어졌다.

한운석이 참지 못하고 움찔하자 이번에는 용비야도 이상한 것을 알아차렸다. 그는 무슨 일이라도 있나 싶어 황급히 손을 멈췄다.

"한운석, 왜 그러느냐?"

그가 다급하게 물으면서 다시는 펴지지 않을 것처럼 준수한 미간을 잔뜩 찡그렸다.

한운석뿐만 아니라 조 할멈도 이렇게 초조해하는 그를 본 적이 없었다.

"그…… 그게……."

한운석은 귓불마저 홧홧하게 달아오를 지경이었다.

"괘…… 괜찮아요."

이 말밖에 또 무슨 말을 할 수 있을까? 그의 손은 아직도 그녀의 심장께에 놓여 있었다!

늙은 여우 같은 조 할멈은 무엇을 봤는지 옆에 서서 웃을락 말락 하고 있었다.

용비야는 아무것도 모른 채 한운석을 살피다가 정말 괜찮다는 것을 확인한 후에야 손을 치웠다.

"천천히 먹어라."

그는 다시 자리로 돌아가 방금까지 초조해 어쩔 줄 모르던 사람이 자신과는 아무 상관도 없는 양 고개를 숙이고 연자갱을 먹었다.

한운석은 먹을 생각이 싹 가셔 가만히 고개를 숙였다. 아직도 심장이 마구 쿵쿵거려 밖으로 튀어나올 것만 같았다.

이 인간의 강제 입맞춤에도 이처럼 얼이 빠지지는 않는데!

그가 일부러 그러지 않았다는 것을 알면서도 어찌된 셈인지 심장이 두근거려 견디기가 힘들었다.

"왕비마마, 아직 불편하십니까? 왜 안 드시고요?"

조 할멈이 물었다.

용비야가 곧바로 고개를 들었지만 말은 없었다.

"아…… 아닐세. 목이 약간 아픈 것뿐일세."

한운석은 핑계를 댔다.

조 할멈이 즉시 물을 따라주었다.

"왕비마마, 여기 물입니다. 목을 좀 축이시지요."

방 안은 다시 평화를 되찾았다. 한운석은 용비야가 음식을 먹을 때는 무척 조용하다는 것을 알게 되었다. 오래지 않아 그는 그릇을 모두 비웠다.

그때 조 할멈이 슬며시 그녀를 앞으로 밀면서 말했다.

"전하, 이렇게 늦었는데 가시는 건 아니겠지요?"

한운석도 바보가 아닌 이상 조 할멈의 속마음을 훤히 알 수 있었다.

그녀는 남몰래 조 할멈을 꼬집었지만 저지하지는 않았다.

"전하, 앞으로 한 시진만 있으면 날이 밝습니다. 마마와 함께 위층으로 올라가서 쉬고 계시면 소인이 가서 아침을 준비하겠습니다. 소인이 만든 연두부 맛을 보신 지 한참 되시지 않으셨습니까?"

조 할멈은 그렇게 말하며 자꾸만 한운석을 밀며 용비야를 붙잡으라고 부추겼다.

한운석은 한마디도 하지 않고 버렸다.

용비야가 어떤 사람인데 조 할멈의 뜻을 모를까.

그는 무심하게 한운석을 흘끗 바라보았다. 고작 눈길 한 번 준 것뿐인데 한운석은 민망해져서 차마 그를 쳐다보지도 못했다. 붙잡으려는 게 내 뜻이라고 생각하는 건 아니겠지?

그가 가 버리면 마음이 헛헛해진다는 것은 알고 있지만, 조 할멈이 상상하는 쪽으로 생각한 적은 한 번도 없었다!

상상할 수도 없는 일이었다!

한운석은 누가 뭐래도 조 할멈의 함정에 빠진 것이었지만, 이런 상황이 되자 그가 어떻게 나올지 궁금해서 약간 긴장했다.

방 안은 쥐 죽은 듯 조용했다. 사고를 친 조 할멈도 일부러 아무 말도 하지 않았으나 사실은 내심 긴장하고 있었다.

용비야는 아무 일도 없었던 것처럼 알아서 차를 따라 입가심을 하더니 일어났다.

그가 일어나자 한운석의 심장을 틀어막았던 숨이 단숨에 새어나갔다. 홀가분했지만 동시에 뭔가 잃어버린 것처럼 마음이 허해졌다.

조 할멈은 실망이 역력한 얼굴로 애원했다.

"전하께서 소인이 만든 아침 식사를 하신 지가 언제인지 까마득합니다."

그런데 뜻밖에도 용비야는 옆에 있는 긴 의자로 걸어가 편안하게 앉았다.

"본 왕은 할 일이 있으니 한 시진만 쉬었다 가겠다."

조 할멈은 몹시 기뻐 한운석까지 부려 댔다.

"왕비마마, 뭘 하십니까? 어서 전하께 이불을 가져다 드리시지요."

한운석은 얼떨떨한 마음에 시킨 대로 멍하니 위로 올라갔다.

하지만 한운석이 비단 이불을 가지고 돌아왔을 때 조 할멈은 이미 종적을 감춘 후였다. 용비야는 긴 의자에 누워 한 손으로 머리를 받치고 두 눈을 감고 있었는데, 신도 부러워할 얼굴에는 싸늘함이 다소 가시고 따스함이 조금 더 묻어 있었다.

한운석은 문가에 서서 멍하니 그 모습을 바라보며, 마치 미남자를 그린 그림 한 폭을 보는 것 같다고 생각했다. 너무 아름다워 현실처럼 느껴지지 않았다. 넋이 나간 그녀는 자신이 뭘 하려던 것인지도 까맣게 잊었다.

얼마 후 용비야가 눈을 떴다.

"한운석, 왜 그렇게 있느냐?"

사실 그녀가 문 앞에 나타났을 때부터 이미 알고 있었지만 계속 기다렸던 것이다.

한운석은 그제야 정신이 돌아와 허둥지둥 이불을 가져갔다. 이불을 덮어 주려는데 용비야가 일어나 앉아 폭이 넓고 가장자리를 금실로 장식한 하얀 장포를 벗었다.

한운석은 재빨리 눈을 돌렸지만 그래도…… 곧 참지 못하고 몰래 훔쳐보았다.

현대에서나 이곳에 와서나 수없이 사람을 구했고 옷 벗은 남자 환자도 무수하게 보아서 이런 장면은 이미 익숙했다. 그렇지만······.

그래, 그렇지만이 뭐람. 한 사람 더 본다고 어떻게 되는 것도 아닌데.

멍청하게도 그녀는 처음 만난 날 용비야에게 옷을 벗으라고 했던 일은 까맣게 잊고 있었다.

슬그머니 바라보자 용비야는 이미 장포를 벗고 하얀 비단 속 곳만 입고 있었다. 양쪽 사선으로 여며진 목선이며 좁은 소매와 단단히 졸라맨 허리띠까지 단정하고 깨끗한 차림이었다.

용비야가 의자에 눕자 한운석은 급히 비단 이불을 덮어 주었다. 이 인간은 평범한 속곳만 입고 있어도 함부로 할 수 없는 존귀함이 넘쳤다!

그래, 저 남자가 남았어. 그럼 나는 어쩐다?

용비야는 잠들었는지 깜빡 조는지 아무 말 없이 눈을 감았고, 그 옆에 선 한운석은 한참 동안 어쩔 줄을 몰랐다.

곧 날이 밝을 테니 위층으로 올라가 잠을 자야 했다. 하지만 이 인간이 남아 있으니 규칙에 따르면 시중을 들어야 할 것 같았다.

한운석은 한참 고민하다가 결국 옆에 앉았지만, 용비야가 눈꺼풀을 살짝 들고 자신을 흘끔 바라본 것은 눈치채지 못했다.

방 안은 조용했고 시간은 계속 흘렀다.

얼마 안 있으면 날이 밝는데도 한운석은 전혀 졸리지 않아서 잠든 용비야의 고요한 얼굴을 가만히 바라보았다.

용비야는 정말 피곤해서 남았을까······ 아니면 그녀의 체면 때문에 남아 줬을까?

솔직히 말하면 그의 속을 들여다볼 수가 없었다. 아무리 사소한 일이라도 그가 무슨 생각을 하는지 들여다볼 수가 없었다.

보면 볼수록 이 남자가 무척 낯설게 느껴졌다. 그에게는 대체 그녀가 모르는 일들이 얼마나 많을까?

한참 동안 방이 조용하자, 책상 밑에서 꼬맹이가 조심조심 머리를 내밀었다. 용비야가 나타난 순간부터 지금까지 숨어 있느라 온몸이 찌뿌둥했다.

용비야가 잠든 것을 보자 녀석은 재빨리 한운석에게 뛰어올라 불쌍한 몸짓으로 몸을 비비적거렸다.

운석 엄마, 내가 싫어졌어요?

왜 저 얼음덩어리를 여기서 자게 하는 거예요!

너무 무섭단 말이에요!

그때 용비야가 다시 눈을 떴다. 그 즉시 위험을 감지한 꼬맹이는 놀란 나머지 온몸의 털을 올올이 곤두세우며 한운석의 손바닥에서 뛰어내려 연기처럼 내뺐다.

"왜 그래?"

용비야가 자고 있지 않다는 것을 눈치채지 못한 한운석은 고개를 갸웃했다.

한 시진은 두 시간이었다. 가만히 앉아 있던 한운석은 어느새 자기도 모르게 잠이 들었고 깨어나 보니 그녀 자신은 긴 의자 위에 누워 있고 용비야는 이미 보이지 않았다.

아직 아침 식사를 하고 있을까?

서둘러 의자에서 내려오다가 그제야 자신이 맨발이라는 것을 깨달았다. 버선과 신발은 한쪽에 단정하게 놓여 있었다.

그가 한 걸까?

마음 한쪽이 따스해졌다. 그녀는 신발을 신을 새도 없이 맨발로 밖으로 뛰어나가다가 들어오던 조 할멈과 딱 마주쳤다.

맨발을 본 조 할멈이 잔소리를 했다.

"왕비마마, 이 무슨…… 전하께서 보시면 큰일 나십니다!"

"전하는 어디 계신가?"

한운석이 물었다.

조 할멈은 흥이 가신 얼굴로 대답했다.

"왕비마마께서 잡지 않으시는데 소인의 연두부가 무슨 소용이겠습니까?"

잡지 않았다고?

무슨 수로 용비야를 잡으라는 거야?

한운석은 다시 의자로 돌아가 눈썹을 치키고 조 할멈을 흘기며 아무 말도 하지 않았다.

그 시선에 조 할멈도 양심이 찔리는지 먼저 화해의 손길을 내밀었다.

"왕비마마, 전하께서는 날이 밝자마자 떠나셨습니다. 유각에 중요한 일이 있어서 며칠 후에나 돌아오신다고 하시더군요."

한운석은 싸늘하게 쳐다보기만 할 뿐 아무 말도 없었다.

"왕비마마, 전하께서 소인에게…… 아, 아니지요, 왕비마마께 행적을 말씀하신 것은 처음입니다!"

조 할멈은 소리 내어 웃으며 말했다.

한운석은 참지 못하고 물었다.

"중요한 일이란 뭔가?"

"말씀하지 않으셨습니다. 전하께는 일이 많답니다."

조 할멈이 대답했다.

한운석은 흥미가 생겼다.

"유각은 어디에 있지?"

유각과 고원의 존재는 알지만 가 본 곳은 고원뿐이었다. 유각은 고원보다 더 비밀스러운 곳 같았다.

조 할멈이 히죽 웃었다.

"소인이 알면 당연히 말씀드렸을 겁니다. 소인은 왕비마마께서 전하에 대해 더 많이 아시기를 바라 마지않으니까요!"

뭐…….

한운석은 대답할 말을 찾지 못했다.

그녀는 선웃음을 지으며 못 들은 척했지만 조 할멈은 진지하게 말을 이었다.

"왕비마마, 전하와 그만 미적거리시지요! 전하께서 마마를 아끼시는 것을 소인은 다 압니다."

한운석이 말이 없자 조 할멈이 의미심장하게 말을 이었다.

"왕비마마, 마마와 전하 사이에 백 걸음이 있다 치면 마마께서 단 한 걸음만 내딛으셔도 전하께서는 반드시 남은 아흔아홉 걸음을 걸어오실 겁니다."

한운석은 다소 씁쓸했다. 백 걸음 중에 자신이 몇 걸음을 내

디뎠는지, 용비야는 또 몇 걸음을 내딛었는지 모르지만, 두 사람의 거리가 꽤 멀다는 것은 알고 있었다.

"왕비마마, 왜…… 왜 그러십니까?"

조 할멈도 한운석의 무거운 기분을 알아차렸다.

하지만 한운석은 생긋 웃으며 맑디맑은 눈동자를 환하게 반짝였다. 그녀가 농담을 던졌다.

"조 할멈, 내가 아흔아홉 걸음을 갈 수는 없나?"

"왕비마마, 농담이 아닙니다!"

조 할멈은 몸이 달았다.

한운석은 그래도 웃으며 말했다.

"나도 농담하는 게 아닐세! 진담이야!"

조 할멈은 기운이 빠졌고 한운석은 그 틈에 자리를 피했다. 그녀는 여전히 입가에 미소를 지은 채 혼잣말을 했다.

"아흔아홉 걸음은…… 얼마나 멀까?"

한운석은 쉬지 않고 그날 아침 백리 장군부를 찾아갔다. 그녀가 백리 장군부에 도착했을 때 고북월은 천휘황제에게 알현을 청하고 있었다.

그녀를 아끼는 사람

고북월이 아침 댓바람부터 천휘황제를 찾아간 것은 바로 한운석이 백리명향을 치료하는 일 때문이었다.

태의원 수석 어의인 그는 천휘황제가 한운석에게 서산에 가서 황후를 치료하라는 명령을 내린 것을 이미 알고 있었다.

규칙대로라면 태후의 생신 연회가 끝난 뒤 한운석을 출발시켜야 했다.

하지만 지금까지 그는 아무 조치도 하지 않았고, 천휘황제 역시 한동안은 먼저 그 일에 대해 묻지 않았다.

천휘황제가 먼저 묻지 않는 것이 없던 일로 하자는 뜻은 아님을 고북월도 잘 알고 있었다.

천휘황제는 태후의 생신 연회에서 보여 준 용비야의 실력을 꺼려 한운석을 압박하지 않는 것뿐이었다. 반면 백리 장군이 연회가 끝나자마자 태의원에 치료를 청한 것은 용비야의 뜻이었다.

태의원 수석 어의인 고북월이 후궁의 투쟁에 끼어들지 않고 여태 독야청청한 것을 보면 그 지혜를 짐작할 수 있었다.

모든 것을 훤히 꿰뚫어 보는 그는 한운석이 서산으로 가지 않았을 때 천휘황제가 먼저 묻지 않고 용비야도 먼저 거론하지 않을 경우 결정권은 태의원 수석 어의인 자신에게 있다는 것을 알고 있었다.

　두 제왕 사이에 끼었는데 말없이 모른 척하고 있으면 결국 당하는 사람은 그였다!

　"폐하, 백리 소저의 병력서입니다. 병을 앓은 지 오래이나 여러 태의가 진맥했는데도 치료하지 못했고 소신도 똑같이 손을 쓰지 못했습니다. 그 후 백리 장군께서 왕비마마께 치료를 청했는데 중독으로 확인되었고, 해독하는 데는 시간이 걸린다고 합니다."

　고북월은 병력서를 받쳐 올리며 설명했다.

　천휘황제는 대충 훑어본 후 탁자 위에 휙 던졌다.

　"고북월, 황후의 병이 백리명향의 병보다 중요하지 않다는 말이냐?"

　"통촉해 주십시오, 폐하. 결코 그런 뜻이 아닙니다!"

　고북월은 즉시 무릎을 꿇고 당황한 표정을 지었다.

　"폐하, 백리 장군은 왕비마마의 서산행에 관해 모릅니다. 장군은 태후의 생신 연회가 있던 날 저녁에 태의원을 찾아와 왕비마마가 중독 여부를 확인할 수 있는지 물었습니다."

　"그래서, 네가 그러마고 했더냐?"

　천휘황제가 사납게 물었다.

　"소신은 백리 소저가 그렇게 심각하게 중독된 줄 몰랐습니다. 왕비마마가 약 한 첩 지어 주면 나을 것이라고 생각했지, 그토록 오랫동안 침을 맞아야 한다고는 예상하지 못했습니다."

　고개를 숙인 고북월은 무척 미천하고 당황해 보였지만 맑은 눈동자는 차분하기만 했다.

"예상하지 못해? 하하하, 고북월. 그럼 어디 말해 보아라. 이제 어떻게 해야겠느냐?"

천휘황제는 이렇게 말하더니 노기충천해서 탁자를 힘껏 내리쳤다.

고북월은 더욱더 고개를 푹 숙였다.

"폐하, 노여움을 푸십시오! 소신의 직언을 용서하시기 바랍니다. 왕비마마는 독의로 해독에는 능하나 병 치료에는 능하지 못합니다. 황후마마께서는 귀하신 몸이니 경솔하게 치료해서는 안 됩니다. 소신이 아는 신의 한 명이 정신적인 병에 관해 제법 잘 아는데 황후마마를 위해 힘써 보겠다고 합니다."

듣고 보니 흠잡을 데 하나 없는 말이었다!

황후를 치켜세우면서 천휘황제가 물러날 길을 마련해 준 것이다.

용비야의 태도로 보아 천휘황제가 억지로 한운석을 서산에 보내면 무슨 일을 저지를지 몰랐다.

천휘황제도 이미 한운석을 어찌해보겠다는 마음은 접었지만 물러날 핑계가 필요했다.

물론 그도 백리명향의 병이 용비야의 계책이라는 것을 알아보았고, 한동안 미루다가 이 일을 추궁해서 직무에 태만했다는 이유로 고북월을 엄벌에 처하고 그 핑계로 물러날 계획을 세우고 있었다.

그런데 다행히 고북월이 알아서 핑계를 마련해 주는 동시에 스스로도 위기에서 벗어날 수 있는 방책을 낸 것이었다.

천휘황제가 곧바로 대답이 없자 고북월이 다시 말했다.

"황후마마의 귀하신 몸에 약간의 실수라도 있어서는 안 됩니다. 부디 다시 생각해 주십시오, 폐하."

천휘황제가 물러날 길을 한 번 더 닦아 주는 말이었다.

천휘황제가 그래도 서산에 갈 사람을 바꾸지 않으면 황후마마를 중요하게 생각지 않는 셈이 되는 것이다.

천휘황제는 이대로 고북월을 놓아주기가 내키지 않았지만, 좋은 핑계가 생겼으니 물러나는 편이 나았다.

"흐흠, 짐이 한운석을 과대평가한 모양이구나. 그렇다면 한운석에게 기대할 수는 없겠지. 이번 일은 네가 말한 대로 해라!"

천휘황제는 진지한 척 말했지만 누가 봐도 가식이었다!

이런 태도에 익숙한 고북월은 고개를 들고 빙그레 웃었다.

"영명하십니다!"

그 소식은 곧 용비야의 귀에 들어갔다.

"고북월이 제법 영리하군."

용비야가 모처럼 칭찬을 했다.

사실 그와 백리원릉은 고북월에게 아무 부탁도 한 적이 없었다. 물론 고북월이 적절하게 처리하지 않았다면, 천휘황제가 추궁했을 때 용비야 역시 고북월에게 책임을 미루고 희생양으로 삼을 생각이었다.

"전하, 지난번 고북월의 집에 가셨던 일은……."

초서풍이 슬그머니 물었다.

지난번에 용비야는 고북월이 부재중인 틈에 그의 저택을 다녀왔는데 돌아온 후 아무 말이 없었다.

용비야는 의성에서 한운석을 따라다닐 때 목격한 고북월의 몸놀림을 똑똑히 기억하고 있었다. 절대로 잘못 본 것이 아니었다.

고북월은 무공을 할 줄 알 뿐 아니라 수준도 높았다. 본 실력을 숨기는 것을 보면 천녕국에 잠복한 목적이 있는 게 분명했다!

지난번 고북월의 집에 갔을 때 아무것도 발견하지 못했지만 그것으로 끝낼 일은 아니었다.

용비야가 대답하지 않고 있을 때 유각의 비밀 시위가 찾아왔다.

"전하, 사과의 행방을 알아냈습니다!"

"어디냐?"

용비야는 분명히 서두르고 있었다.

사과는 벙어리 노파의 미독을 제거하는 해약에 필요한 약재로, 한운석에게서 약방문을 받은 후로 내내 찾고 있었다.

"약귀곡입니다. 약귀 고칠찰이 가지고 있습니다!"

비밀 시위가 사실대로 대답했다.

"약귀곡……."

용비야는 그렇게 중얼거리며 손을 저어 시위를 물렸다.

"전하, 고칠찰 그 늙은이는 쉬운 상대가 아닙니다!"

초서풍은 다소 걱정스러웠다. 지난번 전하가 왕비마마를 데리고 약을 구하러 갔을 때 고칠찰의 미움을 산 것을 기억하고 있었던 것이다.

고칠찰에게서 사과를 얻기란 아마 그리 쉽지 않을 것이다. 설사 다른 것과 바꾸자고 해도 승낙한다는 보장이 없었다!

하지만 용비야는 아무렇지 않은 듯 싸늘하게 말했다.

"가서 약속을 잡아라. 본 왕이 단독으로 싸우러 갈 테니 본 왕이 지면 무엇이든 들어줄 것이나 본 왕이 이기면 사과를 내놓으라고 해라."

진왕 전하는 역시 패기가 넘쳤다. 초서풍은 몹시 흥분했다. 고칠찰이 이 소식을 들은 후 어떤 반응을 보일까 기대되기도 했고, 또 주인과 고칠찰이 일대일로 싸우는 모습도 몹시 궁금했다. 고칠찰이 질 것이 당연하지만 그처럼 자존심 강한 자가 도전해 오는 사람을 거절할 리 없었다.

"예, 바로 가겠습니다!"

고칠찰이 어떤 반응을 보일지 궁금하면 초서풍이 돌아오기를 기다려야 했다.

그 후 며칠간 용비야는 유각의 밀실에 머물렀는데, 유각의 시위들마저 진왕 전하가 대체 뭘 하는지 알지 못했다.

그러는 동안 한운석은 잇달아 사흘째 백리 장군부를 찾아갔고, 사흘 동안 백리명향에게 약을 만들어 주는 대신 철저하게 검사를 했다.

그녀는 백리명향이 복용한 독약을 모조리 기록했고 해독시스템으로 신중하게 전면 분석을 실시해 독의들이 남긴 기록과 해독시스템이 분석한 결과가 일치하는 것을 확인했다.

인정하고 싶지 않지만 용비야가 자신에게 독을 쓰라고 한 것이 서서히 살인을 하도록 만드는 것이나 마찬가지라는 사실을 받아들이지 않을 수 없었다.

그녀와 백리명향은 친척도 아니고 아무 관계도 없지만, 의원으로서 이런 일은 견딜 수가 없었다.

할 수만 있다면 미인혈도 만들고 백리명향의 목숨도 보존하는 방법을 찾아냈으면 싶었다.

사흘 동안 만나면서 한운석은 백리명향이 온화하고 당당할 뿐 아니라 뛰어난 재주를 숨기고 있다는 것을 알게 되었다.

그녀는 금기서화와 시, 노래에 모두 정통했고, 보관하고 있는 글씨나 시를 쓴 원고는 백 개가 넘었다. 그뿐 아니라 역사도 잘 알고 병법에도 능통했다.

다른 명문가 규수들은 무리를 지어 솜씨를 뽐내거나 다른 사람과 비교하곤 했지만, 그녀는 혼자서 즐기며 한가롭게 지낼 뿐이었다. 혼자 즐기는 취미를 남들에게 말할 필요가 없다고 생각했기 때문이었다.

미인혈만 아니었다면 분명히 크게 이름을 날렸을 것이다!

남자는 물론이겠지만 한운석같은 여자도 그녀가 마음에 쏙 들었다.

지금 한운석은 백리명향이 직접 빚은 포도주를 맛보고 있었다. 한 모금만 마셨을 뿐인데도 더할 나위 없이 맛있었다.

한운석은 술을 잘 모르지만 마실 줄은 알았다!

"왕비마마, 술 같은 것은 좋아하기만 하면 된답니다. 두 단지를 드릴 테니 부디 받아 주세요."

백리명향의 웃는 얼굴은 늘 따스했다.

"그럼 고맙게 받을게요!"

꼭 마음에 든 한운석은 사양하지 않고 받았다.

"왕비마마, 오늘부터 약을 먹을 수 있나요?"

백리명향은 사흘을 기다렸다. 전하에게 고자질하는 것을 좋아하지는 않지만 한운석이 계속 이렇게 미루면 아버지를 통해 전하에게 알릴 수밖에 없었다.

한운석은 눈썹을 치키고 한참 동안 그녀를 훑어보다가 비로소 말했다.

"독이 발작하는 걸 기다리고 있어요. 좀 더 있다가 갈게요."

"독…… 발작이요?"

백리명향은 순간적으로 명해져 되물었다. 한운석이 어쩔 수 없는 얼굴로 말해 주었다.

"사실 낭자의 독이 발작하는 것은 불규칙적이지 않아요. 몸속에 있는 만성독 중에 서른일곱 가지는 정기적으로 발작하는 것인데, 한데 섞여 있으니 규칙을 발견할 수 없었던 거예요. 반시진 이후에 독 하나가 발작할 거예요."

백리명향은 깜짝 놀랐지만 독 발작 때문은 아니었다. 한때는 발작하는 것이 무척 두려웠지만 10여 년째 겪으면서 차츰차츰 익숙해졌기 때문이었다.

통증이 두렵지 않다기보다는 그냥 익숙해진 것이었다.

그녀가 놀란 이유는 한운석의 능력 때문이었다. 며칠 동안 찾아와서 맥 한 번 짚지 않았는데 이렇게 정확하게 짚어낼 수 있다니!

"걱정 말아요. 거짓말은 아니니까! 내가 준 진통약을 준비해 둬요. 이번에 발작하는 독은 한독寒毒인데 온몸이 차가워지면서 통증이 생길 거예요."

한운석은 그렇게 말하며 붓을 들고 발작하는 독 서른일곱 가지와 발작 시간을 써내려갔다.

백리명향에게 큰 도움이 되지는 않지만 적어도 언제 통증이 찾아올 지는 알려 줄 수 있었다.

백리명향은 한운석을 믿었다. 진왕 전하가 중요하게 쓰는 사람이라면 필시 진짜 실력 있는 사람일 것이다.

그녀는 진통약을 꺼내고 옆에 앉아 한운석이 글 쓰는 것을 바라보았다. 한운석이 글을 마무리 짓자 그녀의 눈동자에 눈물이 비쳤다.

한운석은 서른일곱 가지 독약의 발작 시간을 일일이 적고 통증을 줄이는 방법까지 몇 장에 걸쳐 상세하게 써 놓았던 것이다.

한운석이 시큰거리는 손목을 털면서 설명했다.

"시간 날 때 읽어 봐요. 통증을 줄이는 방법들은 미리 준비해 놔야 해요. 통증을 조금이나마 줄일 수 있을 거예요."

"왕비마마…… 사실 통증은 신경 쓰지 않으셔도 돼요."

백리명향은 눈물을 속으로 감춘 채 차분하게 말했다.

도울 수 없어

"왜요? 통증이 두렵지 않아요?"

한운석이 장난스레 물었다.

"그럴 리가요!"

백리명향은 무척 솔직했다.

통증이 두렵지 않을 수 있을까? 10여 년 동안 고통을 겪었으니 두렵지 않다기보다는 그냥 익숙해졌을 뿐이었다.

어려서 어머니를 여의고 당문으로 보내져 독약을 먹으며 자란 그녀에게 통증이 두려운지, 얼마나 아픈지 물어봐 준 사람은 아무도 없었다.

아버지도 이렇게 말해 주는 것이 고작이었다.

'명향, 군인에게는 군인의 책임이 있다.'

언니들이 몇 있었지만 하나같이 미인혈에 대해서는 모른 채 그녀가 아버지의 신임을 받아 당문에 가고, 시집가지 않고 백리 장군부에 남아 진왕 전하를 돕는 것을 질투했다.

그 오랜 세월, 처음 관심을 가져 준 사람이 진왕 전하의 정비인 한운석이라니.

"두렵다면서 왜 허세를 부려요?"

한운석은 웃으며 말했다.

"전⋯⋯."

순간 백리명향은 대답할 말이 떠오르지 않았다.

허세? 난 그저……, 하긴……. 솔직히 한운석의 한마디는 그녀의 정곡을 찔렀다.

인정하고 싶지는 않지만 확실히 그녀는 허세를 부리고 있었다. 하지만 허세를 좀 부리면 어때? 지금까지 버텨 왔잖아?

삶이 길지 않을 테니 살아 있는 동안 허세를 부려야 마땅하다고 생각했다.

갑자기 백리명향이 몸서리를 쳤다. 멀쩡하던 몸이 순식간에 싸늘하게 추워졌다.

독이 발작한 것이다!

너무도 익숙한 느낌이었다. 그녀는 곧 추위 때문에 주체 못하고 온몸을 덜덜 떨었다.

그녀가 재빨리 말했다.

"왕비마마 바깥에서 잠시 기다려 주세요. 저는……."

그 말이 끝나기도 전에 한운석이 일어났지만, 나가는 대신 날렵한 솜씨로 화로를 피워 방을 따뜻하게 하고 뜨거운 물을 잔에 따라 진통약을 넣어 녹였다.

백리명향이 전혀 드러내지 않았는데도 금방 알아차린 것이다.

"왕비마마, 저는 괜찮으니 먼저 나가 계세요. 네?"

그녀는 여전히 웃음을 지어 보였다.

한운석은 엄한 얼굴로 부정했다.

"안 돼요!"

백리명향은 그저 한운석에게 비참한 모습을 보이고 싶지 않앞을 뿐이어서 한운석이 고집을 부리자 하는 수 없다는 듯이 웃으며 입을 다물었다.

그녀는 화로 옆에 앉아 몸을 웅크리고 두 손을 비볐다. 그때쯤 한기가 발끝에서 머리끝까지 솟구쳤다가 점차 온몸으로 퍼지기 시작했다.

마치 얼음물을 머리 꼭대기에서부터 느릿느릿 쏟아붓는 것처럼 차가운 기운이 천천히 온몸으로, 온몸의 모공으로 스며드는 느낌이었다.

백리명향은 몸을 잔뜩 웅크렸다. 그러잖아도 다소 창백하던 얼굴이 이제는 새파래졌고 입술은 연지를 바른 것이 분명한데도 핏기 하나 없었다.

대체 얼마나 추운 걸까?

하지만 이런 상황에서도 그녀는 이성의 끈을 놓지 않고 차분하게 앉아 '춥다'는 말 한마디 하지 않았다.

다른 사람이라면 그녀가 고통을 받고 있는 것조차 알아보지 못했을지 모르지만, 한운석은 한눈에 알아보았다.

그녀가 재빨리 말했다.

"침상에 누워요. 침을 놓아서 따뜻하게 해 줄게요."

한독의 차가움은 몸속에서 발산하는 것이기 때문에 밖에서 아무리 따뜻하게 해도 추위를 쫓을 수 없었다. 몸에 손을 쓰는 것이 유일한 방법이었다.

"소용없어요. 제 몸은 제가 잘 알아요."

백리명향은 입술을 바르르 떨면서도 여전히 미소를 지었다.

희미하고 부드러운 웃음은 조용하면서도 아름다워서 흡사 한 겨울에 떠오른 따뜻한 해 같았다.

"내가 낭자보다 더 잘 알아요! 어서요!"

한운석이 더 초조해하며 백리명향의 손을 끌어당겼다. 그런데 손이 닿는 순간 무의식적으로 움츠리고 말았다! 차가워도 너무 차가웠다!

일부러 그런 것은 아니지만 절로 손이 움츠러들었다. 이런 한기는 전염되기 때문에 백리명향의 손에서부터 한기가 스며드는 것을 느꼈던 것이다.

"왕비마마, 괜찮아요. 지나가면 아무렇지 않아요."

도리어 백리명향이 그녀를 위로했다.

"아직 안 지나갔잖아요!"

한운석은 공연히 화가 났다. 그녀는 백리명향이 눕기를 기다릴 수 없어 그 뒤에 앉아 금침을 꺼냈다.

옷 때문에 혈자리를 찾기가 어려웠지만 그래도 물 흐르는 듯한 한운석의 손동작은 무척 노련하고 재빨랐다.

오래지 않아 백리명향의 등에는 금침이 가득 꽂혔다. 가능하다면 당장 한독을 해독해 주고 싶었지만 그럴 수는 없었다. 침을 이용해 한기를 몰아내 줄 수만 있을 뿐, 일시적인 충동에 따라 행동할 수는 없었다.

"조금 나아졌어요?"

한운석이 관심 어린 목소리로 물었다.

백리명향은 그제야 안도의 숨을 내쉬었다.

"네, 그렇게 춥지 않군요."

"도움이 될 거라고 했잖아요!"

한운석은 저도 모르게 투덜거렸다. 까다로운 병을 많이 봤지만 오늘처럼 답답한 기분은 처음이었다.

분명 해독할 수 있는데도 하면 안 된다니, 정말 속 터지는 일이었다!

한운석은 가만히 있지 않았다. 한독은 온몸이 차가워지면서 통증을 일으키는데, 백리명향의 상태를 보면 지금 진통약만으로는 부족해서 양을 좀 더 늘려야 할 것 같았다.

그녀는 진통약 한 알을 더 꺼내 물에 녹였다. 이렇게 하면 약이 잘 흡수되고 진통 효과도 좋아졌다.

그런데 진통약을 녹이는 순간 백리명향이 참지 못하고 떨기 시작했다.

사실…… 등에 맞은 금침은 전혀 효과가 없었다. 여전히 얼어붙을 만큼 추웠지만 한운석을 속인 것이었다!

처음에는 양손만 떨렸지만 곧 온몸이 부들부들 떨렸다. 그녀는 이가 부딪힐까 봐 입술을 꼭 깨물었다.

"일단 한 잔 마셔요. 조금 있으면 약효가 나타날 거예요."

한운석이 고개를 들고 잔을 내밀다가 움찔했다. 그제야 어떻게 된 것인지 알 수 있었다.

"날 속였군요!"

"왕비…… 마마, 괜찮아요……. 나가 계시지요. 저…… 저는 곧 괜찮아질 거예요."

"아무 효과도 없었어요?"

한운석은 화도 나고 충격도 컸다.

백리명향은 대답하지 않았으나 창백한 미소는 뭐라고 설명하기 힘들 정도로 처량했다. 그녀는 힘겹게 몸을 일으켜 침상으로 다가갔다.

한운석이 재빨리 부축해 주었다. 이번에는 손이 닿아도 움츠리지 않았지만 자신의 손마저 바르르 떨리는 느낌이 들었다.

백리명향의 상황은 그녀가 생각한 것보다 몇 배는 더 심각했다!

특수한 체질 때문일까?

한운석도 지금은 깊이 생각할 겨를이 없어 백리명향을 침상에 앉히고 금침을 뽑은 뒤 눕게 해 주었다.

침을 놓는 것이 몸을 따뜻하게 해 주는 다른 어떤 방법보다 즉효가 있는데, 침이 소용없다면 다른 방법은 쓸 필요도 없었다.

한운석은 평생 처음으로 환자를 앞에 두고 속수무책이 되는 기분을 느꼈다.

이불 속에 웅크린 백리명향은 떨림이 더욱 격렬해져서 도저히 멈추지 않을 것 같았다.

"왕비마마……, 죄송해요."

그녀가 이렇게 말하며 한운석을 등지고 몸을 돌렸다.

백리명향은 족히 반 시진 동안 덜덜 떨었다. 도움이 못되는 한운석은 옆에 앉아 떨리는 가냘픈 뒷모습을 지켜보았다. 까닭 없이 슬펐다.

한기가 물러가자 통증이 엄습했다. 한운석은 조심스레 백리명향에게 진통약을 녹인 물 두 잔을 먹였지만 조금 전과 마찬가지로 진통약도 전혀 효과가 없었다.

백리명향은 '아프다'는 말 한마디 하지 않고 여전히 한운석을 등진 채 또다시 반 시진을 누워 있었다.

고통 때문에 온몸이 땀으로 흠뻑 젖었고, 피가 날 정도로 입술을 깨물어야 했다. 고통 때문에 절로 어린 시절이 생각났고, 연꽃이 핀 연못가와 얼음처럼 말없던 소년이 떠올랐다.

최고의 진통약은 바로 그라는 사실은 그 누구도, 영원히 알지 못할 것이다.

진왕 전하, 전 과분한 바람 같은 건 없어요. 미인혈이 만들어지는 날 이 세상에 백리명향이라고 하는 여자가 있었다는 것을 기억해 주시기만을 바랄 뿐이에요.

마침내 통증이 가셨다. 백리명향이 몸을 돌렸지만 기진맥진해서 눈을 제대로 뜰 수도 없었다.

"좀 자요, 약을 지어줄게요."

한운석은 차분하게 말했다.

백리명향은 빙그레 웃더니 곧 잠이 들었다.

한운석은 앉아서 곁을 지키면서 독약을 만들었다. 백리명향이 매일 하나씩 먹어야 할 만큼 많은 양이었다.

용비야는 평생 그렇게 내버려 두는 것이 가장 잔인하다고 했지만, 잔인한 평생을 보내고 죽는 것이야말로 가장 잔인한 일이었다.

"백리명향은 빨리 죽거나 다시 살아나야 해!"

한운석이 중얼거렸다. 그녀는 최단 시간에 미인혈을 만드는 동시에 반년 동안 열심히 연구해 백리명향의 목숨을 살리는 방법을 찾아내겠다고 결심했다.

그런 고초를 겪고 이대로 죽을 수는 없었다. 반드시 꿋꿋하게 살아남아야 고통스러웠던 시간이 억울하지 않을 것이다!

백리명향이 일어나기도 전에 한운석은 독약 한 무더기를 남기고 떠났다.

진왕부에 돌아간 그녀는 곧 서재에 틀어박혔다.

그녀의 의식은 해독시스템의 널따란 공간을 헤엄쳤다. 해독시스템에는 독 경전이 잔뜩 있었고 그중 몇 권에는 미인혈에 관한 기록도 있었다. 반드시 미인혈을 철저히 연구한 다음 대책을 강구해야 했다.

그런데 한운석이 해독시스템에 들어가 있는 동안 조 할멈이 문을 두드렸다.

"왕비마마, 낙 집사가 소소옥을 데려왔습니다."

조 할멈이 몇 번 문을 두드렸지만 한운석은 해독시스템에 너무 깊이 들어가 있어 소리를 듣지 못했다.

"조 할머니, 왕비마마께서 주무시는 게 아닐까요?"

소소옥이 소리 죽여 물었다. 왕부에 들어올 때는 누더기에 봉두난발이었지만 낙 집사에게 며칠 교육을 받자 딴판이 된 것 같았다.

일고여덟 살쯤 된 그녀는 이목구비가 정교하고 기질도 단정해서 하녀 복장만 아니면 부잣집 딸처럼 보일 정도였다.

"돌아오신 지 얼마나 됐다고!"

조 할멈이 다시 문을 두드리려는데 소소옥이 가로막았다.

"조 할머니, 만에 하나 진짜 주무시면 깨시지 않겠어요? 절대 안 돼요! 왕비마마께서 푹 주무시는 게 무엇보다 중요해요."

"얘 좀 보게. 왕비마마께서 괜히 데려오신 게 아니구나! 허허."

조 할멈은 애늙은이 같은 이 계집아이가 무척 마음에 들었다.

"조 할머니, 뭘 할까요? 뭐든 시켜만 주세요!"

소소옥은 무척 적극적이었다.

"너도 가서 쉬려무나."

조 할멈은 웃으며 말하고는 혼자 바삐 일했다.

소소옥은 대문 앞에 앉아 있다가 정원에 각종 독특한 식물이 자라고 있는 것을 발견하고 황급히 조 할멈에게 달려가 물었다.

"모두 독약이니 절대 건드리면 안 된다!"

조 할멈은 그제야 독초를 떠올렸다.

정원에 자라는 것은 한운석이 독 난초를 연구하려고 가져온 각종 부식성 강한 독초들이었다. 일단 자신이 아는 대로 교배를 해 보고 잘 자라지 않으면 약귀곡의 고칠찰에게 배우러 갈 생각이었다.

조 할멈은 이 식물들이 독이라는 것만 알고 무슨 독인지는 알지 못했다.

"알았어요."

소소옥이 고개를 끄덕였다.

오래지 않아 한운석이 서재에서 나오다가 입구에 앉은 소소옥을 보았다. 너무 바빠서 하마터면 이 소녀를 까맣게 잊을 뻔했다.

"얘, 왔구나?"

한운석이 웃으며 물었다.

소소옥은 그녀를 돌아보고 무척 기뻐했다.

"왕비마마, 일어나셨네요! 목욕하시겠어요? 제가 시중들게요."

뭐…….

환한 대낮에 밑도 끝도 없이 무슨 목욕이람?

훔쳐보기, 뭘 보고 싶을까

"왜 목욕을 해야 하지?"

한운석은 이해가 가지 않는 눈으로 소소옥을 바라보았다.

소소옥은 천진난만한 눈을 깜빡이며 진지하게 대답했다.

"돈이 많은 분들은 자고 일어나면 꼭 목욕을 해서 피부를 관리하시잖아요?"

한운석은 쓴웃음이 났다.

"누가 그러든?"

"전에 함께 구걸하던 언니들이 그랬어요. 돈이 많은 분들은 목욕할 때 통에 꽃잎을 가득 띄우고 어마어마하게 비싼 향유로 안마를 한대요."

소소옥은 직접 본 것처럼 무척 진지하게 말했다.

한운석은 뭐라고 대답해야 좋을지 몰랐다. 물론 틀린 말은 아니었다. 상류 귀족이나 황족들은 여자뿐 아니라 남자들도 목욕을 즐겼다.

소소옥이 말하지 않았다면 용비야의 침궁에 소소옥이 말한 꽃잎을 띄운 목욕통과는 비할 수 없을 만큼 사치스럽기 그지없는 온천이 있다는 것을 잊을 뻔했다.

"나는 저녁에 씻는 걸 좋아해."

한운석이 웃으며 말했다.

소소옥이 눈을 반짝이며 재빨리 대답했다.

"그럼 저녁에 목욕 시중을 들게요."

한운석은 대답 없이 웃기만 했다. 그녀는 서재에서 잔 게 아니라 해독시스템에 저장된 미인혈에 관한 기록을 모두 살펴보고 나온 참이었다.

결과는 실망스러웠다. 기록은 많지도 않았고 모두 아는 내용이었다.

미인혈은 특수 체질의 여자가 3백 가지 만성 독약을 복용해서 독성이 혈액에 스며들게 하여 피의 질을 변화시키면서 만들어지는 것이었다.

일반적인 의학이론에서는 피의 질이 바뀐 사람은 살아날 수 없지만, 이 일은 일반 의학이론으로 설명할 수 없었다.

한운석은 정원 그네에 앉아 백리명향이 복용한 만성독을 모두 섞어 결과를 살펴본 뒤 다시 연구해 봐야겠다고 생각했다.

용비야가 언제 돌아올지 궁금했다. 미인혈에 관해서는 그가 그녀보다 더 잘 알고 있을 것이다.

소소옥은 한운석을 졸졸 따랐다.

"왕비마마, 조 할머니가 정원에 자라는 풀들이 모두 독약이라던데, 정말이에요?"

"안 믿기니? 그럼 만져 봐."

한운석이 웃으며 말했다.

소소옥은 재빨리 고개를 가로저었다.

"무서워요."

"그럼 됐어. 저 풀에는 모두 극독이 있어."

농담이 아니라 저 식물의 뿌리에 손을 대면 손이 싹 사라지고 말 것이다.

"왕비마마, 건드리지 않고 매일 물을 줄 수는 있어요."

소소옥이 적극적으로 나섰다.

이처럼 위험하고 또 중요한 것을 어린아이에게 맡길 한운석이 아니었다.

"됐어. 내가 보살피면 돼."

한운석은 생각할 것이 많았지만 소소옥이 또 물었다.

"왕비마마, 저런 독초는 왜 기르세요?"

아이들은 호기심이 많기 마련이지만, 소소옥은 낙 집사에게 한참 교육을 받은 아이였다. 부용원에서 일하면 많이 보고 많이 듣고 많이 배우되 말은 많지 않아야 한다고 낙 집사가 알려 주지 않았나?

운한각에 있었기 망정이지 혹시 용비야와 마주쳤다면 이렇게 줄줄이 묻지도 못했을 것이다. 한마디만 물어도 용비야가 쫓아냈을 테니까.

"어린아이는 그런 것까지 알 필요 없어."

한운석은 그래도 자신은 참 친절하다고 생각하면서 당부했다.

"소옥, 나중에 전하를 만나면 어떻게 해야 하는지 알지?"

"진왕 전하요?"

소소옥이 갑자기 긴장했다.

"당연하지. 진왕 전하도 이곳에 사시니 반드시 마주치게 될 거야.”

한운석은 웃음을 지었다. 용비야, 그 차가운 남자가 이런 어린아이에게까지 매력을 발휘하지는 않겠지?

“소문을 들어보니 진왕 전하는 무척 사나우시대요.”

소소옥이 진지하게 말했다.

한운석은 엄숙한 얼굴로 고개를 끄덕였다.

“맞아. 그러니까 그분을 만나면 아무 말이나 묻지 마. 알았지?”

소소옥은 허겁지겁 고개를 끄덕였다.

저녁이 되자 한운석은 정말 목욕 생각이 간절해졌다. 다행히 요 며칠 왕부에 용비야가 없어서 마음 편히 온천을 쓸 수 있었다.

“조 할멈, 준비하게. 목욕을 해야겠어!”

“아, 오늘 밤 전하께서 돌아오셔야 하는 건데…….”

조 할멈은 몰래 탄식을 하며 목욕 도구를 준비했고, 소소옥도 옆에서 이것저것 도왔다.

꽃잎이니 향유니 하는 것은 한운석은 전혀 몰랐다. 현대에서도 기껏해야 집에 있는 욕조에 뜨거운 물을 받아 목욕한 것이 전부였다. 값이 비싸서가 아니라 그런 것을 하려면 시간이 너무 많이 걸리기 때문이었다.

조 할멈은 노련해서 한운석이 침궁 입구에 도착했을 때는 벌써 소소옥과 함께 도구들을 가져다 놓고 있었다.

용비야가 없는 동안 침궁을 잠그지는 않았지만 주변을 지키는 비밀 시위들은 열 명이 넘었다.

사실 용비야의 침궁에는 비밀이랄 게 없었다. 이곳은 그저 잠을 자고 쉬는 곳에 불과했지만 그는 남들이 함부로 드나드는 것을 싫어했다.

한운석이 함께 있지 않았다면 조 할멈 혼자서는 들어가기도 어려웠고, 소소옥은 말할 필요도 없었다.

침궁에 들어선 소소옥은 곧 화려하고 넓은 시설에 충격을 받았다.

침궁 양쪽은 어두컴컴해서 아무것도 보이지 않았지만, 양쪽에 늘어선 하늘을 찌를 듯 높이 솟은 돌기둥만으로도 경외심이 들기 충분했다.

이곳에는 함부로 건드릴 수 없는 진왕 전하의 존귀한 기운이 잔뜩 스며 있었다.

소소옥도 이번에는 얌전해져서 온천까지 가는 동안 아무 말도 하지 않았다.

조 할멈은 장미꽃잎 한 광주리를 소소옥에게 주며 물에 넣게 하고, 자신은 준비한 향유를 옆에 놓고 커다란 목욕 수건과 깨끗한 옷을 준비했다.

소소옥은 꽃잎을 띄우면서 뭔가를 기다리는 것처럼 한운석을 흘끔거렸다.

하지만 한운석은 온천 옆에 앉아 한참 동안 움직임이 없었다.

조 할멈은 곧 준비를 마쳤다.

"왕비마마, 소인은 가리개 뒤에서 기다리겠습니다."

한운석은 목욕할 때 처음부터 끝까지 하녀의 시중을 받지는 않았다. 아무리 여자라고 해도 완전히 나체로 마주하는 데는 영 익숙지 않았기 때문이었다.

한쪽에 꼿꼿이 선 소소옥을 보자 조 할멈이 야단을 쳤다.

"애야, 뭘 그리 멍하게 서 있느냐?"

"왕비마마 시중을 들려고요."

진지한 얼굴로 대답하는 소소옥은 누가 봐도 순진무구했다.

"됐어. 조 할멈만 있으면 돼."

한운석이 손을 내젓고 옷을 벗을 준비를 했지만, 소소옥은 물러갈 기미도 없이 제자리에 서 있었다.

"하녀는 시키는 대로 하는 거야. 나중에 네가 시중들 일도 있을 테니 나가 봐."

한운석은 기막혀 하며 말했다. 이 소녀는 은혜에 보답하고자 하는 마음이 무척 강했다.

조 할멈은 깊이 생각지 않고 직접 소소옥을 끌어냈다.

"자자, 방해하지 말고 나가 있자."

소소옥은 뾰로통해져서 조 할멈을 따라 나갔다. 가리개가 닫히자 조 할멈이 소리 죽여 말했다.

"소옥, 초서풍에게 가서 전하께 말씀을 전해 달라고 해라. 왕비마마께서 침궁에서 목욕을 하고 계신데 오늘 밤은 이곳에서 주무시고자 한다고……."

소소옥은 눈을 휘둥그레 떴다.

"조 할머니, 그건 거짓말이잖아요."

"어허!"

조 할멈이 꾸중을 했다.

"왕비마마께서는 방금 분명히⋯⋯."

"오랫동안 왕비마마 시중을 든 내가 설마 그 마음을 모를까? 어서 가지 못해?"

조 할멈이 으름장을 놓았다.

"하지만⋯⋯ 초서풍이 누군지도 모르는걸요? 어디 가서 찾아요?"

소소옥은 멍한 얼굴이었다.

조 할멈이 너무 흥분한 나머지 이 소녀가 초서풍을 모른다는 것조차 깜빡한 것이었다. 조 할멈은 어쩔 수 없이 직접 전하러 가기로 했다.

"쓸데없이 돌아다니지 말고 잘 지키거라, 알았지?"

조 할멈은 단단히 당부했다.

"알았어요."

소소옥이 고개를 끄덕였다.

조 할멈은 그래도 안심이 되지 않아 소리 죽여 말했다.

"소옥아, 겁을 주려는 게 아니란다. 하지만 정말 이곳에서 함부로 돌아다니면⋯⋯ 어떻게 죽는지도 모르고 저승 구경을 하게 될 게야!"

소소옥은 깜짝 놀랐다.

"전 여기 있기 싫어요. 초서풍을 찾으러 갈래요!"

"얌전히만 있으면 왕비마마께서 계시니 두려워할 것 없다."

조 할멈은 소녀와 함께 일하는 게 퍽 재미있겠다는 생각이

들었다.

소소옥은 당황한 얼굴로 가리개 밑에 가부좌를 틀고 앉았다.

"빨리 갔다 오셔야 해요!"

이를 본 조 할멈은 마음 푹 놓고 신이 나서 사라졌다.

그런데 조 할멈이 사라지자마자 소소옥이 벌떡 일어났다. 당황했던 표정은 온데간데없고 나이에 맞지 않는 태연함이 그 자리를 대신했다.

그녀는 귀를 대고 안에서 나는 소리를 자세히 들었다. 한운석이 목욕을 하러 들어간 것이 분명한 듯 물소리가 들려오자 그녀는 그제야 가리개 끝자락을 살짝 열었다.

이곳에 비밀 시위가 잔뜩 있다는 것은 알지만 한운석이 목욕을 하고 있으니 용비야 외에는 그 누구도 감히 이곳을 감시할 수 없었다.

가리개 틈을 통해 아름다운 풍경이 보였다.

장미꽃잎을 뿌린 온천은 꽃의 바다 같았고, 몽롱한 수증기 속에서 새까만 머리를 높이 틀어 올린 한운석의 조그마한 얼굴은 평소보다 더 정교해 보였다. 한운석은 물에 몸을 푹 잠그고 있었는데, 가슴께까지 차 있는 물이 찰랑거릴 때마다 보기 좋은 쇄골이 나타났다 사라지곤 했다.

"제법 곱군!"

소소옥이 어른처럼 평가를 내렸다.

자신이 왔기 망정이지, 주인이 왔더라면 코피를 터트리지 않았을까 하는 생각이 들었다. 하지만 주인은 들어올 수 없었다.

소소옥은 한운석의 몸에서 뭔가를 찾는 듯 뚫어져라 바라보았지만, 안타깝게도 한운석은 별로 움직이지 않고 물가에 기댄 채로 곧 잠이 들었다.

조 할멈이 돌아왔을 때 소소옥은 처음처럼 가부좌를 틀고 앉아 문지기 동자처럼 열심히 지키고 있었다.

조 할멈은 실망한 채 돌아왔다. 초서풍을 찾지 못한 바람에 생각해 냈던 거짓말을 진왕 전하께 전하지 못하게 되었기 때문이었다.

"함부로 돌아다니지 않았겠지?"

조 할멈은 별생각 없이 물었다. 부용원에 들어와 시중을 들 수 있는 사람이라면 의심을 할 필요가 없었을 뿐 아니라 소녀에게 단단히 겁을 주었기 때문에 함부로 움직이지도 않았을 것이다.

"안 그랬어요!"

소소옥은 진지한 얼굴로 대답한 후 다시 물었다.

"조 할머니, 왕비마마께서 왜 저리 오래 목욕을 하실까요?"

그렇게 말하는 순간 가리개 안에서 물소리가 났다. 한운석이 일어난 것이다.

소소옥의 눈빛이 어두워졌다. 젠장 맞을 조 할멈, 하필이면 이럴 때 나타나다니! 좋은 기회를 날려 버렸잖아!

한운석에게 목욕을 시키는 것은 쉬웠지만 용비야가 없을 때를 찾기가 쉬울지는 전혀 알 수가 없었다!

옷을 갖춰 입고 나온 한운석은 목욕을 했더니 역시 한결 기운이 나 있었다. 한씨 저택에 들른 지 오래여서 한운일이 보고 싶어 하고 있을 테니 한 번 다녀와야겠다는 생각이 들었다.

조 할멈은 장미 꽃잎을 주우면서 푸념을 했다. 쓸모없는 초서풍 녀석, 이 중요한 순간에 어딜 간 게야?

사실 초서풍은 약귀 대인의 전갈을 가지고 막 약귀곡에서 돌아온 참이었다.

"가서 용비야에게 전해라. 언제든지 오라고!"

초서풍이 그 말을 전하자 용비야는 차갑게 웃었다.

"당장 출발한다."

한 번 걷어차게 해 주면

약귀곡.

공기 속에 퍼진 약 냄새는 여전히 맑았고, 산골짜기 한 가운데 자리한 원락 앞에는 여전히 남녀노소가 가득 꿇어앉아 있었다.

널따란 원락 안에는 용비야 홀로 흑의경장에 보검을 차고 뒷짐을 진 채 서 있었다. 약귀 대인 고칠찰은 높다란 문턱에 앉아 있었는데 폭넓은 까만 장포를 머리부터 뒤집어써 좁고 기다란 눈만 드러내고 있었다.

한 사람은 서고 다른 한 사람은 앉은 채 둘은 서로 대치했다. 용비야는 얼음장 같은 얼굴에다 온몸에서 강력한 제왕의 기운을 흩뿌리며 감히 다가갈 수 없는 분위기를 풍겼고, 고칠찰은 마치 문가에 앉아 햇볕을 쬐이는 사람처럼 나른하고 한가해 보여서 까맣고 괴상한 장포만 아니라면 누구든 흘끔거리며 쳐다볼 것 같았다.

"10초다. 본 왕이 지면 무엇이든 들어줄 것이고 본 왕이 이기면 사과를 내놔라."

용비야는 차갑게 말했다.

고칠찰은 괴소를 터트리더니 널따란 장포 안에서 뼈만 앙상한 손가락을 내밀어 살짝 흔들었다.

"난 놀아 줄 생각이 없는데."

용비야는 차가운 눈빛으로 그를 내려다보았다.

"고칠찰, 본 왕이 이곳까지 왔는데 무슨 말이냐?"

언제든 오라고 하더니 이제 와서 기가 죽은 것일까?

"진왕 전하, 나는 늙어서 싸움을 할 수가 없다고!"

고칠찰은 한숨마저도 일부러 괴상하기 짝이 없는 목소리를 지어내 듣기가 몹시 거북했다.

사과는 고칠찰이 가지고 있으니 용비야도 인내심을 발휘할 수밖에 없었다. 이번 일이 간단히 끝나지 않으리라는 건 그도 알고 있었다.

"그래서, 어쩌려는 거냐?"

갑자기 고칠찰이 아주 신이 난 것처럼 껄껄껄 웃으며 말했다.

"별로 어쩌려는 건 아니야. 이 어르신이 한 번 걷어차게 해 준다면 사과를 내주지."

그는 이렇게 말하며 일어서서 까만 장포 속에서 발을 내밀었다. 허벅지를 드러내는 여자처럼 경박스러운 동작이었다.

다리는 길고 균형이 잘 잡혔고, 발에는 무척 진귀한 금실 단화를 신고 있었다.

바지 아래에 숨겨진 다리도 손처럼 쭈글쭈글한지는 볼 수 없었지만, 골격을 봐서는 노인처럼 느껴지지 않았다.

용비야가 차가운 시선을 쏘아 보내자 주위는 순식간에 살기로 뒤덮였다.

"만약 본 왕이 싫다면?"

고칠찰은 여전히 히죽거렸다.

"그럼 꺼져야지!"

용비야의 눈동자에 떠올랐던 차가움은 곧바로 살기로 변했다. 그는 검을 뽑아 두말없이 고칠찰을 향해 내리쳤다.

고칠찰은 즉시 몸을 하늘높이 솟구쳤다. 발밑에서는 그의 집이 용비야의 강력한 검기에 태반이 무너져 내린 후였다.

이를 내려다본 고칠찰이 노성을 터트렸다.

"용비야, 네가 감히!"

"본 왕을 조롱한 대가다."

용비야의 서슬 퍼런 태도는 모든 것을 두려움에 떨게 만들기 충분했다. 그는 고칠찰을 따라 몸을 솟구치며 바짝 다가갔다.

고칠찰이 다시 피하더니 소매에서 사과를 꺼내 높이 들었다.

"용비야, 한 걸음 더 다가오면 사과를 망가뜨려 버리겠다!"

그제야 용비야도 지붕 위에 내려섰다. 그가 입을 열기도 전에 고칠찰이 말했다.

"진왕 전하의 검술은 천산검종 종주에게 배웠으니 역시 대단하군."

"아직도 헛소리를 늘어놓을 생각이냐?"

용비야의 인내심에는 한계가 있었다.

"아니지, 이 어르신의 입에서 나오는 것은 헛소리가 아니라 아주 중요한 말이야!"

고칠찰은 무척 진지했다.

"천산검종 종주의 마지막 제자가 나처럼 어설픈 싸움밖에 못하는 늙은이에게 도전하는 건 너무 낯부끄럽지 않으려나?"

그 한마디가 떨어지는 순간 정원의 온도가 몇 도가 떨어지는 것 같아 한쪽에 숨어 관전하던 초서풍조차 진저리를 쳤다.

비록 진왕 전하의 근신 시위지만 고칠찰에게 어서 빨리 달아나라고 외치고 싶은 심정이었다!

"그래?"

용비야의 얼음장같은 목소리가 사악해지고 입꼬리는 차가우면서도 나쁜 매력이 묻어나는 각도로 휘어졌다.

"그렇다면 먼저 네가 정말 늙은이인지 확인해야겠다!"

말이 떨어지자마자 검기가 솟구쳤다!

검날이 반사한 빛무리가 하필이면 고칠찰의 눈을 똑바로 비추자 희희낙락하던 고칠찰도 결국 경계를 돋웠다.

그는 당연히 용비야를 이길 수 없었다. 그렇지 않았다면 벌써 일대일로 대결했을 것이다!

그래서 그는 돌아서서 달아났다.

제자리에 서서 싸늘하게 그 모습을 지켜보는 용비야의 새까만 눈동자는 두려우리만치 깊었다.

고칠찰이 멀리 달아나는데도 그는 서두르지 않았다.

그는 양손으로 검을 쥐고 두 눈을 가느다랗게 뜨고 지켜보다가 별안간 검을 찍어 내렸다. 하늘을 쪼갤 듯한 기운이 폭발하고 곧이어 검기가 산을 무너뜨릴 기세로 고칠찰에게 날아들었다.

고칠찰은 검기에 똑바로 명중 당했고 까만 장포는 갈가리 찢어져 나갔다. 그는 안에 야행의夜行衣를 입고 있었다. 밖으로 드러난 두 손은 여전히 앙상했으나 바닥에 엎드려 쓰러지는 바람에 얼굴은 볼 수가 없었다.

긴장한 채 지켜보던 초서풍은 고칠찰의 얼굴을 보고 싶어 급히 달려갔다. 하지만 용비야가 여전히 침착한 얼굴로 몸을 놀려 초서풍보다 먼저 고칠찰 옆에 내려섰다.

그는 검으로 고칠찰의 등을 겨누었다.

"늙은이. 부축이라도 해 줄까?"

고칠찰은 꼼짝도 하지 않았다. 용비야가 입가에 경멸스러운 표정을 떠올리며 검을 찌르려는데 뜻밖에도 고칠찰이 갑자기 몸을 홱 돌리면서 새까만 가루를 뿌렸다.

방비하고 있던 용비야는 재빨리 뒤로 물러났다. 돌아선 고칠찰은 검은 가면을 쓰고 있어서 드러난 것은 여전히 두 눈밖에 없었다.

"필요 없어!"

고칠찰은 히죽거리면서 돌아서서 달아났다.

용비야는 쫓으려고 했지만 뜻밖에도 시야가 흐려졌다.

분명히 가루를 피했는데 어떻게 된 걸까?

설마 독일까? 하지만 피했는데.

"초서풍, 쫓아라!"

용비야가 싸늘하게 말했다.

그렇지만 고칠찰은 멀리서 큰 소리로 외쳤다.

"진왕 전하, 하루 안에 해독하지 않으면 틀림없이 눈이 멀

것이다!"

초서풍은 깜짝 놀랐다.

"독을 쓸 줄 아는군!"

초서풍도 주인이 가루를 피하는 것을 똑똑히 보았다. 그런데도 중독된 것을 보면 고칠찰의 독술이 보통이 아니라는 것을 알 수 있었다.

의학원 출신이 독술을 하다니, 의학원 사람이 알게 된다면 아마도 영원히 그를 인정하지 않을 것이다.

용비야는 벌써 눈이 따가워지기 시작했다. 다가가자마자 고칠찰을 찔러 버렸어야 했는데 너무 안일하게 행동한 것이 후회스러웠다.

"전하, 당장 돌아가 왕비마마께 보여야 합니다!"

초서풍은 초조하게 말했다.

두 사람의 속도라도 하루 안에 천녕국 도성에 돌아가 한운석에게 해독을 부탁하기가 무척 빠듯했다.

용비야는 점점 멀어지는 고칠찰의 뒷모습을 바라보며 으드득 소리가 나도록 주먹을 움켜쥐었다. 고칠찰, 이 빚은 잊지 않겠다.

두 사람은 지체하지 않고 바람처럼 천녕국으로 돌아갔다.

고칠찰은 몰래 골짜기 입구까지 그들을 뒤쫓았다. 멀리 언덕에 서서 용비야 일행이 멀어지는 것을 바라보던 그는 괴상야릇한 목소리로 껄껄 웃었다.

그가 중얼거렸다.

"용비야, 한운석을 데려오지 않는 한 사과를 얻을 생각은 말아야 할 걸."

용비야는 이튿날 한밤중에 진왕부에 도착했다.

밤이 깊어 한운석의 누각에도 등불이 꺼져 있었다.

시간이 촉박해 용비야는 창을 넘어 들어갔고, 초서풍도 급한 마음에 따라가려다가 창문 앞에 이르러서야 자신이 들어갈 곳이 아니라는 것을 깨닫고 황급히 멈췄다.

"누구냐!"

놀라 깨어난 한운석이 곧바로 일어나 앉았다.

"나다."

용비야가 대답하며 등불을 켰다. 중독된 일을 말하려고 하던 그는 한운석을 보는 순간 얼어붙었다.

독 때문에 시력이 꽤 약해져 있었지만 거리가 가까워서 똑똑히 볼 수 있었다.

곧게 뻗은 긴 머리카락을 어깨 위로 늘어뜨린 한운석은 깨끗한 민낯에 두 눈은 아직 잠이 덜 깬 듯 몽롱했고, 입고 있는 새하얀 속곳은 사선으로 겹쳐진 앞섶이 느슨하게 반쯤 벌어져 고운 살결을 언뜻언뜻 드러내고 있었다.

청순함과 육감적인 매력이 잠이 덜 깬 이 여자의 몸에 완벽하게 뒤섞여 있었다.

용비야의 눈동자가 뜨겁게 타오르고 목구멍이 깔깔해졌다. 늘 자랑거리였던 자제력이 처음으로 무너지려 하고 있었다.

한운석은 용비야가 뛰어 들어오리라곤 생각지도 못해 충격이 컸지만 곧 해독시스템의 경고를 받았다.

이 인간, 중독된 거야?

초조해진 그녀는 용비야의 뜨거워진 눈길은 의식하지 못한 채 놀라서 대놓고 이름을 불렀다.

"용비야, 눈에 독을 당했군요!"

그때 용비야도 미혹에서 깨어났고 속에서 짜증이 솟았다. 그는 이렇게 자제력을 잃는 기분을 좋아하지 않았다.

"그렇다. 검은색 가루인데 피했는데도 당했다."

그는 간단하게 설명했다. 약귀곡에 찾아간 일을 한운석에게 알릴 생각은 없었다.

"귀안흑분鬼眼黑粉이에요!"

한운석은 해독시스템을 쓰지 않고도 용비야가 당한 독이 뭔지 알아냈다.

귀안흑분의 독소는 무척 미세한 가루 알갱이에 들어 있어서 피했다고 생각해도 실제로는 중독될 수 있었다.

하지만 이런 독에 중독되려면 거리가 가까워야 했다.

한운석은 용비야가 어떻게 중독되었는지, 어떤 사람이 독을 썼는지 의아했다.

물론 지금은 물어볼 틈이 없었다. 독소를 깨끗이 제거하지 못한 채 조금만 더 시간이 흐르면 눈이 멀 수도 있었다.

그녀는 서둘러 침상에서 내려왔다. 자신이 잠옷 차림이라는 것도 잊었고 평소의 태연자약하고 전문적인 태도도 온데간데 없었다.

"어서 누워요. 당장 침을 놓겠어요."

용비야에게 무슨 일이라도 생길까 봐 몹시 초조했다.

용비야는 침대에 누워 천천히 눈을 감았다. 이 세상에 그가 완전히 경계를 풀 수 있는 사람은 이 여자밖에 없었다. 약해진 눈은 이 여자에게 맡기자!

한운석은 초조했지만 그럴수록 더욱 조심스럽게 움직였다. 눈두덩이 주변 혈자리에 침을 하나하나 놓을 때마다 눈물 같은 검은색 액체가 용비야의 양쪽 눈가에서 천천히 흘러나왔다.

이를 본 한운석도 마침내 마음이 놓여 남몰래 안도의 숨을 내쉬었다.

"다행이야……."

그 말에 용비야가 눈을 뜨려고 하자 한운석이 황급히 가렸다.

"안 돼요……."

그녀의 손은 무척 부드러웠고 자다 일어나 따뜻하기까지 했다. 반면 그의 준수한 얼굴은 그의 성격처럼 싸늘했다.

그녀의 손이 그의 눈을 살짝 덮자 따뜻함과 싸늘함이 서로에게 무시하고 싶어도 무시할 없는 감촉을 전해 주었다.

한순간 두 사람 다 침묵에 잠겼고, 두 사람 다 움직이지 않았다.

한운석의 손바닥 온기가 용비야의 싸늘한 눈두덩을 데우자 피가 돌면서 긴장감이 서서히 가시고 말로 표현하기 힘든 편안함이 느껴졌다.

그는 이 편안함을 잃기 싫어 움직이지 않았다.

한운석은 그의 옆에 앉아 그에게로 반쯤 몸을 기울이고 있었다. 그와 이렇게 가까이 있으면서도 그가 보지 못하는 일은 거의 없었다.

그녀는 이런 느낌이 좋았다!

손이 시큰했지만 치울 생각은 전혀 들지 않았다. 그녀는 가만히 그를 살피면서 저도 모르게 다른 손을 가져와 가볍게……아주 가볍게, 살짝 찡그린 그의 눈썹을 눌렀다. 그의 고뇌를 씻어 주고 싶었다.

방 안은 고요하고 따스했다.

용비야는 눈썹 위의 움직임을 느꼈지만 저지하지 않았다. 머리가 시원하게 풀리는 기분이었다. 이 순간, 그는 10여 년간 가지고 있던 모든 부담과 책임, 망설임, 인내를 잠시나마 완전히 내려놓았다…….

횡재하셨네요

용비야가 한운석의 훌륭한 안마 솜씨에 푹 빠져 있을 때 갑자기 허리춤에서 부스럭거리는 움직임이 느껴졌다. 마치 뭔가가 깔려 있는 기분이었다.

그는 한운석의 손가락이 눈을 누르는 부드러운 느낌이 좋고 쉽게 오지 않는 이 평온함을 깨뜨리고 싶지 않았지만, 허리춤에서 부스럭거리는 것이 영 거슬렸다.

한 번만 움직이면 그러려니 했겠지만, 일단 움직이기 시작하자 자꾸만 꿈틀거려 가만히 누워 있을 수가 없었다. 결벽증이 심한 그는 침상 상태에 대한 요구사항도 아주 까다로웠다.

"침상에 무엇이 있느냐?"

용비야의 불쾌한 목소리가 방안의 따스함을 깨뜨렸다. 그는 커다란 손을 뻗어 털이 북슬북슬한 것을 확 잡아챘다. 당연히 꼬맹이였다.

꼬맹이는 며칠째 푹 자지 못했다. 한밤중이면 몰래 황궁에 들어가 물건을 훔치느라 바빴기 때문이었다. 그래서 이번에는 세상 모르고 쿨쿨 잠이 들어 있었다. 용비야가 왔는데도, 용비야가 침상에 누웠는데도 녀석은 깨어나지 않았다.

용비야가 붙잡아 높이 들어 올렸을 때에야 나른하게 한쪽 눈을 살짝 떴는데, 몽롱한 시야에 준수한 얼굴이 들어왔다.

어? 운석 엄마 얼굴이 왜 저렇게 변했지?

꼬맹이는 다른 쪽 눈도 반짝 떠서 용비야의 차가운 얼굴을 똑바로 바라보았다!

"찍……."

날카로운 비명이 진왕부 전체를 뒤흔들었다.

자는 동안 축 쳐졌던 털들이 순식간에 올올이 곤두섰다. 무시무시했다!

용비야의 얼음장 같은 얼굴은 본래도 무척 무서웠는데, 눈을 감고 두 눈에서 까만 피를 흘리는 지금은 말할 것도 없었다.

아이고, 다람쥐 살려!

꼬맹이의 비명 소리가 끝나기도 전에 용비야가 녀석을 창 쪽으로 휙 던졌다.

공교롭게도 운한각의 창문은 무척 작았고 용비야는 눈을 감고 있어서 정확하게 던지지 못했다!

꼬맹이는 창틀에 부딪혔다가 털썩 소리를 내며 바닥에 떨어졌다.

하지만 녀석은 떨어지자마자 발딱 일어나더니 제 발로 창틀을 기어올라 달아났다!

한운석은 멍하니 이 모습을 지켜보았다.

저 변변치 못한 녀석, 왜 저렇게 용비야를 겁내는 거야?

초 거대 다람쥐로 변신할 수도 있으면서! 그렇게 변하면 용비야가 무슨 수로 집어던져?

쯧쯧, 애완동물이 저 모양이니 주인 체면도 말이 아니군.

한운석이 속으로 원망을 퍼붓고 있는데 용비야의 질문이 날아들었다.

"침상에 아무 것이나 올려놓다니 더럽지 않느냐?"

"아무 것이나라니? 이 침상에 올라간 건 당신과 꼬맹이뿐인데……."

한운석이 조용히 중얼거렸기 망정이지, 그녀가 감히 다람쥐 따위를 자신과 나란히 거론했다는 것을 용비야가 알았다면 꼬맹이는 끝장났을 것이다.

한운석의 대답을 들을 수도 없고 표정도 보지 못하자 아무래도 익숙하지 않은 용비야는 무의식적으로 눈을 뜨려 했지만 한운석이 재빨리 막았다.

"안 돼요. 날이 밝을 때까지 눈을 감고 있어야 해요! 계속 독소가 흘러나올 거예요!"

이번에는 그녀도 손으로 눈을 가리지 않고 자신의 손수건을 가져와 흘러내린 까만 독액을 조심조심 닦아 냈다.

용비야는 의외로 순순히 눈을 감았다. 그가 물었다.

"얼마나 더 있어야 날이 밝느냐?"

"두 시진 정도요."

솔직히 한운석은 내심 날이 천천히 밝았으면 했다. 사실은…… 한 시진이면 날이 밝았다.

이 인간을 한 시진 더 남겨 둬서 어쩌려는지 한운석 자신도 몰랐지만 어쩐지 보내기가 아쉬웠다.

용비야는 더 이상 말하지 않고 한운석이 독액을 닦아 내도록 내버려 두었다.

"전하, 얼굴을 닦아드릴게요."

조금 전까지 용비야라고 이름을 불렀는데 이제는 다시 '전하'로 호칭이 바뀌어 있었다. 한운석 자신은 인지하지 못했지만 용비야는 알아챘다.

그는 가볍게 대답만 하고 특별한 말은 하지 않았다.

용비야의 허락을 받은 한운석은 신이 나서 물을 뜨고 수건을 적셔 꼭 짰다. 재능 넘치고 절대 허리 숙이지 않는 여신은 순식간에 어린 계집종으로 변했다.

그녀를 애모하는 남자들이 이 광경을 보면 낙담하지 않을까?

용비야가 눈을 감고 있는 틈에 한운석은 대담하게 그의 얼굴을 관찰했다. 가까이에서 보는 것이 처음은 아니지만, 이렇게 자세히, 이렇게 오래 본 것은 처음이었다.

그의 곧은 눈썹은 비할 데 없이 잘생겼고, 속눈썹은 무척 길었으며, 콧날은 믿을 수 없을 만큼 높고 오똑했다. 그리고 저 입술.

그의 입술을 보는 순간 저도 모르게 지난 일이 떠올랐다.

자꾸만 보고 있자니 꿈을 꾸는 것만 같아서 도무지 현실 같지 않았다.

그녀는 잘생긴 눈썹에서부터 육감적인 얇은 입술까지 살며시 닦아 냈다. 용비야가 사실은 완전히 눈을 감고 있지 않다는 것은 전혀 알아차리지 못한 채.

그녀가 가까이 다가가 열심히 얼굴을 닦아 주는 동안 그 역시 가까이에서 진지하게 그녀를 바라보았다. 그녀의 고운 얼굴, 웃는 듯 마는 듯한 예쁜 눈, 그리고 그 눈 속에 담긴 숨길 수 없는 애정까지.

한운석, 본 왕은 대체…… 대체 무엇 때문에 네가 정을 품는 것을 허락했을까?

왜 하필이면 너일까?

다 닦고 나자 한운석은 한쪽으로 물러났다. 용비야가 움직이지 않자 그녀는 조심조심 물었다.

"전하, 주무세요?"

용비야가 대답하지 않자 한운석이 다시 불렀다.

"전하……."

용비야는 여전히 움직임이 없었다.

조금 전에 보니 여정이 힘들었는지 피곤해 보이던데 정말 잠이 들었나?

한운석은 조심스레 이불을 당겨 용비야에게 덮어 주고 자신은 가부좌를 틀고 옆에 앉아 지켰다.

그렇지만 얼마 가지 못했다.

그녀는 다시 다가가 그의 옆에 몸을 숙이고 두 손으로 턱을 괸 채 바라보았다.

이 인간을 향한 감정이 호감, 숭배, 흠모, 탄복, 애정 가운데 대체 무엇인지, 얼마나 큰지, 그녀 자신도 알지 못했다.

어째서 좋은지 명확히 말한다면 사랑이 아니라 그저 목적일 뿐이라고 할 수 있을지도 모른다.

단목요에 관한 해명을 들은 후로 한운석은 이미 돌이킬 수 없는 길로 들어선 것이다.

누군가를 좋아하는 것은 부끄러운 일이 아니니 당연히 떳떳하게 행동해야 했다.

"용비야, 백 걸음 중에 당신이 몇 걸음을 걸을지는 몰라도 어쨌든 나는 계속 앞으로 나아가고 있어요. 당신…… 당신 앞에 설 때까지."

그녀가 조그맣게 속삭였는데 뜻밖에도 용비야가 불쑥 입을 열었다.

"뭐라고 했느냐?"

한운석은 깜짝 놀랐다. 이 인간, 자는 게 아니었잖아!

"뭐라고 했느냐?"

용비야가 다시 물었다.

"아…… 아무것도 아니에요."

조금 전만 해도 대담하게 결심을 내린 그녀지만, 그 결심을 표현할 정도로 대담하지는 못했다.

방금 이상한 행동을 하지 않아서 천만다행이었다. 그렇지 않았다면…… 창피해 죽었을 것이다!

용비야가 똑똑히 들었는지 아닌지는 그 자신만 알 뿐 하늘도 몰랐다.

그는 캐묻지 않고 태연하게 물었다.

"피곤하지 않느냐?"

"괜찮아요. 주무세요."

지금은 피로를 느낄 기분이 아니었다.

뜻밖에도 용비야가 침상 안쪽으로 몸을 옮기고 옆의 빈 공간을 두드리며 말했다.

"누워라."

이게 무슨…….

한운석의 심장이 빨라져 통제할 수 없을 만큼 쿵쿵 뛰었다.

뭘 하려는 거지?

"누워라. 할 말이 있다."

용비야는 태연하게 말했다.

흠흠, 얼굴이 빨개졌던 한운석은 자신이 너무 나갔다는 것을 깨달았다.

하지만 그의 옆에 누우려니 아무래도 긴장되었다.

그가 비워 준 자리는 꽤 넓었지만 한운석은 몹시 조심조심하며 그와 똑같이 똑바로 누웠다. 긴장해서 몸이 뻣뻣했다.

양산백과 축영대가 그랬듯, 그녀와 그 사이에는 물그릇을 놓아도 될 만큼 충분한 공간이 있었다!

그녀가 눕자마자 그가 입을 열었다.

"백리명향에게 약을 줬느냐?"

"네. 별다른 사고가 없다면 올해 안에 미인혈을 만들 수 있을 거예요."

한운석이 사실대로 대답했다.

"사고라니 무슨 뜻이냐?"

"백리명향의 안전이요."

한운석은 언제나 신중했다.

"안심해라. 백리 장군부의 경비는 이곳보다 더 엄하고 백리 명향은 말썽을 일으키지 않을 것이다."

용비야는 차분하게 대답했다.

이팔청춘, 재주와 아름다움을 뽐내야 할 여자가 어째서 그처럼 조용히 몸을 낮추고 있는지, 한운석도 이해가 갔다.

백리명향을 치료할 방법을 찾기로 했다는 것은 용비야에게 말할 생각이 없었다.

"전하, 어쩌다 독에 당하셨나요?"

한운석은 내내 그 부분이 궁금했다.

"싸우다가 실수로 중독되었다."

용비야는 대충 대답하고 화제를 돌렸다.

"영족의 그 남자는 찾아왔느냐?"

"왔으면 벌써 말씀드렸을 거예요."

한운석도 내내 그 백의 공자를 기다리고 있었다. 그는 다시 오겠다고 했고, 다음번에 오면 그녀의 질문에 대답하겠다고 했다.

벙어리 노파는 생사불명이지만 한운석은 친아버지가 독종 사람이라고 거의 확신하고 있었다.

그보다는 영족이 어째서 자신을 보호하는지, 친아버지와 천심 부인 중에 대체 누가 서진 황족과 관계가 있는지가 더 궁금했다.

서진 황족과 독종은 또 무슨 관계일까?

"한운석, 만약 네가 정말 서진 황족의 핏줄이라면 너는……."

용비야는 말을 하다 말았지만, 한운석은 이상함을 알아차리지 못하고 장난스레 말했다.

"그럼 전하께서 횡재하신 거 아닌가요?"

용비야가 천천히 눈을 떴는데 놀랍게도 그 눈에는 근심이 가득 담겨 있었다. 독 때문에 잔뜩 선 핏발이 그 근심을 더욱 깊어 보이게 했다. 마치 세상을 전부 짊어진 것처럼 깊고도 무거웠다.

용비야, 당신에게도 근심걱정이 있다니!

하지만 그럼에도 불구하고 그는 웃으며 한운석의 물음에 대답했다.

"한운석, 제 발로 시집온 것은 너다."

장가를 들고 시집가는 것은 본래 한 가지지만 그들의 경우에는 별개의 문제였다. 제 발로 꽃가마를 박차고 나와 진왕부로 들어갔으니 확실히 그녀 혼자 시집을 간 셈이었다.

용비야가 웃으면서 말하지 않았다면 한운석도 그 속에 숨은 뜻이 있다는 것을 알아차렸을지 모르지만, 용비야의 장난스러운 말투에 그녀 역시 농담으로만 여겼다.

"그럼 더 횡재하셨네요!"

장난삼아 말하다보니 긴장감도 차차 풀렸다.

"어쩌면."

용비야는 그렇게 말하더니 놀랍게도 팔을 뻗어 그녀의 목을 감고 다른 팔로 그녀를 품에 안은 뒤 이불을 덮어 주었다.

"자거라. 본 왕도 피곤하다."

패기 넘치는 남자의 숨결이 갑작스레 덮쳐와 한운석은 피할 곳이 없었다.

그와 이렇게 가까이 있는 것이 처음은 아니지만, 이렇게 가까이 같이 누운 것은 처음이었다!

순간 그녀는 그의 세상과 자신의 세상이 합쳐지는 느낌을 받았다. 그가 무척이나 가깝게 느껴졌다.

같은 침상에서 잠드는 것이 이런 느낌이구나.

온통 그의 숨결로 가득하자 이루 말할 수 없이 행복했다!

한운석은 커다란 눈을 휘둥그레 떴다. 겨우 풀어졌던 신경이 다시 팽팽해지면서 몸이 주체할 수 없을 정도로 뻣뻣해졌다.

용비야는 정말 피곤한지 그녀의 귀에 입을 바짝 갖다 댄 채 나른하고 부드럽게 속삭였다.

"착하지, 긴장 풀어라. 안고만 있겠다."

그의 부드러운 목소리에 무슨 마력이라도 있는 것처럼 한운석은 정말 스르르 긴장이 풀렸다.

그녀는 경계심을 모두 내려놓고 편안하게 그의 품속에 누웠다. 자신의 세상에 쓰러지지 않는 우뚝한 산이 생긴 기분이었다.

이런 안전한 느낌이 참 좋았다.

하지만 용비야, 오늘 왜 그래요? 한 번도 피곤해한 적 없던 당신이 어떻게 된 거죠?

용비야는 정말 잠이 들었지만 한운석은 정신이 말짱했다. 그녀는 그를 깨울까 봐 꼼짝도 하지 못했다. 날이 밝기까지 한 시진을 더해서 말해 줬으니 그도 좀 더 잘 수 있을 것이다.

하지만 날이 밝자마자 소소옥의 목소리가 들려왔다.

"왕비마마, 일어나세요!"

살인사건, 태후의 부름

소소옥은 나이는 어렸지만 목소리는 컸다. 층계를 반쯤 올라왔을 뿐이고 방문이 닫혀 있는데도 목소리가 똑똑히 들렸다.

"누구냐?"

용비야는 곧바로 깨어났다.

"길에서 구해 준 소녀인데 소소옥이라고 해요."

한운석이 사실대로 말했다.

초서풍이 소소옥의 배경을 조사한 후 용비야에게 보고해야 했지만 그만 깜빡하고 말았던 것이다.

용비야는 한운석을 놓고 일어났고 한운석도 황급히 침상에서 내려왔다.

소소옥은 벌써 문 앞에 와 있었다.

"왕비마마, 일어나셔야 해요. 제가 차를 끓였어요."

한운석은 평소 일찍 일어났고 이때쯤이면 정원에서 차를 마실 시간이었다.

소소옥은 당연히 용비야가 이곳에 있는 것을 몰랐지만, 방해를 받은 한운석은 속이 상했다.

저 계집애, 하필이면 이런 때! 부르지 않으면 아무 때나 올라오지 말라고 나중에 똑똑히 알려 줘야겠어.

"정원으로 가져가렴. 찻잔을 하나 더 준비하고."

한운석이 문 안에서 말했다.

소소옥은 문 앞에 서서 멍한 얼굴로 물었다.

"찻잔을 더 준비하라고요?"

누가 있는 거야?

그녀는 어떻게 된 일인지 당장 감이 오지 않았다. 왕비마마가 늦잠을 잔 틈을 타서 옷을 갈아입는 것을 도울 수 있을까 하고 왔는데 이제 보니 틀린 모양이었다.

소소옥은 울적하게 아래로 내려갈 수밖에 없었다.

그러나 용비야와 한운석이 함께 나오는 것을 보자 오싹 소름이 끼쳤다.

진왕!

바깥에 한운석이 총애를 받고 있다는 소문이 자자해서 소소옥도 처음에는 진왕과 자주 마주칠까 봐 간이 조마조마했다. 그런데 운한각에 와 보니 진왕과 한운석은 함께 살고 있지 않았다.

진왕이 언제 왔을까? 어젯밤에 누각 위에서 밤을 보냈나?

찔리는 데가 있기 때문인지 소소옥은 하마터면 찻잔을 떨어뜨려 깰 뻔했지만 다행히 제때 손을 꽉 움켜쥐었다.

용비야는 문을 나오자마자 싸늘한 시선을 던지며 소소옥의 일거수일투족을 모두 눈여겨보았기 때문에 자연히 그 긴장을 알아챘다.

소소옥은 당황했지만 아무래도 훈련이 잘 되어 있었기 때문에 영리하게도 실수를 역이용하기 위해 일부러 손을 떨며 찻잔을 떨어뜨렸다. '쨍그랑' 소리가 나자 그녀는 황급히 무릎을 꿇고 머리를 푹 숙였다.

"진왕 전하, 용서해 주세요! 용서해 주세요! 일부러 그런 게 아니에요. 제발 용서해 주세요!"

용비야는 차갑게 쳐다보며 아무 말 없었고 한운석이 황급히 달려갔다.

"일어나렴. 괜찮으니 어서 치워."

소소옥은 겁먹은 듯 한운석을 올려보며 그럴 수 없다는 뜻으로 고개를 저었다.

"내가 괜찮다면 괜찮은 거야. 그만 가 봐."

평소 용비야 이야기만 나오면 늘 겁을 내던 소소옥이었기 때문에 한운석은 이상하게 생각하지 않았다. 이럴 때 그녀가 정상적으로 행동했다면 도리어 의심했을 것이다.

'물러가라'는 말을 듣는 순간 소소옥은 무거운 짐을 내려놓은 것처럼 안도의 숨을 내쉬었다. 일어난 후에도 그녀는 차마 허리를 제대로 펴거나 몸을 돌리지도 못하고 한운석과 용비야를 마주한 채 조심조심 뒷걸음질을 쳤다.

그런데 갑자기 용비야가 입을 열었다.

"서라."

소소옥은 다리가 풀린 듯 털썩 꿇어앉으며 소리 내어 흐느꼈다.

"왕비마마, 살려 주세요……."

한운석은 화가 나기도 하고 우습기도 했다. 꼬맹이의 행동도 창피해 죽겠는데 이 아이는 꼬맹이보다 더 하잖아?

"전하, 이 아이는 전하의 성품에 대한 이야기를 듣고 겁을 먹은 거예요."

한운석이 웃으며 말했다.

"왜, 본 왕의 성품이 나쁜가?"

용비야가 차갑게 물었다.

소소옥은 바들바들 떨면서 바닥에 닿을 것처럼 머리를 조아린 채 아무 소리도 내지 못했다.

그때 조 할멈도 나타났다가 용비야를 보고 의아해하며 말했다.

"전하, 일찍 오셨군요!"

한운석은 설명하지 않았고, 용비야는 설명할 리가 없었고, 소소옥은 고개를 숙인 채 감히 입을 떼지도 못했다.

조 할멈은 그제야 꿇어앉은 소소옥을 발견하고 큰 소리로 웃었다.

"전하, 이 아이는 겁이 많으니 너무 괴롭히지 마십시오."

조 할멈은 찻잔을 치우고 새 녹차를 끓였다.

"전하, 왕비마마, 앉으시지요."

그녀가 말하며 용비야의 귓가에 조용히 속삭였다.

"전하, 저 아이는 초서풍이 조사해 보고 문제없다고 했습니다."

그제야 용비야도 자리에 앉았다. 조 할멈이 황급히 소소옥에게 물러가라는 손짓을 했다.

그렇지만 용비야가 차갑게 말했다.

"저 아이에게 시중을 들게 해라."

조 할멈은 곤란한 눈으로 한운석에게 시선을 던졌다.

"저 아이에게는 적응할 시간을 좀 더 주세요. 신첩이 시중을 들게요!"

한운석이 농담 섞인 말투로 제안했다.

용비야가 왜 조그마한 소녀에게 저렇게 까다롭게 나오는지 알 수가 없었다.

용비야가 뭐라고 말하려는 순간, 갑자기 풀숲에서 고양이 소리가 들려왔다.

"야옹……."

모두 고개를 갸웃했다. 웬 고양이람!

한운석은 눈을 찡그리며 조 할멈을 바라보았고 조 할멈은 즉시 손을 내저었다.

"저희는 아닙니다."

그때 고양이 한 마리가 풀숲에서 머리를 쏙 내밀더니 배가 몹시 고픈 듯 가련한 얼굴로 사람들을 향해 야옹야옹거렸다.

순간 모두 눈이 휘둥그레졌다.

저건 천휘황제가 태후의 생신 선물로 준 파사 고양이 아냐? 어떻게 여기 있지?

"꼬맹이! 이리 나와!"

한운석이 소리를 쳤다.

꼬맹이 말고 누가 이런 일을 할 수 있을까?

꼬맹이는 어디로 갔는지 알 수가 없었다. 한운석이 황급히 누각으로 올라가 궤짝 서랍까지 샅샅이 뒤졌지만 꼬맹이는 보이지 않았고 대신 어떤 상자 안에서 보물 한 더미를 발견했다.

안에 든 것은 하나같이 태후가 생신 연회 때 받은 선물로, 영친왕이 준 월야명주와 태자가 준 혈영지까지 있었다.

한운석은 뭐라고 해야 할지 알 수가 없어 그만 웃음을 터트리고 말았다.

음, 꼬맹이를 칭찬해 줘야겠는걸. 아주 잘했어!

그동안 태후는 분명히 속이 터져 죽을 지경이었을 것이다!

상자 가득한 보물을 보자 용비야도 입꼬리를 올리며 웃을락 말락 했다.

이 보물들은 남겨 두어도 되지만 파사 고양이는 반드시 돌려보내야 했다! 만에 하나 다른 사람 눈에 띄기라도 하면 보통 큰 죄가 아니었다.

서산에 가는 일은 천휘황제가 양보했지만, 천휘황제와 태후가 여기서 그만둔다는 뜻은 아니었다. 죄를 물을 명분이 뚜렷한 꼬투리를 잡는다면 간단히 넘어가 주지 않을 것이다.

어쨌든 천녕국은 아직 천휘황제의 천하였고, 그가 용비야에게 느끼는 감정은 거리낌 정도에 불과했다.

역사상 권력을 휘두르고 군주보다 높은 공을 세우고 나라에 맞먹을 부를 누렸던 이들 중 아름다운 최후를 맞이할 수 있었던 자가 몇이나 될까?

용비야는 비밀 시위를 시켜 파사 고양이를 돌려보내게 했다. 그 밖의 보물들은 한운석이 통 크게 꼬맹이에게 주었다. 어쨌든 먹어 치우지만 않는다면 꼬맹이의 것이 곧 그녀의 것이었다!

아침 차 마시는 시간이 이렇게 중단되자 조 할멈은 그 틈을 타서 소소옥을 데려갔고 용비야도 캐묻는 대신 한운석에게 말했다.

"앞으로는 이렇게 일찍 깨우러 오지 않게 해라."

한운석은 어리둥절했지만 곧 폭소를 터트렸다. 이제 보니 그 일 때문에 불쾌해했던 거였어!

한운석이 웃음을 터트렸는데도 용비야는 못 본 척 싸늘한 표정이었다.

민망해야 할 사람은 그였는데 도리어 혼자 웃어대던 한운석만 부끄러워졌다.

"명령하신 대로 하겠습니다."

그녀는 일부러 진지하게 대답했다. 그날 용비야가 초서풍을 찾아가 소소옥의 내력을 물었다는 사실을, 그녀는 전혀 알지 못했다.

서산으로 가는 일은 정리되었고 한운석은 가끔 약재가 필요할 때 태의원에 들렀다. 신분도 있고 고북월이 봐주기까지 하니 그녀가 약을 아무리 많이 가져가도 감히 이의를 제기하는 사람은 없었다.

한운석은 정원에서 부식성 강한 독초를 키우는 것을 제외하면 거의 모든 시간을 미인혈 연구에 쏟아부었다.

백리 장군부에 몇 차례 들렀는데 백리명향은 늘 그대로였다. 한 번은 또 독이 발작했지만 도움이 되지 못해 차라리 왕부로 돌아와 버렸다.

이날도 그녀는 백리 장군부를 찾아갔다. 그런데 태의원에서 사람이 와서 궁에서 살인 사건이 벌어졌는데 독으로 죽었으니 와서 봐 달라고 청했다.

태의원에서 청한 것이지 궁에서 직접 명을 내린 것이 아니어서 태의의 신분인 그녀는 거절할 수가 없었다.

다만 독으로 죽은 사람이 누구기에 자신을 부르는지 알 수가 없었다.

가는 길에 물어보니, 놀랍게도 대범한 성품인 운 귀비가 독을 당해 죽었는데 태후가 한운석에게 흉수를 조사하는 일을 도우라고 했다는 것이었다.

천휘황제에게는 소 귀비, 이 귀비, 영寧 귀비, 운 귀비라는 네 명의 귀비가 있었다. 그중 소 귀비는 둘째 황자의 모비이자 좌승상 소정신의 딸이고, 이 귀비는 국구부의 서녀로 황후와 이복자매 간이며, 영 귀비는 삼대장군 중 한 사람인 기병 대장군의 누이동생이었다. 유독 운 귀비만 기껏해야 군수의 딸이라는 미천한 출신이었다.

하지만 운 귀비는 늘 이 귀비, 영 귀비보다 총애를 받았는데, 담력이 커서 남들은 차마 하지 못하는 말이나 행동을 스스럼없이 하는 태도에 천휘황제가 독특한 매력을 느꼈기 때문이었다. 덕분에 그녀는 재인才人(후궁의 품계)에서 몇 단계 위인 귀비가 되었다.

태후의 생신 연회 때 소정신이 공개적으로 용비야를 지지하자 가장 총애 받던 소 귀비는 하루아침에 끈이 떨어졌고 운 귀비의 세력이 커졌다.

운 귀비가 독으로 죽었다는 소식을 듣고 한운석이 제일 먼저 떠올린 사람은 바로 소 귀비였다. 소 귀비의 혐의가 가장 컸다.

물론 그리 간단한 일은 아니라는 것은 알고 있었다. 그렇게 간단한 문제라면 후궁의 사건이라고 할 수도 없었다.

용비야가 첩을 들이지 않았기에 망정이지, 그랬다면 그녀 역시 총애를 다투는 무시무시한 싸움을 맞이해야 했을 것이다!

한운석은 입궁한 뒤 마차에서 내려 가마로 갈아탔다. 둘째 황자와 소정신이 마중 나왔다.

"왕비마마, 옥여玉茹는 억울합니다. 왕비마마, 전하의 얼굴을 보아서라도 반드시 옥여의 누명을 풀어 주셔야 합니다!"

소정신은 초조해 어쩔 줄 몰랐다. 옥여란 바로 소 귀비의 이름이었다.

"조사하고 있다지 않았나요? 벌써 결과가 나왔나요?"

한운석이 의아한 듯 물었다.

"왕비마마, 저들이 옥여의 궁에서 독약을 찾아냈고 부리던 시녀도 자백을 해서 증인과 물증을 모두 확보했습니다!"

소정신이 조정에 가진 권세에 진왕의 지지까지 있으니 천휘 황제도 당장은 그를 건드리지 못할 것이다. 하지만 하나뿐인 딸이 냉궁冷宮(죄를 지은 후궁을 가두는 곳)에 갇히는 것은 견딜 수가 없었다.

그가 두 번 세 번 충고를 했는데도 소 귀비는 부주의하게 첩자가 궁에 숨어들게 내버려 두고 말았다.

물증은 누군가 가져다 놓은 것이고 증인은 곧 첩자였다.

황후가 실성한 후 다시 후궁을 관장하게 된 태후가 증인과 물증까지 손에 넣었으니 쉽사리 소 귀비를 놓아줄 리 없었다.

태후는 둘째 황자가 태자와 대립할 때부터 일찌감치 소씨 집 안을 공격할 마음을 품고 있었는데 생신 연회 사건까지 벌어지 자 그들에게 복수할 기회만 노리고 있었다! 더욱이 운 귀비가 죽고 소 귀비가 냉궁에 들어가면 네 귀비 중 이 귀비와 영 귀비 만 남게 된다.

영 귀비는 조용한 성품이라 1년 내내 예불을 하며 후궁 싸 움에 나서지 않았기 때문에 이 귀비 혼자 실권을 쥘 것이 분명 했다.

황후가 실성하고 적잖은 이들이 황후 자리를 눈독들이고 있 었으니 태후가 친정 여자를 황후로 삼으려는 것도 당연했다.

한운석도 이런 이해관계를 헤아릴 수 있었다.

한운석이 대답하려는데 둘째 황자가 초조하게 말했다.

"모비께서는 반드시 무사하셔야 하오. 모비께 무슨 일이 생 기면 전하께서는 분명 당신 죄를 물을 것이오!"

천휘황제 눈에 들다

둘째 황자의 무례한 말에 소정신이 즉시 꾸짖었다.

"천경, 왕비마마께 무례해서는 안 된다!"

소정신은 둘째 황자의 외할아버지이지만, 신분에 따라 용천경을 둘째 황자라고 높여 불러야 했다. 평소에는 그도 그렇게 불렀지만 지금은 상황이 완전히 달랐다.

소정신과 진왕의 뒷받침이 없이는 소 귀비는 말할 것도 없고 둘째 황자마저 다칠 수 있었다.

"외조부, 우리 모두 진왕 전하를 돕고 있으니 당연히 이 여자가 모비를 구해야지요!"

둘째 황자가 불쾌한 목소리로 말했다.

가장 총애받던 황자로 태자보다 세력이 컸던 그가 하루 만에 바닥으로 내려앉았으니 달가울 리 없었다.

그는 부황과 마찬가지로 진왕에게 갖가지 불만을 품고 있었고, 반대로 태자 용천묵은 진왕을 무척 존경했다. 그런데 결국 자신이 진왕의 편이 될 줄이야.

그와 모비 모두 외조부에게 철저히 속았던 것이다! 둘째 황자의 마음속에는 불만이 가득했다. 가능하다면 그는 부황을 선택했을 것이다. 부황은 이미 태자를 폐할 생각을 하고 있기 때문이었다. 진왕에게 충성한들 생신 연회에서 그를 웃음거리로 만들었던 만큼 햇빛을 볼 날이 있을지 희망이 없었다.

"천경, 함부로 굴지 마라!"

소정신이 엄하게 말했다.

용천경은 씩씩거렸다.

"어쨌든 이 여자가 모비를 구해야 해요!"

한운석은 천휘황제가 멀쩡한 용천묵을 버리고 이런 멍청이를 중용하려던 이유를 도저히 알 수가 없었다! 용천묵이 병으로 몇 년을 허비했다 해도 지성이든 감성이든 용천경보다 백배는 나았다!

훗날 국구부의 재력을 알게 된 후에야 천휘황제가 뭘 꺼렸는지 깨달았지만, 당연히 그건 나중의 일이었다.

"용서하십시오, 왕비마마. 전하를 보아서라도 부디 옥여를 구해 주십시오!"

소정신은 간절하게 애원했다.

사실 용천경의 말은 옳지 않았다. 소씨 집안이 진왕을 도운 것이 아니라 그들이 지금의 지위를 얻고, 소정신이 좌승상에 오르고, 소옥여가 귀비가 될 수 있었던 것은 모두 진왕의 도움 덕분이었다.

하지만 용비야의 세력권에 있는 이들이니 한운석이 구하는 것은 당연했다. 소정신이 부탁하지 않더라도 반드시 구할 생각이었다.

"걱정 마세요. 정말 무고하다면 내가 반드시 진상을 밝혀내겠어요!"

한운석은 이렇게 말하고 가마에 올랐다. 용천경은 상대하지도 않았고 책망 한마디조차 없었다.

소정신은 감탄을 금치 못했다. 저렇게 도량이 큰 여자라니 과연 진왕의 정비다웠다!

한운석은 곧바로 사건 현장인 운 귀비의 침궁으로 안내되었다.

그곳에는 많은 사람들이 와 있었다. 태후, 소 귀비, 천휘황제, 그리고 궁녀 몇 명. 뜻밖에도 단목백엽과 초천은, 초청가도 있었다!

천휘황제의 집안일인데 전혀 상관없는 서주국 사람들이 왜 끼어들었을까?

낯부끄러운 소문이 바깥에 전해져도 상관없는 걸까?

한운석이 들어오자 태후는 몹시 기뻐했다.

"운석, 드디어 왔구나. 모두 기다리고 있었단다!"

이 늙은 태후는 때에 상관없이 그녀를 볼 때마다 자상하게 굴어서 모르는 사람이 보면 사이가 무척 좋다고 생각할 정도였다!

한운석도 이미 익숙해져 웃는 얼굴로 마주보았다.

"태후마마께 인사 올립니다. 폐하께 인사 올립니다."

뜻밖에도 태후가 몸소 그녀를 부축해 일으켰다. 평소에는 친절한 척해도 이 정도까지는 아니었다!

소 귀비를 모함한 사람은 십중팔구 태후일 텐데, 증인과 물증을 갖추고도 왜 일찌감치 사건을 마무리 짓지 않았을까? 어째서 한운석을 불러 조사를 도우라고 했을까? 정말 이상했다!

설마 약선이 탐이 나서? 아니면 무슨 함정이라도 있나?

"운석, 소 귀비가 독을 쓴 흉수라는 증인과 물증이 모두 있는데 초 낭자는 독약에 문제가 있다며 아니라고 하는구나. 내가 초 낭자를 믿지 못하는 것이 아니라 그저……."

태후는 어쩔 수 없는 웃음을 지으며 말을 이었다.

"아무래도 네가 확인해야 마음이 놓일 것 같구나."

알고 보니 운 귀비가 독으로 죽었을 때 천휘황제는 마침 어화원에서 단목백엽과 초씨 남매를 접견하고 있었다.

낙 공공이 신중하지 못하게 그 자리에서 보고한 탓에 초청가도 그 내용을 듣고 자신이 독술을 할 줄 안다고 밝히며 한번 살펴보겠다고 자원했다.

그녀가 찾아갔을 때 태후는 이미 사건을 마무리하고 소 귀비의 죄를 물으려하고 있었다. 하지만 초청가가 독약에 문제가 있다고 해서 여태 형을 집행하지 못했다.

천휘황제는 소 귀비를 냉대했을 뿐 어떻게 할 생각은 없었으나 이런 상황에서는 의당 태후의 편에 서야 했다. 그런데 뜻밖에도 초청가의 의견을 중요하게 받아들여 그녀에게 조사를 하게 했던 것이다.

정말 황당한 일이었다!

영리한 태후는 곧바로 천휘황제와 초청가 사이에서 이상한 냄새를 맡았다. 그녀의 짐작이 맞다면, 호색한 아들이 초청가를 점찍은 것이다!

초청가는 서주국 명문가이자 대장군 가문인 초씨 집안 출신이었다.

지금 서주국과 천녕국의 관계나 초청가의 출신 집안으로 볼 때 화친을 맺으면 황후는 아니더라도 최소한 귀비 중 으뜸 자리는 차지할 수 있을 터였다.

후궁의 모든 것이 태후 손에 있으니 조사해도 겁날 게 없었다. 하지만 이 귀비를 황후로 만들고자 하는 태후가 그녀와 총애를 다툴 사람을 받아들일 리 없었다.

그래서 태후는 생신 연회에서 초청가를 지독하게 모욕한 한운석을 떠올렸던 것이다.

사실 초청가가 자원한 것은 천휘황제를 기쁘게 하기 위해서가 아니었다. 그녀는 태후의 생신 연회에서 금을 탔을 때부터 천휘황제가 자신을 점찍었다는 것은 추호도 모르고 있었다.

천휘황제의 후궁에 복잡한 이해관계가 얽혀 있다는 것은 더욱더 몰랐다.

그녀가 나선 까닭은 간단했다. 무슨 일이든 해서 자신이 아직 도성에 있다는 사실을 용비야에게 알리고 자신에 관한 소식을 용비야에게 들려주기 위해서였다.

한운석은 독술을 할 줄 알지만 그녀도 마찬가지였다!

한운석에게 없는 것도 그녀에겐 있었다!

용비야가 서주국 초씨 집안의 지지를 얻으면 천휘황제에게 대항할 기반이 더욱 탄탄해질 것이다!

태후의 말이 끝나고 한운석이 그 속을 파악하기도 전에 천휘황제가 곧바로 입을 열었다.

"모후, 초 낭자의 뛰어난 독술이라면 소자는 안심할 수 있습니다."

그 말을 듣자 한운석은 더욱더 어리둥절했다. 천휘황제와 태후가 지금 뭘 하는 거지?

그때 초청가가 차갑게 말했다.

"태후마마, 소 귀비의 궁에서 찾아낸 이 독약과 운 귀비가 중독된 독은 분명 같습니다. 다만 명이 끊어지려면 한 병을 다 마셔야 하는데 아직 반병이 남아 있으니 이는 분명히 모함입니다!"

한운석이 흘긋 보고 바로 홍색설고紅色雪篙라는 것을 알아보았다. 확실히 초청가가 말한 대로 한 병을 다 마셔야 중독되는 독약이었다.

그런데 아직 반병이 남아 있으니 분명 수상했다.

"초 낭자, 그 말은 내가 소 귀비를 모함한다는 것인가?"

태후가 사정없이 물었다.

증인인 궁녀와 함께 무릎을 꿇고 있는 소 귀비는 시종일관 아무 소리도 내지 않았다.

도도하기 짝이 없는 초청가는 신분만 아니었다면 늙은 태후를 거들떠보지도 않았을 것이다. 생신 연회에서 태후가 보여 준 태도가 몹시 경멸스러웠던 것이다.

"그렇지 않습니다. 저는 그저 사실을 말한 것뿐입니다."

초청가는 차분하게 대답했다.

"운석, 네 생각은 어떠냐?"

태후가 한운석에게 물었다.

비록 태후와 천휘황제가 대체 어쩔 생각인지는 모르지만, 한운석에게는 명확한 목적이 있었다. 바로 소 귀비를 구하는 것이었다.

"독약이 반병 남았다면 아무래도 이상하군요."

'분명히 모함'이라고 한 초청가에 비하면 훨씬 신중한 말투였고 더 영리해 보였다.

적어도 태후가 듣기에는 거슬리지 않았다.

그렇지만 초청가는 몹시 경멸하는 투로 콧방귀를 꼈다.

"비겁자."

한운석은 개의치 않고 웃으며 물었다.

"태후마마, 이 사건을 제게 맡기시려는지요?"

"당연하지 않느냐. 수상쩍은 점이 있다면 자세히 조사해야지. 진짜 흉수가 달아나게 해서도 안 되고 억울한 사람에게 누명을 씌워서도 안 된다!"

태후는 공정하게 말했다.

"그렇다면 상관없는 사람들은……."

한운석의 말이 끝나기도 전에 천휘황제가 나섰다.

"모후, 초 낭자가 이상한 점을 발견했으니 짐은 초 낭자에게 사건을 맡길 생각입니다. 초 낭자의 독술을 구경하고 싶습니다."

한운석은 의심이 들기 시작했다. 천휘황제가 초청가에게 홀리는 약이라도 먹었나? 왜 저렇게 편을 들어?

자세히 관찰하자 한운석도 초청가를 바라보는 천휘황제의 눈빛이 다르다는 것을 발견했다.

그녀는 미심쩍어 하다가 대담한 추측을 떠올렸다. 다만 초청가 자신도 이 상황을 알고 있는지 확신할 수가 없었다.

"황제, 이건⋯⋯."

태후가 거절하려는데 뜻밖에도 초청가가 말했다.

"왕비마마, 각자 조사를 진행해서 누가 먼저 명확히 밝히는지 비교해 보는 것이 어떠신지요?"

"하하, 좋은 생각이군! 그렇게 하겠네."

천휘황제가 기다렸다는 듯이 허락했다.

태후는 눈동자에 냉소를 띠면서 태연하게 말했다.

"황제가 그리 말하니 두 사람이 각자 조사하게."

한운석은 기분이 무척 언짢았다. 초청가는 자신에게 두 번이나 혼쭐이 났는데 왜 아직도 포기하지 못할까? 사건 조사를 놀이로 생각하는 걸까? 비교하긴 뭘 비교해?

모함당한 사람이 소 귀비가 아니었다면 같이 놀아 주지도 않았을 것이다!

한운석에게 이견이 없자 초청가가 황급히 말했다.

"왕비마마, 제가 먼저 진상을 밝히면 어떻게 하실 건가요?"

"소 귀비의 결백을 밝히고 운 귀비가 저승에서 편히 눈감을 수 있게 해 주려면 진상을 밝혀야 해요. 낭자가 진상을 밝힌다면 태후마마와 폐하께서 큰상을 내리실텐데 뭘 더 바라는 거죠?"

한운석이 정색을 하고 반문했다.

초청가는 말문이 막혀 대답할 수가 없었다.

하지만 재빨리 정신을 가다듬었다. 설사 판돈 없는 도박이요, 상금 없는 시합이라고 해도 진상을 밝혀내기만 하면 한운석을 짓밟아 줄 수 있었다!

한운석의 독술은 천녕국, 나아가 운공대륙 전체에 꽤 유명했다. 한운석을 이기면 초청가의 이름도 천녕국 각계에 퍼질 것이다.

"진왕비, 기한은 사흘로 하는 게 어떨까요?"

초청가가 물었다.

"마음대로 해요."

한운석은 신경 쓰지 않았다.

옆에서는 단목백엽이 천휘황제의 눈만 계속 살피고 있었다. 그는 천휘황제가 초청가를 마음에 들어 한다면 누이동생 일로 사과하러 온 일을 순조롭게 완수할 수 있을 것이라고 생각하고 있었다.

초천은도 천휘황제에게 신경을 쏟았다. 누이동생의 어리석은 행동이 몹시 성가셨지만, 누이동생이 천녕국에 남는 것이 꼭 나쁘지만은 않다는 생각이었다!

기한이 사흘이니 그동안 편리하게 조사할 수 있도록 한운석과 초청가는 모두 궁에 묵었다.

용비야는 이 일을 알고 나자 곧바로 시중들 조 할멈을 입궁시키며 곁에서 한 걸음도 떨어지지 말라고 분부했다.

첫째 날, 초청가와 한운석이 운 귀비의 궁을 조사하고 있는데, 천휘황제가 조회를 끝내자마자 찾아왔다.

편애에 관한 문제

역사상 연인과 오래 있고 싶어서 조회에 나가지 않는 군주가 얼마나 많았던가.

천휘황제가 조회를 끝내자마자 운 귀비의 궁을 찾아 온 것은 이해해 줄 만했다. 천휘황제는 초청가를 쉽게 포기하지 않을 것이다.

"짐은 두 사람이 어떻게 조사하는지 보러온 것이다. 꺼리지 말고 조사할 것은 하고 물을 것은 묻도록 하라."

천휘황제는 엄숙하게 말했다.

"예."

한운석은 대강 대답했지만 초청가는 달랐다.

"폐하께서 이처럼 영명하시니 반드시 전력을 다해 진상을 밝혀내겠습니다!"

옆에 있던 한운석은 저도 모르게 눈을 흘겼다. 천휘황제가 오지 않았다면 전력을 다하지 않을 생각이었나?

"짐은 그대를 믿네!"

천휘황제의 눈빛은 몹시 의미심장했다.

초청가가 고개를 끄덕이며 궁녀에게 계속 질문을 하려는데 천휘황제가 또 말했다.

"초 낭자, 도움이 필요한 곳이 있으면 짐에게 직접 말하게.

짐이 즉각 도울 것이네."

천휘황제는 한운석은 쳐다보지도 않았다.

"감사합니다, 폐하!"

예전이었다면 초청가도 천휘황제의 눈빛이 이상하다는 것을 눈치챘겠지만, 지금 그녀의 머리는 온통 한운석과 겨룬다는 생각뿐이었다.

한운석을 이길 수 있게 해 주는 것이라면, 한운석 앞에서 솜씨를 뽐낼 수 있게 해 주는 것이라면, 그게 무엇이든 망설임 없이 가져다 쓸 생각이었다.

"폐하의 신임을 받으니 영광입니다."

초청가는 일부러 큰 소리로 말했다.

태후가 한운석을 적극 추천했지만 초청가는 태후가 진심으로 그랬다고 믿지 않았다. 분명히 무슨 음모를 꾸며 한운석을 끌어들인 것이라고 생각했다.

그리고 천휘황제는 더욱더 한운석을 도울 사람이 아니었다. 어쩌면 한운석이 뛰어들 함정을 준비해 놓고 있을지도 몰랐다!

설사 태후의 지지를 받지 못했다 해도 천휘황제의 신임을 얻었으니 한운석을 이기기에 충분했다.

한운석이 용비야의 정비면 어떤가? 용비야의 총애를 받고 있다고 소문이 나면 또 어떤가?

그렇게 차갑고 또 그렇게 바쁜 용비야가 시시각각 곁을 지키며 벌어지는 일마다 그녀를 도와줄 수는 없었다.

초청가가 이렇게 큰 소리를 내자 한운석도 민망해서 돌아봐

주지 않을 수가 없었다. 초청가가 왜 저렇게 잘난 척을 하는지 도무지 이해가 가지 않았다.

천휘황제의 신임이 영광이 아니라 불행이라는 걸 아직도 눈치채지 못한 걸까?

'휴……'

한운석은 속으로 탄식을 지었다.

"왕비마마, 폐하께서 저 낭자가 마음에 드신 게 분명합니다!"

조 할멈이 참다못해 작은 소리로 말했다.

조 할멈도 궁에서 잔뼈가 굵은 사람이었다.

사실은 초청가가 태후의 생신 연회에서 금을 연주할 때부터 짐작은 했지만 신경 쓰지 않고 있었는데, 오늘 천휘황제의 눈빛을 다시 보자 백이면 백 확신할 수 있었다.

한운석은 조용히 하라는 눈짓을 하며 안방으로 들어갔다.

천휘황제가 자신을 갈아 마시려고 하는 것을 알고 있으니 공연히 남아서 훼방꾼 노릇을 하지 않는 편이 나았다. 남의 연애를 방해하는 것은 절대 좋은 일이 아니었다.

한운석이 사라지자 초청가도 가만있지 못했다. 저 여자가 왜 가는 거지?

"폐하, 방 안을 살펴보아야 하니 실례하겠습니다."

그녀는 자못 공손하게 말했다.

"가 보게."

천휘황제는 미소를 지으며 사람 좋게 말했다.

초청가가 돌아섰는데도 천휘황제의 시선은 여전히 그녀에게 머물렀다. 그는 아리땁고 매력적인 몸매와 우아한 걸음걸이를 흥미로운 눈길로 감상했고, 그러는 사이 입꼬리가 올라가면서 만족스러운 웃음을 그렸다.

하하, 보면 볼수록 마음에 드는구나.

초청가가 안방으로 들어가 보니 한운석은 조사를 하지 않고 앉아서 조 할멈과 귓속말을 하고 있었다. 무슨 이야기를 하는지는 몰라도 두 사람 모두 얼굴에 웃음이 가득했다.

초청가가 들어오자 한운석은 한 번 눈길을 주었을 뿐 별로 신경 쓰지 않았다. 초청가가 맞은편에 앉았는데도 모른 척하고 조 할멈과 함께 웃으며 한담을 나누기만 했다.

초청가가 몇 마디 들어 보니 대화 내용은 그녀가 알아듣지 못하는 것들이고 사건과는 관계가 없었다.

초청가는 자신이 들어왔으니 한운석이 뭐라도 말을 할 것이라 생각했다.

자신조차 민망해질 때까지 한참 앉아 있어도 반응이 없자 그녀는 도도한 태도를 버리고 차갑게 물었다.

"한운석, 보아하니 뭔가 알아낸 모양이지?"

"아니."

한운석은 한마디 한마디가 아까운 사람처럼 간단하게만 대답했다.

"천휘황제께서 저토록 나를 믿어 주시는데 두렵지 않느냐?"

초청가가 또 물었다.

"아니."

한운석은 대답만 하고 길게 설명하지 않았다. 초청가와 이야기 하고 싶지 않다는 태도가 분명했지만 초청가는 무척 이야기가 하고 싶었다.

천휘황제가 이렇게 편애하는데도 저 여자는 정말 상관없는지 궁금했다. 그리고 저 여자가 대체 무슨 매력을 가지고 있기에 용비야가 내내 곁에 두는지는 더욱 궁금했다.

"한운석, 태후께서 정말 네 편을 들어준다고 생각하는 건 아니겠지? 설령 너를 도울 마음이 있다해도 아마……."

초청가는 일부러 걱정하는 척하며 소리를 죽여 말했다.

"오늘 아침에 오면서 들으니 태후궁에 있던 귀한 물건들이 많이 사라지는 바람에 태후께서 무척 초조해하시며 곳곳을 뒤지며 찾느라 다른 것은 신경 쓰지 못하신다고 했다."

그 말에 한운석과 조 할멈은 그만 큰 소리로 웃음을 터트렸다.

꼬맹이 최고!

초청가는 어리둥절했다.

"한운석, 왜 웃는 거지?"

뜻밖에도 한운석은 또다시 간단하게 대답했다.

"아무것도."

그녀는 초청가를 무시하고 계속해서 조 할멈과 왁자하게 웃었다.

분명히 자랑을 하러 온 초청가였지만, 어쩐지 마음속에서는 무시당하는 데서 오는 열등감 같은 것이 솟구쳤다.

그녀는 이를 악물고 방을 나갔다. 한운석, 어디 두고 보자!

그녀가 밖으로 나가자 천휘황제는 차를 마시고 있었다.

"초 낭자, 조금 쉬지 않겠나?"

천휘황제가 친절하게 물었다.

초청가는 그제야 이상한 분위기를 알아차리고 기분이 묘해졌다. 하지만 깊이 생각할 틈이 없었다.

"호의에 감사드립니다, 폐하. 하지만 시간이 촉박하니 나가서 궁녀들을 일일이 심문해야 합니다."

초청가는 몹시 열성적으로 오전 내내 궁녀를 심문했다. 상세히 캐묻고 심지어 궁녀가 거짓말하는 것을 방지하려고 몇 가지 질문은 반복해서 묻기도 했다.

궁녀를 심문할 때 천휘황제가 내내 자신을 바라보고 있다는 것은 알아차리지 못했다.

초청가는 진지하고 꾸준했지만 한운석은 오전 내내 앉아서 조 할멈과 한담을 나누었다. 조 할멈은 궁에 있었던 재미난 일이나 추악한 일들을 무척 많이 알려 주었다.

한운석이 게을러서가 아니라 해야 할 조사를 거의 끝냈기 때문이었다. 운 귀비의 시신을 조사하고 궁녀에게 몇 가지 물어보고 나자 모든 것이 정리되었다.

천휘황제는 정오쯤에야 떠났다. 떠난 지 얼마 되지 않아 사람을 시켜 초청가에게 푸짐한 점심을 보냈는데 친절하게 후식 과일까지 있었다.

반면 한운석과 조 할멈은 가마를 기다렸다가 숙소로 식사를 하러 가야 했다. 그들이 묵는 곳은 운 귀비의 궁과 거리가 제법 멀었다.

탁자 가득한 산해진미 앞에 혼자 앉은 초청가는 우아하게 음식을 즐겼고, 한운석과 조 할멈은 입구에서 가마를 기다렸다.

"왕비마마, 걱정 마십시오. 소인이 은자를 뿌려 놨으니 가마는 금방 올 겁니다. 궁에서 가장 유명한 선화연鮮花宴(생화를 이용한 요리)을 준비해 두었지요."

조 할멈이 조용히 속삭였다.

"괜찮네. 배고프지 않네."

한운석은 확실히 배가 고프지 않았다. 조 할멈같이 후궁에서 잔뼈가 굵은 원로가 있으니 음식이든 숙소든 훌륭했다.

그런데 이상하게도 초청가가 식사를 끝낼 때까지 가마는 오지 않았다.

조 할멈은 즉각 어떻게 된 것인지 알고 화를 냈다.

"은자를 받아먹고 시치미를 딱 떼다니, 이 못된 것들! 내가 궁에서 나갔다고 이빨 빠진 호랑이인 줄 아는구나! 내가 궁에 있을 때만 해도 태후도 황제도 아직 그 자리에 오르지 못했건만!"

한운석은 그런 조 할멈을 보면서 입을 실룩였다. 조 할멈에게도 이런 사나운 면이 있을 줄이야. 어쩐지 오래전 태후와 의태비, 천휘황제와 진왕이 후궁에서 죽자 살자 싸우던 장면이 머릿속에 그려지는 것 같았다. 당시 용비야는 아직 어렸을 것이다.

"어머나, 왜 아직도 이러고 있지?"

갑자기 초청가의 목소리가 들려왔다. 한운석이 돌아보니 초청가가 그들을 향해 걸어오는 중이었고, 그 뒤로는 궁녀들이다 먹지 않은 음식을 치우고 있었다.

한운석은 그녀를 무시하고 소리 죽여 말했다.

"조 할멈, 걸어가세. 어쨌든 바쁠 것도 없으니까."

그들이 떠나려고 하자 초청가는 큰 소리로 웃어댔다.

"한운석, 배가 고플 텐데 가서 먹지 그래. 궁녀들에게 치우지 말라고 할 테니."

조 할멈은 분노했다. 정말이지 눈곱만큼도 정이 안 가는 여자였다. 왕비마마가 아침부터 모르는 척해 주고 있는데 왜 자꾸 도발하는 걸까?

"초 낭자, 이 침궁에서 주인이 죽은 지 얼마 되지 않았는데 당당하게 곁마루에서 먹고 마시다니요. 밤늦게 귀신이 잿밥 달라고 찾아올까 봐 겁나지도 않으십니까?"

조 할멈은 진지하기 짝이 없는 목소리로 물었다.

이 말에 초청가는 등골이 오싹해져 무의식적으로 대청에 놓인 위패와 관을 돌아보았다. 순간 온몸의 솜털이 올올이 곤두섰다.

"늙은 아랫것 따위가 어디서 허튼 소리를 지껄이느냐? 저 음식은 폐하께서 내리신 것이다! 폐하께서 잘못하셨다는 말이냐?"

초청가가 사납게 반박했다.

"초 낭자, 이곳에서 폐하가 어쩌고저쩌고 떠드시면 운 귀비마마께서 썩 좋아하지 않으실 겁니다. 운 귀비마마께서 생전에 얼마나 질투가 심하셨는지 모르십니까?"

조 할멈이 능글맞게 한마디 했다.

초청가는 온몸에 소름이 끼쳤지만 입으로는 강한 척했다.

"왜, 폐하께서 날 편애하시니 질투가 나느냐?"

조 할멈은 웃음을 지었다.

"그게 무슨 말씀이십니까? 폐하께서 항상 공평무사하시다는 것을 후궁의 모두가 아는데 낭자를 편애하실 리가 있겠습니까? 편애라면 우리 진왕 전하께서 종종 하시지요."

한운석은 끼어들지 않았다. 처음으로 조 할멈이 옆에 있는 게 얼마나 재미있는 일인지 알 수 있었다!

그녀는 초청가가 조 할멈이 한 말의 진짜 속뜻을 알아차리지 못했으리라 생각했다.

황제가 공평무사하다는 것을 후궁의 모두가 알고 있다는 말은, 만에 하나 후궁 사람이 황제가 초청가에게 이렇게 관심을 쏟고 편애하는 것을 알면 초청가가 후궁에 있는 동안 편히 지내지 못한다는 뜻이었다!

후궁 여자들의 싸움은 조정 남자들의 싸움보다 더 무섭고 잔인했고, 황제라 해도 완전히 보호해 줄 수는 없었다. 그렇지 않았다면 참혹한 죽음이나 유산 사건이 그렇게 많이 벌어지지 않았을 것이다.

예상대로 초청가는 조 할멈이 한 말을 알아듣지 못하고 냉소를 터트렸다.

"그래? 그런데 왜 진왕 전하께서는 식사를 보내 주지 않았을까? 진왕 전하께서 진왕비를 몹시 총애하신다던데 이제 보니 소문은 소문에 불과했군!"

공교롭게도 초청가의 말이 끝나기 무섭게 문 밖에서 태감이 소리 높여 외쳤다.

"진왕 전하 드십니다!"

이럴 줄 미리 알았더라면

진왕 전하가 왔다고?

태감의 높은 외침은 그야말로 초청가를 나락으로 밀어 넣었다!

초청가는 말할 것도 없고 한운석과 조 할멈도 믿을 수 없는 표정이 되었다. 용비야가 왔다니?

진짜야? 가짜야?

세 사람이 이상한 표정을 짓고 있을 때 용비야가 혼자 문으로 들어섰다.

오늘 그는 비단으로 지은 하얀 궁중 예복을 입고 허리에 옥대를 걸치고 검은 머리를 높이 올려 묶은 차림으로, 말로 표현하기 어려운 청신한 분위기를 풍겼다.

그가 사람들을 향해 걸어오자 화려한 복장이나 겉치레가 없어도 타고난 귀티와 제왕의 풍모가 주인다운 자태를 자아냈고, 마치 이 널따란 궁전이 모두 그의 소유인 것 같았다.

한운석은 저도 모르게 행복한 웃음을 지었지만, 초청가는 얼굴이 달아오르고 부끄러워 어쩔 줄 몰랐다.

한운석을 도발하기 무섭게 용비야가 나타났으니 낯을 들 용기가 없을 만도 했다!

그가 왜 왔을까?

초청가는 한때 미친 사람처럼 그에 관한 소식들을 수집한 적이 있어서 그의 취향을 잘 알고 있었다.

그녀가 알기로 용비야는 왕이 된 후 황궁을 떠났는데 그때부터 입궁하는 것을 무척 싫어해서 황제나 태후를 알현하거나 특별히 중요한 일이 있지 않으면 절대로 입궁하지 않았다.

한운석 때문에 일부러 왔을까?

걸어오는 용비야를 보면서 초청가는 그가 자신에게로 와 줬으면 하고 몹시 바랐지만, 용비야는 한운석에게 다가갔다.

"시간이 언젠데 아직도 이곳에 있느냐?"

용비야가 담담하게 물었다. 듣기만 해도 반해 버릴 것처럼 낮은 목소리였다.

한운석은 곧바로 말뜻을 알아듣지 못했으나 조 할멈은 재빨리 대답했다.

"전하, 가마가 늦어 왕비마마를 모시고 걸어가려던 참이었습니다."

지금쯤이면 점심 식사를 하고 낮잠을 즐길 시간이었다. 사실 용비야도 한운석이 묵는 곳으로 갔다가 그녀가 없자 이곳으로 찾아온 것이었다.

"조 할멈, 가마를 가져오는 자가 누구인지 알아보아라."

용비야가 차갑게 말했다.

"예, 알겠습니다!"

사실 용비야의 지시가 없었더라도 조 할멈은 반드시 따질 생각이었다. 구중궁궐에서는 비빈들의 일도 황제와 태후가 모두 신경 쓰지 못하는 마당에 아랫것들은 말할 것도 없었다.

조 할멈은 반평생을 궁에서 일했으니 아무래도 나름의 인맥과 세력을 갖추고 있었다. 높은 분들이 나서지만 않으면 이런 일쯤 쉽게 조사할 수 있었다.

"한운석, 본 왕과 함께 출궁해서 식사하도록."

제안이 아니라 명령이었다. 말을 마친 그는 한운석의 손을 붙잡아 밖으로 나갔다.

이 인간은 늘 이렇게 단순하고 우악스러웠고 쓸데없는 말은 한마디도 없었다.

한운석은 의견을 말할 틈조차 없었지만 그래도 좋았다!

그녀는 용비야를 따라가면서 잊지 않고 초청가를 돌아보며 득의양양한 미소를 지어 보였다. 자랑이자 도발이었다!

아무 말도 없었지만 소리 없이 웃는 얼굴은 그 무엇보다 조롱기가 가득했다.

초청가는 도저히 보고 있을 수가 없어 소리를 질렀다.

"진왕 전하!"

용비야가 그녀를 알은척할 리 없었다.

한운석이 나타나기 전까지 이 남자의 눈에 들었던 여자는 아무도 없었고, 한운석이 나타난 후에도 이 남자의 눈에 든 다른 여자는 아무도 없었다.

초청가는 포기하지 못하고 다시 한 번 소리쳤다.

"진왕 전하, 왕비마마께서는 사건 조사를 하고 계시니 한동안 궁에 계셔야 합니다!"

"출궁해서는 안 된다고 누가 정했지? 낭자도 폐하께 궁 밖으로 데려가 달라고 하지 그래."

한운석이 참지 못하고 말을 꺼냈다.

천휘황제의 지지를 받는다고 내내 자랑하던 초청가는 여전히 한운석의 말에 담긴 진짜 속뜻을 알아차리지 못했다.

그녀는 몇 걸음 쫓아가며 화난 소리로 물었다.

"한운석, 조사에 실패하면 어쩔 생각이냐?"

사건을 조사하는 것은 독을 쓰거나 해독하는 것과는 달라서 훨씬 복잡했다. 이 여자의 독술이 뛰어나다 해서 사건 조사 능력이 뛰어난 것은 아니었다.

"진왕 전하와 식사하는 것보다 중요한 건 없지!"

한운석은 웃으며 대답했다.

초청가가 그렇게 한참 뻐기며 자랑을 했는데 이 정도는 해 줘야지.

솔직히 기분이 날아갈 것 같아서 용비야 앞에서도 조신하게 굴지 않고 하고 싶은 대로 말해 버린 것이었다.

용비야가 움찔하며 그녀를 돌아보니, 한운석은 초청가와의 입씨름에 푹 빠져 무척 신이 나 있었다.

그는 자신도 모르게 사랑스러운 표정을 떠올리며, 그녀가 마음껏 싸우도록 내버려 둔 채 소리 없이 고개를 돌렸다.

초청가는 한운석의 상대가 되지 못했다.

그녀는 할 말을 잃었고 철저하게 패배했다!

한운석에게 부끄러운 줄 알라고 소리치고 싶었지만, 용비야의 정비인 한운석이 이런 말을 하는 것은 전혀 이상할 것이 없어서 꾸짖을 이유가 없었다.

그녀는 그 자리에서 용비야에게 수년간 품어 온 사랑을 고백하고 싶었지만, 도도한 자존심과 어려서부터 몸에 익힌 교양이 허락하지 않았다.

처녀란 조신해야 하고, 자신을 소중히 해야 하고, 아무리 좋아하는 사람 앞이라도 능동적으로 행동해선 안 되었다!

그녀는 줄곧 자신의 매력을 드러내 보여 그의 관심을 받으려고 노력했지만, 한운석과의 싸움에서 이런 꼴이 되고 말았고 용비야는 들어온 순간부터 지금까지 그녀에게는 눈길조차 주지 않았다.

용비야와 한운석의 뒷모습을 응시하던 초청가는 도저히 받아들일 수가 없었다!

그런데 용비야와 한운석이 문을 지나려고 할 때 놀랍게도 천휘황제가 나타났다.

사실 천휘황제가 방금 자리를 떴던 것도 용비야가 입궁했기 때문이었다.

북려국의 일로 용비야를 불렀는데 저녁에나 올 줄 알았던 용비야가 예상과 달리 일찍 찾아왔던 것이다.

천휘황제를 보자 초청가는 재빨리 고자질을 했다.

"폐하, 사흘간 사건을 조사하기로 했는데 진왕비가 서둘러 출궁을 하려 하니 아무래도 진상을 알아낸 모양입니다."

"폐하, 사흘간 조사하기로 한 것이지 사흘간 궁에 묶여 있기로 한 것은 아니지 않습니까?"

한운석도 즉각 반박했다.

애초에 사흘간 궁에서 나갈 수 있는지 없는지 명확히 정하지 않았으니, 결정권은 천휘황제에게 있었고 그가 하는 말이 곧 결론이었다.

"폐하, 애초에 그렇게 정한 것입니다."

초청가는 즉시 강조했다. 천휘황제가 왔으니 한운석은 나갈 수 없을 것이다.

그런데 천휘황제는 온화하게 웃음을 지었다.

"묶여 있다니? 진왕, 감액궁甘液宮에 있는 줄 알았는데 출궁을 하려고 했군."

천휘황제가 헛걸음을 하자고 이곳으로 점심 식사를 보내 준 것은 아니었다. 한운석은 식사와 낮잠을 위해 숙소로 돌아갔을 테니 초청가와 단둘이 있을 좋은 기회라고 생각했기 때문이었다.

어젯밤 단목백엽과 초천은을 불러 술을 마시며 넌지시 초청가와 화친을 맺을 뜻을 전했는데, 두 사람 다 이견이 없었다.

단목백엽은 서주국 황실 대표이고 초천은은 초씨 집안 대표이니 두 사람에게 이견이 없다면 기본적으로는 화친이 성사되었다는 의미였다.

아랫것들이 대담무쌍하게 일부러 한운석을 데려갈 가마를 미루었다는 것은 알았지만 한운석과 용비야가 이곳에 있어도 큰 상관은 없었다. 어차피 나갈 사람들이었으니까.

"예."

용비야는 담담하게 대답했다.

"진왕비, 기한은 사흘이라는 것을 잊지 말라."

천휘황제가 사람 좋게 일러주었다.

"알려 주셔서 감사합니다, 폐하."

한운석은 이렇게 말하고 의미심장하게 초청가를 바라보았다.

"그럼 더는 두 분을 방해하지 않겠습니다."

초청가는 그제야 한운석의 말이 어딘지 이상하다는 것을 느꼈다. 저게 무슨 뜻이지?

천휘황제는 당연히 한운석의 말뜻을 알아차렸지만, 초청가는 어차피 그의 여자가 될 테니 한운석이 눈치챘다 해도 신경 쓰지 않았다.

한운석은 즐겁게 용비야를 따라 나갔고, 조 할멈도 신나게 가마꾼들을 혼내 주러 가자 운 귀비의 궁에는 지키는 사람들 외에 천휘황제와 초청가만 남았다.

"초 낭자도 출궁하고 싶은가?"

천휘황제가 웃으며 물었다.

마흔이 넘은 사람이니 아무리 관리를 잘해도 눈가에 주름이 선명했다.

저 온화한 웃음은 초청가에게 아버지를 떠올리게 했다.

초청가는 사건을 조사하느라 바빠서 정말 출궁하고 싶은 생각은 없었다.

"아닙니다. 저는 사건을 조사하겠습니다."

그녀는 담담하게 대답한 뒤 실망한 채 곁마루로 걸어갔다.

천휘황제가 따라가며 눈짓으로 지키던 이들을 모두 내보냈다. 초청가는 곧 이상한 것을 느꼈다.

"폐하, 무슨?"

그녀가 경계하는 목소리로 물었다.

"초 낭자, 운 귀비 사건에서 무엇을 알아냈는지 짐에게 말해 보게."

천휘황제는 웃으며 말했다. 엄숙하지 않을 때는 그도 제법 서생 냄새가 풍겼다.

경계심이 약하다기보다는 그쪽으로는 생각조차 하지 못한 탓에 초청가는 단순히 운 귀비 사건에 천휘황제가 색다른 의견이라도 있나 보다 생각했다.

천휘황제가 앉으며 그녀에게도 앉으라는 손짓을 했다.

그런데 초청가가 앉자 천휘황제가 그녀의 작은 손을 와락 잡았다.

초청가는 대경실색해서 황급히 손을 움츠리고 벌떡 일어나 뿌리쳤다.

"폐하, 어찌!"

결국 그녀도 상황을 파악했다!

천휘황제가 그런…….

아닐 거야!

생각만 해도 소름이 끼쳤다!

천휘황제의 나이는 그녀의 아버지뻘이었다!

천휘황제도 초청가가 이런 반응을 할 줄은 예상했다. 이 여자가 마음에 든 이상 당연히 조사를 했던 것이다.

이 여자는 도도하고 차가운 성품이라 추종자들이 많았지만 아무도 마음에 들어 하지 않았다.

천휘황제가 가만히 읊었다.

"청명절이 다가오네. 파랑새 나뭇가지 위에서 구슬피 우는구나. 애석하다, 저 한 조각 맑은 노래 황혼에 부치나니. ……맑은 노래라. 청가, 청가……."

천휘황제는 감탄하면서 일어나 초청가에게 다가갔다.

"청가, 그 한 조각 맑은 노래를 짐의 마음에 부치는 것이 어떤가?"

얼마나 시적인 고백인가! 하지만 애석하게도 초청가는 온몸에 닭살이 돋아 무의식적으로 등에 멘 활을 꺼내려고 했다. 아쉽게도 궁에 들어올 때는 무기를 지닐 수 없었기에 활은 궁 밖에 있었다!

그녀는 몸을 부들부들 떨며 한 걸음 한 걸음 뒷걸음질 쳤다. 천휘황제의 이 질문에 뭐라고 대답해야 좋을지 알 수가 없었다.

그러고 싶지는 않았다!

의자 있는 곳까지 물러나 엉덩방아 찧듯 털썩 앉은 그녀가 놀란 목소리로 외쳤다.

"폐하, 오라버니는요? 엽 태자는 어디 계시는지요? 두 사람을 만나고 싶습니다! 출궁해서 두 사람을 만나겠습니다."

그녀는 당장이라도 울음을 터트릴 것 같았다. 누가 뭐라 해도 천휘황제의 이런 갑작스러운 호의를 받아들일 수 없었다.

다행히 천휘황제는 가까이 다가오지 않았다. 공포에 질려 얼굴이 하얗게 된 채 말을 잇지 못하는 초청가를 보자 그는 두어 걸음 다가서다가 멈췄다.

"아무래도 초 낭자에게 생각할 시간이 필요한 것 같군. 이틀 시간을 줄 테니 운 귀비 사건을 명확히 조사하도록 하게. 짐이 다시 보러 오겠네."

천휘황제가 호색하기는 하지만 이런 일을 억지로 밀어붙일 정도는 아니었다. 어쨌든 초청가의 신분이 있기 때문이었다.

하지만 그는 그녀가 자신의 손아귀에서 달아나지 못할 것이라고 믿어 의심치 않았다.

운 귀비의 궁에서 나온 그는 소리를 낮추어 낙 공공에게 말했다.

"긴히 나눌 말이 있으니 영친왕을 부르거라."

호색한 천휘황제지만 용비야의 위협을 잊은 것은 아니어서, 방금 용비야와 북려국에 관한 이야기를 나누자마자 곧바로 영친왕과 만나려고 했다. 그들은 아직도 용비야의 출신에 관한 일을 조사하고 있었다.

요 며칠 천휘황제는 보군의 병권을 철저히 손에 넣을 생각으로 계속 목 대장군부에 압박을 가했다.

천휘황제가 나간 지 한참이 지난 후에야 초청가는 충격과 공포에서 깨어났다. 한운석이 떠나면서 했던 말을 떠올리자 화가 나서 피가 거꾸로 솟았다.

이럴 줄 알았다면 운 귀비 사건을 조사하지도 않았을 것이고, 천녕국에 오지도 않았을 텐데!

이제 어떻게 해야 할까?

저도 모르게 지금쯤 용비야와 한운석이 뭘 하고 있을까 하는 생각이 들었다. 그 생각을 하자 끝내 무기력하게 눈물이 흘러내렸다.

마음 편하고 자유로울 리가

그때쯤 용비야와 한운석은 뭘 하고 있었을까?

용비야는 한운석을 진왕부로 데려가지 않고 도성에 있는 유명한 차루로 데려가 차와 간식을 주문했다.

차루 위층의 대청은 이야기를 들려주는 곳이었다. 용비야와 한운석이 앉은 창가 별실에는 대청 사이에 주렴이 늘어져서 이야기를 들을 수도 있고 남들의 시선을 피할 수도 있었다.

용비야는 차를 좋아했는데, 이것이 그의 취향 중에서 한운석이 유일하게 아는 것이었다. 그는 홍차 한 주전자를 주문하고 간식 주문을 한운석에게 맡겼다.

이 인간 오늘은 한가한가 봐? 같이 차를 마실 시간까지 있다니.

그가 한가하든 말든, 어쨌든 한운석은 즐거웠다. 그녀는 차림표를 살핀 뒤 물었다.

"전하, 뭘 드시고 싶으세요?"

"네가 정해라."

용비야는 차에만 까다로웠다.

한운석은 몇 가지 좋아하는 것을 고른 뒤 다시 물었다.

"전하, 드시고 싶은 건 없으세요?"

"네가 정해라. 앞으로는 묻지 않아도 된다."

용비야가 태연하게 말했다.

앞으로?

설마 앞으로도 종종 같이 오겠다는 건가?

"네!"

한운석은 더할 나위 없이 기분이 좋아졌다.

배가 고파서 놓을 곳이 없을 만큼 잔뜩 주문했는데 대부분 단 것들이었다. 그녀는 단것을 좋아했다.

"전하, 무슨 일로 저를…… 찾으셨나요?"

그래도 한운석은 아직 분수를 알고 있었다. 고칠소도 아닌데, 늘 바쁜 그가 아무 이유 없이 그녀에게 차를 마시자고 할 리가 없었다.

"천휘와 북려국의 정변에 관해 이야기하러 입궁한 김에 들른 것이다."

용비야는 솔직하게 말했다.

"거짓말해도 되는데."

한운석이 혼잣말을 중얼거렸다.

뜻밖에도 용비야가 그 말을 듣고 다소 이상한 표정으로 그녀를 쳐다보았다.

한운석은 즉시 입을 다물고 차마 그를 마주볼 용기가 없어 재빨리 시선을 피했다.

용비야는 한참 동안 말없이 그녀를 바라보았고 한운석은 민망해 어쩔 줄 몰랐다. 그녀는 지금 용비야가 어떤 표정을 하고 있는지, 속으로 무슨 생각을 하고 있는지 온갖 추측을 했다.

아흔아홉 걸음을 다가가겠다고 했지만 곰곰이 생각해 보니 한 걸음 내딛는 것조차…… 몹시 어려웠다!

사실 한운석이 조금만 더 용기가 나서 그를 마주 보았다면, 용비야가 입가에 장난스런 웃음을 짓고 있는 모습을 보았을 것이다.

그는 화내지도 않았고 도리어 어쩔 줄 몰라 쭈뼛거리는 그녀의 모습이 마음에 든 것 같았다.

두 사람 사이의 침묵에는 익숙해졌지만, 이런 상황에서는 한운석도 안절부절 견딜 수가 없었다.

그녀는 아무 일도 없었던 척하며 화제를 돌렸다.

"북려국에 정변이 있었나요? 군역사가 실각한 건가요?"

그녀와 용비야는 의성에서 군역사와 단목요가 결탁한 일을 폭로했을 뿐 아니라 군역사가 백독문 문주라는 사실이 밝혀지도록 도왔다. 단목요는 차마 서주국으로 돌아가지 못해 천산검종에 숨었으나 군역사의 상황은 더 나빴다.

그가 백독문 문주라는 사실은 북려국 황족들 사이에 큰 풍파를 일으켰고, 백독문 역시 고에 관한 일로 의성의 고위층에게 미움을 샀다.

그 이후로 군역사는 머리와 꼬리를 모두 공격당하는 처지에 빠져 한쪽을 돌보면 다른 것을 돌보지 못하는 상황에 처했다.

"북려국 황제가 군역사의 실권을 빼앗았다는 소식이 있지만 진위는 확실하지 않다."

용비야는 담담하게 말했다.

한운석은 그제야 겨우 그를 바라볼 수 있었다. 지금 그녀의 눈에 들어온 것은 천성적으로 차가운 용비야의 얼굴이었다.

북려국의 정세는 명확하지 않고 변수도 많지만, 한 가지는 확신할 수 있었다. 북려국이 안정되면 천녕국과 서주국은 편안하지 못하고, 반대로 북려국에 내란이 일어나면 천녕국과 서주국이 강해질 수 있었다.

세 나라가 접경을 이루는 삼도전장에서 때때로 벌어지는 소규모 싸움은 천녕국과 서주국을 긴장하게 만들었다.

"진위를 떠나서 어쨌든 군역사는 골치가 이만저만 아프지 않을 거예요!"

한운석이 이를 갈며 말했다. 군역사가 하려던 짓을 생각하면 뒤늦게 두려움이 밀려왔다. 백의 공자가 때맞춰 나타나 얼마나 다행인지 몰랐다.

물론 두렵기는 했지만, 한운석도 약한 사람은 아니어서 떳떳이 마주할 용기는 있었다. 그녀는 절대로 군역사를 놓아주지 않겠다고 속으로 맹세했다!

물론 군역사에게는 그 두 가지 외에 어깨에 당한 독도 골칫거리였다.

한운석이 새로 재배한 것으로 만성 풍습風濕(류머티즘) 같은 독이어서, 목숨을 앗아가지는 못해도 평생 괴롭혀 줄 수는 있었다! 흐리거나 비가 오는 날이면 군역사는 어깨에서 지독한 통증을 느끼게 될 것이다. 무슨 방법으로도 통증을 완화시킬 수 없기 때문에 참거나 팔을 잘라 내는 수밖에 없었다.

해약은 조금밖에 만들지 않은 데다 이미 버렸고, 앞으로도 해약을 만들거나 같은 독을 쓸 생각이 없었다.

그녀는 이 세상에 다시는 그 해약이 나타나지 못하게 만들 생각이었다!

한운석은 속으로만 이를 갈았지만, 용비야는 표정에서 기분을 감지했다.

"왜 그러느냐?"

그가 물었다.

"아무것도 아니에요. 그 사람이 싫어서 그래요."

한운석은 그 불쾌한 기억을 용비야에게 알리고 싶지 않았다. 애초에 용비야에게 백의 공자가 구해 준 이야기를 할 때도 그 부분은 빼놓고 말했다.

"군역사는 북려국 황제의 신임을 얻을 수 있었던 만큼 쉽사리 실각하지는 않을 것이다."

용비야가 차분하게 말했다.

군역사는 황족이나 귀족이 아니라 북려국 황제의 양자였지만 커다란 권력을 누렸다. 거기에는 반드시 그만한 이유가 있을 것이다.

한운석은 북려국의 정세에 대해 잘 몰랐고 깊이 알고 싶지도 않았다. 그래서 실망한 목소리로 가볍게 대답했다.

그녀는 용비야가 약성에서 돌아온 후 제일 먼저 한 일이 북려국으로 사람을 보낸 것이라는 사실을 전혀 몰랐다.

이미 갱에서 군역사가 한운석을 납치했을 때 그는 이렇게 경고했다.

'군역사, 후회하게 만들어 주마!'

용비야가 말해 주지 않으면 한운석은 평생 모를 일들이 많았다.

한운석은 군역사 이야기를 길게 하고 싶지 않아 웃으며 말했다.

"전하, 차를 마시자고 저를 데리고 나오셨다가 제가 사건 조사에 실패해 초청가에게 질까 봐 겁나지 않으세요?"

용비야는 다소 어리둥절한 얼굴이었다. 그는 이번 사건에 추호도 관심이 없었다. 소 귀비가 제 손으로 이번 일을 해결할 능력이 없다면 궁에 남겨둬 봤자 쓸모가 없었다.

여 이모가 말한 것처럼 그는 결코 쓸모없는 사람을 기르지 않았다.

"왜 겁을 내야 하느냐?"

용비야는 의아해하며 물었다.

한운석은 즐거워하며 신비로운 표정을 지어 보였다.

"전하, 폐하께서 초청가를 점찍으신 걸 모르셨나요?"

용비야는 영리했다. 아니, 지혜로웠다. 하지만 이따금 도무지 이 여자의 생각 흐름을 이해할 수가 없었다.

"그것이 네가 지는 것과 무슨 상관이냐?"

용비야는 진지하게 물었다.

여 이모나 다른 누군가가 옆에 있었다면, 분명히 용비야가 오늘따라 말이 많다며 놀랐을 것이다.

"만약 제가 초청가를 처참하게 무너뜨리면 천휘황제도 그녀에게 과도하게 빠져들지 않을지 몰라요!"

사실 복잡한 이해관계를 빼놓고 생각하면 초청가가 천휘황제에게 시집가는 것이 몹시 고소했다!

하지만 그녀는 이성적이었다.

초청가가 천녕국 황족에게 시집가면 신분으로 보아 최소한 귀비는 될 것이고, 그렇게 되면 매일매일 귀찮은 일이 일어나지 않을까?

더구나 초청가의 배후에는 서주국 대장군 집안이 버티고 있었다!

초청가와 단목요는 달랐다. 단목요가 초청가보다 지위는 높지만 단목요는 실권 하나 없는 공주에 불과했다. 그렇지 않았다면 애초에 천휘황제가 그녀와 용비야를 적극적으로 맺어 주려고 하지도 않았을 것이다.

초청가는 본인도 궁술이 뛰어나고 배후에는 서주국의 대군이 있었다!

권력 싸움에서는 실질적인 병력만 한 것이 없었다.

초청가가 천휘황제에게 시집가면 천휘황제에게는 용비야를 억누를 힘이 좀 더 늘어나는 셈이었다.

결론적으로 초청가가 천휘황제에게 시집가는 것은 그들에게는 백해무익했다!

한운석은 진지하게 분석했고 용비야는 차를 마시면서 들었다. 마침내 한운석이 말을 끝내자 그가 비로소 담담하게 입을 열었다.

"네가 지더라도 큰 문제는 없다. 다만…… 본 왕은 네가 이기는 편이 좋다."

한운석은 아연실색했다. 당사자는 태연한데 공연히 혼자 걱정한 기분이었다.

이 인간은 서주국 초씨 집안도 안중에 없는 거야? 대체 얼마나 강하기에? 대체 숨겨 놓은 힘이 얼마나 되는 거야?

용비야는 잔에 든 차를 다 마시고 일어났다.

"돌아가겠느냐?"

오래 앉아 있었고 이야기도 많이 나눈 것이 사실이지만, 한운석은 좀 더 있고 싶었다.

이 인간과 하고 싶은 이야기가 산더미 같다는 기분이 들었지만, 곰곰이 생각해 보면 무슨 이야기를 더 나눠야 할지 떠오르지 않았다.

아쉽지만 그녀도 일어났다.

"백리 장군부에 들렀다 가겠어요."

며칠 간 백리명향을 만나보지 못해 어떤지 궁금했다. 그렇게 자주 독약을 먹으면 발작도 잦아지는 것은 당연했다.

"가자. 본 왕도 들를 생각이었다."

용비야가 담담하게 말했다.

한운석은 용비야가 백리명향을 만나려는 줄 알았지만, 뜻밖에도 백리 장군부에 도착하자 용비야는 백리 장군과 밀담을 나누러 가 버렸다.

한운석이 방으로 찾아갔을 때 백리명향은 막 발작이 끝나 깨끗이 씻고 긴 의자에 누워 쉬고 있었다. 조그만 얼굴은 핏기 하나 없이 창백했다.

그녀는 한운석과 한참 이야기를 나누다가 지나가듯 물었다.

"하인들 말로는 전하께서 오셨다지요?"

"그래요. 낭자의 아버지와 서재에 계세요."

한운석은 맥을 짚으며 대답했다.

백리명향은 올해를 통틀어 태후의 생신 연회 때 멀리서 그를 한 번 본 것이 전부였다.

궁에서 연회가 벌어지기를 얼마나 바랐는지!

그녀는 모든 것을 마음속 깊이 숨긴 채 더는 묻지 않았다.

도리어 한운석이 물었다.

"낭자, 전하께서는 어렸을 때도 성품이 저러셨어요?"

"저는 전하를 자주 뵙지 못해 모르지만 그렇다고 들었어요."

백리명향은 신중하게 대답했다.

"내 생각엔 뭔가 압박을 받는 것 같아요."

한운석도 백리명향에게만 이런 말을 할 수 있었다. 조 할멈에게는 이런 말을 꺼낼 수도 없었다. 조 할멈이 알면 용비야의 귀에 들어갈지도 몰랐다.

한운석이 생각하는 백리명향은 용비야의 부하로, 그가 기르는 비밀 시위들처럼 공손하고 명령만 따르는 사람이었다.

사실상 백리명향은 확실히 그런 사람이었다.

"압박……."

백리명향이 중얼거렸다. 한운석이 용비야의 '압박감'을 알아차릴 거라곤 생각해 본 적이 없었다.

그녀는 모른다고 말하고 싶었지만, 참지 못하고 오래전 연못가에서 봤던 모습을 떠올렸다. 싸늘한 눈매에 미간이 어둡던 소년의 모습을.

그녀는 가볍게 탄식했다.

"왕비마마, 마음속에 천하를 품고 있는 사람이 어떻게 마음 편하고 자유로울 수 있겠어요?"

그랬다. 용비야는 속에 천하를 품고 있었다. 그녀가 생각하는 것보다 더 넓은 천하를!

한운석은 웃음을 지었다.

"백리 낭자, 낭자는 그 사람을 잘 알고 있군요."

한운석은 별 뜻 없이 한 말이지만 백리명향은 가슴이 철렁해 황급히 해명했다.

"왕비마마, 제가 감당할 수 없는 말씀을 하시는군요. 전하의 마음속은 함부로 추측할 수 있는 것이 아니에요."

아아, 백리명향, 이 바보. 넌 핏속까지 용비야를 사랑해. 넌 한운석마저 알아차리지 못할 만큼 용비야를 사랑해.

백리명향이 어쩔 줄 모르고 있을 때 문밖에서 하녀의 목소리가 들려왔다.

"왕비마마, 전하께서 객청에서 기다리시니 용무가 끝나면 오라고 하십니다."

그가 웃었어

용비야는 할 일이 많은 사람이기 때문에 한운석도 지체할 수 없어 백리명향에게 몇 마디 당부만 남기고 일어났다.

하지만 그녀가 객청에 도착했을 때 백리명향도 뒤따라와서 객청 밖 담장에 숨어서 보고 있다는 사실은 알아차리지 못했다.

백리명향은 오래지 않아 전하와 한운석이 차례로 나가는 것을 볼 수 있었다.

문가에 도착하기 무섭게 전하가 한운석의 손을 잡았다.

전하가 한운석을 특별하게 대하는 것은 알았지만 저런 장면은 생각지도 못했다. 손잡는 동작이 어찌나 자연스러운지 오랫동안 해 본 사람 같았다.

"전하, 전하를 처음 뵈었을 때 저는 전하께서 아무도 사랑하지 않으실 줄 알았어요."

씁쓸한 기분이 솟아올랐지만 백리명향은 여전히 온화한 미소를 지었다.

그녀는 그런 미소를 띤 채 10여 년간 속으로 그리던 사람이 멀어지는 것을 바라보았다. 그가 사라져서 보이지 않게 되었는데도 고집스레 계속 바라보았다.

"향아香兒(백리명향을 친근하게 부르는 이름), 이 무슨 고생이냐?"

갑자기 뒤에서 불쾌한 목소리가 들려왔다.

백리명향이 화들짝 놀라 돌아보니, 뒤에 있는 사람은 다름 아닌 아버지 백리원륭이었다.

　　"아버지, 저도 이제 막 온 거예요. 전하께서는 떠나셨나요?"

　　그녀는 일부러 태연한 척 물었다.

　　"아비에게도 아닌 척하느냐?"

　　백리원륭이 불쾌한 목소리로 꾸짖었다.

　　"아버지, 무슨 말씀이신지 모르겠어요."

　　백리명향은 멍한 표정이었다.

　　"네가 전하를……. 애야, 네 신분을 생각해야지!"

　　백리원륭의 목소리가 다소 부드러워졌다.

　　"아버지, 염려마세요. 저는 언제나 제 신분과 임무를 똑똑히 기억하고 있어요. 결코 전하와 아버지를 실망시키지 않을 거예요."

　　백리명향의 말투는 꿋꿋했다. 백리원륭 스스로도 잘못 들었나 싶을 만큼 꿋꿋했다.

　　백리원륭 역시 더 할 말이 없어 자리를 떴다.

　　그가 사라지자 백리명향도 슬픔에서 깨어나 한 번 더 그를 보고 싶어 뛰다시피 대문으로 달려갔다. 미인혈을 만들어 내기 전에 전하를 만날 기회가 더 있을지 확신이 없었기 때문이었다.

　　안타깝게도 그녀가 도착했을 때 용비야의 마차는 멀리 가 버린 후였다.

　　마차에 앉은 한운석은 고민하다가 가엾은 목소리로 물었다.

　　"전하, 왕부로 돌아가고 싶어요. 바래다주시겠어요?"

천휘황제와 태후가 출궁하지 말라고 말하지는 않았지만, 태후가 그녀와 초청가에게 묵을 곳을 내준 것은 사흘간 궁에 묵으라는 뜻이 분명했다.

궁에 남아 있지 않으려면 용비야가 도와줘야 했다.

용비야는 무표정한 얼굴로 그녀를 흘끗 바라보더니 말이 없었다.

잠시 기다려도 용비야가 반응이 없자 한운석은 별수 없이 슬프게 눈을 내리깔았다.

오래지 않아 그녀가 다시 고개를 들었다.

"전하, 궁으로 돌아가고 싶지 않아요."

하지만 용비야는 여전히 그녀를 무시했다.

이번에는 한운석도 완전히 기가 죽었다. 이런 중요한 시기에는 그를 귀찮게 하지 말아야 했다.

하지만 마차가 멈추고 한운석이 마차에서 내려섰을 때 눈앞에 나타난 것은 황궁의 대문이 아니라 무엇보다 익숙한 진왕부의 대문이었다.

한운석은 몹시 의외였다. 놀랍기도 하고 기쁘기도 해서 뭐라고 해야 할지 모른 채 바보처럼 웃기만 했다.

용비야는 여전히 얼음장같이 차가운 얼굴로 쌀쌀하게 말했다.

"그렇게 우스우냐? 어서 들어가지 않고 뭘 하느냐?"

"네!"

한운석은 웃지 않았지만 얼굴에는 기쁨이 고스란히 드러나 있었다.

한운석이 확실히 들어간 다음에야 몸을 돌린 용비야는 참지 못하고 소리 없이 웃었다.

한운석은 셋째 날 아침에 입궁했고, 태후와 천휘황제는 정말 그 일을 추궁하지 않았다.

초청가가 사흘을 어떻게 보냈는지는 모르지만, 한운석을 보자 눈빛으로 살인이라도 할 기세였다.

"초 낭자, 흉수를 찾아냈어?"

한운석이 웃으며 물었다.

아직 오늘 하루가 남아 있지만 쓸데없이 시간을 끌 생각은 없었다. 엊그제 용비야가 오지 않았다면 벌써 진상을 설명해 주었을 것이다.

이 정도 조그만 사건은 한눈에 간파할 수 있었다. 초청가는 자신을 너무 과대평가한 것이 아니라 한운석을 너무 얕보았던 것이다.

초청가는 이미 운 귀비 궁을 샅샅이 조사해 소 귀비가 모함을 당한 증거를 찾아냈고, 지금은 대체 누가 소 귀비를 모함했는지 찾는 중이었다.

천휘황제의 행동에 놀라 조사할 기분이 아니었지만, 그래도 한운석 앞에서는 평소처럼 오만하고 도도하게 굴었다.

"이제야 온 것을 보니 진상을 알아낸 모양이지? 태후와 폐하를 모셔 와서 운 귀비가 어쩌다 죽었는지 설명해 주는 게 어떠냐?"

초청가가 조롱했다.

뜻밖에도 한운석은 시원하게 대답했다.

"좋아! 두 분을 모셔 와."

"뭐!"

초청가는 깜짝 놀랐다.

"한운석, 내 앞에서 장난은 그만해라!"

"누가 장난을 친다는 거지? 누구 없느냐? 태후마마와 폐하께 본 왕비가 독을 쓴 흉수를 찾아냈다고 말씀드려라!"

한운석이 큰 소리로 말했다.

초청가는 믿을 수가 없어 연신 고개를 저었고, 태후와 천휘 황제가 도착한 다음에야 이 모두가 진짜라는 것을 깨달았다.

"운석, 나는 네가 해낼 줄 알았단다."

태후는 언제나처럼 자상했다. 하지만 한운석에게만 자상할 뿐 초청가에게는 아니었다.

초청가는 견디기 힘들 만큼 화가 치밀고 혼란에 빠졌다. 천 녕국 태후는 분명 한운석을 미워했으니 당연히 초청가 자신의 편을 들어야 했다!

천휘황제는 그녀 편이지만, 지금은 차마 천휘황제를 쳐다볼 용기가 나지 않았고 천휘황제가 편들어 준다고 자랑하는 것은 엄두도 내지 못했다.

그녀는 입을 다물었다. 지금은 그저 한운석이 대체 뭐라고 설명할지 듣고 싶을 뿐이었다. 정말 하루 만에 뭔가 발견한 걸까?

한운석은 지금 앞에 있는 사람들이 정말 싫어서, 어서 빨리 일을 끝내고 궁을 나가 본래 할 일을 하고 싶었다.

그녀는 소 귀비의 궁에서 찾아낸 독약을 가져와 말했다.

"이것은 홍색설고로, 한 병을 다 마셔야만 목숨을 잃게 되는데 소 귀비의 궁에는 반병만 남아 있었습니다. 첫째로 소 귀비는 독을 쓴 다음 독약을 궁에 남겨 둘 만큼 어리석지 않고, 둘째로 반병만 썼다면 운 귀비는 죽지 않았을 겁니다. 자백한 궁녀가 모함한 것인데, 그 궁녀가 독의 특성을 모르고 그런 말을 한 것을 보면 직접 독을 쓴 것은 아닙니다."

"허튼 소리!"

초청가가 냉소를 터트렸다. 이 내용은 첫날 자신의 입으로 이야기했던 것이었다.

독약은 소 귀비 궁의 궁녀 보주寶珠가 가져왔고 보주는 소 귀비가 자신에게 독을 쓰라고 사주했다고 자백했다. 병에 독약이 남은 것을 보면 보주가 거짓말을 한 것이었다.

한운석은 초청가를 무시하고 계속 말했다.

"운 귀비의 시체를 보면 중독된 독은 한 병 분량이고 그 이상 넘지 않았습니다. 그 말은 어디론가 사라진 반병이 또 있다는 것이지요."

그 말에 초청가는 또 냉소를 지었다. 이것도 그녀가 이미 알아낸 것이었다.

그녀도 이틀 동안 줄곧 그 독약 반병을 찾고 있었다.

한운석은 여전히 무시하고 말을 이었다.

"어째서 소 귀비 궁에는 독약이 반병밖에 없을까요? 다른 반병은 어디로 갔을까요?"

"아무래도 왕비께서 찾아내신 모양이군요."

초청가가 말했다.

그녀는 한운석이 짧디 짧은 하루 만에 다른 병을 찾아냈다고 믿을 수가 없었다. 다른 병은 깨뜨려 버렸을 수도 있고, 설사 있다 해도 짧은 시간 안에 찾아낼 수는 없었다.

"네, 찾았어요. 이 상재常在(후궁의 품계)의 궁이지요. 물론 그 궁의 어디에 있는지는 가서 살펴봐야 알 수 있습니다."

한운석은 몹시 진지하게 대답했다.

갑자기 전혀 상관없는 사람이 튀어나오자 모두 경악했다. 유독 태후만 침착함을 유지하며 차갑게 명을 내렸다.

"여봐라, 이 상재의 비하원飛霞院을 뒤져라."

얼마 지나지 않아 정말 이 상재의 비하원에서 홍색설고 반병이 나왔다. 초청가는 아무래도 믿을 수가 없어 하마터면 한운석에게 어떻게 알았느냐고 물을 뻔했으나 체면 때문에 꾹 참았다.

홍색설고 반병과 함께 이 상재도 끌려왔다. 그녀는 말끝마다 억울하다고 주장했다.

"태후마마, 폐하! 신첩은 아무것도 모릅니다! 신첩이 독을 잘 안다면 남은 반병만 거처에 놔두지는 않았을 겁니다! 신첩도 소 귀비처럼 누명을 쓴 겁니다!"

"누명? 하나같이 간이 부은 것들이구나. 내 눈앞에서 감히 이런 짓을 하다니 살고 싶지 않더냐?"

태후가 화난 소리로 꾸짖었다.

그때 궁녀 보주가 느닷없이 큰 소리로 울부짖었다.

"태후마마, 살려 주십시오! 살려 주세요! 자백하겠습니다!

소인이 모두 자백하겠습니다! 이 상재가 소인더러 소 귀비를 모함하라고 했습니다! 말을 듣지 않으면 오히려 소인을 해치려 할까 봐 몰래 독약 반병을 소 귀비의 궁에 가져다 놓았습니다. 소인이야말로 독성에 대해서는 아무것도 모릅니다. 소인이 독을 쓴 게 아니라 이 상재가 쓴 것입니다!"

초청가는 멍하게 듣고만 있었다. 아직도 어째서 이 상재의 궁에 독약 반병이 있는지 알 수가 없었다!

하지만 한운석은 줄곧 냉소를 짓고 있었다. 그녀는 모든 것을 명확하게 꿰뚫어 보고 있었다.

배후에 숨은 진짜 흉수는 태후고, 이 상재는 무고한 희생양에 불과하다는 것을 그녀는 알고 있었다.

태후는 평생 후궁에 있으면서 수없이 많은 음해를 저질렀다. 그녀는 이 분야에서 숙련가, 그것도 교활한 숙련가여서 사건을 몇 번 꼬아 놓았다.

이 상재와 궁녀 보주를 각각 매수하고 따로 독약 반병을 준비해 이 상재의 궁에 숨긴 것은, 의심할 바 없이 누군가 사건을 조사할 때를 대비해 빠져나갈 곳을 마련하기 위해서였다.

공교롭게도 초청가와 한운석이 조사를 맡게 되었다.

이 상재까지 찾아내면 소 귀비를 쓰러뜨릴 수는 없어도 최소한 총애 받던 운 귀비는 제거할 수 있으니 태후에게는 이득이었다.

한운석은 본래 여기저기 다니며 독약 반병의 행방을 찾을 생각이었지만, 우연하게도 이 상재의 비하원은 운 귀비의 궁과 그녀의 숙소 사이에 있었다.

홍색설고는 더할 나위 없이 잘 알려진 독약이어서 아주 먼 거리에서도 해독시스템으로 감지할 수 있었다. 그녀가 비하원을 지날 때 해독시스템이 경고를 울렸다.

이제 진짜 증인과 물증이 갖춰졌으나 태후에게서는 흔적 하나 찾아내지 못했다. 더욱이 이 상재나 보주는 무슨 일이 있어도 감히 태후를 들먹이지 못할 것이다.

모든 것이 빈틈 하나 없었다.

한운석이 조사하지 않으려는 게 아니라 아무리 그녀라고 해도 증거를 찾을 방법이 없었다. 후궁의 무서운 점이 이런 것이었다.

"잘하는 짓이구나. 한낱 상재와 궁녀가 감히 귀비를 모함하려 하다니! 실로 대담무쌍한 것들이다. 여봐라. 이들을 잡아 가두고 우선 곤장 서른 대씩 쳐라!"

태후가 화난 목소리로 말했다.

이 상재와 보주는 당연히 살려 달라느니, 억울하다느니 외쳤지만 이 또한 연기에 불과했다. 그들은 곧 소리 없이 사라졌다.

텅 빈 문가를 바라보던 한운석은 후궁이 사람을 잡아먹는 바닥을 알 수 없는 동굴처럼 느껴졌다.

"태후마마, 폐하. 사건이 백일하에 드러났으니 저는 이만 물러가겠습니다."

태후는 만족스러워하며 어서 빨리 한운석을 보내려고 했고, 천휘황제는 사건에 별다른 흥미를 보이지 않았다. 운 귀비를 아무리 총애했다 해도 새 사람을 맞는 즐거움만 할까!

한운석이 먼저 떠나고 초청가 혼자만 남아 제자리에 멍하니 서 있었다. 한운석이 대체 어떻게 독약을 찾아냈는지 그녀는 도저히 알 수가 없었다! 마침내 그녀도 한운석의 독술이 얼마나 대단한지 알게 된 것이다.

"폐하, 제가 졌습니다!"

냉미녀가 먼저 패배를 시인하는 일은 거의 없었다.

하지만 천휘황제는 개의치 않았다.

"승패는 늘 있는 일이니 울적해하지 말게. 전에 말한 일은 결론을 내렸는가?"

사월 봄바람 같은 따스함

예전 같았으면 '승패는 늘 있는 일'이라는 천휘황제의 말이 큰 위로가 되었을 것이다.

하지만 지금은 온몸에 소름이 끼치는 바람에 초청가는 경계하면서 몇 걸음이나 물러섰다.

태후가 함께 있었기 망정이지, 혼자였다면 어떻게 해야 할지 몰랐을 것이다!

무기가 없는 데다 이곳은 천녕국 황궁이니 천휘황제가 그녀를 잡아 두려고 한다면 애초에 이곳에서 나가는 것은 불가능했다.

"초 낭자, 전에 말한 일은 잘 생각해 보았는가?"

천휘황제는 태후가 있는 것도 아랑곳 않고 재차 캐물었다.

어미만큼 아들을 아는 사람은 없듯 태후는 천휘황제가 이렇게 묻는 이유를 짐작했다. 본래라면 자리를 피해 주어야 했지만 태후는 한사코 가지 않고 초청가가 뭐라고 대답하는지 지켜보았다.

"폐하의 과분한 사랑에 감사드립니다. 하지만 저는 이미 마음에 둔 사람이 있습니다."

초청가는 완곡하게 거절했다. 그녀는 다시는 황궁에 오지 않겠다고 맹세했고 다시는 천휘황제를 보고 싶지 않았다. 마음속의 충격이 너무 컸다.

천휘황제는 스스로에게 무척 자신이 있었는지, 그 대답에 불쾌한 눈빛을 떠올렸으나 겉으로는 드러내지 않았다.

"짐이 한발 늦은 모양이군."

그가 웃으며 너그럽게 말했다.

초청가는 고개를 숙인 채 대답하지 않았다.

천휘황제는 한참 동안 초청가를 살피다가 비로소 입을 열었다.

"여봐라, 초 낭자를 궁 밖으로 배웅하라."

그 말은 초청가에게 몹시 의외였다. 천휘황제가 이렇게 점잖게 나올 줄은 생각지도 못했던 것이다.

그녀는 무거운 짐을 내려놓은 것 같아 깊이 생각하지 않고 대답했다.

"감사합니다, 폐하!"

초청가는 태후와 천휘황제에게 인사하기 무섭게 곧장 밖으로 나갔다. 어서 빨리 이 끔찍한 곳에서 벗어나고 싶었다.

태후는 떠나는 그녀의 뒷모습을 멀리서 바라보며 입가에 경멸에 찬 웃음을 떠올렸다. 어쩐지 한운석에게 졌다 했더니 생각이 짧은 아이였구나!

천휘황제가 과연 그리 쉽게 놓아줄까? 단목백엽과 초천은 벌써 그녀를 팔았다.

저렇게 어리석은 여자가 무슨 수로 한운석과 싸울 수 있을까?

하지만 오래지 않아 초청가가 후궁에 들어온 다음에야 태후는 정말 어리석은 사람은 자신이라는 것을 알게 되었다.

"황제, 사건이 종결되었으니 운 귀비의 장례를 치러야 하지 않겠소."

태후가 무심하게 말했다.

운 귀비 독살의 진상에 관해 천휘황제보다 더 잘 아는 사람은 없었다. 태후가 이 귀비를 황후로 세우려 한다는 것도 그는 이미 짐작하고 있었다.

"모후께서 처리해 주십시오."

천휘황제도 무심함을 숨기지 않고 그 말을 하자마자 떠나갔다.

초청가는 궁에서 나오자마자 객잔으로 돌아가 초천은의 방문을 쾅쾅 두드렸다.

그때 초천은은 단목백엽과 함께 방에서 상의를 하고 있었다.

문이 열리자 초청가는 흐느끼며 초천은의 품에 안겼다.

"흑……, 오라버니……. 으흐흑."

초천은은 슬그머니 그녀를 밀어냈다. 비록 친남매지만 이런 친밀한 접촉에는 익숙지 않았던 것이다.

"왜 그러느냐? 졌느냐?"

초청가는 코를 훌쩍이며 하소연을 하려다가 단목백엽이 있는 것을 보고 입을 다물었다.

단목백엽은 눈을 차갑게 번쩍이더니 웃으며 말했다.

"지면 또 어떻소. 별것도 아닌 것을 가지고. 그보다 좋은 소식이 있는데 들어보겠소?"

초청가는 궁에서 있었던 일을 당장 초천은에게 털어놓고 싶었지만 단목백엽이 꺼려져 참는 수밖에 없었다.

언제나 도도한 그녀가 남들 앞에 쉽사리 눈물을 보일 수는 없었다.

그녀는 얼굴을 문지르며 재빨리 냉정함을 되찾았다.

"태자 전하께 무슨 좋은 소식이 있는지요? 기분도 풀 겸 말씀해 주시지요."

"하하하, 축하를 해야 할 일이오."

단목백엽이 웃으며 말했다.

"축하라니요? 무슨 말씀이신지요?"

초청가는 이해가 가지 않았다.

"천은, 역시 자네가 말하는 게 좋겠군. 하하하."

단목백엽은 기분이 무척 좋았다. 명을 받고 단목요가 일으킨 문제를 해명하고 사과하러 왔는데, 천휘황제가 까다롭게 나올 것이라는 예상과는 달리 일이 아주 순조롭게 풀린 덕분이었다. 모두 초청가의 공이었다.

"오라버니…… 무슨 좋은 일이라도 있나요?"

초청가도 궁금했다.

"폐하께서 너를 천휘황제에게 시집보내 천녕국과 화친하겠다고 명을 내리셨다. 우리는 내일 바로 서주국으로 돌아가 혼사를 준비할 것이다."

흥분한 단목백엽에 비해 초천은은 훨씬 냉정했다.

이 말에 초청가는 처음에는 어리둥절했지만 곧 초천은을 홱 밀치며 화를 냈다.

"날 팔았군요!"

바보 멍청이가 된 기분이었다!

어쩐지 천휘황제가 쉽사리 내보내 준다 했더니, 이미 모든 것이 준비되고 결정되어 있었던 것이다!

서주국 황제가 화친을 하라는 명령까지 내렸는데 천휘황제는 무슨 뜻으로 그녀에게 그런 질문을 했을까!

초청가는 혐오감을 넘어 두려움까지 솟구쳤다!

초천은이 말이 없자 초청가는 다시 한 번 그를 바닥에 쓰러뜨릴 것처럼 힘껏 밀었다.

"그러고도 오라버니라고 할 수 있어요?"

그러자 단목백엽도 불쾌해져 차갑게 말했다.

"초청가, 무엄하오. 이는 폐하의 명령이오. 설마 폐하께서 당신을 팔았다고 말하려는 것이오? 화친으로 천녕국에 시집가고자 하는 사람이 줄을 섰는데, 복을 받고도 복인 줄 모르는구려!"

"그럼 다른 사람을 구하시죠! 어째서 저죠?"

초청가가 와락 소리를 질렀다. 화가 머리끝까지 나서 얼굴은 창백하고 두 눈은 벌겋게 변해 있었다.

"무엄하다! 이게 무슨 태도냐?"

단목백엽이 탁자를 내리치며 일어났다. 그와 초씨 남매는 사이가 무척 좋았지만 아무리 그래도 그들이 불손하게 행동해도 된다는 의미는 아니었다.

초청가가 분통을 터트리려 했으나 초천은이 가로막으며 차분하게 말했다.

"청가, 아버지의 뜻이기도 하다. 초씨 집안은 너를 영광으로 여길 것이다."

순간 초청가는 당황했다. 초천은의 말은 마치 찬물 한 대야를 끼얹는 것 같아서 머리부터 발끝까지 얼어붙게 만들었다.

그녀는 참을 수 없어 몸을 부르르 떨었다. 아버지의 뜻이라니. 그녀와 오라버니 모두 어려서부터 지금껏 아버지의 뜻을 거역한 적이 없었다.

어려서부터 그들은 아버지의 요구에 대해서 이유를 물을 권리조차 없었고 무조건 복종해야 했다! 복종!

초청가의 반응에 단목백엽이 냉소를 터트렸다.

"폐하의 명령이 초 대장군의 뜻보다 못한 모양이구려?"

"그럴 리가 있겠습니까!"

초천은이 황급히 해명했다.

"태자 전하, 내일 당장 서주국으로 돌아가시지요. 모든 것은 폐하와 천휘황제의 뜻을 따르겠습니다."

그는 이렇게 말하며 단목백엽에게 의미심장한 눈짓을 보냈다. 단목백엽은 곧 독종의 금지에 있는 보물창고를 떠올리고 더는 초청가를 꾸짖지 않았다.

"좋네. 잘 준비시키도록 하게!"

단목백엽은 떠났지만 초청가는 여전히 제자리에 멍하게 서 있었다. 텅 빈 두 눈동자는 절망에 가까웠다.

초천은은 그녀에게 신경 쓰지 않고 혼자 짐을 쌌다. 오래지 않아 초청가가 입을 열었는데 목이 잠긴 울먹이는 소리였다.

"오라버니, 한운석을 건드리지 말라는 명을 듣지 않아서 아버지께서 화가 나신 거예요?"

초천은은 한참을 망설이다가 이윽고 차분하게 말했다.

"모르겠다. 하지만 걱정 말아라. 네가 시집가면 나도 계속 도성에 남아 네 곁에 있을 것이다."

초청가가 아무리 어리석어도 음모의 냄새를 맡을 수 있었다.

"오라버니, 아버지와 오라버니는 대체 뭘 하려는 거죠?"

"궁금한 게 있으면 돌아가서 아버지께 직접 여쭤라."

초천은은 다정한 오라버니처럼 보여도 사실은 지독하게 모질었다.

"짐을 싸거라. 내일 출발해야 한다."

짐을 다 싸자 그는 초청가를 내버려 두고 방을 나가 하인에게 분부했다.

"소저를 잘 지켜라. 달아나면 너희에게 책임을 묻겠다!"

초청가를 이기고 기분이 무척 좋은 한운석은 곧바로 궁을 나가려다가 마음을 바꾸어 태의원에 갔다.

태의를 겸하면서 태의원이 그녀의 공짜 약 창고가 되었으니, 솔직히 천휘황제에게 감사해야 할 일이었다.

고북월이 태의원에 있을 줄 알았는데, 물어보니 아무도 그의 행방을 알지 못했다.

한운석은 약재를 챙기고 곧바로 나왔지만, 태의원을 떠날 때 꼬맹이가 살그머니 그곳에 숨어들었다는 것은 알아차리지 못했다.

지난번 약재회관에서 벌어진 사건 이후로 꼬맹이는 유난히 조심스럽게 굴었다. 다행히 태의원은 넓었고 문도 여러 개여서 한가롭게 발치를 살필 사람은 없었다.

안으로 들어간 꼬맹이는 여기저기 코를 킁킁거리다가 마지막으로 태의원 뒤쪽의 어약방으로 달려갔다.

약재를 훔치러 온 것은 아니었다. 식탐이 강한 녀석이지만 뜻밖에도 약재에는 눈길 한 번 주지 않고 어약방을 가로질렀다.

결국 녀석은 어약방 후원의 조그마한 방 문 앞에 멈췄다.

공기 속에 약 냄새가 가득했지만, 녀석은 정원에 가득 풍기는 약 냄새 속에서 특별한 향기, 향초 냄새가 묻어나는 은은하고 상쾌한 약 향기를 맡을 수 있었다.

어려서부터 상시 약을 먹는 사람에게서만 나는 향기였고, 녀석의 예민한 코로만 맡을 수 있는 향기였다.

녀석은 일어서서 고개를 높이 빼들고 공기에 섞인 향기를 실컷 들이마시면서, 잔뜩 도취한 것처럼 커다란 꼬리를 살래살래 흔들었다.

이 향기가 참 좋았다. 이 향기를 맡으며 죽을 수 있다면 얼마나 행복할까!

녀석은 향기를 맡고 또 맡다가 참지 못하고 덩실덩실 춤을 추기 시작했다. 한 발로 땅을 짚고 빙글빙글 도는 품이 마치 그 어느 때보다 아름다운 꿈속을 헤매는 것 같았다.

갑자기 '끼익' 소리와 함께 문이 열렸다.

당황한 꼬맹이는 재빨리 옆으로 피했다. 나온 사람은 다른 누구도 아닌 태의원 수석 어의 고북월이었다.

"찍찍!"

꼬맹이는 몹시 기뻐 연신 소리를 질렀다.

고개를 돌리고 꼬맹이를 바라본 고북월은 깜짝 놀랐다. 이 녀석이 어떻게 이곳을 찾았을까!

고북월이 자신을 알아보자 꼬맹이는 더욱 신이 나서 단숨에 그의 어깨로 뛰어올라 무슨 의미인지 '찍찍' 울어 댄 다음 다시 땅에 뛰어내려 방으로 달려갔다.

고북월의 부드러운 눈동자에 호기심이 어렸다. 그는 꼬맹이를 따라 들어갔다.

뜻밖에도 꼬맹이는 그가 들어오는 것을 보자 문가에 멈춰 움직이지 않았다.

고북월이 몸을 웅크리고 부드럽게 물었다.

"꼬맹아, 왜 그러니?"

꼬맹이는 그를 바라보더니 문을 한 번 긁었다. 알아듣지 못한 고북월이 다정하게 녀석의 머리를 쓰다듬으며 말했다.

"뭘 하려는 거지? 난 모르겠구나."

꼬맹이는 문을 닫을 생각이었지만 힘이 부족했다. 본래 모습으로 돌아가면 그냥 쓱 밀어도 닫을 수 있는데. 하지만 변신하고 싶지 않았다. 본래 모습인 뚱보는 하나도 귀엽지 않았다.

초조해진 녀석이 온몸으로 문을 밀었다.

"꼬맹아, 문을 닫고 싶구나, 응?"

마침내 깨달은 고북월은 웃으면서 녀석을 한 손에 들어 올리고 다른 손으로 문을 밀어 닫았다.

그의 손바닥에 앉은 꼬맹이는 그의 웃는 얼굴을 넋을 잃고 바라보았다. 남자의 웃는 모습이 어쩜 이렇게 따스하고 부드러운지, 마치 사월의 봄바람처럼 마음을 간지럽히는 것 같았다.

문이 닫히자 고북월은 자리에 앉아 진지하게 물었다.

"꼬맹아, 왜 나를 찾아왔지?"

그래, 꼬맹이는 왜 갑자기 고북월을 찾아왔을까?

그녀가 모르는 일은 얼마나 될까

꼬맹이는 왜 고북월을 찾아왔을까?

꼬맹이는 고북월의 말을 알아듣지 못했지만 진지하게 귀를 기울였다. 이 부드러운 목소리가 좋았다.

고북월은 손가락으로 꼬맹이의 턱을 꼬집으며 장난을 쳤고 꼬맹이는 곧 찍찍거리며 웃어 댔다.

물론 즐겁기는 했지만 중요한 일을 잊을 수는 없었다.

녀석은 곧 고북월의 손바닥에서 뛰어내렸다.

땅에 내려선 녀석이 입을 쩍 벌리더니 놀랍게도 큼직한 야명주 한 알을 토해 냈다.

이 광경을 보자 언제나 차분하던 고북월도 깜짝 놀랐다.

"월야명주!"

영친왕이 태후의 생신 선물로 준 보물이잖아? 그간 태후가 이 보물을 잃어버린 일로 한없이 성질을 부리는 통에 후궁의 모두가 전전긍긍했다.

꼬맹이가 훔쳤을 줄이야! 그런데 녀석이 월야명주를 고북월 앞에 내놓은 까닭은 뭘까?

고북월이 고민하는 사이 녀석은 다시 다른 네 가지를 토해 냈다. 태자가 태후에게 준 혈영지, 이부상서 서 대인이 바친 천년하수오, 평남후가 보낸 자하화紫夏花, 영 대장군이 사람을 시켜 보낸 백 년 묵은 전갈 꼬리였다.

월야명주를 제외한 네 가지 약재는 태후가 받은 선물 중에서 가장 진귀한 것들이었다!

꼬맹이는 독짐승답게 물건 보는 눈이 훌륭했다!

태후가 미친 듯이 찾는 물건들이 갑자기 궁에 나타났으니 다른 사람이라면 무척 긴장했겠지만, 고북월은 호기심을 보일 뿐 여전히 차분했다.

그는 몇 가지를 집어 자세히 들여다보았다. 꼬맹이가 입에서 뱉은 것인데도 하나같이 깨끗했다.

꼬맹이는 폴짝폴짝 뛰면서 고북월을 향해 앞발을 마구 휘둘렀다. 마치 칭찬을 받고 싶어 하는 것 같았다.

고북월은 기가 막힌 듯이 웃었다.

"꼬맹아, 이걸 내게 주겠다는 거니? 난 네 주인이 아닌데."

뜻밖에도 꼬맹이가 갑작스레 그의 손바닥에 보라색 호두 한 알을 토해 냈다.

"찍찍!"

녀석은 몇 번 소리를 지른 뒤 조용히 한쪽으로 물러나 웅크려 앉았다.

보라색 호두는 흔한 약재로 다른 보물들에 비하면 아무 값어치도 없었다. 하지만 유독 그 흔한 약재가 고북월을 경악하게 만든 것이다!

혈영지, 천년하수오, 백 년 묵은 전갈 꼬리, 자하화, 월야명주 가루에 평범한 보라색 호두를 섞으면 약을 만들 수 있었다!

크게 손상된 원기를 치료하는 데 가장 약효가 빠른 약이었다!

이 약방문은 6품 의종에 해당하는 의원들도 다 알지 못하지만, 5품 신의인 고북월은 정확하게 알고 있었다.

그의 의술은 사실 5품에 머물 수준이 아니었고 약재에 대한 지식수준은 지금까지 보여 준 것보다 훨씬 높았다.

그는 흥미롭게 꼬맹이를 바라보며 약간 창백한 얼굴에 웃을락 말락 하는 표정을 지어 보였다. 온화하면서도 사악해 보이는 몹시 매력적인 그 표정에 꼬맹이는 넋을 잃었다.

아아, 이 공자가 좋아 죽겠어!

어떡해!

꼬맹이는 그의 시선에 민망해져 수줍은 듯이 고개를 숙였다.

고북월이 가볍게 웃음을 터트렸다.

"하하, 꼬맹아. 이제 보니 정말 날 알아보았구나."

꼬맹이는 고북월이 무슨 말을 하는지 몰랐지만, 그가 자신이 이 약재들을 내놓은 이유를 눈치챘다는 것은 알았다.

녀석은 곧 폴짝 뛰어 약재 더미 위에 내려선 뒤 요리조리 왔다 갔다 하며 어서 달여 먹으라고 재촉했다.

고북월은 약재를 옆에 있는 궤짝에 넣으려 했지만 꼬맹이는 허락하지 않았다. 고북월이 궤짝을 닫기도 전에 녀석이 쪼르르 뛰어올라가 약재를 물어 약탕기 옆에 떨어뜨렸다.

고북월도 너털웃음을 지었다.

"알았다, 알았어."

꼬맹이는 당장 약을 달여 먹으라고 성화였다. 확실히 이 약재는 그 어디보다 뱃속에 숨기는 것이 가장 안전했다.

이 작은 방은 고북월이 평소 쉬는 곳으로, 방 안에 없는 것이 없었다. 그가 재빨리 약재를 깨끗이 씻고 월야명주를 쓰려는데 꼬맹이가 미리 알고 소리 없이 월야명주를 던져 깨뜨린 다음 가장 안쪽에 있는 알짜 진주 가루를 고북월에게 내밀었다. 물론 남은 가루는 녀석의 뱃속으로 들어갔다.

"넌 주인보다 더 보는 눈이 있구나, 하하하."

고북월이 부드럽게 웃었다.

이렇게 해서 꼬맹이의 감시 속에 고북월은 각종 진귀한 약재에 월야명주 가루까지 섞은 보약을 작은 그릇으로 한 그릇 달여 냈고, 또다시 꼬맹이의 재촉을 받아 깨끗이 마셨다.

꼬맹이는 조금 더 머물 생각이었지만 아쉽게도 고북월이 약을 마신 지 얼마 되지 않아 누군가 찾아왔다.

그는 꼬맹이의 머리를 쓰다듬으며 웃는 얼굴로 말했다.

"고맙다, 꼬맹아."

꼬맹이는 그의 따뜻하고 매끈한 손가락에 몸을 비비며 헤어지기 아쉬워했지만, 곧 창문을 통해 빠져나갔다. 내가 사라진 지 오래되어 운석 엄마가 걱정하고 있을 것이다.

사실 한운석은 꼬맹이 걱정을 전혀 하지 않고 있었다. 진왕부에 손님이 왔기 때문이었다.

사실 매일 진왕부를 방문하려는 사람들은 진왕부 대문 앞에서 도성 밖까지 줄을 설 정도지만, 대문 안에 들어설 수 있는 사람은 몇 없었다. 게다가 대부분 한운석이 청하는 손님들이고 진왕 전하는 손님을 맞지 않았다.

오늘 온 사람은 소장군 목청무였다.

그가 찾아오자 한운석은 곧장 무슨 일이냐고 물었는데, 뜻밖에도 그는 지나가다가 차 한 잔 얻어 마시러 왔다고 대답했다.

그가 이렇게 말하자 한운석도 캐묻지 않고 좋은 차를 끓여 대접했다.

비록 한운석이 목청무를 구해 주었고 친구라고 할 만한 사이이긴 하지만, 특별히 이야기를 나눌 화제가 없었다. 두 사람은 몇 마디 만에 곧 어색한 침묵에 빠져들었다.

용비야와 있을 때가 아니면 한운석도 말이 많은 사람은 아니어서 차라리 말을 하지 않을망정 먼저 화제를 찾아낼 줄 몰랐고, 군인인 목청무는 꼭 필요한 말만 하고 쓸데없는 한담을 할 줄 몰랐다.

그래서 주인인 한운석이 이런 저런 이야기를 해 보려고 해도 목청무가 한두 마디로 끝내 버리는 바람에 한운석도 더는 계속할 수가 없었다.

예를 들면 이런 식이었다.

"최근 삼도전장에 폭동이 있었다던데 어떻게 된 거죠?"

"헛소문일 뿐입니다."

"삼도전장에는 전에도 폭동으로 사람이 많이 죽었다던데요? 어쩌다 그렇게 되었나요?"

"이미 지난 일이니 이야기하지 않는 편이 좋겠습니다."

한운석도 더는 묻지 않았지만, 목청무는 이야기도 하지 않고 가려고 하지도 않은 채 한운석보다 더 어색해했다.

결국 한운석이 입을 열었다.

"소장군, 분명히 무슨 일이 있어서 찾아왔을 텐데 꺼리지 말고 말해 보세요."

목청무는 몹시 곤란한 표정을 지으며 잠시 망설이다가 벌떡 일어섰다.

"왕비마마, 소장은 차를 마시러 왔을 뿐입니다. 시간이 늦었으니 방해하지 않고 이만 물러가겠습니다."

이상해!

한운석은 이해가 가지 않았지만 굳이 붙잡지 않았다.

"그래요. 누구 없느냐? 소장군을 배웅해라."

목청무는 대문까지 나갔다가 갑자기 다시 돌아왔다.

한운석은 그 모습을 보며 눈을 찡그렸다. 늘 시원시원하던 저 남자가 오늘은 왜 저러지?

대체 무슨 일인데 저렇게 곤란해할까?

고칠소나 고북월이었다면 깔깔거리며 놀렸겠지만, 목청무에게는 그녀도 늘 예의를 지켰다.

한운석은 미소를 띤 채 아무 말 하지 않았다.

목청무는 심호흡을 하면서 걸어왔다. 그 자신도 이런 태도가 짜증스러웠다. 그는 망설이고 우물쭈물하는 것이 제일 싫었다.

마침내 한운석 앞으로 간 그가 한쪽 무릎을 꿇고 말했다.

"왕비마마, 소장이 부탁드릴 일이 있습니다!"

한운석도 목청무에게 무슨 부탁이 있을 것이라고 짐작했지만 대체 무슨 일이기에 이렇게 망설이며 말을 꺼내지 못하는지 알 수가 없었다.

"소장군, 어서 일어나세요. 무슨 일인지 개의치 말고 말해 보세요!"

그녀는 목청무라는 사람이 마음에 들었고 또 개인적인 욕심도 있었다. 그녀가 진왕부에서 자리를 잡지 못하고 도성 안에 몸 둘 곳이 없을 때 목청무는 든든한 의지처이자 유일한 인맥이었다.

그리고 지금은 자신의 능력으로 목 대장군부가 용비야를 지지하도록 끌어들이고 싶었다.

"늘 왕비마마를 귀찮게 해드려 실로 부끄럽습니다!"

목청무는 일어나지 않았다.

"소장군, 모르는 사이도 아닌데 왜 이래요."

한운석이 손수 그를 부축해 일으켰다.

"늘 솔직하던 소장군이 자꾸 이렇게 나오면 싫어할 거예요!"

다급해진 목청무가 그제야 솔직히 털어놓았다.

"왕비마마, 반년의 기한이 이제 한 달 남았습니다."

한운석도 무슨 뜻인지 깨달았다. 반년의 기한이란 천휘황제가 목청무에게 군자금 삼십만 냥, 군량 이십만 석을 조달하라고 했던 기한으로, 이를 어기면 해임하겠다고 했다.

그런 일에 한운석이 무슨 쓸모가 있을까?

돈은 있지만 용비야가 준 금패에 있는 돈이니 쓸 수는 있어도 진짜 돈으로 바꿀 수는 없었고, 군량 이십만 석은 더욱 어려워서 돈이 있다 해도 당장 그 많은 양을 사들일 수가 없었다.

한운석은 고민하고 고민하다가 갑자기 무슨 생각이라도 난 것처럼 눈을 환하게 빛냈다.

그녀가 입을 열려는데 목청무가 먼저 말했다.

"왕비마마, 소장은 진왕 전하께 몇 가지 가르침을 받고 싶습니다만 진왕 전하께서는 벌써 세 번이나 거절하셨습니다."

목청무는 이렇게 말하며 입가에 자조를 떠올렸다.

"진왕 전하의 얼굴도 뵙지 못했습니다."

한운석은 의아했다. 목청무가 세 번이나 용비야를 만나겠다고 했는데 모두 거절당했다고? 그녀는 전혀 모르는 일이었다.

다시 말하면 목청무도 스스로 해결하려고 노력했고, 문제가 생기자마자 그녀의 도움을 청하려 한 것은 아니었다. 역시 그다운 행동이었다.

"전하께서 직접 거절하셨나요?"

한운석이 진지하게 물었다.

"아마 전하께서도 소장이 무슨 일로 뵙고자 하는지 아셨을 겁니다."

목청무는 힘없이 말했다.

한운석은 속으로 고개를 갸웃했다. 설마 용비야는 목 대장군부의 지지를 받을 생각이 없는 건가? 목 대장군부는 다른 세력에 비할 곳이 아니었다. 목 대장군부는 천녕국 최대 병력을 의미했다!

방금 그녀가 기뻐했던 것도 목청무를 용비야에게 추천할 수 있다고 생각했기 때문인데, 이미 거절당했다니 뜻밖이었다.

"소장군, 군량 이십만 석은 아무래도……."

한운석은 일부러 난처한 듯이 말을 꺼냈다.

그런데 목청무는 뜻밖의 말을 했다.

"왕비마마, 진왕 전하는 강남에 거대한 장원을 가지고 계십니다. 올해 곳곳에 가뭄이 들었으나 강남 일대는 대풍년이었습니다……."

뭐라고? 용비야가 강남에 장원을 가지고 있어?

한운석은 자기도 모르게 팔에 낀 팔찌를 만지작거렸다. 용비야에겐 대체 그녀가 모르는 것이 얼마나 많은 걸까? 그 인간이 그렇게 부자였다니!

그렇다면 용비야는 왜 목청무를 거절했을까?

한운석이 고민하고 있을 때 용비야가 돌아왔다.

왕부의 일은 네가 맡아라

용비야가 이 시간에 돌아오는 일은 드물어서 한운석도 놀라워하고 있는데 마침 그가 들어오는 것이 보였다.

목청무는 긴장하면서도 기뻐했다. 오늘 진왕을 만나게 될 줄은 예상하지 못했던 것이다.

자꾸만 한운석의 도움을 받아 여전히 송구스러웠지만, 그래도 진왕 전하가 때맞춰 나타나 주자 기쁘지 않을 수 없었다.

그는 황급히 한 쪽 무릎을 꿇고 예를 올렸다.

"소장이 진왕 전하께 인사 올립니다!"

용비야가 그를 흘끗 바라보았다.

"일어나도록."

용비야는 늘 차가웠지만 한운석은 그가 오늘따라 이상하다는 것을 눈치챘다. 기분이 썩 좋지 않은 것 같았다.

한운석이 어떻게 목청무를 위해 말을 꺼내 볼까 고민하고 있는데 뜻밖에도 용비야가 자리에 앉으며 차갑게 물었다.

"아직 이야기가 남았느냐?"

이 말에 한운석과 목청무 모두 민망해졌다. 용비야가 보란 듯이 앉으며 이런 말을 한 것은 손님을 내쫓겠다는 뜻이 분명했다.

용비야처럼 영리한 사람이 목청무가 찾아온 뜻을 모를 리 없었다. 그런데 이렇게 나오는 것은 의심할 바 없이 거절이었다.

그러잖아도 뭐라고 말해야 좋을지 몰라 고민하던 한운석은 더욱더 망설여졌다.

물론 목청무도 멍청이는 아니어서, 진왕비 앞에서 진왕 전하가 이렇게 나오는 것을 보면 희망이 없다는 것을 알 수 있었다.

그는 속으로는 크게 실망했지만 여전히 웃는 얼굴로 말했다.

"진왕 전하, 왕비마마. 소장은 그만 물러가겠습니다."

뜻밖에도 한운석이 그를 붙잡았다.

"잠깐만요!"

용비야는 차를 마시면서 그녀를 흘끗 쳐다보았을 뿐 별다른 표정이 없었다.

"소장군, 앉아요!"

한운석이 차분하게 말했다.

목청무가 한운석을 찾아온 것은 도저히 방법이 없는 상황에 지푸라기라도 잡는 심정에서였다. 그 역시 한운석이 총애를 받고 있다는 것은 알지만, 그 총애가 얼마나 큰지, 바깥에 전해진 소문처럼 어마어마한지는 알 방법이 없었다.

목청무가 아는 것은 하나, 한운석이 아무리 용비야의 총애를 받아도 용비야의 성격으로 볼 때 이런 태도로 나온다면 마음을 바꿔 놓기가 무척 어렵다는 것이었다.

천녕국 진왕은 여자의 입김에 결정을 바꾸는 남자가 아니었다!

용비야가 아무 말이 없자 목청무는 손님 자리에 앉았다.

"전하, 소장군은 전하께 식량을 빌리러 왔습니다."

한운석이 '빌린다'며 교묘하게 한 말에 목청무도 속으로 감탄했다.

"빌린다? 그럼 언제 갚을 셈이지?"

용비야가 물었다.

목청무와 한운석은 희망이 생긴 줄 알고 무척 기뻐했지만, 용비야의 다음 말이 이어졌다.

"소장군, 작년부터 천녕국 곳곳에 가뭄이 들고 수많은 이들이 굶주리고 있다는 것을 아느냐?"

목청무는 진지하게 고개를 끄덕였다.

"압니다."

"설마 본 왕에게 식량을 빌려 굶주리는 이들을 구제할 생각이냐?"

용비야가 또 물었다.

이 말에 목청무는 말문이 막혔다.

"소장군이 백성을 구제할 생각으로 식량을 빌리겠다면 갚을 필요가 없지만, 군량으로 쓸 생각이라면……."

용비야의 말에 목청무가 벌떡 일어났다.

"빌리지 않겠습니다! 감사합니다, 진왕 전하. 소장, 잘 알았습니다!"

목청무도 심각한 기근을 모르지 않았다. 하지만 조정에서 이미 두 번 세 번 국고에 비축된 곡식을 풀어 백성을 구제했고, 곡식뿐만 아니라 국고에 있는 은자를 대거 써서 강남 양곡상에게

서 구휼미를 사들이기도 했다.

그동안 재해 지역에서 올라온 보고는 모두 좋은 소식들이어서, 목청무뿐만이 아니라 모든 사람이 기근이 심각하지 않다고 생각했다.

지난번 천휘황제가 그에게 군량을 조달하라고 한 것도 국고의 곡식이 모두 구휼미로 나갔기 때문이었다!

목청무는 엄숙한 얼굴이 되었다. 진왕 전하의 말은 기근이 아직 해결되지 않았다는 의미였다.

그렇다면 국고의 곡식들은 어디로 갔을까? 기근 문제는 줄곧 국구인 이지원李智遠이 맡고 있었는데, 그 많은 곡식과 은자는 어디로 간 것일까?

목청무가 곧바로 작별하고 물러가자 한운석은 용비야를 바라보며 무슨 말을 해야 할지 몰랐다.

"제가 함부로 처리했군요."

그녀가 가만히 말했다.

용비야같이 냉정한 사람이 굶주리는 백성들을 신경 쓰고 있을 줄이야.

영리하다고 자부했던 그녀지만 이 남자 앞에서 자신이 바보 같다는 생각이 든 것이 벌써 몇 번째였다.

목 대장군이라는 맛있는 고기를 눈앞에 두고도 그가 이때다 하고 나서서 돕지 않은 데는 그만한 이유가 있었던 것이다.

"음."

뜻밖에도 용비야가 고개를 끄덕였다.

한운석은 잘못을 저지른 아이처럼 가엾게 고개를 숙였다.

그런데 용비야가 말했다.

"내일부터 왕부의 일은 모두 네가 처리해라."

뭐…….

한운석은 이미 진왕부의 명실상부한 여주인이었지만 아직도 용비야가 결정하는 일이 많았다.

한운석은 과분한 대우에 깜짝 놀랐다.

"전하, 전……."

"본 왕은 당문에 다녀올 일이 있어 당장 출발할 것이다."

용비야가 설명을 덧붙였다.

그가 그녀에게 정식으로 행적을 밝힌 것은 이번이 처음이어서 한운석은 적응이 되지 않았다.

그녀는 더듬더듬 '네' 하고 대답했다.

"'네'라는 말밖에는 할 수 있는 말이 없느냐?"

용비야의 말투는 쌀쌀했다.

한운석은 곧바로 다른 말을 생각해 내고 '그러세요?'라고 대답했다.

"그 밖에는?"

용비야가 다시 물었다.

'그러세요'도 안 먹히자 그녀는 의아한 듯 용비야를 바라보았다. 갑자기 용비야가 평소와 다르다는 생각이 들었다.

하지만 대체 어디가 다른지는 정확히 꼬집을 수가 없었다. 혹시 평소보다 말이 많아서일까?

그녀가 대답하려고 하는데 용비야가 몸을 일으켰다.

"조심해라. 문제가 생기면 초서풍과 조 할멈을 찾도록."

본래는 아무렇지 않았는데 이런 말을 듣자 갑자기 이별하는 기분이 물씬 났다. 그제야 한운석은 그간 용비야가 내내 곁에 있었다는 것을 깨달았다.

"짐은 다 싸셨어요? 제가 도와드릴까요?"

뭐라도 해야 할 것 같다는 생각이 들었다.

용비야는 잠시 망설이더니 허락했다.

"옷 몇 벌만 있으면 된다. 문 앞에서 기다리겠다."

"네!"

한운석은 곧장 부용원으로 달려갔는데, 안으로 들어서는 순간 조 할멈과 부딪칠 뻔했다.

"아이고, 왕비마마, 왜 이리 서두르십니까?"

조 할멈은 어리둥절했다. 여주인은 비록 명문가 출신은 아니지만 무슨 일이 있어도 늘 느긋하던 사람이었다.

"전하께서 멀리 가신다기에 짐을 싸드리려고 하네. 문 앞에서 기다리고 계신다는군!"

한운석은 그렇게 설명하며 침궁으로 달려갔다.

조 할멈은 깜짝 놀랐다. 진왕 전하를 오래 모셨지만 짐을 대신 싸 준 적은 한 번도 없었다!

그는 남들이 자신의 물건에 손대는 것을 좋아하지 않았다. 특히 옷은!

침궁으로 쫓아간 조 할멈은 소소옥이 한운석을 따라 들어가는 것을 보고 즉시 외쳤다.

"잠깐만!"

한운석과 소소옥은 화들짝 놀랐다. 소소옥이 의아한 얼굴로 물었다.

"조 할머니, 왜 그러세요?"

"소옥, 어서 운한각에 가 보거라. 좁쌀죽을 올려놓고 깜빡했지 뭐냐! 어서 가 보려무나!"

조 할멈이 초조한 얼굴로 말했다.

소소옥은 의아한 듯 조 할멈을 쳐다보며 꼼짝하지 않았다.

"어서 가래도! 내가 늙어서 뛰지도 못하는데 네게 일도 못 시킨다는 게냐?"

조 할멈은 불쾌한 목소리로 재촉했다.

"네네!"

소소옥은 그제야 허둥지둥 달려갔다.

상황이 종료되자 한운석은 용비야가 기다릴까 봐 황급히 안으로 들어갔는데 조 할멈이 쏜살같이 쫓아왔다.

"왕비마마, 앞으로 소옥이는 이곳에 데려오지 않도록 하십시오."

"자네도 왔잖나?"

한운석이 장난스레 물었다.

"소인도 자주 오지는 않습니다. 전하께서 좋아하시지 않으니까요. 장난으로 드리는 말씀이 아닙니다."

조 할멈이 어쩔 수 없는 얼굴로 말했다.

영리한 여주인이 어째서 진왕 전하에 관한 일이면 늘 이렇게 어리석게 굴까? 언제쯤이면 진왕 전하의 취향을 알아차리려나?

"음, 알겠네. 사실 나도 자주 오지 않네."

한운석은 담담하게 말했다.

그녀는 곧 옷방으로 달려갔다. 침실 옆에 있는 커다란 옷방은 첫날 발견해서 알고 있었는데, 거의 1년 만에야 다시 왔는데도 옷은 거의 그대로였고 궤짝이 다 차지도 않았다.

한운석은 저도 모르게 용비야의 일상생활을 떠올렸다. 그의 곁에는 가까이 부리는 호위 겸 시종인 초서풍뿐, 시녀나 할멈 한 사람 없었다.

외출했을 때 식사라든지 하는 평소의 자질구레한 것들을 돌봐주는 사람도 전혀 없었다.

한운석은 깔끔하게 짐을 싼 뒤 재빨리 결단을 내리고 운한각으로 돌아가 자신의 짐도 쌌다. 그와 함께 당문에 갈 생각이었다!

마치 즉흥적으로 떠나는 여행 같았다!

그러나 안타깝게도 거절당했다.

그녀는 웃으며 말했다.

"전하, 저도 견문을 쌓을 수 있도록 당문에 데려가 주세요, 네?"

"조용히 왕부에서 기다리도록 해라. 쓸데없이 돌아다니지 말고."

이런 대답이라면 거절일 것이다.

"네!"

한운석은 더 말하지 않았다.

용비야는 한마디도 없이 곧장 출발했다. 한운석은 내내 그쪽을 바라보다가 그의 모습이 완전히 사라진 후에야 무척 실망한 듯 가만히 한숨을 내쉬었다.

또 무슨 중요한 일이 있어서 당문에 가는 걸까? 혹시 지난번 당자진이 찾아온 일 때문일까?

당문에 관해서라면 조 할멈에게 물은 적이 있지만, 조 할멈도 많이 알지 못했다.

"왕비마마, 슬퍼하지 마십시오. 전하께서 그곳을 별로 좋아하지 않으셔서 마마를 데려가지 않으신 겁니다."

조 할멈이 위로했다.

"왜 좋아하지 않지?"

한운석이 진지하게 물었다.

"소인은 그저 전하께서 어린 시절 당문에 다녀오실 때마다 아무 말씀 하지 않으셨다는 것만 알고 있을 뿐입니다. 소인도 가본 적이 없지요."

조 할멈은 사실대로 대답했다.

노련하게 한마디로 한운석의 기분을 훨씬 가볍게 해 준 조 할멈은 시원하게 웃으며 말했다.

"돌아가시지요. 며칠만 푹 쉬십시오!"

용비야는 혼자 말을 달려 성을 나갔다.

한운석의 짐작대로 확실히 그는 기분이 좋지 않았다.

또 약귀곡에 가서 고칠찰와 서른 합 넘게 싸웠는데, 고칠찰이 독을 썼는데도 그가 우세했다.

거의 잡았다 싶었을 때, 고칠찰이 갑자기 사과를 둘로 쪼개한 걸음 더 다가오면 당장 망가뜨리겠다고 위협했다!

고칠찰처럼 말 안 통하고 엇나가기 좋아하는 사람이라면 사과를 망가뜨려도 이상하지 않았기 때문에 용비야도 부득불 물러날 수밖에 없었다.

그리고 당문 쪽에서는 당리가 몇 차례나 도망을 시도했지만 끝내 달아나지 못해 용비야가 직접 나설 수밖에 없게 되었다. 그는 당리에게 폭우이화침을 가져오게 해서 함께 고칠찰을 상대하러 약귀곡으로 갈 생각이었다.

그는 쉬지도 자지도 않고 하루 밤낮 내내 날렸다.

당문은 천녕국 도성과 다소 거리가 있어서 제때 도착하지 못하면 당리는 정말 혼례를 올려야 했다.

밤이 되자 질주하던 말이 멈췄다.

황량한 교외는 죽은 듯이 고요했다. 용비야는 개울가에서 찬물을 몇 모금 마신 뒤 계속 길을 재촉하려다가 문득 말 등에 매달아 둔 짐을 바라보았다.

짐을 열어보니 뜻밖에도 옷가지 안에 간식 한 보따리와 홍차한 통이 들어 있었다.

그 순간 종일 얼어붙어 있던 그의 입가가 스르르 풀렸다. 그는 간식을 먹지 않고 소매에 넣은 뒤 계속 달려갔다.

용비야가 떠나 있는 동안 한운석은 조 할멈의 말대로 며칠 왕부에 틀어박혀 푹 쉬었지만, 곧 어쩔 수 없이 외출할 일이 생겼다.

고북월에게 문제가 생긴 것이다.

아픈 마음이 분노로

한운석은 내내 왕부에 틀어박혀 미인혈을 연구했는데 어느 날 궁에서 진 태의가 찾아와 고북월이 태후의 불면증을 치료하지 못해 건곤궁 충계 위에서 사흘 밤낮 꿇어앉아 있다는 소식을 전했다.

한운석은 그 소식을 듣자마자 안절부절못하며 당장 궁으로 달려가려고 했다.

최근 사흘 동안 계속 비가 내렸고 날도 초겨울에 접어든 때였다. 비에 흠뻑 젖으면 춥기도 추운 데다 건곤궁의 백옥 충계는 조금만 꿇어앉아 있어도 무릎이 남아나지 못했다.

고북월 같은 약골이 그런 꼴을 당했으니 상태가 얼마나 나빠졌을지 상상조차 하기 싫었다.

"불면증!"

한운석은 두 눈을 가늘게 뜨며 무시무시한 표정을 지었다. 이건 태후가 그녀를 노리고 한 짓이었다. 약선을 노리는 게 분명했다!

약선을 갖고 싶어도 드러내 놓고 내놓으라고 할 수 없으니 비열하게 고북월에게 손을 쓴 것이다!

고북월을 미끼로 협박하는 것은 그렇다 쳐도 사흘 밤낮 꿇어앉힌 다음에야 알려 주다니.

한운석은 생각할수록 화가 나서 탁자에 있던 찻잔을 바닥으로 와락 밀어 떨어뜨리고 진 태의를 걷어찼다.

진 태의는 그래도 제명에 살기가 싫은지 초조한 표정을 지어 냈다.

"왕비마마, 노여움을 푸십시오! 소관은 몰래 마마께 알려드리러 온 것입니다. 부디 침착하시고 어서 빨리 고 태의를 구할 방법을 생각해 보십시오!"

다른 태의라면 혹시라도 정말 고북월을 구할 마음에 왔을 수도 있지만, 한운석이 전혀 알지 못하는 진 태의가 온 것을 보면 태후가 일부러 보낸 것이 분명했다.

한운석이 화난 눈길을 던지자 진 태의는 황급히 말을 이었다.

"왕비마마, 태후께서는 본래 불면증이 있으셨는데 최근 들어 귀한 물건이 사라진 일로 더욱 심해지셨고 심기도 무척 불편하십니다. 또 무슨 방법으로 고 태의를 괴롭히실지 모릅니다!"

"그래?"

한운석은 찻물이 가득 담긴 찻잔을 들어 온 힘을 다해 진 태의에게 집어던졌다.

"왜 이제야 왔소? 사흘이나 지났는데 이제야 오다니! 무슨 뜻이오?"

배에 잔을 맞은 진 태의는 아파서 얼굴이 하얗게 질렸지만 끝까지 아닌 척했다.

"노여움을 푸십시오, 왕비마마. 소관은 그간 출궁할 수가 없었습니다."

"출궁할 수가 없었다고? 하필이면 이런 때!"

한운석은 냉소를 터트렸다.

"그렇습니다, 왕비마마. 소관과 고 태의는 오랜……."

진 태의의 말이 끝나기도 전에 한운석이 탁자 위에 있던 것들을 잡히는 대로 모조리 집어던졌다.

"오랜 뭐? 아직도 입을 놀릴 낯이 있다니! 태후가 보냈겠지? 당장 어떻게 된 일인지 털어놓으시오! 그러지 않으면……."

한운석은 잠시 멈췄다가 목소리를 높였다.

"여봐라, 문을 닫고 개를 풀어라!"

낙 집사는 큰 개 한 마리를 키우고 있었는데, 몹시 사나워서 진왕과 진왕비 외에는 함부로 건드리지도 못한다는 소문이 있었다.

곧 커다란 개가 끌려 들어왔다. 송곳니를 번쩍이고 침을 질질 흘리는 개를 보자 진 태의는 까무러칠 듯이 놀라 대뜸 무릎을 꿇었다.

"왕비마마, 노여워 마십시오. 말하겠습니다! 소관이 모두 말씀드리겠습니다!"

한운석은 그제야 숨을 몰아쉬며 냉정함을 되찾았다.

무작정 입궁하기 전에 무슨 일이 있었는지 파악하지 않고서는 태후와 싸울 수가 없었다.

태후의 생신 연회에서 약선을 보여 준 이후로 그녀는 줄곧 태후가 움직이기를 기다렸다.

태후는 영리한 사람이니 무작정 달라고 하지는 않을 것이다.

태후가 그런 말을 꺼내도 거절할 이유는 수없이 많았다.

모조품이라거나 아니면 다른 약을 만드는데 써 버렸다거나 하는 핑계를 대면 태후도 어쩔 수가 없었다.

그녀도 태후가 괴롭히려 들 줄 알고 있었지만, 고북월을 미끼로 삼을 줄은 몰랐다.

진 태의는 놀란 숨을 몰아쉬며 마음을 가다듬었지만 한운석은 그만큼 참을성이 없어 차갑게 재촉했다.

"어서 말하지 못하겠소?"

"왕비마마, 태후마마의 불면증은 줄곧 소관이 담당해 왔습니다. 그런데 생신 연회 이후로 매일 저녁 고 태의를 불러 침을 놓아 잠들게 해 달라고 하셨습니다. 고 태의는 소관이 지은 약을 같이 써야 부작용이 없다고 말씀드렸지만, 태후께서는 사흘 전부터 몰래 약을 끊으셨고 결국 온몸이 아픈 증상이 나타나 홧김에 고 태의를 벌하셨습니다."

큼직한 개의 허연 송곳니만 아니었다면 아마 진 태의도 입을 열지 않았을 것이다. 그는 고북월이 죽기를 누구보다 바랐다!

고북월은 젊은 나이에 태의원 수석 어의가 되었고 궁 안의 세력들이 서로 끌어들이려고 했으나 어느 쪽도 성공하지 못했다. 후궁은 말할 것도 없고 태의원에서도 적잖은 이들이 그가 실각하기를 바라고 있었다.

"태후께서 그대를 보내셨소?"

한운석이 차갑게 물었다.

진 태의는 인정하고 싶지 않았지만 별수 없이 고개를 끄덕였다.

"그분께서 날 상대하기 위해 무슨 준비를 하셨소?"

한운석이 다시 물었다.

"소관은 모릅니다. 태후마마께서는 소관더러 왕비마마께 알리라고만 하셨습니다."

진 태의의 말은 사실이었다.

"고 태의는 아직도 꿇어앉아 있소?"

한운석은 계속 물었다.

"예, 예. 그렇습니다."

진 태의는 감히 이것저것 말할 용기가 없었지만 한운석은 자세히 캐물었다.

"사흘 밤낮 꿇어앉아 있었는데 옷은 갈아입었소? 식사는 했소? 물은 줬소? 내내 비를 맞은 것이오?"

"왕비마마, 어서 빨리 입궁하시지요. 고 태의가 버티지 못할까 걱정입니다!"

진 태의는 한운석이 늦으면 태후가 불만스러워할까 겁이 났다.

"좋소. 당장 입궁하지!"

이렇게 말한 한운석은 정말 일어나서 진 태의를 낙 집사, 개와 함께 대청에 남겨 둔 채 나가 버렸다.

그녀가 사라지자 진 태의도 일어나려고 했지만 낙 집사가 웃으며 말했다.

"진 태의, 왕비마마께서 일어나라고 하지 않으셨습니다!"

그의 말이 끝나자 개도 동의하듯이 컹컹 짖었다. 진 태의는 울고 싶어도 차마 울지 못하고 제자리에 꿇어앉아 있어야 했다.

한운석이 입궁하자 조 할멈뿐 아니라 초서풍까지 따라갔다.

마차에 오른 한운석은 눈을 감고 생각에 잠겼는데 고운 얼굴은 몹시 엄숙했다. 조 할멈은 끊임없이 초서풍에게 눈짓을 했다. 예전에 고 태의가 왕부에 와서 왕비마마의 병을 진맥했을 때부터 그녀는 영 마음에 들어 하지 않았다.

조 할멈의 날카로운 눈은 왕비마마를 보는 고 태의의 눈빛에 감정이 담겨 있다는 것을 놓치지 않았다.

초서풍은 조 할멈을 상대할 생각이 없었다. 어쨌든 이 세상에 진왕 전하만큼 매력적인 사람은 없고 왕비마마는 진왕 전하께 푹 빠져 있으니 평생 다른 남자가 눈에 들어올 리 없다는 것이 그의 생각이었다.

"왕비마마, 어쩔 생각이십니까? 전하께서 도성에 계시지 않으니 궁에 계신 분들을 건드리지 않는 것이 좋지 않을까요?"

조 할멈이 진지하게 말했다.

태후든 천휘황제든 왕비마마를 괴롭힐 방법은 수없이 많았다. 존귀한 신분만으로도 모든 것을 억누르기에 충분했다.

왕비마마가 괴롭힘을 적게 당한 것은 모두 전하가 막아 준 덕분이었다.

충분한 자신이 없다면 태후와 천휘황제는 쉽사리 전하를 건드리지 못했다. 특히 태후의 생신 연회 이후로는 더욱 그랬다.

말로는 삼 푼쯤 양보한다고 하지만, 사실은 삼 푼쯤 꺼리는 마음 때문이었다.

한운석은 말없이 입매를 굳히며 언짢은 표정을 지었다.

오래지 않아 초서풍도 참다못해 권했다.

"왕비마마, 전하께서는 왕부에서 조용히 기다리라고 말씀하셨습니다."

그러자 한운석이 차갑게 입을 열었다.

"안심하게. 다칠 사람은 내가 아니라 다른 사람이니까!"

조 할멈과 초서풍은 여주인도 진왕 전하 못지않게 차갑다는 것을 느끼며 서로를 바라보았다.

본래 화가 나면 이렇게 무서워지는 걸까, 아니면 진왕 전하와 오래 지내다 보니 물이 든 걸까?

한운석은 곧 건곤궁에 도착했다. 안으로 들어간 그녀의 시야에 들어온 것은 고북월의 마르고 연약한 뒷모습이었다.

백옥 층계와 붉은 담장, 푸른 기와 외에 아무도 없는 곳에서 고북월 홀로 무릎을 꿇고 있는데 까만 머리카락과 하얀 옷에서는 아직도 물이 뚝뚝 떨어지고 있었다!

한운석은 주먹을 꽉 움켜쥐었다. 삽시간에 숨을 쉴 수 없을 만큼 마음이 죄어들었다!

당장 달려가 그를 보호해 주고픈 생각이 굴뚝같았다.

하지만 이런 상황에서 그렇게 할 수는 없었다. 어떻게든 성질을 억눌러야 했다.

늙은 태후, 두고 보시지. 이번에 이 한운석이 똥줄이 타도록 후회하게 만들어 줄 테니!

한운석은 심호흡을 한 후 성큼성큼 다가갔다. 고북월 옆을 지나면서도 그녀는 잠시 멈추지도, 말을 하지도 않은 채 똑바로 걸어갔다.

그러나 고북월이 소리 죽여 말했다.

"왕비마마, 소관은 괜찮습니다. 부디 충동적으로 행동하지 마십시오."

고북월의 목소리는 당장이라도 끊어질 듯 약해져 있었다!

한운석은 더욱더 마음이 아팠다. 자칫하면 정말 이성을 잃어버릴까 봐 차마 그를 쳐다볼 용기가 나지 않았다.

고북월처럼 훌륭한 의원이자 선량한 사람이 무슨 죄가 있다는 거야?

"안심해요. 금방 와서 당신을 데려갈게요!"

한운석은 결심에 찬 목소리로 말했다.

그녀는 오래 머물지 않고 성큼성큼 방 안으로 들어갔다.

방 안에는 태후가 긴 의자에 누워 졸고 있었다. 한운석이 오는 것을 보자 계 상궁이 황급히 조용히 하라는 손짓을 했다.

"밤새 뒤척이시다가 이제 막 잠이 드셨습니다!"

계 상궁이 속삭였다.

"어쩌다 밤새 뒤척이셨는가?"

한운석은 계략을 역이용하려고 아무것도 모르는 척했다.

"고질병이시지요. 불면증 말입니다! 고 태의가 침을 놓았는데 오히려 온몸에 통증만 생겼습니다."

계 상궁이 설명했다.

"어쩐지, 그래서 고 태의가 밖에 꿇어앉아 있었군."

한운석은 그렇게 말하며 알아서 옆에 앉았다.

"왕비마마, 태후께서는 오래 주무실 것 같습니다."

계 상궁이 또다시 속삭였다.

오래라면 언제까지일까?

태후가 자는 동안 고북월은 계속 꿇어앉아 있어야 했다!

"푹 주무시게 해야지. 기다리겠네."

한운석은 보란 듯이 웃어 보였지만 눈동자에는 서늘한 냉기
가 스쳤다.

계 상궁은 긴 의자 옆을 지키고 조 할멈은 한운석 옆에 서고
초서풍은 바깥에서 기다렸다. 방 안은 무척 조용했다.

그런데 얼마 지나지 않아 태후가 몸을 뒤척였다. 몸이 여기
저기 가려운데 어디가 가려운지 정확히 짚어낼 수가 없었다.

저녁까지 자는 척하며 한운석을 기다리게 할 계획이었지만
도저히 참을 수가 없어서 일어나 앉아 몸을 긁는 수밖에 없었다.

한운석이 일어나 생긋 웃으며 인사했다.

"태후마마, 깨어나셨습니까?"

태후는 몸이 가려웠지만 아직 견디지 못할 정도는 아니어서
역시 웃으며 말했다.

"네가 왔구나. 얼마나 기다렸느냐? 깨우지 않고?"

"방금 왔습니다. 최근 잠을 못 주무신다는 말을 듣고 어떠신
가 하여 입궁했지요."

한운석은 태후의 곁에 다가앉았다. 모르는 사람이 보면 두

사람이 무척 사이가 좋다고 생각할 정도였다!

"아아, 고질병인데 최근 들어 더 심해지는구나!"

태후는 한 손으로 머리를 받치며 무력하게 한숨을 내쉬었다.

"얼마나 심각하기에 고 태의도 속수무책인지요?"

한운석이 걱정스러운 듯이 물었다.

"흥, 고북월! 며칠 동안 저자가 침을 놓아 주었는데 온몸이 다 아프구나! 무슨 실력으로 태의원 수석 어의가 되었는지!"

태후는 잔뜩 화난 얼굴이었다.

뜻밖에도 한운석이 말했다.

"태후마마, 마마의 불면증이 이렇게 심한 줄 몰랐는데 마침 제게 좋은 것이 있습니다! 불면증 치료에 그만이지요!"

이 말을 듣자 태후의 눈이 반짝였다. 한운석에게 직접 약선을 내놓으라고 하기는 쉽지 않았지만 고북월을 미끼삼아 협박하기는 쉬웠다!

그녀는 계속 연기를 했다.

"그렇게 좋은 것이 있다고? 어서 보여 주려무나!"

말문 막히게 만들기

잠 못 들어 힘이 없던 태후도 한운석이 말한 '좋은 것'을 보고 싶어 정신이 또랑또랑해졌다. 아직도 몸이 가려워 손닿는 대로 긁고 있었지만 깊이 생각하지는 않았다.

한운석이 그렇게 쉽게 '좋은 것'을 내놓을 리 있을까?

그녀는 속으로 냉소를 지었다.

"태후마마, 그건 아무렇게나 써서는 안 되는 것이랍니다. 우선 몸 상태를 봐야 하지요."

"불면증 때문에 이 고생을 하는 게야. 잠을 자지도 못하는데 온몸이 쑤시고 아프구나!"

태후는 원망을 늘어놓으며 먼저 손을 내밀어 맥을 짚게 해 주었다.

한운석은 대충 맥을 짚었다.

"마마의 맥상을 보니 며칠 동안 침을 맞으신 것 같군요."

진 태의가 아직 돌아오지 않았기 때문에 진 태의가 진왕부에서 무슨 말을 했는지 모르는 태후는 그녀의 재주에 속으로 감탄했다.

이 아이가 독술에만 능통한 줄 알았더니, 맥을 짚자마자 침을 맞은 기간을 맞추는 것을 보니 의술도 약하지는 않은 것 같았다.

"그렇단다. 어떠냐? 침을 잘못 놓았지?"

태후는 느긋하게 물었다. 고북월은 문 밖에 꿇어앉아 있고 한운석은 이곳에 있으니 태후가 서두를 필요는 없었다.

"아닙니다. 태후마마의 맥상으로 보면 침은 아주 잘 놓았군요. 통증을 일으킬 리가 없어요! 혹시 무슨 약을 드셨는지요?"

한운석은 당장 고북월을 데려가고 싶어 태후와 길게 이야기할 시간이 없었다.

태후는 곧 계 상궁을 시켜 약방문을 가져오게 했다. 약방문은 진 태의가 쓴 것이고 고북월도 살펴본 적이 있었다. 태후는 한운석이 약방문에서 문제를 찾아낼 만큼 실력이 있는지 궁금했다.

한운석은 자세히 보지도 않고 대충 훑기만 하다가 갑자기 소리를 질렀다.

"어머나! 이럴 수가!"

"왜 그러느냐?"

태후는 대수롭지 않게 물었다.

한운석은 한숨을 길게 내쉬었다.

"이걸 어째! 귀찮게 되었군요!"

한운석이 연기를 한다는 것은 알지만, 그 심각한 표정을 보자 태후는 아무래도 긴장이 되어 황급히 물었다.

"왜 그러느냐? 약방문에 무슨 문제라도 있느냐?"

"약방문에는 문제가 없지만 제가 가진 것과 함께 쓰면……."

한운석이 말을 하다 말자 태후는 몸이 달았다.

"왜? 함께 쓸 수 없는 것이냐?"

오랫동안 애타게 약선을 구하려고 했던 태후는 약선이 부채이긴 해도 역시 약이기 때문에 함부로 쓰면 안 된다는 것을 알고 있었다.

고북월이 침을 놓아줄 때도 진 태의의 약에 맞추었고, 침을 맞은 후에는 반드시 약을 먹어야 부작용이 나타나지 않는다고 정확히 설명했다. 그런데 며칠 전에 태후가 몰래 약을 끊는 바람에 온몸이 쑤시기 시작한 것이었다. 그녀는 남몰래 진 태의에게 부작용이 큰 문제가 되는지 물어보았고, 진 태의는 몸이 욱신욱신하게 아플 뿐 큰 문제는 아니라고 대답했다.

한운석이 약방문을 이용해 고북월의 죄를 없애 주려 할 줄 알았는데, 오히려 이 약방문이 오매불망 잊지 못하던 약선에 영향을 준다니 뜻밖이었다.

태후가 이 말을 듣고도 긴장하지 않으면 이상했다.

"태후마마, 정말 이 약을 드셨는지요?"

한운석이 눈을 찡그리며 몹시 진지하게 물었다.

"먹었지!"

태후도 더없이 진지했다.

"그럼……."

한운석은 걱정스러운 얼굴로 중얼거렸다.

"이걸 어쩐담."

10여 년간 그리고 그리던 약선이 손에 들어오게 생겼는데 이런 문제 때문에 쓸 수 없다면 태후가 얼마나 속이 터질까?

한운석의 말에 꼼짝없이 넘어간 태후는 놀라 어쩔 줄 몰랐다.

"운석, 대체 어떻게 된 게냐?"

"성가신 문제가 있습니다! 태후마마, 지금까지 이 약을 얼마나 드셨는지요?"

한운석의 엄숙하게 굳은 얼굴에서 차마 거역할 수 없는 권위감이 느껴져 태후는 깊이 생각지 않고 곧장 사실을 털어놓았다.

"침을 맞기 시작하면서 사흘 동안 먹다가 그 후 이틀간은 침만 맞고 약은 먹지 않았단다!"

이때였다. 한운석은 그제야 안도의 숨을 내쉬었다.

"그랬군요!"

"대체 어떻게 된 게냐? 말해 보려무나!"

태후는 초조해 어쩔 줄 몰랐고 옆에 있던 계 상궁도 따라서 발을 동동 굴렀다.

"왕비마마, 자꾸 한숨만 쉬지 마시고 어서 말씀하시지요. 대체 어찌된 일입니까?"

뜻밖에도 한운석은 근심스럽던 표정을 싹 지우고 눈부시게 웃었다.

"나중에 이틀간 약을 드시지 않았다면 아무 문제없습니다! 천만다행입니다, 태후마마!"

"그럼 됐다, 됐어."

태후는 안도하며 계 상궁을 쳐다보면서 웃었다. 주인도 아랫사람도 하나같이 기뻐했다.

한운석은 눈동자를 차갑게 번뜩이며 냉랭하게 말했다.

"태후마마, 고 태의가 침을 놓으면서 약을 끊으면 통증이 생긴다고 말씀드렸을 겁니다. 그런데 이틀간 약을 끊고 고 태의를 사흘 밤낮 무릎을 꿇린 것은 적절한 처사가 아닌 것 같군요."

그 말이 떨어지자마자 웃고 있던 태후의 안색이 싹 변했다. 뒤늦게야 한운석에게 당했다는 것을 알아차린 것이다!

그녀는 화를 내며 탁자를 내리쳤다.

"한운석, 감히 나를 놀렸구나!"

한운석은 겁내지 않고 일어섰다.

"신첩이 어떻게 태후마마를 놀릴 수 있겠습니까?"

태후는 말문이 막혀 뭐라고 해야 좋을지 생각이 나지 않았다.

오랫동안 후궁에 살며 잔뼈가 굵은 그녀가 고작 젊은 계집 손에 이렇게 당할 줄이야. 태후는 도저히 인정할 수 없었다. 하지만 한운석이 워낙 교묘하게 함정을 파 놓아 빈틈이 없어서 반박할 수도 없었다.

"태후마마, 고 태의에게 죄가 없다면 그만 보내 주어야 하지 않을까요?"

한운석이 다시 물었다.

한운석의 계략에 당하기는 했지만 태후는 만만한 사람이 아니었다. 태후가 차갑게 말했다.

"불면증을 치료하기 위해서 고북월을 불렀건만 제대로 치료하지 못했으니 계속 꿇어앉아 있어야 해!"

"태후마마, 신첩의 기억이 틀리지 않았다면 지난날 고북월의 할아버지가 마마를 치료하실 때 약선이라는 약방문을 지으셨다지요?”

한운석이 차가운 목소리로 말했다.

“그래서?”

태후도 한운석이 알고 있다고 생각했다. 생신 연회에서 약선을 꺼낸 것도 일부러 한 짓이었다!

“약방문을 써냈는데 약을 구하지 못한 것은 어약방의 책임인데 병을 치료하는 의원과 무슨 관계가 있는지요?”

한운석은 바짝 밀어붙였다. 이곳에서 보내는 시간이 바로 고북월의 목숨이었다!

냉랭한 표정과 날카로운 눈빛을 한 한운석을 보자 태후는 저도 모르게 용비야를 떠올렸다. 두 사람의 성품은 달랐지만 곰곰이 생각해 보면 무척 닮은 구석이 있었다.

오늘에야말로 한운석의 날카로운 발톱을 맛보게 된 태후는 완전히 말문이 막혔다.

그러나 그녀는 곧 한운석에게 창을 겨누었다.

“한운석, 그게 무슨 말투냐? 감히 내게 그런 식으로 말하다니 담력이 여간 아니구나!”

한운석은 그래도 태후의 신분을 모른 척하며 차갑게 말했다.

“태후마마, 신첩이 말씀드린 좋은 것이란 바로 약선입니다. 하지만 급히 오느라 가져오지 못했으니 신첩에게 사람을 딸려 보내 받아가시지요!”

태후가 이렇게 한참 기다리고 온갖 일을 꾸민 것은 모두 이 한 말을 듣기 위해서였다!

조금 전의 불쾌하던 기분은 어디로 갔는지 그녀는 기쁨을 숨기지 않고 황급히 말했다.

"계 상궁, 왕비를 따라 다녀오너라!"

"고 태의는 죄가 없으니 가도 되겠지요?"

한운석이 다시 물었다.

태후가 필요한 것은 약선이었고, 어차피 고북월은 사흘 밤낮 꿇어앉아 있었으니 계속 마찰을 일으켜 시간을 끌고 싶지도 않았다.

"보내 주마. 눈에 띄어 봤자 짜증만 나지!"

그녀는 가소로운 듯이 손을 휘저었다.

한운석은 눈동자를 차갑게 번뜩였지만 노기를 꾹 참고 돌아섰다!

한운석이 사라지자 태후는 또다시 팔과 다리를 긁었다. 가려움은 곧 사라졌기 때문에 그녀는 이상하게 여기지 않고 오로지 계 상궁이 약선을 가지고 돌아오기를 고대하며 기대에 부풀었다.

한운석은 방을 나서자마자 쏜살같이 고북월에게 달려가 그의 팔을 어깨에 걸치고 부축해 일으켰다.

고북월은 몸이 축 처져 힘이 하나도 없었지만 억지로 입을 열었다.

"왕비마마……, 이러시면…… 안 됩니다."

"닥쳐요!"

한운석이 화난 소리로 꾸짖었다. 이 지경이 되고 힘도 없으면서 무슨 쓸데없는 소리람?

옆에서 보는 초서풍은 어떻게 해야 좋을지 몰랐지만 조 할멈은 이 광경을 보자마자 즉시 달려와 도왔다.

"왕비마마, 소인이 하겠습니다. 소인이 합니다!"

초서풍도 그제야 정신이 들어 황급히 다가왔다. 그는 힘이 셌기 때문에 단번에 고북월을 한운석에게서 빼앗아 단단히 부축했다.

그 순간 억지로 버티고 있던 고북월도 마침내 혼절하고 말았다.

조 할멈은 속으로 안도의 숨을 내쉬었다. 방금 그 장면을 전하께서 보시지 않았기 망정이지, 안 그랬다면 그녀 자신이나 초서풍은 큰 화를 입었을 것이다.

안심한 그녀는 재빨리 고북월의 얼굴을 살폈다. 야윈 얼굴은 창백하다 못해 퍼렇게 질려 있었고 입술에는 핏기 하나 없었다.

청수한 그의 얼굴은 영원히 다시 깨어나지 못할 것처럼 고요했다.

조 할멈도 절로 마음이 아파졌다. 대체 어떻게 사흘 밤낮이나 꿇어앉아 있었을까?

대장부인 초서풍도 차마 두고 볼 수가 없어 옷을 벗어 고북월에게 덮어 주었다.

옆에서는 한운석이 눈시울마저 빨갛게 된 채 바라보고 있었다. 그녀는 방문 쪽을 차갑게 노려본 다음 말했다.

"가세!"

존귀하신 태후, 고작 몇 년간의 불면증 따위는 아무것도 아니야. 당신의 악몽은 이제 시작이니까!

한운석은 고북월을 진왕부로 데려가 객방에 눕혔다. 시동이 깨끗한 옷으로 갈아입히다가 그의 무릎이 온통 검푸르게 변해 있는 것을 발견했다.

계 상궁이 객청에서 기다리든 말든 한운석은 고북월의 맥을 짚고 약방문을 써서 조 할멈에게 당장 약을 달여 오게 했다.

맥상으로 보아 고북월은 심각한 풍한이 들었을 뿐 아니라 굶어서 체력이 완전히 고갈된 상태였다!

원기가 상한 정도가 아니라 거의 중상을 입은 셈이었다!

한운석이 고북월의 맥을 확실히 짚어 본 것은 이번이 처음이었다. 체질이 아주 좋지 않아서 그가 직접 말한 것처럼 약골이라는 것을 알 수 있었다.

이렇게 허약한 몸으로 사흘 밤낮을 어떻게 견뎠는지 도무지 상상이 가지 않았다.

약이 오자 한운석은 계 상궁은 신경 쓰지도 않고 고북월에게 침을 놓아 한기를 물리치고 원기를 보충하게 해 주었다.

요 며칠 몰래 빠져나가 밖에서 놀다가 돌아온 꼬맹이는 대문에 이르자마자 익숙한 향기를 맡고 무척 기뻐하며 나는 듯이 객방으로 달려왔다.

그런데 흥분해서 창문으로 뛰어드는 순간 인사불성이 되어 침상에 누운 공자를 보자 그 자리에 얼어붙었다.

녀석은 한참 넋이 나갔다가 비로소 눈을 비비며 다시 한 번 바라보더니 쪼르르 달려들어 고북월 주위를 맴돌며 찍찍 울어

댔다.

"조용히 해!"

한운석이 사납게 야단을 쳤다.

꼬맹이는 곧 입을 다물더니 어리둥절한 얼굴로 고북월의 냄새를 맡다가 한운석을 쳐다보곤 했다.

며칠 전에 공자에게 약을 먹였는데 왜 이렇게 된 걸까? 공자는 오랫동안 중상을 입고 있어서 비록 약을 먹어 나았다고 해도 한동안 몸을 아껴야 했다!

대체 무슨 일이 있었는지 누가 알려 줄 수 없을까?

"찍찍……."

꼬맹이는 갑자기 큰 소리로 울어 댔다.

"조용히 하라고 했지?"

한운석이 무서울 만큼 엄숙한 얼굴로 야단쳤다.

꼬맹이는 입을 다물고 옆에 앉았다. 가만히 지켜보다 보니 눈물이 또르르 흘러내렸다.

공자, 대체 어떻게 된 거예요? 한 번만 더 웃어 주면 안 돼요?

뜻밖에 나타난 사과

꼬맹이는 더 이상 운석 엄마를 화나게 할 수 없어서 조용히 앉아 운석 엄마가 침을 놓는 것을 지켜보았다.

한참이 지난 후 운석 엄마가 침을 다 놓았지만 공자는 깨어나지 않았다.

녀석은 토실토실한 앞발로 얼굴을 마구 비벼 눈물을 닦은 다음 침상에서 뛰어내려 연기처럼 사라졌다.

얼마 후 녀석은 약재를 한 보따리 가져와 공자 옆에 쏟아 놓았다.

침상 옆에서 쉬고 있던 한운석은 꼬맹이의 행동에 깜짝 놀랐다. 이 녀석이 진귀한 약재를 이렇게 많이 숨겨 놓고 있을 줄이야. 더군다나 그중에는 희귀하기 짝이 없는 사과까지 있었다!

벙어리 노파의 미독을 치료하기 위한 약방문에 있는 약재 중 하나가 사과였다!

이 약재의 생장 환경을 헤아려 볼 때 운공 대륙을 통틀어 많아야 세 개 정도밖에 없을 텐데 뜻밖에도 꼬맹이가 한 개를 가지고 있었던 것이다.

한운석은 놀라면서도 그럴 만하다는 생각이 들었다. 어쨌든 꼬맹이는 오래 살았으니 이 사과도 아주 오래전에 숨겨 놓은 것일지도 몰랐다.

지친 한운석은 손을 뻗어 사과를 집어 들었다. 이를 본 꼬맹이가 발딱 일어서며 눈을 둥그렇게 떴다.

"꼬맹아, 이걸로 고북월을 구할 수는 없어. 일단 몸이 회복된 다음 보신을 해야 해. 알겠니? 사과는 몸보신에 도움이 되지 않지만 다른 사람을 구할 수 있으니 일단 내가 가져갈게."

부드럽게 말하는 한운석은 조금 전 침을 놓을 때와는 완전히 딴판이었다.

조금 전에는 초조하기도 했고 침을 놓을 때는 방해를 받아선 안 되기 때문이었다.

꼬맹이는 야단을 친 운석 엄마를 원망하지 않았지만 그 말을 알아듣지 못해서 사과로 공자를 구할 수 있다고 생각했다.

그런데 운석 엄마가 사과를 소매에 넣자 곧 기분이 나빠졌다.

녀석은 한운석의 팔에 뛰어올라 힘껏 할퀴어 댔다.

한운석은 어쩔 수 없이 사과를 꺼내 고북월을 바라보면서 고개를 저었다. 꼬맹이는 그제야 알아듣고 풀이 죽은 모습으로 내려가 고북월 곁에 몸을 웅크렸다.

"조 할멈, 약재를 챙기게."

한운석은 담담하게 말했다.

조 할멈이 진귀한 약재를 한아름 안았지만 꼬맹이는 거들떠보지도 않고 고북월의 커다란 손 옆에 웅크려 조그마한 머리를 손등에 비비다가 깊이 묻었다.

공자의 웃음을 볼 수 없게 되어 너무 슬펐다.

이 모습을 본 한운석은 눈을 찡그렸다. 이 녀석은 왜 이렇게 고북월과 잘 맞담? 처음 봤을 때부터 낯설어하지도 않았어.

"꼬맹아, 목숨이 위험한 건 아니니까 걱정 마. 나으려면 시간이 좀 필요해."

한운석이 차분하게 말했다.

고북월은 정말이지 몸이 너무 많이 상해 있었다. 체력도 필요했지만 잠도 푹 자야 했기 때문에 어쩌면 혼절한 것이 좋을지도 몰랐다. 다만 물과 음식을 보충해야 했다.

"왕비마마, 약이 식겠습니다. 소인이 먹이지요."

조 할멈이 소리 죽여 말했다. 그녀 역시 마음이 무거웠다.

그때 초서풍이 들어왔다.

"왕비마마, 계 상궁이 화를 내고 있습니다."

계 상궁이 기다린 지 벌써 한 시진이 가까워지고 있었다.

"기다리게 하게."

한운석이 차갑게 말했다.

궁에서는 태후가 서두를 까닭이 없었지만 지금 이곳에서는 그녀 역시 서두를 까닭이 없었다.

진왕 전하의 부하는 겁이 없었기 때문에 초서풍도 웃으며 대답했다.

"예!"

그가 나가려는데 조 할멈이 불러 세웠다.

"초가야, 이리 와서 좀 환자를 부축해 일으켜 다오."

방에 있는 사람이 왕비마마와 자신뿐이니 눈치 없는 왕비마마가 또 외간 남자를 가까이 할까 봐 걱정스러웠던 것이다.

태후 궁에서는 계 상궁이 늦게 나왔기에 망정이지 만에 하나 그 장면을 보았다면 무슨 소문이 퍼졌을지 몰랐다.

조 할멈이 눈짓하자 초서풍도 알아듣고 시동을 보내 계 상궁을 상대하게 했다.

고북월은 깊이 혼절해 약을 삼키기 어려워서 조 할멈과 초서풍도 한참을 끙끙거린 다음에야 억지로 몇 모금 먹일 수 있었다.

겨우 마음을 가라앉힌 한운석은 이 광경을 보자 다시 초조해졌다.

"내가 하겠네!"

그녀가 조 할멈의 손에서 약그릇을 낚아채려고 하자 조 할멈은 허둥지둥 피했다.

"왕비마마, 서두르지 마십시오. 서두르시면 안 됩니다!"

"답답해 죽겠군. 내가 먹인다니까!"

한운석은 초조해 어쩔 줄 몰랐다.

조 할멈은 차마 내줄 수 없었다.

"왕비마마, 환자는 본래 이렇습니다. 소인이 경험이 많으니 맡겨 주시지요."

"무슨 소리! 반나절이 지나도록 얼마 먹이지도 못해 놓고!"

한운석이 화를 냈다.

그런데 별안간 꼬맹이가 조 할멈의 팔에 훌쩍 뛰어올라 단숨에 약을 싹 마셔 버렸다.

세 사람은 깜짝 놀랐다. 꼬맹이가 뭘 하는 거지?

꼬맹이는 고북월에게 달려가 몸을 숙이고 입으로 약을 먹였다.

먹이는 속도는 무척이나 느렸지만 약은 한 방울도 넘치지 않았다. 꼬맹이에게 이런 능력이 있다니. 방에 있던 사람들은 모두 눈이 휘둥그레졌다.

꼬맹이가 약을 다 먹이고 나자 벌써 반 시진이 흘렀다. 녀석도 머리가 빠질 것 같았지만 공자의 안색이 조금이나마 돌아온 것을 보자 기분이 좋아져서 조 할멈의 팔에 뛰어올라 약을 더 달라고 했다.

"조 할멈, 어서 가서 따뜻한 물을 가져오고 주방에 미음을 끓이라고 하게."

한운석이 다급하게 분부했다.

고북월에게는 약도 필요했지만 음식도 필요했다. 지금 먹일 수 있는 것은 미음뿐이었다. 너무 많이 먹거나 영양분이 과한 것을 먹으면 원치 않는 결과가 나올 수도 있었다.

조 할멈이 나가자 꼬맹이도 멍하니 따라갔지만 문 앞에 이르러서야 정신을 차리고 다시 돌아왔다.

내가 가서 뭐 해. 난 공자를 지켜야지!

이렇게 모두 고북월을 지키느라 객청에서 기다리는 계 상궁이나 여태 무릎을 꿇고 있는 진 태의는 까맣게 잊고 말았다.

태후는 궁에서 기다리고 또 기다렸고, 몇 번이나 사람을 보내 재촉했지만 한운석은 단 한 가지 핑계로 모두 물리쳤다.

"가서 태후마마께 보고드리게. 약선은 전하께서 챙겨 두셨는데 찾을 수가 없으니 전하께서 오실 때까지 기다려야 한다고."

240

사실상 한운석은 입궁할 때 약선을 가져갔고 지금도 바로 고북월이 있는 객방에 놓여 있었다.

태후는 화가 나서 물건을 마구 집어던졌다. 이럴 줄 알았다면 한운석을 돌려보내지 않았을 테지만, 세상에 미리 알 수 있는 일이란 많지 않았다.

지금은 계 상궁이 돌아오기를 기다리는 수밖에 없었다.

밤이 되자 한운석이 마침내 계 상궁 앞에 모습을 드러냈다.

계 상궁은 황급히 물었다.

"왕비마마, 시간이 늦었는데 전하께서는 아직 돌아오지 않으셨습니까?"

한운석은 안됐다는 얼굴로 말했다.

"전하께서는 멀리 출타하셨으니 며칠 후에나 돌아오실 것이네. 내 말하지 않았나?"

하루종일 기다린 계 상궁은 그러잖아도 화가 부글부글 끓던 차에 이 말을 듣자 참지 못하고 분통을 터트렸다.

"왕비마마, 일부러 이러시는 게 아닙니까!"

"무엄하다!"

한운석은 차갑게 소리쳤다.

"감히 본 왕비에게 그런 식으로 말하다니!"

어쩐지 무척 귀에 익은 말이었다. 한운석이 건곤궁에서 태후에게 들은 것과 똑같은 내용 같았다.

순간 계 상궁은 후회했다.

하지만 이미 늦은 후회였다.

"여봐라, 저 대담무쌍한 것을 끌어내 곤장 쉰 대를 쳐라!"

한운석이 차갑게 명령했다.

태후의 악몽이 시작되기 전에 아랫것을 단단히 혼쭐내 노인네를 골탕 먹일 생각이었다!

"왕비마마, 살려 주십시오! 왕비마마, 소인이 잘못했습니다!"

계 상궁은 소리소리 지르며 끌려 나갔다.

"왕비마마, 다시는 안 그러겠습니다! 부디 한 번만 살려 주십시오!"

아무리 용서를 구해도 소용이 없자 외침은 경고로 바뀌었다.

"진왕비, 소인은 30년째 태후마마를 모신 사람입니다. 감히 털끝 하나라도 건드리면……."

그 말이 끝나기도 전에 시동이 커다란 몽둥이를 내리쳤고 계 상궁의 외침은 참혹한 비명이 되었다.

"으악……!"

객청에 꿇어앉아 있던 진 태의는 그 소리에 간담이 서늘해져 입도 벙긋하지 못했다.

계 상궁이 곤장을 맞아 반죽음이 되자 한운석은 그녀와 진 태의를 한꺼번에 쫓아냈다.

이튿날, 이 일이 도성에 쫙 퍼졌다.

지난번 진왕이 황제에게 가장 신임을 받던 설 공공을 벌했을 때처럼 이 소문이 퍼지자 도성이 발칵 뒤집혔다. 비록 설 공공 일처럼 정세에 영향을 주지는 않지만 최소한 진왕비가 전보다 더 무서워졌다는 것을 많은 이들에게 알려 주었다.

이 이야기는 멀리 당문에 있는 용비야의 귀에도 들어갔고 용비야는 자못 만족스럽게 고개를 끄덕였다.

"잘 때렸군."

물론 그는 몰래 사람을 보내 초서풍에게 고북월을 잘 지켜보라고 분부했다.

태후는 기절할 만큼 화가 나 심장을 보호하는 약을 세 알이나 먹은 다음에야 겨우 마음이 가라앉았다.

한운석을 갈기갈기 찢어 버리고 싶었지만 안타깝게도 한운석이 매질을 한 이유가 정당해서 꼬투리를 잡을 수가 없었다.

태후는 그렇게 사흘을 기다렸다.

이번 일이 마음에 걸려 불면증은 더 심각해졌다. 평소에는 한밤중이 지날 때쯤 잠들곤 했지만 최근 사흘간은 아침이 될 때까지 잠을 이루지 못했다.

피곤해 죽을 것 같아도 누우면 잠이 오지 않았고 그럴수록 머리가 아파 일어나 앉으면 기운이 없어 정말이지 죽을 맛이었다.

마침내 넷째 날이 되자 참다못한 그녀가 명령했다.

"여봐라, 가마를 준비해라. 내 직접 진왕부로 가겠다!"

한운석 이 밉살맞은 계집. 따끔한 맛을 보여 주지 않으면 그 못된 것이 한 나라의 태후를 얕보게 될 수도 있었다.

그렇지만 태후가 출발하려고 할 때 한운석이 나타났다.

한운석은 태후의 화를 돋울 생각이었을 뿐 정말 용비야가 온 다음에야 약선을 내줄 생각은 아니었다.

모든 일에 적절한 한계가 있듯 이 늙은이를 괴롭힐 때도 한계를 지켜야 했다. 애를 태우게 만들 수는 있지만 진짜 화를 내게 만들어서는 안 되었다.

물론 가장 중요한 것은 약선을 내주지 않으면 악몽이 시작되지 않는다는 것이었다.

태감의 보고를 받자 태후는 당장 발길을 돌려 따뜻한 의자에 앉은 뒤 매무새를 가다듬고 마음을 추슬렀다. 겉보기에는 자상하고 한가로운 모습이었다.

한운석이 찾아온 것은 자못 뜻밖이었지만 이치에 들어맞는 일이라는 생각이 들었다. 어쨌든 그녀는 존귀한 태후였고 한운석은 고작 왕비였다.

"흠, 결국 와야 한다는 것은 아는군! 어디 두고 보자!"

태후의 말이 끝나기 무섭게 한운석이 들어왔다. 그녀도 평소와 다름없이 태연자약하고 당당했다.

"신첩이 태후마마께 인사 올립니다. 안녕하셨는지요."

"어서 일어나려무나."

태후가 자상한 미소를 지었다.

여자의 싸움이란 나이가 많고 적고를 떠나 모진 성격과 수양, 인내심을 겨루는 일이었다.

끝까지 차분하게 버티는 사람이 이기는 것이다.

한운석이 일어나자 태후는 곧 자리를 권했다.

"진왕이 돌아올 때까지 기다려야 할 줄 알았더니 벌써 왔구나!"

"그럴 리가요."

한운석은 미소를 지으며 물었다.

"태후마마, 옥체는 좀 괜찮으신지요?"

그 말이 정확히 태후의 아픈 곳을 찔렀다.

태후는 속이 부글부글 끓었지만 여전히 기쁜 표정이었다.

"훨씬 좋아졌단다."

"잠은 푹 주무시고요?"

한운석은 관심 어린 목소리로 물었다.

태후는 소매 속에 숨긴 손으로 주먹을 꽉 쥐면서도 여전히 온화한 얼굴로 말했다.

"전보다는 훨씬 나아졌지."

한운석은 만족스러운 듯 말했다.

"그럼 다행이군요. 제가 어젯밤에 전하의 옷을 정리하다가 뭔가를 찾아냈답니다. 무엇인지 맞춰 보시겠는지요?"

한운석이 말하자 조 할멈이 다가와 붉은 천으로 싼 물건을 바쳤다.

태후도 한운석이 약선을 주러 왔다는 것을 알고 있었지만 오랫동안 고대하던 물건이 눈앞에 나타나자 흥분을 감출 수가 없었다. 귀한 태후라고 해도 역시 사람이었다!

"이건……."

태후는 흥분해서 입을 열었다.

"보시지요, 태후마마."

한운석은 내내 미소를 짓고 있었다.

태후는 기다릴 수가 없어 단숨에 천을 걷었다…….

악몽 시작 모드

태후가 참지 못하고 붉은 천을 걷어 보니 쟁반에 놓인 것은 바로 그녀가 그렇게 갖고 싶어 하던…… 약선이었다!

약선은 타원형의 둥글부채로 겉면은 최고급 하얀 견, 손잡이는 귀한 상아로 만들었으며 보라색 술이 달려 있었다.

부분 부분 떼 놓고 보아도 값비싼 부채지만, 아무리 비싸도 약선 양면에 수놓은 약재보다 비싸지는 못했다. 약선의 앞면에는 훈향초가, 뒷면에는 자백합이 수놓아져 있었다.

훈향초는 불면증을 치료하는 데 가장 효과적인 약재였고, 자백합은 정신을 맑게 깨우는 효과가 있었다.

아무리 심각한 불면증도 약선을 한 번 부치기만 하면 사라졌고 사용하기도 편했다!

약을 먹거나 침을 놓는 것과는 비교도 할 수 없었다.

태후는 기쁨을 이기지 못하고 저도 모르게 몸을 기울이며 손을 뻗었다. 그런데 한운석이 한발 먼저 약선을 집어 들었다.

그녀는 여유만만하게 약선을 부치며 말했다.

"태후마마, 이게 뭔지 알아보시겠어요?"

"알다마다!"

태후는 확신하며 시선을 떼지 못했다. 그 순간 갑자기 목이 가려웠지만 평소 가끔 느끼는 가려움과 크게 다르지 않아 별생각 없이 손으로 긁었다.

"태후마마, 고 태의의 할아버지께서 지난날 마마께 지어드린 약방문은 바로 이 부채였겠지요."

한운석이 다시 말했다.

전에 이미 했던 말이었다. 태후는 고개를 끄덕였다.

"바로 그것이란다."

한운석은 곧바로 주지 않고 손에서 요리조리 돌리며 물었다.

"태후마마, 이 부채를 쓸 줄 아십니까?"

"알지. 앞면과 뒷면이 있는데 한쪽은 푹 잠들게 해 주고 다른 쪽은 정신을 차리게 해 준다지."

태후도 결국 인내심이 다했다.

"운석, 이리 보여 다오."

한운석은 태후가 손을 긁는 것을 보고 눈에 비웃음을 띠더니 일부러 두 손으로 부채를 받쳐 올렸다.

"태후마마, 부디 받아 주시지요!"

태후는 한운석의 마음이 바뀔까 두려운 듯 재빨리 약선을 받아 앞뒤로 돌려 보더니 약 냄새를 맡고 몹시 편안한 표정을 지었다.

한운석은 차가운 눈으로 그 모습을 보며 입가에 비웃음을 떠올렸다.

천천히 맡아 보시지. 재미있는 일은 나중에 벌어질 테니까!

한운석은 태후가 실컷 즐기기를 기다렸다가 물었다.

"태후마마, 가짜는 아니겠지요?"

"허허, 역시 운석이 네가 솜씨가 좋구나!"

태후는 의미심장하게 말했다.

"가짜는 아니지요?"

한운석은 분명한 대답이 필요했다.

이 일은 완벽하게 해내야 했다. 더욱이 태후가 자신과 고북월을 귀찮게 하지 못하도록 빈틈없이 처리해야 했다.

태후는 진짜 약선을 본 적이 없었고 진짜 훈향초와 자백합을 본 적도 없었지만 약선에 관해 너무 많이 듣고 알고 있어서 연회 때 보자마자 가짜가 아니라는 것을 알아차렸다!

세상에서 둥글부채 앞뒷면에 서로 다른 약재를 수놓을 수 있는 것은 이 약선밖에 없었다.

더군다나 방금 약선의 뒷면을 부쳐 자백합 향기를 맡자마자 연일 잠을 이루지 못한 피로가 싹 사라지고 원기왕성해지는 게 아닌가!

"가짜는 아니야. 분명히 약선이구나."

태후는 시원시원하게 확실한 대답을 해 주었다. 약선을 얻기까지 불쾌한 일이 많았고 심지어 한운석을 괴롭혀 줄 기회마저 놓쳤지만 오랫동안 바라던 보물을 손에 넣자 속으로는 한운석에게 고마운 마음마저 들었다.

약선을 찾아 헤맨 지 벌써 20년이 다 되어가지만 지금껏 소식 한 자 듣지 못했던 그녀였다! 인정하고 싶지는 않지만 솔직히 한운석이 아니었다면 평생 찾지 못했을 수도 있었다.

물론 고마운 마음은 한순간에 불과했다. 태후는 누구든 약선을 손에 넣었다면 반드시 자신에게 줘야 한다고 생각하고 있었다.

"그렇다면 다행이군요. 신첩은 방해하지 않고 이만 물러가겠습니다."

명확한 대답을 들은 한운석은 곧 작별 인사를 했다.

태후도 붙잡지 않고 인사를 한 뒤 보냈다.

한운석이 사라지자 태후는 감췄던 기쁜 표정을 훤히 드러냈다. 너무 기쁜 나머지 기분이 금세 좋아졌다.

그녀는 조심스레 약선을 어루만지기도 하고 살며시 흔들어 보기도 하면서 손에서 떼지 못했다.

심지어 어서 빨리 밤이 찾아와 약선의 효과를 시험해 보고 한숨 푹 잠들고 싶었다.

부채를 살랑살랑 흔드는 동안 저도 모르게 몸이 가려워져 긁었는데, 계 상궁 대신 새로 뽑은 이 상궁이 보고 걱정스럽게 물었다.

"태후마마, 왜 그러십니까? 무슨 더러운 것에 닿기라도 하셨는지요?"

"겨울이 되니 피부가 건조해서 그렇겠지. 이런, 이런, 등이 가렵구나. 시원하게 긁어 다오!"

태후는 그렇게 말하면서 약선을 자세히 살피기만 할 뿐 몸의 이상은 전혀 신경 쓰지 않았다.

이 상궁이 한참 긁어 주자 괜찮아졌다.

한운석이 떠난 뒤 태후는 내내 약선을 든 채 아무것도 하지 않고 날이 어두워지기를 기다렸다.

잠들지 못한 지 너무 오래되어 정상적으로 잠드는 시간이 언제인지도 잊어버릴 지경이었다.

저녁 식사를 하고 이 상궁과 함께 어화원을 한 바퀴 돌고 돌아온 그녀는 특별히 뜨거운 물에 목욕까지 하고 일찌감치 잠자리에 들었다.

"태후마마, 소인이 부쳐드리겠습니다!"

이 상궁이 나섰다.

"됐다. 가서 야경이나 서도록 해라."

지금은 그 누구도 태후의 손에서 약선을 빼앗을 수 없을 것 같았다. 이 상궁은 이불을 깔아 준 후 한쪽으로 물러나 지켰다.

나른하게 누운 태후는 무척 느긋한 얼굴이었고, 평소처럼 잠들기 전의 초조한 기색은 찾아볼 수 없었다. 그녀는 약선의 앞면을 얼굴 쪽으로 돌리고 일부러 훈향초를 한 번 더 살펴본 뒤 살며시 부쳤다.

그 동작에 따라 훈향초 특유의 옅은 향기가 점점 퍼지면서 태후의 주변을 감쌌다.

마음을 편안하게 해 주고 몸의 긴장을 풀어 주는 신기한 효과가 있는 향기였다. 차츰차츰 태후의 동작이 느려졌다. 느긋하던 표정이 편안한 표정으로 바뀌고 곧이어 잠결에 몽롱한 표정이 되었다.

오래지 않아 그녀는 정말 잠이 들었다. 손이 축 처지면서 약선이 '툭' 소리를 내며 바닥에 떨어졌지만 그래도 깨어나지 않았다.

이 상궁은 믿을 수 없는 얼굴로 이 광경을 지켜보았다. 한참 기다린 다음 태후가 정말 잠이 든 것을 확인하자 그녀는 그제야 조심조심 약선을 주웠다.

그날 밤 태후는 푹 잠이 들었고, 밤새 가려움 때문에 자꾸만 몸을 긁었다는 사실조차 까맣게 몰랐다.

이튿날 한운석은 조 할멈을 시켜 은자를 들여 건곤궁의 소식을 알아보게 했다.

"왕비마마, 태후께서 어젯밤 일찍 잠이 드셨고 날이 밝은 후에 깨어나셨다고 합니다. 오늘 건곤궁에서 일하는 사람들이 모두 상을 받았다는군요!"

조 할멈이 사실대로 보고했다.

"어머나, 그렇게나 기분이 좋으셨을까?"

한운석도 기분이 좋았다.

"왜 아니겠습니까? 잠이 곧 목숨이었으니까요! 왕비마마, 이렇게…… 이렇게 태후 좋은 일만 해 줄 생각이십니까?"

조 할멈은 아무래도 내키지 않았다.

"행복은 고통 속에 만들어지는 것이라고들 하지만 사실은 고통이 행복 속에 만들어지는 것일세."

한운석은 사람 좋은 웃음을 지었다.

행복? 고통? 그게 약선과 무슨 상관이지? 조 할멈이 얼떨떨한 얼굴로 물었다.

"왕비마마, 소인은 무슨 말씀이신지 모르겠습니다."

"내일 다시 소식을 알아보게."

한운석은 신비로운 목소리로 말했다.

이튿날 조 할멈은 소식을 듣자마자 서둘러 한운석에게 보고했다.

"왕비마마, 오늘은 건곤궁 사람들이 전전긍긍하고 있었습니다. 들자니 방금 이 상궁이 폐인이 될 정도로 맞았다고 합니다! 태후가 어제 약선을 써서 잠들었는데 몸이 가려워 깨어나셨다는군요. 머리가 가려운데 아무리 긁어도 시원해지지 않다가 아침이 된 다음에야 회복되었다고 합니다."

조 할멈은 흥분해서 말했다.

"왕비마마, 마마께서 손을 쓰신 겁니까?"

한운석은 그녀를 힐끗 바라보며 정색을 했다.

"그런 대담한 말을 하다니! 다시 한 번 본 왕비를 모함하면 끌어내 개밥으로 만들어 주겠네!"

조 할멈은 처음에는 당황했지만 곧 알아듣고 히죽 웃었다.

고통이 행복 속에 만들어진다는 말대로, 일단 태후에게 단잠의 달콤함을 맛보여 주면 불면의 고통을 더욱 뼈저리게 느끼도록 해 줄 수 있었다.

저녁 무렵 건곤궁에서는 태후가 막 깨어났다. 어젯밤 밤새 뒤척이는 바람에 예전처럼 낮에 잠을 보충할 수밖에 없었던 것이다.

분명히 약선을 제대로 썼는데 어째서 어젯밤에는 갑자기 그렇게 머리가 가려웠는지 알 수가 없었다.

평소라면 머리가 가려워도 그러려니 했다. 어차피 깨어 있을 때이니 조금 고생하면 그뿐이었으니까. 하지만 하필이면 어젯밤 약선을 쓰자마자 머리가 가려웠다. 몽롱하게 잠이 들어 정신이 없는 상태에서 머리가 가려워 어쩔 수 없이 긁고 어쩔 수 없이 일어나 머리를 감아야 했으니 견디기 힘들었다!

무엇보다 괴로운 것은 잠들고 싶은데 잠이 오지 않는 것이 아니라 분명히 잠들었는데 잘 수가 없다는 것이었다!

그야말로 악몽이었다!

약선을 잘 사용한 적이 있어서 태후도 약선을 의심하지 않았다. 태의를 여럿 불렀지만 아무도 원인을 밝히지 못했다.

태후는 늘 머리카락을 깨끗이 관리했고 이 나이까지 살면서 머리가 가려운 증상은 겪어본 적이 없었다! 게다가 다른 곳은 괜찮은데 유독 머리만 가려웠다.

태의는 일부러 요 며칠 태후가 먹은 음식도 조사했지만 과민반응을 일으킬 만한 것은 찾지 못했다. 도무지 원인을 알 수가 없자 태의들은 건곤궁에서 대기하며 오늘 밤 상황을 지켜보았다.

태후는 마음을 가다듬고 약선을 얻은 첫날처럼 일찌감치 잠자리에 들었다.

약선을 살짝 부치자 곧 졸음이 밀려왔다. 하지만 행복하게 잠에 빠져드는 순간 곧바로 머리가 가렵기 시작했다.

태후는 몹시 피곤해서 의식이 나간 상태로 무심결에 머리를 긁으면서 계속 잤다.

하지만 오래지 않아 머리가 또 가려워져 또 긁었다.

이번에는 아무리 긁어도 소용이 없었고 곧 어젯밤처럼 견디기 어려울 만큼 가려워졌다.

하필이면 피곤해서 눈도 뜨지 못할 지경인데 잠과 가려움이 동시에 찾아왔으니 고통이 이루 말할 수가 없었다.

"여봐라……, 여봐라……."

태후는 힘없이 입을 열었다.

"머리를 긁어 다오……, 어서……."

새로 온 서 상궁이 황급히 달려가 긁어 주었지만 애석하게도 아무 소용이 없었다. 서 상궁은 별수 없이 태의를 불러들였다.

태후는 일어나고 싶지 않았지만 하는 수 없이 일어나 옷을 갈아입었다. 태의가 들어오자 그녀는 긴 의자에 누워 눈을 반쯤 감았다. 기운이 없고 말도 하기 싫을 만큼 괴로웠다.

태의는 머리를 한 번 살펴본 후 서로 의견을 나누었다. 음식에 문제가 있다는 사람도 있고, 두피에 병이 들었다는 사람도 있고, 약물에 과민반응이 있다는 사람도 있고, 중독되었다는 사람도 있었다.

하지만 아무도 확진을 내리지 못했다.

그때쯤 태후는 잠기운에 빠져 깊이 생각할 기분이 아니었다.

"나가거라……. 쓸데없는 놈들, 모두 나가!"

그녀가 문을 가리켰다. 몹시 화가 났지만 힘이 없어서 성질을 부릴 수도 없었다.

그날 밤 태후는 또 날이 밝을 때까지 뒤척이며 머리를 긁거나 감는 일을 번갈아 해야 했고, 날이 밝아 올 때쯤이야 가려움이 가셨다.

태후는 피곤해 죽을 것 같았지만 잠을 자지 않고 차갑게 명을 내렸다.

"어젯밤 중독되었다고 말한 태의를 불러오너라!"

태후가 아무리 멍청해도 이상하다는 것쯤은 알 수 있었다. 분명히 한운석이 관련된 일이었다.

한운석, 네가 감히 독을 썼다면 죽을 줄 알아라!

약빠른 고양이는 앞을 못 봐

어제 태후가 중독되었다고 추측한 사람은 바로 진 태의와 무척 가까운 임 태의로, 태후의 심복 중 하나였다.

"내가 중독되었다고 생각하느냐?"

태후가 차갑게 물었다.

임 태의는 당연히 태후의 마음을 짐작했다. 그가 중독이라고 말한 것도 진 태의의 복수를 위해 한운석을 겨냥하기 위해서였다. 알다시피 진 태의는 진왕부에서 꼬박 하루 동안 꿇어앉아 있었다.

물론 태후의 증상을 보면 확실히 독이라고 의심되는 부분이 있었다.

임 태의는 무척 신중하게 말했다.

"태후마마, 소관은 독을 잘 모릅니다. 중독이라는 것은 소관의 추측입니다."

태후는 몹시 불쾌했다.

"쓸모없는 자로구나. 그런 자를 길러 어디에 쓰겠느냐?"

임 태의는 재빨리 말을 바꿨다.

"태후마마, 소관이 볼 때 마마의 증상은 십중팔구 중독입니다만, 정확히 하기 위해 독의를 부르는 것이 좋겠습니다."

궁에서 밥벌이하는 사람치고 머리가 빨리 돌아가지 않는 사람은 없었다.

임 태의는 태후가 한운석을 노리는 것을 단번에 알아챘지만 증거가 없는 상황에서 단정을 내리면 자신만 참혹한 결말을 맞게 될 터였다.

한운석은 함부로 건드릴 수 있는 사람이 아니었고, 그녀 뒤에 버티고 있는 남자는 더욱 그랬다.

태후가 망설이자 임 태의가 재빨리 다가가 소리 죽여 말했다.

"태후마마, 소관이 아는 독의 중에 독술이 뛰어난 사람이 있습니다. 그 사람을 불러 보시는 게 어떻겠습니까?"

임 태의는 태후의 표정을 살피며 별다른 반감이 없는 것을 확인하자 더욱더 소리를 죽였다.

"태후마마, 풀을 때려 뱀을 놀라게 하는 일은 절대 있어서는 안 됩니다!"

분노한 태후는 그제야 냉정함을 되찾았다. 당연히 그녀도 임 태의의 말이 무슨 뜻인지 알았다.

근 1년간 한운석은 몇 차례나 모함을 당했지만 매번 무사히 빠져나갔고, 그녀의 능력은 모두 익히 겪었다.

지금 드러내 놓고 한운석을 겨누면 독술이 뛰어난 그녀는 쉽사리 책임을 피할 것이다. 뭐니 뭐니 해도 궁에 있는 태의들 가운데에는 독술을 아는 사람이 없었다.

이 일은 천천히 풀면서 발뺌할 수 없는 증거를 찾은 다음 한운석을 꼼짝 못하게 만들어 곧바로 사지로 몰아넣어야 했다!

"이번이 기회구나……."

태후는 혼잣말을 중얼거렸다.

"영명하십니다, 태후마마!"

임 태의는 속으로 안도했다.

"서둘러라. 서둘러 네가 말한 그 독의를 데려오너라. 오늘 그자를 만나야겠다!"

태후는 당장 한운석을 처형하고 싶어 몹시 마음이 급했다. 물론 당장 시급한 일은 잠을 자지 못하는 문제를 해결하는 것이었다. 머리가 이렇게 가려운데 무슨 수로 잠을 잘 수 있을까?

예전에는 불면증은 있어도 보통 자정이 지나면 잠들었고 이따금 더 오래 잘 수도 있었다.

그런데 지금은 눕기만 하면 머리가 가려워 날이 샐 때까지 뒤척여야 했다.

악몽, 이게 바로 악몽이었다!

임 태의도 마음이 급해 황급히 인사를 하고 물러갔다.

그날 오후, 임 태의는 독의를 데리고 입궁했다. 독의의 이름은 주정양朱正陽인데 주노朱老라고 불리며 독술계에서는 제법 이름이 알려진 인물이었다.

"평민 주정양이 태후마마께 인사 올립니다. 태후마마, 천세 천세 천천세!"

주정양은 들어오자마자 태후에게 큰절을 올렸다. 태후가 얼른 일어나라고 했다.

"내 상황은 임 태의에게 들었겠지?"

"들었습니다. 태후마마께서는……."

주정양의 말이 끝나기도 전에 태후가 재촉했다.

"어서 와서 보게."

잠자는 호랑이 코털을 건드리면 죽음뿐이었다.

태후가 이렇게 말한 이상 주정양도 사양하지 못하고 나아가 태후의 머리카락과 두피를 자세히 검사했다.

임 태의가 설명한 대로 태후는 중독되었을 가능성이 무척 컸다. 하지만 주정양이 자세히 살폈으나 아무것도 발견하지 못했다.

"태후마마, 맥을 짚어 봐도 되겠습니까?"

주정양이 공손하게 물었다.

태후는 두말없이 팔을 내밀었지만, 안타깝게도 꼼꼼하게 맥을 짚어 봐도 독은 발견되지 않았다.

주정양은 의아해하며 슬그머니 임 태의를 바라보았으나 임 태의는 무슨 뜻인지 모르고 황급히 물었다.

"어떤가?"

"태후마마, 두피와 맥상으로 볼 때는 중독된 흔적이 없습니다. 다만……."

"다만 뭔가?"

태후가 급히 끼어들었다.

주정양은 임 태의를 흘낏거리며 머뭇머뭇 말했다.

"다만 피를 채취해 검사해 보면 발견할 수 있을지도 모릅니다."

이 말에 태후는 깜짝 놀랐다.

"설마 그렇게 심각하게 중독되었는가?"

"아, 아닙니다!"

주정양이 황급히 해명했다.

"쉽게 검출되지 않아 피를 검사해야만 알 수 있는 독도 있기 때문입니다."

태후는 그제야 안심했다.

"피가 얼마나 필요한가?"

"작은 잔 한 잔입니다."

주정양이 사실대로 말했다.

침으로 손가락을 찔러 몇 방울만 내면 될 줄 알았는데 그렇게 많이 필요하다는 말에 태후의 안색이 다소 하얘졌다.

주정양과 임 태의는 감히 말을 덧붙이지도 못해 방 안은 조용해졌다. 사실 의술과 독술을 조금이나마 익힌 사람이라면 알겠지만, 그렇게 피를 많이 뽑았을 때 중독이라는 사실이 밝혀지면 아주 심각한 독이었다.

태후도 겁이 났지만 다른 방법이 없었다. 그녀는 눈썹을 찡 그리고 언짢은 목소리로 말했다.

"뽑게!"

주정양은 할 용기가 나지 않아 임 태의에게 힘껏 눈짓했다. 임 태의도 달리 방법이 없어 직접 나섰다.

그는 작은 의술용 칼을 꺼내 말했다.

"태후마마, 식지를 내밀어 주십시오."

"살살 하게!"

칼을 쓰지도 않았는데 태후는 안색이 귤처럼 노래졌고 차마 쳐다보지도 못해 고개를 돌렸다.

임 태의는 손을 떨면서 한참을 망설이다가 비로소 칼을 그었다!

"아이고!"

그 즉시 태후가 비명을 지르며 오만상을 찌푸렸다.

하지만 상황이 상황인지라 억지로 비명을 참았다. 완벽한 증거가 나오면 한운석에게 이 고통의 열 배로 갚아 줄 것이라고 생각하면서.

상처가 작지 않아 작은 잔은 금방 채워졌고 임 태의는 지체 없이 태후의 상처를 싸맸다.

"주정양, 어서 검사해 보게. 기다리고 있지 않은가!"

태후가 다급히 재촉했다.

주정양은 어쩔 수 없는 목소리로 말했다.

"태후마마, 빨라야 내일 이맘때쯤 결과를 알 수 있습니다."

"뭐라고?"

태후는 참을 수가 없어 와락 소리를 질렀다.

"한운석은 한눈에 독을 알아내지 않던가? 그런데 하루가 걸리다니?"

주정양은 억울하고 민망했다. 그의 능력이 부족해서가 아니라 태후가 당한 것은 희귀한 독일 가능성이 무척 커서 그렇게 간단하게 판별할 수가 없어서였다! 독술계에 오랫동안 몸담아 왔지만 그 역시 이렇게 검사를 위해 이렇게 많은 피를 뽑은 것은 처음이었다.

"태후마마, 마마께서 중독된 독은 필시 복잡할 것이니 소인의 능력으로는 그렇게 빨리 검사할 수가 없습니다."

이렇게만 설명했으면 그뿐이었을 텐데, 뜻밖에도 그는 잠시 망설이다가 한마디 덧붙였다.

"태후마마, 차라리 진왕비를 불러 검사하게 해 보심이 어떠신지요?"

그런…….

이런 때 누구든 '한운석'이라는 이름을 입에 담으면 태후가 가만있을 리 없었다! 그런데 주정양이 이런 말을 하고 만 것이다!

순간 태후의 안색이 싹 변했다. 그녀는 분기탱천한 눈길로 임 태의를 쏘아보았지만 임 태의도 억울했다!

궁 안에서 벌어지는 태후와 진왕비의 싸움을 외부인에게 발설할 그가 아니었다. 제아무리 주정양이 친구라고 해도 함부로 입을 놀릴 수 없어서 태후의 병에 대해서만 설명했던 것이다.

그리고 줄곧 독술만 연구해 온 주정양은 황족의 이해관계를 알 리 만무했다.

사람을 죽일 수 있을 것 같은 태후의 눈빛에 임 태의는 묵묵히 고개를 떨어뜨렸다.

상황을 모르는 주정양은 태후의 낯빛이 두려워 화를 터트리지도 못하고 꾹 참아야 했다. 속이 답답하고 기분이 영 좋지 않았다.

피까지 뽑았는데 태후인들 이제 와서 뭘 어쩔 수 있을까? 그녀는 차갑게 말했다.

"여봐라, 주 독의에게 머물 곳을 내주어라!"

기다려야 했다!

한운석을 제거할 증거를 찾기 위해서 하룻밤 더 고생하는 수밖에 없었다.

주정양이 떠나자 태후는 임 태의에게 화를 터트렸다.

"쓸모없는 것, 대단한 독의라더니 고작 저런 자냐?"

"태후마마, 마마께 독을 쓸 수 있는 사람은 쉬운 상대가 아닙니다!"

임 태의가 허둥지둥 해명했다.

그 이유라면 태후도 받아들였다. 한운석이 독을 쓰는 솜씨는 절대 평범하지 않았기 때문이었다.

그녀는 장탄식을 하며 주정양이 자신을 실망시키지 않기만을 기원했다.

바깥의 해가 서쪽으로 지자 태후는 슬그머니 두려움이 솟았다. 오늘 밤도 또다시 잠 못 드는 밤이 될 것이다. 잇달아 이틀째 한밤중에 일어나 머리를 감아야 했으니 생각만 해도 끔찍했다……

진왕부에 있는 한운석은 고북월이 깨어나기를 기다리며 궁의 소식을 알아보았다.

날이 어두워지기 무섭게 조 할멈이 흥분해서 소식을 갖고 돌아왔다.

"왕비마마, 태후는 어젯밤에 또 고생을 했습니다. 오늘 독의를 불러들였다는데 구체적인 내용은 알아내지 못했습니다."

"그것이면 충분하네!"

한운석은 싸늘하게 웃었다.

태후가 곧바로 그녀를 찾지 않은 것은 확실히 영리한 선택이었다. 하지만 약빠른 고양이가 앞을 못 본다고 불행히도 그 영리함이 해를 불렀다!

한운석이 언제 자신 없는 싸움을 한 적 있었던가?

"왕비마마, 대체 어떻게 된 겁니까? 소인에게 말씀 좀 해 주시지요."

조 할멈은 왕비마마가 무슨 수작을 부렸는지 몰랐지만 분명히 자신이 있어서 한 일이라고 생각했다.

눈이 높은 진왕 전하의 마음에 든 여자가 평범할 리 없었다.

한운석은 사실을 털어놓지 않고 이렇게만 말했다.

"황 태의는 오늘 언제 오지?"

"밤입니다."

대답한 사람은 초서풍이었다. 진왕 전하의 명령을 받은 뒤로 그는 고북월의 방에서 거의 한 걸음도 떨어지지 않았다.

물론 그보다 더 가까이에서 고북월을 지키는 것은 꼬맹이였다.

왕비마마가 말하지 않으니 조 할멈도 재미있는 구경거리가 생기기를 기다리는 수밖에 없었다.

"왕비마마, 고 태의는 언제쯤 깨어날까요?"

조 할멈은 아무래도 걱정이 되었다.

한운석은 고북월 대신 병가를 내고 비밀스레 황 태의를 불러 치료를 청했다. 어쨌든 그녀 자신은 의술에 별로 자신이 없었기 때문이었다.

황 태의는 태의원에서 고북월 다음으로 의술이 뛰어난 사람이었는데, 고북월과 개인적으로 사이가 좋았지만 그 사실이 잘 알려져 있지는 않았다. 한운석 역시 태의원에 몇 번 드나들며 알게 된 사실이었다.

황 태의가 치료하고 꼬맹이가 대신 약이며 미음, 물을 먹여 준 덕택에 고북월의 안색과 맥상은 훨씬 좋아졌지만, 안타깝게도 아직 깨어나지 못했다.

황 태의도 그가 언제쯤 깨어날지 확신하지 못해 한운석은 그가 다시는 깨어나지 못할까 봐 두려웠다.

그동안 그녀는 아무것도 하지 않고 오로지 고북월만 지켰다.

밤이 되어 찾아온 황 태의가 고북월에게 침을 놓고 나자 한운석은 몸소 대문 밖까지 배웅했고, 가는 동안 조용히 이야기를 나누었다.

무슨 이야기를 하는지는 뒤따르는 소소옥도 들을 수가 없었다.

밤이 깊어졌지만 궁에는 밤새 잠을 이루지 못하는 사람이 한 명 늘어났다. 다름 아닌 주정양이었다.

그는 벌써 몇 시진째 태후의 피를 검사하고 분석했지만 그 어떤 독성도 검출해 내지 못했다.

이튿날 그는 아침 일찍 태후를 찾아갔다.

"태후마마, 소인이 보기에는 중독이 아닌 듯합니다."

주정양이 사실대로 보고했다.

태후의 손가락에는 아직도 천이 둘둘 감겨 있었고 은은하게 통증도 남아 있었다!

그 말을 듣자 태후는 대뜸 성질을 부렸다.

"주정양, 똑똑히 설명하지 않으면 네 피를 한 통 뽑아 버리겠다!"

절망적인 결론

가엾은 주정양!

그는 '피 한 통'이라는 말에 너무 놀라 두 다리가 후들거렸다. 지금 이 순간, 궁에 들어가 높은 분을 살펴 달라는 임 태의의 청을 받아들인 것이 더할 나위 없이 후회스러웠다.

사실 그는 속으로 열 중 아홉은 태후가 중독되지 않았다고 확신했고, 남은 열 중 하나 정도만 미심쩍어 했다.

오랜 해독 경험으로 볼 때 태후의 증상은 중독과 무척 유사하지만, 여러 차례 검사를 해도 피에서 독소를 찾아낼 수 없었다.

중독이 아니거나 그가 알아낼 수 없는 진짜 지독한 독약에 당한 것이라고 말할 수밖에 없었다.

물론 주정양은 궁궐의 싸움 같은 것은 알지 못했지만 그래도 자기 몸 하나 살리는 법은 알았다. 태후가 이렇게 불만스러워하니 미심쩍은 열 중 하나는 때려죽여도 입 밖으로 낼 수 없었다.

"태후마마, 맥상과 피를 검사한 결과 마마께서는 분명히 중독되신 것이 아닙니다!"

조금 전에는 '아닌 듯합니다'였지만, 이제는 놀란 나머지 확정적인 대답으로 바뀌었다.

태후는 화가 머리끝까지 났다. 머릿속이 온통 '중독이 아니다'는 말로 가득 차 다른 것은 신경 쓸 틈이 없었다.

중독되지 않았다면 한운석을 혼내 줄 방법이 없었다! 그렇게 많은 일을 했는데 모두 헛수고였던 것이다!

"그럴 리 없다. 분명히 중독된 게야! 중독이 아니라면 이게 무슨 증상이냐? 똑똑히 설명해 보아라!"

태후는 화난 목소리로 힐문했다.

"태후마마, 부디 직언을 용서하십시오. 마마의 증상은 약선과 관련이 있을 가능성이 큽니다."

주정양은 완곡하게 말했다. 그래도 직업적 도덕의식이 조금은 있어서 거짓말은 아니었다. 이런 상황에서는 약선에 독이 있는 것이 태후가 중독된 것보다 가능성이 컸다.

그런데 뜻밖에도 태후가 갑자기 기뻐했다.

"주정양, 그러니까 약선에 독이 있다는 말이냐?"

약선에 독이 있다면 한운석을 노리기가 훨씬 쉬웠다!

주정양은 태후의 심한 감정 변화에 몹시 놀라 사실대로 대답했다.

"태후마마, 그럴 가능성이 있으니 약선을 검사해 보아야 합니다."

태후는 대범하게 그 자리에서 서 상궁을 시켜 약선을 내주게 했다.

주정양은 약선의 신비함에 속으로 감탄하며, 손잡이와 부채면, 금실 테두리, 심지어 술까지 꼼꼼하게 검사했다.

"어떤가?"

태후는 기대에 차 물었다.

주정양이 고개를 들었다. 울고 싶은 심정이었다.

"없…… 습니다. 독은 없습니다."

그 순간 태후의 기대에 찬 얼굴이 음침하게 어두워졌다.

"여봐라, 저 용렬한 의원을 끌어내 곤장 쉰 대를 내리고 쫓아내라!"

그저 사실대로 말한 죄밖에 없는 주정양은 놀라 털썩 엎드렸다.

"태후마마, 살려 주십시오! 살려 주십시오! 소인은 최선을 다했습니다! 태후마마, 임 태의의 낯을 보아서라도 한 번만 살려 주십시오!"

곤장 쉰 대를 맞으면 죽지 않아도 폐인이 될 터였다!

기분이 크게 상한 태후는 약선을 들고 끊임없이 부쳐 대며 주정양에게는 눈길조차 주지 않았다.

"태후마마! 살려 주십시오! 살려 주십시오……."

주정양은 임 태의에게 계속 눈짓했지만 이 중요한 순간 제 몸 하나 지키기도 힘든 임 태의는 감히 입도 벙긋할 수 없었다.

태후는 약선을 힘껏 부치면서 짜증스러워 어쩔 줄 몰라 했다.

문가까지 끌려 나갔을 때 별안간 주정양이 소리를 질렀다.

"태후마마, 어떻게 된 것인지 알았습니다. 태후마마, 다시 한 번 기회를 주십시오! 분명히 약선에 문제가 있습니다!"

태후는 그제야 그를 바라보더니, 잠깐 망설이다가 손짓을 해서 그를 끌어내던 태감들을 물렸다.

주정양이 무릎걸음으로 기어왔다.

"태후마마, 소인의 진단은 틀리지 않았습니다. 마마께서는 중독된 것이 아니고 약선에도 독은 없습니다……."

여기까지 말하자 태후의 눈이 가늘어졌다. 꾸중이 터지기 직전에 주정양은 숨도 제대로 돌리지 못한 채 다급히 말을 이었다.

"태후마마, 마마께 약선을 드린 사람은 그 약선을 함부로 쓰면 안 된다고 말씀드렸을 것입니다."

이게 어떻게 된 거지?

태후도 약선이 약재이기 때문에 함부로 쓰면 안 된다는 것은 알고 있었고, 한운석 역시 고북월을 데려갈 때 그런 말을 한 적이 있었다. 한운석은 복용중인 약에 관해 물었고, 그걸로 태후를 곯려 주기까지 했다!

"어떻게 쓰면 안 된다는 말인지 똑똑히 말해 보아라!"

태후가 진지하게 말했다.

다시 희망이 보였다. 약재의 충돌이 원인이라면 한운석 역시 무관할 수 없었다.

그런데 주정양의 대답은 의외였다.

"태후마마, 약선은 약재이기 때문에 부작용이 있습니다. 사람마다 체질이 달라 약을 먹을 때 생기는 부작용도 다른데, 소인이 볼 때 마마의 체질이 약선과 맞지 않아 머리가 가려워지는 부작용이 일어났을 가능성이 큽니다."

주정양도 조금 전에야 이 가능성을 떠올렸다. 태의원의 태의들도 무슨 병인지 밝히지 못했고 그도 독을 검출하지 못했으니 병이나 중독일 가능성은 극히 희박했고, 약재 부작용일 가능성이 컸다.

태후가 뭐라고 말하려는데 갑자기 목이 근질근질하더니 곧 머리가 가려워지기 시작했다. 그녀는 머리를 긁으면서 요 며칠 몸에 가려움증이 자주 나타난 것 같다는 생각을 했다.

곰곰이 생각해 보니 약선을 얻은 후부터였다.

정말 그런 걸까?

"머리가 가려운 것 외에 또 무슨 부작용이 있느냐?"

태후가 다급히 물었다. 한운석이 아무리 미워도 역시 중요한 것은 자신의 몸 상태였다.

"그것은…… 소인은 약을 잘 모르니 부디 용서해 주십시오."

주정양은 해독을 하러 왔지 병을 치료하러 온 것이 아니었다.

"임 태의, 말해 보라!"

다급해진 태후의 머릿속에서 한운석을 모함할 생각 따위는 순식간에 사라졌다.

만에 하나 정말 부작용이라면 어떻게 약선을 쓸 수 있을까?

태후에게는 무엇보다 약선이 중요했다.

"태후마마, 약재의 부작용은 있지만……."

임 태의는 우물우물 말을 흐렸다. 약선에 대해서 아무것도 모르는데 어떻게 대답을 할 수 있을까?

"어서 말하지 못하겠느냐?"

태후는 참을성이 없었다.

"소관이 무능해서 약선의 부작용이 그런 것인지는 알지 못합니다."

임 태의는 별수 없이 사실대로 말했다.

"하나같이 쓸모없는 자들이구나! 폐물 같으니라고!"

태후는 분기탱천했다. 이 쓸모없는 자들과 이틀이나 아등바등했는데 결국 아무 소득이 없었다.

"여봐라, 모조리 끌어내 곤장 쉰 대를 쳐라!"

임 태의와 주정양이 나란히 용서를 빌었지만 애석하게도 이번에는 태후도 더 기회를 주지 않았다.

"태의원에서 약에 대해 가장 잘 아는 사람이 누구냐?"

태후가 화난 소리로 물었다.

태의원에서 약을 가장 잘 알고 의술이 가장 뛰어난 사람은 바로 고북월이었다. 하지만 지금 이곳에 있는 태감과 상궁들은 진왕비가 고북월을 데려간 것을 잘 알고 있어서 감히 그 이름을 거론할 수가 없었다.

결국 서 상궁이 나섰다.

"태후마마, 태의원의 황 태의는 의술이 뛰어나고 약리에도 정통해서 수석 어의와 막상막하입니다."

"어서 불러들이거라!"

태후는 불쾌한 얼굴로 말했다. 고북월이라면 그녀 역시 믿음이 가지 않았다.

곧 황 태의가 도착했다. 태의의 관복을 입고 비굴하거나 오만하지 않은 엄숙한 표정을 짓고 있는 데다 쉰이 넘는 나이까지 더해져 노련한 의원다운 위엄이 느껴지는 사람이었다.

상황을 듣자 황 태의가 결론을 내렸다.

"확실히 약선은 함부로 써서는 안 되는 물건입니다. 소관의 직언을 용서하십시오. 마마의 체질은 약선과는 맞지 않습니다."

태후에게는 청천벽력 같은 결론이었다!

고통은 행복 속에 만들어진다더니!

한 번 푹 잠들어 본 덕분에 불면증의 진정한 괴로움을 깨달았는데, 약선을 얻었음에도 불구하고 쓰지 못하는 것은 차라리 얻지 않느니만 못했다!

"안 돼……!"

태후는 고개를 저으며 다급하게 물었다.

"황 태의, 그렇다면 어째서 첫날에는 푹 잠들 수 있었는가?"

"약을 먹을 때와 마찬가지로 부작용은 당장 드러나지 않고 가벼운 증상에서 점점 심각한 증상으로 발전하게 됩니다. 태후 마마, 둘째 날의 가려움은 셋째 날보다 덜하지 않으셨습니까?"

황 태의는 진지하게 물었다.

태후도 그랬던 것 같아 고개를 끄덕였다.

"태후마마, 낮에 약선을 사용하실 때도 가려움을 느끼지 않으셨습니까? 다만 밤에 머리가 가려울 만큼 심하지는 않으셨을 겁니다."

황 태의가 다시 물었다.

이번에도 태후는 곧바로 고개를 끄덕였다.

"그랬네. 지금도 손이 가렵군!"

황 태의는 진지하고 엄숙한 얼굴이 되었다.

"그렇다면 맞습니다. 태후마마, 약선을 사용해 잠드셨기 때문에 밤에는 부작용이 심해지고 낮에는 가벼운 증상만 나타난 것입니다."

황 태의가 설명한 내용은 태후가 겪은 상황과 거의 일치했기 때문에 태후도 믿지 않을 수 없었다.

그녀는 걱정스레 물었다.

"이…… 이 부작용이 계속 심해지는 겐가?"

황 태의가 수염을 쓰다듬으며 심각한 표정을 지었다.

"그렇습니다."

태후는 긴장했다.

"황 태의, 이를 어쩌면 좋겠나?"

"태후마마, 마마의 상황을 보니 부작용이 심각합니다. 마마께서도 아시다시피 약에 심각한 부작용이 생겼을 때 해결 방법은 하나뿐입니다……."

황 태의는 말을 하다 말았지만 태후는 알아들었다. 하나뿐이라는 그 방법은 바로 약을 끊는 것이었다.

태후는 등받이에 힘없이 몸을 기댔다. 순식간에 몸에서 기운이 싹 빠져나간 것처럼 힘이 하나도 없었다.

온갖 노력 끝에 약선을 얻었는데 쓸 수가 없다니!

이걸 어떻게 받아들일 수 있을까?

태후는 한참 동안 넋이 나갔다가 비로소 느릿느릿 고개를 저었다.

"아니야, 이럴 리 없다! 황 태의, 내가 중독된 것은 아닌가? 누가 약선에 독을 뿌린 것은 아닌가?"

274

동요하는 태후 앞에서도 황 태의는 여전히 진지한 얼굴이었다.

"태후마마, 소관은 독에 관해서는 모릅니다만 그럴 가능성은 크지 않습니다. 태의원의 독의를 불러 살펴보라고 하시지요."

태의원의 독의는 주정양보다 실력이 뛰어나지 못하니 불러 본들 헛수고였다.

"황 태의, 약을 끊는 것 외에 다른 방법은 없겠나?"

태후가 다급히 물었다.

황 태의는 고개를 저었다.

"없습니다."

태후는 완전히 실망했다. 멍하니 앉은 그녀의 눈빛은 단숨에 어두컴컴하게 가라앉았고 입에서는 한참이 지나도록 아무 말도 나오지 않았다.

이 사실을 어떻게 받아들일 수 있을까?

그렇게 오랫동안 바라마지 않던 것을 온갖 심혈을 기울인 끝에 손에 넣었는데, 그 기쁨에서 채 깨어나기도 전에 아름답던 꿈은 악몽이 되고 말았다!

어떻게 해야 할까? 약선을 깊이 숨기고 눈 뜬 채 날이 밝기를 기다려야 할까?

다른 이유라면 해결책을 찾아볼 수도 있겠지만 하필이면 체질 문제라니!

높디높은 신분에 있는 그녀도 마침내 힘으로 안 되는 일이 있다는 것을 알게 되었다.

한참을 멍하니 앉아있던 태후가 이윽고 담담히 입을 열었다.

"황 태의, 이 일은 밖으로……."

영리한 황 태의는 재빨리 대답했다.

"잘 알겠습니다. 소신은 오늘 아무것도 듣지 못했습니다. 부디 태후마마께서는 가려움증이 심해지지 않도록 서둘러 약선을 멀리하십시오."

태후는 그제야 힘없이 손을 내저어 그를 내보냈다.

한운석을 괴롭히지 못하게 되었지만 적어도 이 일만은 숨기고 싶었다. 그렇지 않으면 한운석이 알고 나서 배꼽을 잡고 웃을 것이다!

방 안은 정적에 잠겼고 아랫사람들은 감히 아무런 소리도 내지 못했다. 태후는 멍한 얼굴로 손에 든 약선을 응시했다…….

약선의 진상

미련을 놓을 수가 없었다!

약선을 바라보던 태후는 가슴이 턱 막혀 눈시울까지 빨개졌다. 미련이 남아 견딜 수 없었다!

그렇지만 오래지 않아 또다시 팔이 가렵기 시작했다.

황 태의의 충고가 생각나자 마음이 아파도 참을 수밖에 없었다.

"여봐라, 이…… 이것을……."

두 번 세 번 망설인 끝에 비로소 말이 나왔다.

"여봐라, 이 약선을 궤짝에 넣고 잠그도록 해라!"

곧 밤이 찾아왔고 태후는 지쳐 침상에 누웠다. 꼭 잠긴 궤짝을 바라보자 심장을 난도질하는 것처럼 괴로웠다.

밤은 그녀에게 있어 평생 떨쳐 버릴 수 없는 악몽이 될 것이다!

밤이 깊어지자 황 태의는 또다시 몰래 진왕부를 찾아갔다. 오늘 건곤궁에서 있었던 일을 이야기하자 한운석은 깔깔거리며 웃음을 터트렸고 옆에 있던 조 할멈과 초서풍도 따라서 즐거워했다.

황 태의가 오늘 건곤궁에서 한 말은 당연히 한운석이 시킨 것이었다!

한운석은 입궁해서 고북월을 구하던 날 태후에게 독을 썼다. 선향蟬香이라는 독이었다.

이 독은 약선의 약재와 작용하여 독성을 일으키는데 낮에는 독성이 약해 몸이 건조하고 약간 가렵지만 밤에는 두피에 직접 작용해 견디기 힘든 가려움증을 일으켰다.

선향 자체가 희귀한 독이고 약선도 희귀한 약재이기 때문에 아는 사람이 극히 적었고, 두 가지가 상호작용하여 일으키는 독은 아는 사람이 더욱 드물었다.

한운석은 문제가 나타나면 태후가 반드시 자신이 독을 썼다고 의심하리라 짐작했다.

태후가 불러들일 수 있는 독의는 선향을 검출해 내지 못할 것이라는 충분한 자신이 있었다.

독의를 불러도 문제가 해결되지 않으면 태후도 별수 없이 다시 태의원 사람을 찾게 될 텐데, 태의원에서 고북월을 제외하면 황 태의의 의술이 가장 뛰어났다.

그래서 한운석은 일찌감치 황 태의에게 어떻게 대응해야 할지 일러 주었던 것이다.

"왕비마마, 정말 완벽한 계획이군요! 감탄스럽습니다! 정말 감탄스러워요!"

궁에서 오래 일한 조 할멈이지만 이렇게 완벽한 수법은 본 적이 없었다. 왕비마마의 뱃속이 이렇게 시꺼먼 줄을 왜 전에는 몰랐을까?

"속이 시원하군요! 하하하, 왕비마마, 태후는 절대로 다시 약선을 쓰지 못할 것입니다!”

초서풍이 웃으며 말했다.

태후가 잠 못 이루면서도 약선을 꺼내지 못해 괴로워하는 모습을 상상하면 정말이지 속이 뻥 뚫리는 것 같았다!

한운석은 아직도 혼절해 있는 고북월을 바라보며 담담하게 말했다.

“고북월, 내가 대신 당신 복수를 했어요. 당신은 언제쯤 깨어날 거예요?”

그 말에 사람들이 조용해졌다.

태후에게 크게 한 방 먹인 일은 기쁘기 그지없지만, 고북월이 깨어나지 않는다면 진심으로 즐거울 수 없었다.

“제가 한 번 더 맥을 짚어 보겠습니다.”

황 태의가 차분하게 말했다.

그런데 그가 옆에 앉기도 전에 고북월의 팔 옆에 웅크리고 있던 꼬맹이가 갑자기 소리를 질렀다.

“찍찍! 찍찍!”

녀석은 소리를 지르면서 고북월의 왼손을 가리켰다. 한운석이 돌아보니 고북월의 왼손 손가락이 움직이고 있었다.

“움직여요! 움직였어요! 황 태의, 어서 가요…… 아, 아니, 어서 봐요!”

한운석은 어찌나 흥분했는지 말까지 이상하게 나왔다.

황 태의도 흥분해서 바라보니 확실히 고북월의 손가락이 움직이고 있었다. 그는 허둥지둥 고북월의 눈꺼풀을 열어 살폈다.

가장 흥분한 것은 누가 뭐래도 꼬맹이였다. 녀석은 고북월의 얼굴 옆으로 폴짝 뛰어가 털북숭이 앞발로 계속 얼굴을 만지작거리며 그를 깨우려고 했다.

황 태의는 곧 금침을 꺼냈다.

"왕비마마, 자리를 피해 주십시오. 소관이 한 번 더 침을 놓으면 괜찮아질 겁니다."

한운석은 발길이 떨어지지 않았다. 사실은 남자가 홀딱 벗더라도 자신은 아무렇지 않다고 말하고 싶었다. 어쨌든 그런 장면을 본 것이 한두 번이 아니었으니까.

하지만 이 집의 주인이 떠올라 묵묵히 조 할멈과 함께 물러날 수밖에 없었다.

문을 나서자마자 조 할멈이 서둘러 입을 열었다.

"왕비마마, 말씀을 드려야 할지 말아야 할지 모르겠습니다만……."

한운석은 부쩍 긴장했다. 조 할멈은 늘 그녀에게 직설적으로 말했고 용비야 앞에서만 이렇게 조심스러웠는데 오늘은 어떻게 된 걸까?

왕비마마의 표정에 조 할멈도 하는 수 없다는 표정이었다.

"왕비마마, 역시 솔직히 말씀드리는 게 좋겠군요. 고 태의가 깨어나면 댁으로 돌려보내야 하지 않을까요?"

한운석은 말없이 눈썹을 치키며 조 할멈을 응시했다.

조 할멈은 자신의 말이 틀렸다고 생각지 않지만 이런 시선을 받자 켕기는지 한참 우물쭈물하다가 다시 말했다.

"왕비마마, 이런 시국에 이번 일이 소문나면 고 태의에게도 좋지 않습니다. 아무리 그래도 고 태의는 궁에서 일하는 사람입니다."

한운석은 저도 모르게 눈을 흘겼다.

"궁에서 저 사람과 내 사이를 모른다면 저 사람을 저렇게 만들었겠나?"

조 할멈이 뭘 꺼리는지 알 수가 없었다. 그녀와 고북월의 관계는 벌써 모두가 알고 있었다.

조 할멈도 눈을 흘기고 싶었다. 영리해 보이는 여주인이 어째서 이런 일에는 늘 저렇게 눈치가 없을까?

오랫동안 고북월을 왕부에 남겨 두었다가 진왕 전하가 싫어할까 봐 겁나지도 않나?

다른 일이라면 조 할멈도 직접적으로 이야기했겠지만 이런 일은 진왕 전하가 엮여 있어서 대놓고 말할 수가 없었다. 진왕 전하가 화를 낼 거라고 말하기에는 주인의 체면이 깎일까 두려웠다.

만에 하나 자신이 그런 말을 한 것을 진왕 전하가 아시면 어떻게 생각할까?

한운석은 조 할멈을 무시한 채 층계에 앉아 침술이 끝나기를 기다렸고 조 할멈은 뭐라고 해야 할지 고민에 빠졌다.

그때 방안에서는 초서풍이 고북월의 상의를 벗긴 뒤 황 태의가 침을 놓고 있었다.

초서풍은 이미 고북월의 맥을 살폈지만 무공을 하는 흔적은 발견하지 못했다. 지금도 고북월이 옷을 벗자 황 태의가 신경 쓰지 못하는 틈을 타서 다시 한 번 몸의 혈도 곳곳을 만져 보았는데 역시 무공을 하지 못한다는 결론이었다.

초서풍은 진왕 전하가 대체 왜 고북월을 주시하는지 알 수가 없었다. 진왕 전하는 사람을 잘못 볼 리 없었다!

그런데 이 몸으로 어떻게 무공을 할 수 있지?

초서풍은 아무리 생각해도 이해가 가지 않아 몇 번 더 살펴보았지만 결론은 똑같았다. 아무래도 사실대로 보고해야 할 것 같았다.

오래지 않아 황 태의가 침을 뽑아냈지만 고북월은 여전히 깨어나지 않았다.

한운석이 들어와 보더니 몹시 실망한 표정을 지었다. 그가 당장 깨어날 것으로 생각했던 것이다.

"어떤가요?"

그녀가 걱정스레 물었다.

"초조해하지 마십시오, 왕비마마. 늦어도 내일 오전이면 틀림없이 깨어날 것입니다."

황 태의는 확신했다.

한운석은 안심이 되어 몰래 안도의 숨을 내쉬었다!

목 대장군부에서 고북월을 처음 만난 이래 고북월은 항상 그녀를 도왔고 또 항상 그녀 때문에 해를 입었다. 이번에 고북월에게 무슨 일이 생긴다면 그녀는 양심의 가책을 이겨내지 못할 것이 분명했다.

꼬맹이는 황 태의의 말을 알아듣지 못한 채 고북월이 깨어나지 않자 한운석에게 뛰어가 불안하게 폴짝거리며 계속 '찍찍' 울어 댔다.

"바보, 괜찮을 거야! 걱정하지 마, 내일이면 깨어날 테니까."

한운석이 웃으며 말했다.

한운석이 웃는 것을 보자 꼬맹이도 알아들은 듯 흥분해서 폴짝 뛰어올라 공중제비를 넘더니 침상 위에 내려서서 어리광을 부리듯 고북월에게 몸을 비벼 댔다.

그 광경을 본 황 태의는 눈이 휘둥그레졌다. 이 다람쥐가 대체 무슨 영물인지 궁금했지만 진왕부에서는 가능한 한 묻지 않는 편이 좋다는 것은 알고 있었다.

고북월이 깨어난다는 확신이 생기자 한운석도 마음이 훨씬 가벼워졌다. 한밤중인데도 그녀는 쉴 생각도 하지 않고 조 할멈의 권유도 무시한 채 한씨 집안 곳간으로 달려가 밤새 약을 찾았다.

초서풍은 그녀 곁에서 한 걸음도 떨어지지 않았다.

한운석은 한씨 집안 곳간에서 몸을 따뜻하게 해 주고 허약해진 몸을 다스리는 데도 좋은 약재를 적잖이 찾아내 초서풍에게 한 보따리를 던져 주었다.

초서풍도 조 할멈의 영향을 받았는지 보면 볼수록 기분이 나빠졌고, 돌아오는 길에는 참지 못하고 잔소리를 했다.

"왕비마마, 이렇게 좋은 약재는 남겨 두는 게 좋지 않겠습니까?"

"내겐 필요 없는 것일세."

한운석은 나오는 대로 대답했다.

"진왕 전하께 필요할지도 모르지 않습니까."

초서풍이 또 말했다.

뜻밖에도 한운석은 즐거운 얼굴로 소리 죽여 말했다.

"전하께는 좋은 것을 많이 남겨 두었네."

초서풍은 말문이 막혀 할 말을 잃었다.

"초서풍, 오늘 밤 잘 지켜보다가 만에 하나 고 태의가 깨어나거든 당장 내게 알리게!"

한운석은 진지하게 분부했다.

고북월의 상태가 너무 심각해서 신중하게 살피지 않을 수 없었다.

"알겠습니다."

초서풍은 내키지 않는 목소리로 대답했다.

그때 마차는 목 대장군부의 뒷문을 지나고 있었다. 한운석이 별 뜻 없이 그쪽을 흘끗 바라보는데 낯익은 두 목소리가 뒷문 너머에서 들려왔다.

"태자와 목청무?"

한운석은 깜짝 놀랐다.

초서풍은 그들 눈에 띄지 않도록 황급히 몸을 돌렸다.

마차가 멀리 벗어난 후에야 한운석이 말했다.

"초서풍, 방금 내가 잘못 본 것은 아니겠지?"

"확실히 두 분이었습니다. 이상하군요!"

초서풍도 놀랐다.

지금까지 목 대장군부는 둘째 황자 편으로 알려져 있었고, 태후의 생신 연회에서 목 대장군은 명확하게 중립을 드러냈다. 목 대장군부가 둘째 황자를 지지하든 중립이든, 목청무가 태자와 같이 있을 가능성은 별로 없었다.

한밤중에 태자가 목 대장군부 뒷문에서 나온 것은 무엇 때문일까?

"왕비마마, 혹시 군량 건 때문이 아닐까요?"

초서풍은 그렇게 추측했다. 며칠 후면 목청무는 천휘황제에게 군자금과 군량에 대해 보고해야 했다.

"그럴 가능성은 더욱 없네!"

한운석은 즉시 부정했다.

목청무가 찾아와 용비야를 만나게 해 달라고 청하던 날, 용비야는 이번 일의 문제점을 명확히 짚어 주었다.

국고에서 백성들을 구하기 위해 내놓은 곡식과 은자는 기본적으로 국구부가 꿀꺽한 셈이니 목청무가 가장 원망해야 할 곳은 국구부였고, 태자와 국구부는 한 집안이었다.

두 사람 사이에 대체 무슨 일이 있는 걸까? 한운석은 아무리 생각해도 알 수가 없었다.

하지만 한 가지는 확실했다. 목청무가 태자와 결탁했다면 태자가 중요한 패를 손에 쥐었다는 사실이었다.

천휘황제와 진왕의 싸움에서 태자는 분명 천휘황제 편이었다.

한운석과 초서풍이 왕부로 돌아왔을 때는 날이 거의 밝아 오고 있었다.

조 할멈이 직접 대문 앞에서 기다리다가 한운석이 돌아오는 것을 보고 허둥지둥 달려 나왔다.

"왕비마마, 하룻밤 꼬박 고생하셨으니 어서 돌아가서 쉬십시오."

"고북월은 어떤가? 변화가 있나?"

한운석이 걱정스레 물었다.

"조금씩 움직이고 있습니다. 꼬맹이가 지키고 있으니 무슨 변화라도 있으면 대번에 알아차릴 겁니다. 그러니 마음 푹 놓으시지요."

조 할멈의 목적은 오로지 왕비마마를 운한각으로 모셔 재우는 것뿐이었다.

안타깝게도 한운석은 오로지 혼절해 있는 고북월 생각뿐이었다.

"날이 밝았으니 잘 생각이 없네."

이렇게 되자 조 할멈도 화가 나서 속마음을 쏟아 냈다.

"왕비마마, 이러시면 전하께서 화를 내실 겁니다!"

북월, 너만 남았구나

조 할멈은 한운석이 계속 이러면 진왕 전하가 화를 낸다고 했다.

진왕 전하가 왜 화를 낼까?

한운석은 약간 당황했다. 그게 무슨 말인지 모르겠다고 하면 분명히 가식이었다.

여자는 남자보다 감정이 예민했고 한운석처럼 영리한 여자는 더욱 그랬다.

조 할멈의 말이 무슨 뜻인지는 알았다! 하지만 자신이 없었다.

그녀는 맑은 눈을 깜빡이며 조 할멈을 응시하면서 아무 말 하지 않았다.

여주인이 못 알아들은 줄 알고 초조해진 조 할멈은 한숨을 푹 쉬면서 진지하게 권했다.

"왕비마마, 누가 뭐래도 남녀가 너무 가까워서는 안 될 뿐더러 신분도 다릅니다. 진왕 전하가 부재중인데 며칠째 남자를 왕부에 머물게 하시고 친히 돌보시는 것은 적절치 않습니다! 만에 하나 소문이라도 나면 고 태의도, 마마와 전하의 명예도 해를 입게 됩니다!"

뜻밖에도 한운석은 낙담한 표정을 지었다.

"그런 건가?"

그런 뜻이었구나. 난 또⋯⋯.

조 할멈은 어리둥절했다.

"이 정도도 심각한데 뭘 어쩌시려고 하셨습니까?"

한운석은 옷자락을 말아쥐며 웅얼거렸다.

"난 또 전하가 화를 내시는 까닭이⋯⋯."

"그야 신경이 쓰이시니까요!"

조 할멈은 두 손 두 발 다 들고 말았다. 이처럼 영리한 분이 어째서 감정 문제는 저렇게도 모를까?

이 한마디에 한운석의 눈이 환하게 빛났다. 잘못 알아들은 줄 알았는데 이제 보니 조 할멈의 말도 그런 뜻이었다.

그녀는 조 할멈을 가만히 바라보다가 무슨 생각을 했는지 갑자기 웃음을 터트렸다.

"왕비마마, 왜⋯⋯ 왜 그러십니까?"

조 할멈은 깜짝 놀랐다.

한운석은 폭소를 터트리며 말했다.

"아주 좋아! 고 태의는 왕부에서 몸조리하도록 한 다음 다 나은 후에 보내겠네."

말을 마친 그녀는 길을 막아선 조 할멈을 지나쳐서 빠르게 객방으로 향했다.

"왜 저러시지? 뭐가 어떻게 된 거야?"

조 할멈은 영문을 몰라 허둥지둥 쫓아갔다.

"왕비마마, 그⋯⋯ 그게 무슨 말씀입니까? 진왕 전하께서 돌아오시면 분명히 불쾌해하실 겁니다!"

한운석은 뒤를 돌아보고 환하게 웃어 보였다. 어두컴컴한 진왕부가 환해질 만큼 눈부신 웃음이었다.

"조 할멈, 난 전하를 불, 쾌, 하, 게 만들 생각일세!"

용비야, 우리가 몇 걸음이나 떨어져 있는지 모르지만 이번에는 조금 더 다가설 수 있을까?

조 할멈은 얼이 빠져 멈춰 섰다가 한참만에야 정신을 차렸다. 왕비마마가 대담한 사람인 것은 알았지만 이렇게까지 용감할 줄이야!

대담함과 용감함은 개념이 달랐다.

충격과 놀람 속에서도 조 할멈은 여주인이 더욱더 마음에 들었다. 거짓으로 꾸며 대지 않고 시원시원하게 행동하는 게 얼마나 사랑스러운지!

"왕비마마, 기다리십시오. 소인이 돕겠습니다!"

조 할멈은 기뻐 죽을 것처럼 뒤를 쫓았다.

뒤에서 이런 대화를 들은 초서풍은 입술을 실룩였다. 진왕 전하께 가서 보고드려야 하나?

안 그러는 편이 나을 것 같은데! 더욱이 보고한들 이런 내용을 어떻게 설명해야 할까?

생각 끝에 초서풍도 입을 다물기로 했다. 당당한 남아대장부가 진왕 전하에게 쫓아가 남녀 간의 정이니 뭐니 하는 이야기를 꺼내면 전하께서 어떤 표정을 지으실지 상상할 수도 없었다.

그런데 갑자기 조 할멈이 돌아와 엄숙하게 경고했다.

"초가야, 쓸데없이 입 놀리지 말아라!"

초서풍은 눈을 홉떴다.

"나는 아무것도 못 들었소. 운이 따르기나 기도하시오!"

한운석은 재빨리 객방으로 돌아갔다. 그런데 문을 열어보니 놀랍게도 꼬맹이가 고북월에게…… 피를 먹이고 있었다!

꼬맹이는 자신의 발을 긁어 피를 낸 후 고북월의 입에 피를 떨어뜨리는 중이었다!

한운석은 화들짝 놀라 급히 달려갔다.

"꼬맹아! 뭘 하는 거야!"

꼬맹이도 그 소리에 화들짝 놀라 재빨리 피에 젖은 조그만 발을 한운석을 향해 내밀며 큼직한 눈동자를 끔뻑끔뻑했다. 마치 이렇게 말하는 것 같았다.

'운석 엄마, 살펴봐. 독은 없어!'

몸 전체가 손바닥만 한 꼬맹이의 앞발이 크면 얼마나 클까. 그런데 그 토실토실한 발바닥에 커다란 상처가 생겨 계속해서 피가 흐르고 있었다!

지난번 한운석이 해독을 하려고 피를 뽑을 때는 칼로 살짝 상처를 냈는데 이번에는 제 발로 상처를 낸 것이다.

이를 본 한운석은 몹시 마음이 아프고 기분이 씁쓸했다.

운석 엄마의 표정이 좋지 않자 꼬맹이는 계속 고북월에게 피를 먹이면서 이렇게 말하는 것처럼 찍찍 울었다.

'운석 엄마, 걱정 마. 공자는 내 피를 마시면 나을 거야. 난 좋은 걸 많이 먹었으니 내 피는 건강에 좋아.'

지난번 운석 엄마에게 피를 뽑힌 후 아직 완쾌되지 않았기 때문에 녀석의 피에는 해독 효과가 없었고 이뿌리에 있는 독도 강하지 않았다. 하지만 여전히 핏속에 영양분이 많아 허약해진 공자에게는 도움이 되면 되었지 해로울 것이 없었다!

공자에게 피를 먹일 생각은 일찍부터 했지만 기회가 오지 않았던 것뿐이었다.

한운석은 여전히 무거운 얼굴로 그 광경을 바라보았다.

가장 사랑하는 운석 엄마가 마음 아파하는 줄도 모르고, 꼬맹이는 그녀를 위로하듯 계속 찍찍 울었다.

'괜찮아. 공자는 곧 나을 거야.'

마침내 한운석이 어쩔 수 없다는 듯 웃음을 터트리자 꼬맹이도 울음을 멈췄다.

한운석은 옆에 앉아 꼬맹이의 부드러운 털을 쓰다듬으며 웃는 얼굴로 말했다.

"바보! 왜 그렇게 고북월에게 잘해 주니?"

꼬맹이는 운석 엄마가 이렇게 쓰다듬어 주는 것이 제일 좋았다. 녀석은 피를 먹이면서 차츰차츰 나른하게 눈을 감으며 행복한 표정을 지었다.

운석 엄마, 기분이 참 좋아. 그런데…… 그런데 왜 이렇게 어지럽지?

"찍찍……."

꼬맹이는 가볍게 울부짖더니 그대로 고북월의 몸 위에 스르르 쓰러졌다. 너무 피곤해서 푹 잠들고 싶었다!

운석 엄마. 꼬맹이는 공자의 품속에서 잠들고 싶어. 괜찮지?

한운석은 황급히 꼬맹이를 안아 올렸다. 두 눈을 꼭 감고 혼절한 꼬맹이는 무게가 확 줄어든 것 같아서 전처럼 묵직하지 않았다.

피를 너무 많이 흘린 게 분명했다. 그녀는 고북월이 했던 말을 떠올렸다. 독짐승은 한 번 피를 뽑아 해독하면 긴 회복기가 필요하다고 했다. 다행히 꼬맹이는 죽지 않았다. 그렇지 않았다면 한운석도 어떻게 해야 좋을지 몰랐을 것이다.

한운석은 조심조심 꼬맹이의 상처를 치료하고 작은 상자에 넣어주었다. 상자 안에는 독약과 보약을 가득 채웠다. 꼬맹이가 언제쯤 깨어날지 모르지만 깨어나기만 하면 당장 몸보신을 할 수 있도록 준비해 둔 것이었다.

꼬맹이 문제를 해결하고 나자 한운석은 여전히 고북월의 침상 곁을 지켰고 조 할멈과 초서풍도 그 옆을 지켰다.

달라진 것이 있다면 조 할멈의 기분이었다. 그녀는 진왕 전하가 어서 빨리 돌아오기를 바랐다!

고북월은 조용히 누워 있었다. 꼬맹이가 피를 먹여 준 덕분에 전보다 기색은 훨씬 좋아졌다. 기색만 보면 혼절하기 전보다 더 좋은 것 같았다.

그때 그는 반쯤 잠들고 반쯤 깬 것처럼 몽롱한 상태였다.

꿈을 꾸는 것 같기도 하고 어린 시절로 돌아간 것 같기도 했다. 그때는 부모님도 살아 계셨고 할아버지도 계셨다.

그는 매일 아버지와 함께 커다란 약통에 들어가 원기를 북돋아야 했고 매일 쓴 약을 아주 많이 먹어야 했다.

그는 아버지처럼 나면서부터 허약한 체질이어서 요절할 뻔했다.

다정한 어머니는 종종 그의 머리를 쓰다듬으며 위로해 주었다.

'북월, 겁낼 것 없단다! 넌 죽지 않아. 아빠와 엄마가 늘 함께 있을 거야.'

하지만 어느 날 아버지는 약통에서 다시는 깨어나지 못했다. 어머니는 여전히 다정하게 그의 머리를 쓰다듬으며 위로했다.

'북월, 겁낼 것 없단다. 할아버지가 늘 함께 있어 주실 거야.'

그날 어머니는 아버지를 따라갔다.

할아버지는 아버지와 어머니처럼 다정하게 그에게 말했다.

'북월, 너만 남았구나. 너는 죽어서는 안 된다.'

그날부터 할아버지는 각종 진귀한 약재를 찾아다녔고 그 약재를 이용해 그의 허약한 몸을 억지로 지탱했다.

그 후 아주 아주 오랫동안 이렇게 허약해진 적이 없었다. 수없이 혼절했던 어린 시절처럼 이대로 푹 잠들고 싶었지만, 계속해서 귓가에 목소리가 들려왔다.

"북월, 너만 남았구나. 너는 죽어서는 안 된다……."

몽롱한 의식 속에서 고북월은 다정하고 자상한 부모님의 얼굴을 본 것 같았다. 아무것도 모르던 어린아이로 돌아간 것 같았다.

그렇지만 그가 천천히 눈을 떴을 때 시야에 들어온 것은 그가 푹 빠져 있던 엄숙하고 진지한 얼굴이었다.

그는 살짝 당황했지만 곧 미소를 지으면서 꿈속에서 만난 따스함과 슬픔을 흔적도 없이 감췄다.

"왕비마마, 마마께서 저를 구해 주셨군요?"

고북월이 깨어날 줄은 알았지만 이렇게 빨리 깨어날 줄 몰랐던 한운석은 몹시 기뻐하며 연신 고개를 끄덕였다.

"그래요, 깨어났으니 됐어요!"

"잘됐습니다, 잘됐어요!"

조 할멈도 기뻐해마지 않으며 서둘러 물을 따라 주었다.

한운석은 고북월의 맥을 짚어 보고 맥상이 정상적으로 변해 가는 것을 확인하자 비로소 완전히 마음을 놓았다.

"분명히 진귀한 약을 쓰셨겠지요?"

고북월은 자신의 몸 상태를 가장 잘 알고 있었다. 몸속에 든 따스한 기운이 서서히 경맥으로 퍼져 나가 원기 회복에 큰 도움을 주었다. 이 기운이 아니었다면 아마 몇 시진 더 자야 했을 것이다.

"꼬맹이의 피예요."

한운석이 가까이 다가가 고북월 위로 몸을 기울이며 귓가에 속삭였다.

그녀는 곧바로 물러났지만 조 할멈은 놀라 눈이 휘둥그레졌다!

왕비마마, 아무리 전하를 불쾌하게 만드시고 싶으셔도 그렇게 가까이하시면 안 됩니다! 큰일 나요!

조 할멈은 황급히 물을 가지고 다가가 한운석과 고북월 사이에 끼어들었다. 그런데 갑자기 초서풍이 와락 소리를 질렀다.

"누구냐? 나와라!"

말이 떨어지기 무섭게 동서로 난 양쪽 창문에서 흑의 자객 여러 명이 검을 쥐고 한운석과 고북월에게 달려들었다.

"앗…… 아무도 없느냐! 자객이다! 자객이다!"

조 할멈이 소리를 지르며 한운석 앞을 가로막았다. 자객들은 수도 많은 데다 하나같이 고르고 고른 고수들이어서 곧 초서풍 혼자서는 막아내기가 어려워졌다.

다행히 금방 왕부의 비밀 시위들이 달려왔지만 그들로도 자객을 제압할 수 없었다.

왕부의 겹겹이 쌓인 수비를 뚫고 이곳까지 뛰어들 정도면 보통 솜씨가 아니었다.

갑자기 날카로운 검 하나가 조 할멈 쪽으로 날아들었고 침상에 누운 고북월은 이를 똑똑히 보았다!

그가 놀라 외쳤다.

"조 할멈, 왕비마마, 조심하십시오!"

"초가야!"

조 할멈이 놀라 비명을 질렀지만 그때 초서풍은 자객 세 명에게 포위되어 있었고 다른 비밀 시위들도 그들을 구할 틈이 없었다.

한운석은 안색 하나 바뀌지 않은 채 검이 찔러 오는 순간 예고도 없이 암기 하나를 쏘았다.

그렇지만…….

목적은 무엇

한운석은 줄곧 동요하지 않고 침을 쏠 최적의 기회를 기다렸으나 이 자객이 자신의 암기를 쉽사리 피할 줄은 꿈에서도 생각지 못했다!

이런 상황에서 자신의 암기를 피할 수 있는 사람이라면, 그녀에 대해 잘 알거나 어마어마한 고수거나 둘 중 하나였다.

한운석은 자신이 자객들을 얕보았음을 뒤늦게 깨달았다.

노인인 조 할멈은 닭 한 마리 잡을 힘조차 없었고 한운석의 암기도 상대를 막지 못한 바람에 검은 당장이라도 조 할멈을 찌를 것 같았다.

놀라 넋이 나간 조 할멈은 감히 꼼짝도 하지 못했다. 한운석은 다짜고짜 조 할멈을 낚아채며 뒤에 있는 침상으로 쓰러졌다. 조 할멈도 따라 쓰러지면서 검은 그녀의 몸에 딱 붙은 채 함께 앞으로 날아들었다.

이상한 일이지만 상대는 고수인데도 조 할멈의 몸에 검이 닿았는데도 실제로는 찌르지 않았다. 그 뒤에 깔린 한운석은 더욱 안전했다.

말로 설명하면 길지만 실제로는 눈 깜짝할 사이 벌어진 일이었다. 한운석은 발로 힘껏 자객을 걷어차 자객이 피하는 순간 조 할멈을 옆으로 밀어내고 자신도 달아났다.

그런데 바로 그때 다른 자객이 예리한 검으로 고북월을 찔렀다!

"초서풍, 구해 주게!"

한운석이 소리를 지르며 침을 날렸지만 애석하게도 초서풍은 몸을 뺄 여유가 없었다. 흑의 자객들이 너무 많고 너무 강했다. 방 안은 무기 부딪는 소리와 싸움 소리로 가득 찼다.

비밀 시위 두 명이 목숨을 걸고 구하려고 했지만, 곧 한 흑의 자객에게 목이 꿰뚫려 죽었고 다른 비밀 시위는 자객들의 협공을 막지 못했다.

"왕비마마, 저는 신경 쓰지 마시고 어서 달아나십시오!"

고북월이 놀란 소리로 외쳤다.

그는 침상에 누운 채 꼼짝도 하지 않았지만 내내 자객들의 동정을 살피고 있었다. 자객들은 왕비마마를 노리는 것 같기도 했고 자신을 노리는 것 같기도 했다. 어디서 온 자들일까?

그의 눈빛이 복잡해졌다. 이 많은 고수를 기르고 훤한 대낮에 감히 진왕부에 쳐들어가게 할 만한 사람이 대체 누구일까?

"쓸데없는 소리 말아요."

한운석이 기분 나쁜 표정으로 대답하며 고북월을 침상 구석으로 홱 밀어내며 그 앞을 막아섰다.

고북월의 입가에 어쩔 수 없어하는 미소가 떠올랐다가 곧 사라졌다.

"아이고, 왕비마마……!"

조 할멈은 속이 터져 죽을 것 같았다. 자객이 두려웠지만 죽는 한이 있어도 왕비마마가 다치도록 놔둘 수는 없었다! 그녀는 옆으로 기어가 한운석을 와락 잡아당겼다.

한운석이 몸을 비키는 순간 검 두 자루가 일제히 고북월에게 날아들었다. 이제 목표는 명확해졌다. 그들은 고북월을 노리고 온 것이다!

날아드는 검날을 보면서 고북월은 눈을 잔뜩 찌푸렸다. 무공을 모르는 다른 사람들처럼 그도 긴장하고 공포에 질린 얼굴이었지만 두려움에 추태를 보일 정도는 아니었고 두 손은 주먹을 꽉 쥐고 있었다.

죽기 직전의 공포 같기도 하고 결단을 내리지 못해 망설이는 것 같기도 했다.

그러나 결국 그의 눈동자에 떠올랐던 망설임은 소리 없이 사라졌다. 그는 그대로 빤히 눈을 뜬 채 날카로운 검날이 점점 가까워지는 것을 바라보았다…….

"고 태의!"

한운석은 비명을 지르며 암기를 몇 개나 쏘았다. 그중 하나가 자객에게 명중했지만 곧 다른 자객이 그 자리를 메웠고 그녀 쪽으로도 자객이 달려왔다. 한운석은 자신을 보호하면서 도움을 청했다.

"누구 없느냐! 고 태의를 보호해라! 어서!"

혼전이었다!

갑자기 고북월이 신음을 하기에 급히 돌아보니 한 자객의 검이 고북월의 팔을 찔렀고 다른 자객의 검은 그의 복부로 날아들고 있었다!

끝장이었다!

한운석은 찬숨을 들이쉬며 자신은 돌보지도 않은 채 팔에 숨겼던 암기를 모두 그 자객을 향해 발사했다.

이번에는 자객도 암기를 다섯 개나 맞았는데 그중 셋이 급소에 명중해 그대로 쓰러져 버렸다.

하지만 그 자객이 쓰러졌다 해서 일이 끝난 것은 아니었다. 한운석이 숨 돌릴 틈도 없이 또 다른 자객이 기습을 해 왔고 그와 동시에 고북월 쪽에서도 그의 팔을 찔렀던 자객이 모질게 검을 뽑아낸 다음 다시 급소를 노리고 휘둘렀다!

고북월의 눈동자가 차갑게 번쩍였다. 이불 속에 숨겼던 손에 마침내 작은 비도가 쥐어졌지만 바로 그 순간, 작은 상자 속에 잠들었던 꼬맹이가 훌쩍 뛰어올라 날카로운 이와 발톱을 드러내고 자객을 덮쳐 얼굴을 마구 할퀴었다!

나쁜 놈들, 감히 우리 공자를 해쳐? 가만히 있으니까 내가 진짜 다람쥐인 줄 알아?

자객의 복면이 찢어지고 얼굴은 순식간에 엉망이 되었다. 그가 아무리 잡아당겨도 꼬맹이는 필사적으로 그 얼굴에 매달렸다.

"악…… 으악……!"

자객은 고통스레 소리를 질렀다.

하지만 이 갑작스러운 상황은 다른 자객들에게 영향을 주지 않았다. 그들은 훈련이 잘된 감정 없는 결사대나 마찬가지여서 동료의 참혹한 비명에도 아랑곳없이 계속 공격했다.

곧 또 다른 자객이 비밀 시위의 방어를 뚫고 직접 고북월에게 달려들었다.

그러나 꼬맹이는 살기를 느끼자마자 허공으로 날아올라 고북월에게 제일 가까이 있는 자객의 머리 위에 내려섰다. 발톱을 마구 휘두르자 곧 자객의 머리에서 새빨간 피가 철철 흘렀다. 자객은 그 자리에 우뚝 섰다가 쿵 하고 바닥에 쓰러져 숨이 끊어지고 말았다…….

이렇게 되자 뒤에 오던 흑의 자객들도 이 다람쥐가 보통이 아니라는 것을 알아차리고 걸음을 멈추었다.

꼬맹이는 침상 옆에 배를 대고 엎드려 눈을 가늘게 뜬 채 흉흉한 기세를 풍겼다. 피곤하긴 했지만 살기를 느끼는 순간 녀석은 또다시 폴짝 뛰어올랐다.

운석 엄마를 보호해야 했다.

그런데 몸을 날리는 순간 공자도 위험에 빠졌다는 것을 깨달았다. 확실히 공자가 운석 엄마보다 위험한 상황이었다.

흑의 자객이 운석 엄마를 공격하기는 했지만 살기가 전혀 없었으나 반대로 공자 쪽은 살기등등했다.

꼬맹이는 이들이 어떤 자들인지 몰랐고 어째서 운석 엄마에게는 살기를 드러내지 않는지도 몰랐다. 녀석이 아는 것은 이유야 어떻든 아무도 공자를 해쳐서는 안 된다는 것이었다!

꼬맹이에게 공자는 운석 엄마만큼 중요했다.

꼬맹이가 떡하니 버티자 흑의 자객들도 살기를 거두었다.

누군가 '후퇴하라'고 말하자 자객들은 즉시 물러나기 시작했다.

"생포해라. 곧 궁수대가 도착할 것이다!"

초서풍의 명에 또다시 처절한 싸움이 벌어졌다. 비밀 시위는 적지 않게 죽거나 다쳤지만 흑의 자객들도 사상자가 많았다. 하지만 결국 생포한 자는 없었다.

궁수대가 도착했을 때 흑의 자객들은 깨끗이 달아난 후였고 남은 것은 난장판뿐이었다.

꼬맹이는 너무 지쳐 고북월 곁에 픽 쓰러진 채 겨우 남은 힘으로 살짝 눈을 뜨고 운석 엄마를 바라보았다.

바닥에 주저앉은 조 할멈은 두려움에 질려 일어나지 못했고 한운석은 황급히 침상으로 달려갔다.

"고북월, 괜찮아요?"

고북월은 놀람이 가라앉지 않은 얼굴이었지만 그래도 예의를 차렸다.

"감사합니다, 왕비마마. 소관은 괜찮습니다."

"왕비마마, 괜찮으십니까?"

초서풍도 다급히 물었다.

한운석은 탈진한 꼬맹이를 보자 마음이 아파 어쩔 줄 몰랐다.

"궁수대는 어떻게 된 건가? 이렇게 늦게 오다니! 꼬맹이가 아니었다면 우리 모두 죽을 뻔했네!"

그녀가 화난 소리로 힐난했다.

자객들이 너무 강해 초서풍과 비밀 시위를 탓할 일은 아니지만, 궁수대가 늦은 것은 사실이었다!

초서풍이 따라 명을 내렸다.

"여봐라, 이덕복李德福을 불러라!"

이덕복은 진왕부를 호위하는 궁수대의 총관이었다. 그는 들어오자마자 무릎을 꿇었다.

"소관이 직무를 다하지 못했으니 부디 벌을 내려 주십시오, 왕비마마!"

"어째서 이렇게 늦었느냐?"

한운석은 속이 부글부글 끓었다. 오늘 상황이 심각한 것은 둘째 치고, 이렇게 속도가 느리면 진왕부의 안전을 지킬 수가 없었다.

진왕부에 쳐들어오는 것은 쉬운 일이 아닌데 달아나도록 내버려 두기까지 했으니, 그들은 필시 다시 나타날 것이다.

용비야의 부하들이 규율이 엄격하다는 것을 몰랐다면 일부러 늦었다고 의심할 정도였다.

"왕비마마, 서북쪽 불당에도 자객이 뛰어들어 태비마마를 공격했기에 소관이 궁수대를 이끌고 급히 대항하러 가느라 이쪽으로 오는 것이 늦고 말았습니다. 소관의 잘못이니 부디 벌을 내려 주십시오!"

이 말을 듣자 한운석이 말하기도 전에 초서풍이 놀란 소리로 물었다.

"어떻게 된 일이냐? 왜 보고하지 않았느냐?"

"제가 궁수대를 끌고 오는 중에 그쪽 비밀 시위의 구원 요청을 받아 보고할 틈이 없었습니다!"

이덕복이 진지하게 대답했다.

"잡은 자가 있느냐?"

한운석도 놀랐다. 자객들이 한 패인데 따로 움직여 진왕부의 호위 병력을 분산시켰던 걸까?

그들은 고북월과 그녀를 노린 걸까 아니면 의태비를 노린 걸까? 아니면 둘 다 일까?

"왕비마마, 소관이 무능해서 붙잡은 자객 세 명은 모두 자결했고 나머지는 달아났습니다."

이덕복이 사실대로 말했다.

한운석은 눈을 찡그리며 초서풍을 바라보았다. 초서풍은 심각한 표정으로 다가가 한운석의 귀에 낮게 속삭였다.

"왕비마마, 태비마마를 노린 것이 아닐까요?"

한운석도 그들의 진짜 목표는 의태비를 납치하는 것이고, 그녀와 고북월을 공격한 것은 병력을 분산시키고 초서풍을 붙잡아 두기 위한 것에 불과했을 것이라고 짐작했다.

그녀는 당장 결단을 내렸다.

"이덕복은 당장 고원에서 사람들을 데려와 방비를 강화해라. 초서풍 자네는 당장 이 일을 진왕 전하께 보고하게!"

한운석이 처음으로 진왕의 부하들에게 직접 내린 명령이었는데 그럼에도 불구하고 여주인다운 기백이 넘쳤다.

이덕복은 지체하지 못하고 곧바로 떠났고 초서풍도 감탄하는 눈빛을 띠며 대답했다.

"알겠습니다!"

고북월은 내내 말없이 이 모든 것을 지켜보며 생각에 잠긴 얼굴을 하고 있었다.

시종들이 금방 자객들의 시신을 치우고 방안을 깨끗이 정리했다.

그때 꼬맹이는 고북월에게 기대 쓰러져 있었다. 잠든 것 같지만 사실은 혼절한 것이었다. 고북월이 부드러운 손가락으로 티 없이 하얀 털을 쓰다듬어주었지만 아쉽게도 녀석은 알지 못했다.

"꼬맹이 덕분이에요."

한운석이 가만히 말했다.

"왕비마마, 그 자객들은……."

고북월은 말을 하려다 입을 다물었다.

"나를 노리고 온 거예요. 어쩔 수 없죠. 미움을 산 사람이 너무 많으니!"

한운석은 어쩔 수 없는 표정으로 대답했다.

자객들이 정말 그녀와 초서풍의 짐작대로 의태비를 노리고 왔다면 배후의 진짜 흉수는 의심할 바 없이 궁에 계신 그분이었다.

소낭이 죽은 후로 태후는 용비야의 출신에 관심을 보이지 않았지만, 그것이 태후나 천휘황제가 그 일을 잊었다는 의미는 아니었다. 황족에게는 용비야의 출신이 무엇보다 중요했다!

소낭이 죽음으로써 그 해의 진상을 아는 아랫사람들은 모두 죽어 사라졌다. 하지만 아직 의태비가 있었다! 의태비 본인보다 당시의 일을 잘 아는 사람이 또 있을까?

용비야가 천녕국 황족의 핏줄인지 아닌지 알아내려면 의태비를 심문하는 것이 가장 직접적이었다.

한운석이 자객의 목표를 자신이라고 한 것은 고북월이 의심하는 것을 원치 않아서였다.

"왕비마마, 부디 몸조심하십시오."

고북월은 의미심장하게 말했다. 바로 그때 갑작스레 날카로운 파공성이 울리더니 화살 하나가 문을 뚫고 매섭기 짝이 없게 고북월에게 날아들었다.

그 누구도 예상하지 못한 공격인 데다 기세가 어찌나 흉흉한지 산을 무너뜨리고 바다를 가를 것처럼 거칠었다. 사람들이 깨달았을 때는 고북월은 이미 배에 화살을 맞고 피를 쏟아내고 있었다!

야단났구나

진왕부 객방 맞은편 전각의 지붕 위에서는 용비야가 우아한 동작으로 천천히 활을 거두고 있었다. 얼음장 같은 그의 준수한 얼굴은 여느 때처럼 쌀쌀했고 아무런 표정도 없었다.

비밀 시위가 재빨리 다가가 활을 받아들자 용비야는 뒷짐을 지고 서서 차가운 눈으로 객방의 문을 바라보았다. 폭이 넓은 먹색 바람막이가 찬바람에 휘날리며 펄럭펄럭 소리를 냈다.

곧 객방의 문이 열리고 조 할멈이 허둥지둥 뛰어나오는 것이 보였다. 뭐라고 소리를 질렀는지 모르지만 오래지 않아 황 태의가 약상자를 들고 바삐 달려왔다. 또다시 얼마 후에는 궁수대가 도착해 객방의 사방팔방을 단단히 보호했다.

그제야 용비야가 살짝 눈을 찌푸렸다. 미간에 보일락 말락 의혹이 어렸지만 아무도 그의 속을 꿰뚫어 볼 수 없었다.

그는 침착한 얼굴로 지켜보았다.

얼마 지나지 않아 비밀 시위 한 명이 달려왔다.

"전하, 당문 쪽에서 비합전서가 왔습니다. 당 공자께서 벌써 신부 맞이 행차에 끌려가셨다는데, 기분이…… 좋지는 않으시다 합니다."

사실 용비야는 당문에 며칠 더 머물 예정이었다. 본래 계획은 그가 직접 당리를 데리고 나온 뒤 함께 약귀곡에 가서 고칠찰에게 빚을 갚아 주는 것이었다. 그런데 예정과는 달리 그가 먼저 떠났고, 그러잖아도 답답해 미칠 것 같던 당리는 더욱 울적해했다.

오늘이 바로 혼례날이었고 지금쯤 당리는 신부 맞이 중일 것이다.

"본 왕이 길을 마련해 주었는데도 제힘으로 달아나지 못한다면 올 필요도 없다."

용비야는 차갑게 말했다.

"예!"

비밀 시위는 공손하게 물러났다.

용비야는 지붕 위에 앉아 흥미로운 눈길로 객방의 문을 응시했고, 옆에서 대기하던 비밀 시위들은 이상하게 생각했다. 진왕 전하를 따른 지 오래지만, 어떤 남자에게든 전하가 이렇게까지 인내심을 발휘하는 모습은 본 적이 없었다. 고북월이 처음인 셈이었다.

그때 객방의 분위기는 몹시 무거웠다. 자객들이 다녀간 후 또다시 화살이 날아들 줄은 아무도 예상하지 못한 일이었다. 그 혼란한 와중에 한운석은 고북월을 지혈했고 이제는 황 태의가 화살을 뽑기를 기다리는 중이었다.

고북월은 얼마 전에 혼절에서 깨어났고 몸도 무척 허약한 상태였는데, 화살이 정확하게 복부 한 가운데에 명중했으니 치명적이었다.

"깊이를 보니 아무래도……."

황 태의는 벌써 몇 번째 한숨을 쉬었다. 정상적인 화살의 길이로 볼 때 이 화살은 고북월의 단전에 정확히 박혀 있었다. 들어간 깊이가 한 푼밖에 안 된다고는 해도 이 위치에서는 한 푼이면 목숨을 앗기에 충분했다.

화살을 뽑아내면 고북월이 피를 얼마나 흘리게 될지 헤아리기 어려웠고, 화살을 뽑아낼 때 단전혈이 얼마나 손상당할지는 더욱더 짐작이 가지 않았다.

지금은 고북월도 아직 의식이 있었지만 일단 화살을 뽑아내면 어떻게 될지…….

한운석도 속으로는 알고 있었다. 황 태의가 달려오기 전에 자세히 검사했는데, 화살을 뽑아낸 다음 어떻게 될지 헤아릴 수 없기는 마찬가지였다. 고북월이 무공을 할 줄 알았으면 얼마나 좋을까. 그렇다면 스스로 내공을 움직여 화살을 퉁겨내면 되기 때문에 일이 훨씬 수월했다.

하지만 세상에 기적은 많지 않았다.

한운석은 다른 방법을 생각해 낼 수 있기를 바랐지만, 지금은 머리가 혼란스러워서 오늘 이 습격이 대체 무슨 의미인지도 생각할 틈이 없었다. 이 화살이 앞선 자객들과 관계가 있을까? 오늘의 습격은 대체 누구를 노린 것일까?

그녀의 머릿속은 후회로 가득 찼다. 고북월과 교분을 맺은 일에 대한 후회였다.

고북월은 오랫동안 태의원 수석 어의를 지내며 영리하게 자신을 지켜 왔고 그 어떤 세력에도 미움을 사지 않았다. 그런데 그녀와 교분을 맺은 후로는 함께 사람들의 공격 대상이 되어 모함을 당하고, 감옥에 갇히고, 괴롭힘을 당하고, 습격을 받았다.

그의 지혜와 성품이라면 천녕국 도성에서 평온하게 살아갈 수 있었다.

황 태의는 검사를 끝내고 고북월에게 구체적인 상황을 설명했다. 고북월의 의술은 황 태의보다 훨씬 뛰어나기 때문에 화살을 뽑아내야 할지 말지는 의식이 있는 동안 스스로 결정하는 편이 나았다.

화살을 뽑으면 피가 쏟아질 것이고 피를 너무 많이 흘리면 죽을 수 있었다. 화살을 뽑지 않고 화살이 몸속에 있는 시간이 길어지면 염증을 일으켜 시간은 미뤄지더라도 죽기는 마찬가지였다. 더 참혹하게 죽을 수도 있었다.

어려운 선택 앞에 선 고북월의 입술은 이미 핏기가 가셔 하얬다. 그는 황 태의의 설명에 귀를 기울이면서 곁눈질로 옆을 지키고 선 초서풍을 흘낏 바라보았다. 눈동자의 움직임이 워낙 빨라 초서풍도 알아차리지 못했다.

"고 태의, 상황이 이러니 자네가 직접 결정하게."

황 태의의 표정은 몹시 무거웠다. 사실 화살을 뽑든 안 뽑든 위험하기는 매한가지여서 지금 고북월의 눈앞에 있는 것은 생사를 결정짓는 선택이었다.

방 안은 조용했고 모든 사람이 고북월을 바라보며 대답을 기다렸다.

시간이 조금씩 조금씩 흐르면서 고북월의 창백한 얼굴 위로 안도의 웃음이 서서히 퍼져갔다. 그가 말했다.

"왕비마마, 소관의 목숨은 마마께서 구해 주신 것이니 이번에도 마마께서 대신 결정해 주십시오."

한운석은 곧바로 고개를 홱 돌리며 눈을 잔뜩 찌푸렸다! 이 말은 곧 목숨을 그녀에게 맡기겠다는 뜻이었다!

"왕비마마, 두려워하지 마십시오. 소관은 마마를 믿습니다."

한운석이 고개를 돌렸다면 사월 봄바람처럼 따사로운 고북월의 웃는 얼굴을 보았을 것이고 그 웃음에서 힘을 얻었을 것이다.

그러나 애석하게도 그녀는 차마 그를 바라보지 못했다. 스스로에 관한 선택이었다면 시원시원하고 과감하게 결정을 내렸겠지만 고북월의 일은…… 차마 함부로 결정할 수가 없었다.

"시간을 좀 줘요!"

한운석은 그렇게 말하고 성큼성큼 밖으로 나갔다. 냉정해야 했다. 냉정해지면 혹시 좋은 방법이 생각날지도 몰랐다. 한운석은 멀리 가지 않고 문 앞 층계에 앉아서 두 손을 모아 이마에 얹어 수심 어린 얼굴을 가렸다.

얼굴은 가렸지만, 몸에서 기운이 축 빠져 있어서 예전처럼 자신만만한 모습은 찾아볼 수가 없었다.

멀리서 바라보던 용비야의 맑고 싸늘한 눈동자에도 결국 불만스러운 표정이 떠올랐다. 그는 이 여자가 낙심하는 모습이 몹시 싫었다. 특히 남자 때문에 그러는 것은 더욱 싫었다.

불만스럽기는 해도 용비야는 역시 냉정했다. 이런 일은 나중에 따질 수도 있지만, 고북월 문제는 어마어마한 심혈을 기울인 만큼 절대 물거품으로 만들 수는 없었다.

고북월이 무공을 할 줄 아는데도 그의 맥을 짚어 본 초서풍은 이를 알아내지 못했다. 그 말은 고북월의 무공이 무척 높다는 의미였다. 더욱이 조금 전에 찾아온 두 번의 위험에서도 그는 본 실력을 숨긴 채 피하지도 않았고, 한운석을 구하거나 자신을 구하려 하지도 않았다. 그 말은 고북월의 심계가 무척 깊다는 의미였다!

그때 우연히 목격하지만 않았다면 용비야도 고북월을 놓아주었을지 모른다. 하지만 고북월이 무공을 할 줄 안다는 것을 확신한 이상 절대 봐줄 수 없었다.

그는 내력이 불분명하고 감추는 것이 많은 자가 천녕국 도성에 머물도록 놔둘 수 없었다. 특히 한운석 곁에 그런 자가 존재하도록 놔둘 수는 없었다.

화살은 딱 단전을 한 푼만큼 찔렀고, 지금 고북월의 상태로 보아 목숨을 살릴 유일한 방법은 내공으로 화살을 밀어내는 것이었다. 고북월은 죽음을 선택할까 아니면 본모습을 드러내는 것을 선택할까?

차가운 시선이 한운석에게서 떨어졌다. 용비야는 아무 표정도 없이 계속 기다렸다.

한운석은 눈을 감고 생각하고 또 생각했지만 갈수록 초조해졌다. 그녀에게는 시간이 많지 않았다.

하지만······.

답답한 마음에 벌떡 일어서는데, 바로 그때 한 가지 생각이 머리를 스쳤다!

고북월은 한씨 저택에서 고칠소가 쏜 매화침에 심장을 맞은 적이 있는데 다행히 약간 빗나간 덕분에 목숨을 구했다. 당시 그녀는 살을 갈라 치료할 용기가 나지 않아 독으로 매화침을 녹여 없애는 방식으로 그의 목숨을 구했다.

세상에, 왜 그 중요한 일을 잊고 있었을까!

이번에도 똑같은 방법을 쓸 수 있었다!

독으로 화살을 녹인 다음 때맞춰 해독하는 방법이었다. 고북월에게 한 번 써 본 적도 있는 이 절묘한 방법을 왜 빨리 생각해 내지 못했을까!

정말 잘됐어!

한운석은 흥분해서 정원에서 폴짝폴짝 뛰었다. 얼마나 기뻐하는지 멀리 떨어져 있는 용비야마저 그 감정을 느낄 수 있을 정도였다. 용비야의 두 눈은 가늘어지다 못해 거의 직선이 되어 있었고, 옆에서 보던 비밀 시위들은 왕비마마가 걱정스럽기까지 했다!

한운석은 재빨리 방으로 들어갔다.

"방법이 있어요, 화살을 뽑지 않아도 돼요!"

사람들이 믿을 수 없는 얼굴로 일제히 그녀를 바라보았다. 황 태의가 가장 흥분했다.

"어떤 방법입니까?"

"한 번 썼던 방법이에요!"

한운석은 신비롭게 웃어 보였다.

고북월은 이미 알고 있었던 것처럼 아무도 모르게 입가에 미소를 떠올렸다.

"모두 나가 있도록 해요. 조 할멈, 창문과 문을 단단히 닫게."

한운석은 자세히 설명할 틈이 없어 이렇게 말하면서 독약과 해약, 필요한 도구를 꺼냈다.

황 태의는 아무리 봐도 알 수가 없었다.

"왕비마마, 대체……."

"황 태의, 괜찮으니…… 안심하십시오."

고북월이 힘없이 입을 열었다.

한운석이 기뻐했다.

"당신도 생각났어요?"

"예."

고북월은 웃으며 고개를 끄덕였다.

두 사람 사이의 비밀이라 다른 사람들은 전혀 알 수가 없었다. 이를 본 초서풍은 입가를 실룩였다. 그는 한운석이 자신만 만해하는 까닭을 궁금해하는 한편 밖에 있는 주인에게 뭐라고 보고해야 할지 고민에 빠졌다. 알다시피 주인은 이번 일을 위해 적잖은 노력을 기울였다. 고북월의 본 모습을 밝히기 위해 비밀 시위 결사대를 여럿 희생했을 뿐 아니라 먼 거리에서 정확하게 화살을 쏘기 위해 내공도 많이 썼다.

초서풍은 문가에서 기다리는 동안, 지혜와 어리석음을 한 몸에 지닌 여주인이 부디 실수하게 해 달라고 온갖 신들에게 빌었다!

한운석이 실수를 할까? 지금은 아무도 몰랐다.

앉아 있던 용비야도 어느샌가 일어났다. 객방의 문과 창문이 닫히고 사람들이 문 밖으로 나와 기다리는 모습을 그도 보았다. 그렇다면 한운석과 고북월 단둘이 방에 남아 있다는 말이었다.

고북월은 단전을 다쳤고, 단전은 배꼽에서 세 치 아래에 위치해 있었다.

저 여자는 어떻게 고북월을 구할 생각이지?

용비야의 냉정함은 결코 고북월보다 못하지 않았지만 이런 상황이 되자 그 냉정함도 간당간당했다!

돌연 문 밖에 있던 조 할멈이 소리를 질렀다.

"아차!"

사람들은 화들짝 놀랐고 황 태의는 다급하게 물었다.

"조 할멈, 무슨 일이오?"

조 할멈이 소리를 지른 까닭은 그제야 화살이 명중한 위치가 생각났기 때문이었다. 방금은 다들 혼란에 빠져 있었고 왕비마마가 고 태의를 지혈할 때도 화살 주위에 약을 바르기만 했기 때문에 문제를 인지하지 못했다.

하지만 문과 창문이 닫히는 순간 즉시 깨달았다……. 큰일 났다!

정말 불쾌해하셨습니다

큰일 났구나!

고 태의와 왕비마마 외에는 왕비마마가 무슨 방법으로 화살을 처리하려는 건지 아는 사람이 없었다.

하지만 모두 알다시피 배꼽에서 세 치 아래에 화살이 박혔으니 그 어떤 방법을 쓰든 지혈한 후 그 이상의 치료를 하려면 반드시…… 바지를 벗어야 했다!

중요한 건 세 번 강조해도 모자란다고들 하니 말하지만, 절대로, 절대로, 절대로 일어나선 안 되는 일이었다! 특히 진왕부에서는!

조 할멈은 초조한 마음에 이것저것 생각지 않고 황급히 문에 손을 댔다. 그런데 그 순간 쌩하고 바람이 몰아치더니 누군가 먼저 방문을 벌컥 열었다.

사람들이 정신을 차리기도 전에 용비야는 벌써 방 안에 들어가 있었고 밖에서는 살기충만한 뒷모습만 보였다.

놀라 어쩔 줄 모르던 조 할멈은 그제야 안도의 숨을 쉬었지만 곧 다시 찬숨을 들이켰다. 아뿔싸, 진왕 전하잖아! 하필이면 이럴 때 전하께서 돌아오시다니! 야단났구나!

조 할멈 옆에 있는 다른 사람들은 얼빠진 얼굴이었다. 신출귀몰한 얼음왕께서 이런 순간에 모습을 드러낼 줄은 아무도 예상하지 못했던 것이다.

문 앞을 가린 커다란 병풍 때문에 한운석은 누가 들어왔는지 볼 수 없었다. 지금 그녀는 신중하게 독약의 분량을 재며 독을 쓸 준비를 하고 있었다.

치료 도중에 방해를 받는 것만큼 짜증나는 일은 없었다. 특히 이번에는 고북월이 중독된 게 아니어서 해독시스템만으로 정확히 분석할 수가 없고, 박힌 화살 길이를 보고 독약 분량을 계산해야 했다. 무척 복잡한 과정이기에 신중하고 꼼꼼하게 헤아려야 해서 방해를 받으면 안 되었다!

문이 열리는 순간 한운석은 정신이 흐트러져 자료가 뒤섞이고 말았다.

젠장!

그녀는 누가 들어왔는지 보지도 않고 버럭 소리를 질렀다.

"당장 꺼져!"

용비야의 발걸음이 우뚝 멈췄고, 문 밖에 있던 사람들은 한 명도 예외 없이 얼어붙어 눈을 휘둥그레 떴다!

이제 보니…… 이제 보니 진왕 전하에게 저렇게 말할 수 있는…… 아, 아니지, 저렇게 '소리칠 수 있는' 사람도 있구나!

너무 무모한 거 아닐까?

방 안은 쥐 죽은 듯 고요했다!

병풍 너머의 한운석은 여전히 문이 열려 있는 것밖에 보지 못해 잔뜩 화가 나 눈을 찌푸렸다. 물론 방해가 있어도 치료를 할 수는 있지만, 정말 부득이할 때나 그랬다. 평소에는 항상 해독시스템이 연산을 도맡아 그녀가 직접 계산하는 일이 거의 없었지만, 오늘은 특수 상황이었다.

"누구냐! 꺼지라는 말 못 들었느냐!"

그녀가 다시 빽 소리를 질렀다.

"본 왕이다."

마침내 용비야가 입을 열었다. 마치 어두컴컴한 지옥에서 들려오는 것처럼 모골을 송연하게 만드는 목소리였다.

본 왕?

이런, 용비야잖아!

한운석은 깜짝 놀랐다. 손에 힘이 빠지는 통에 독약이 바닥으로 툭 떨어져 산산조각이 났다.

용비야가 천천히 병풍을 돌아 나왔다. 본래도 싸늘하기 짝이 없는 얼굴에는 한 겹 더 서리가 끼어 있었고, 그 모습을 본 한운석은 별안간 주변 온도가 0도로 떨어지고 공기마저 희박해지는 느낌을 받았다.

저 인간이 왜 갑자기 돌아왔지?

맹세하지만 절대로 일부러 그런 게 아니었다. 그가 온 줄 알았다면 때려 죽여도 그렇게 소리를 지르지는 않았을 것이다.

용비야는 한운석을 흘낏 보더니 무표정한 얼굴로 아래에서부터 위로 시선을 움직였다. 그의 시선은 바닥에 흩어진 독약에서부터 한운석의 손을 지나 고북월의 얼굴, 몸, 상처까지 차례로 훑었다.

침상에 누운 고북월은 핏기 없는 얼굴에 눈을 겨우 살짝 뜬 채 의식을 잃을락 말락 하고 있었지만, 용비야의 패기 넘치는 눈빛을 대하자 다소 초조해져 억지로 눈을 떴다.

"지…… 진왕 전하……, 이…… 일어나 인사드리지 못하는 것을……."

의당 침상에서 내려와 인사를 올려야 했지만 지금 몸 상태로는 양해를 구하는 것조차 힘들었다.

용비야는 그가 무슨 말을 하는지 뻔히 알면서도 힘겹게 말을 하도록 내버려 두었다.

그가 이렇게 나오자 고북월은 끝까지 말할 수밖에 없었다. 그는 신하이고 용비야는 왕이니 예의를 갖춰야 했다.

"진왕 전하, 부…… 부디 용서를……."

고북월은 힘없이 말을 이었다.

하나하나 모두 살핀 용비야는 그제야 한운석의 얼굴로 시선을 돌렸다. 한운석은 저도 모르게 몸을 부르르 떨었다.

"저…… 전하……."

용비야는 꼭 닫힌 창문을 의미심장하게 쳐다본 다음 옆에 앉았다.

"급한 환자를 치료하던 중이 아니었느냐? 어째서 멈추느냐?"

그는 말을 하지 않을 때가 제일 무서웠다. 그가 아무 말 없이 대뜸 손부터 쓰면 더 무서운 일이 벌어진다는 것을 몇 번 겪었던 그녀는 그의 입에서 말이 나오자 훨씬 마음이 편해졌다.

"신첩이 전하께서 돌아오신 줄도 모르고 무례를 저질렀으니 용서하시지요! 고 태의는 크게 다쳐 인사를 올릴 수가 없어요."

한운석은 말하는 김에 고북월 대신 해명도 해 주었다.

고북월은 용비야를 향해 고개를 숙이며 미소를 지었다. 용비야는 그를 거들떠보지도 않았지만 그래도 차분하게 말했다.

"사람을 살리는 것이 먼저니 계속해라."

확실히 사람을 살리는 것이 먼저였다. 용비야가 별로 불쾌해하지 않는 것 같자 한운석은 마음을 가라앉히고 다시 독약의 분량을 쟀다.

용비야는 일언반구도 없다가 한운석이 해약을 준비하고 나자 비로소 입을 열었다.

"뭘 하는 것이냐?"

"독을 쓴 다음 해독을 할 생각이에요. 독약으로 고 태의의 단전에 들어간 화살촉을 녹이는 거지요."

이렇게 말하던 한운석은 용비야가 알아듣지 못할까 봐 급히 설명했다.

"이 방법이면 살을 가르지 않아도 되기 때문에 2차 피해가 없고 목숨이 위험해질 일도 없어요. 피를 많이 흘리지도 않고요."

그 말을 듣자 용비야가 아무리 인내심이 강하다 해도 폭발할 뻔했다!

잘하는 짓이군! 참 잘하는 짓이야!

온갖 심혈을 기울여 고북월을 시험할 수 있는 방법을 생각해 내고 뛰어난 의술조차 소용없도록 몰아붙였는데, 한운석 손에 물거품이 될 줄이야!

"과연 좋은 방법이군!"

용비야는 그래도 침착했다.

옆에 있던 고북월은 참지 못하고 입가에 웃음을 떠올렸다. 유난히도 환한 웃음이었다.

한운석이 무딘 건 아니지만 용비야가 감정을 너무 잘 숨기는 바람에 그의 기분을 알아차릴 수가 없었다. 그가 다시 차갑게 물었다.

"독은 어떻게 쓰느냐?"

"마시면 돼요."

한운석이 사실대로 말했다.

"해독은?"

용비야가 계속 물었다.

한운석은 생각도 하지 않고 말했다.

"해약을 먹은 다음 침으로 독을 빼내면 끝이에요."

"침은 어디에 놓느냐?"

용비야는 계속 물었다.

"바로…… 바로……."

대답하던 한운석은 갑작스레 문제를 깨달았다. 시선이 무의식적으로 고북월의 배를 향했다.

용비야는 소매 속에서 와락 주먹을 움켜쥐며 한운석이 계속 말하기를 기다렸다.

침은 바로 고북월의 배 아래쪽에 놓아야 했다!

평소의 한운석이라면 아무리 은밀한 부위라 해도 당당하게 말할 수 있었을 것이다. 양심에 우러러 한 점 부끄럼 없으니 꺼릴 까닭이 없었다.

하지만 용비야의 질문을 받자 차마 사실대로 말이 나오지 않았다.

조금 전만 해도 그를 불쾌하게 만들겠다고 조 할멈과 작당한 그녀였지만, 절호의 기회가 눈앞에 있는 지금은 호언장담하던 모습은 온데간데없이 잔뜩 주눅이 들었다.

도리어 이 인간이 불쾌해하다 못해 오해라도 할까 봐 걱정스러웠다.

"어디냐?"

용비야가 추궁했다.

옆에 누운 고북월은 웃지도 울지도 못하는 표정으로 아무 말이 없었다.

영리한 한운석이 재빨리 둘러댔다.

"배에서 세 치 아래에 있는 단전 주변에 침을 놓는데, 몇 군데면 충분하고 평범한 혈자리이기 때문에 고 태의가 해약을 마시고 나면 황 태의가 침을 놓을 수 있어요."

이 정도면 빈틈없는 설명이겠지? 한운석은 몹시 긴장했다.

뜻밖에도 용비야는 또 물었다.

"지금은 어떻게 해야 하지? 본 왕도 꺼져야 하느냐?"

한운석은 얼굴을 딱딱하게 굳히며 허둥지둥 해명했다.

"전하, 독약을 만들고 분량을 측정하던 중이라 방해를 받으면 실수할 수도 있어서…… 전하께서 돌아오신 줄 모르고 그만 무례를 저질렀습니다!"

"그렇다면 본 왕은 나가 있겠다."

용비야는 그 말만 마치고 일어서서 나갔다.

그게 다야?

정말 의외였다!

설마 괜한 생각을 했나? 아닌 것 같은데! 한운석은 갈피를 잡을 수가 없었다!

하지만 용비야가 정말 나가 버리자 괜한 생각을 했구나 싶었다. 그녀는 일단 사람부터 구하자는 생각에 심호흡하며 마음을 가라앉혔다.

밖으로 나간 용비야의 안색은 말이 아니었다. 밖에 있던 사람들은 말할 것도 없고 용비야 자신조차 한운석이 정말 그가 나가도록 내버려 둘 줄 몰랐던 것이다.

저 여자, 참 잘하는 짓이군!

한운석은 묵묵히 약을 짓고 독을 먹이고 해약을 먹인 후 신중하게 금침을 준비했다.

"왕비마마, 제가 수고를 끼쳤군요."

고북월이 조용히 말했다.

한운석은 너무 집중하고 있어 그 말을 듣지 못했다.

고북월은 빙그레 웃고는 입을 다물었다.

금침을 준비하고 나자 한운석은 지체하지 않고 황 태의를 불러들였다. 황 태의 혼자가 아니라 밖에 있던 모두가 들어왔는데, 유독 용비야만 빠져 있었다.

용비야가 보이지 않자 한운석은 슬쩍 불안해졌지만, 직업정신이 투철해서 그런 일로 머뭇거리지는 않았다. 고북월이 해약을 먹었다고 해도 때맞춰 독소를 빼내지 않으면 위험했다.

한운석은 인내심을 발휘해 황 태의에게 위치와 수량, 강도 등 침을 놓는 방법을 상세하고 명확하게 설명했다.

배독할 때 쓰는 침은 일반 침과는 달라서 황 태의도 이것저것 묻고 나서야 완전히 이해했다.

할 일을 자세히 일러준 뒤 한운석은 조 할멈과 함께 밖으로 나갔다. 한운석뿐만 아니라 조 할멈도 그녀에게 들었던 호언장담을 까맣게 잊어버렸고, 한운석과 마찬가지로 전전긍긍했다.

용비야는 뒷짐을 진 채 문가에 서 있었다.

"전하……."

한운석은 조심조심 그에게 다가갔다.

"치료는 잘됐느냐?"

용비야가 차갑게 물었다.

"황 태의가 침을 놓고 있으니 큰 문제없을 거예요."

한운석은 사실대로 대답했다.

조 할멈이 한운석의 옷자락을 살짝 잡아당기며 전하가 화가 난 게 분명하다고 알려 주었다.

한운석도 바보가 아닌 이상 당연히 느낄 수 있었다. 뭐라고 해명해야 할 것 같은데 입만 벙긋거릴 뿐 뭐라고 해야 할지 알 수가 없었다. 정말 무슨 잘못을 한 것도 아니었다!

모두 사람을 구하기 위해 한 일이었다. 비록 상처 위치를 망각하긴 했지만, 용비야가 오지 않았더라도 나중에는 문제를 인지하고 직접 침을 놓지는 않았을 것이다.

벌써 그에게 몇 번이나 경고를 받은 탓에 자신의 신분도, 그가 말한 '부녀자의 도리'도 익히 알고 있었다. 하물며 그녀가 침을 놓으려고 했더라도 고북월이 놔두지 않았을 것이다!

잠깐의 침묵이 흐른 뒤 용비야가 먼저 말했다.

"본 왕을 따라오도록."

그는 말을 마치기 무섭게 돌아섰지만 한운석은 움직이지 않았다.

"전하, 황 태의가 아직 침을 놓고 있으니 신첩은 그동안 자리를 비울 수가 없어요."

물론 아무 문제도 없고 황 태의의 침술 역시 믿을 만했다. 하지만 혹시 무슨 일이 생길지도 모르니 남아 있는 편이 안전했다.

환자가 완치되기 전까지 경솔하게 임하지 않는 것이 의원의 가장 기본적인 소양이었다.

용비야는 돌아보지 않고 차갑게 한마디 내뱉었다.

"그렇다면 올 필요 없다……."

당신이 불쾌해하면 난 기뻐

올 필요 없다고 한 거야?

뒤도 돌아보지 않고 점점 멀어지는 용비야의 뒷모습을 바라보는 한운석은 갑자기 버림받은 느낌이 들었다. 속이 답답하고 아무 이유 없이 괴로웠다.

조금 전 방 안에서 그렇게 캐물었으니 한운석도 그가 이 일에 신경을 쓴다는 것을 알고 있었다. 그는 화가 나 있었다.

지금 따라가지 않으면 심각한 결과를 맞이하게 된다는 걸 알지만 그래도 그녀는 따라가지 않았다.

이쪽은 고북월의 목숨 문제였고 저쪽은 용비야의 기분 문제였다. 누가 뭐라 해도 목숨이 기분보다 중요했고, 한운석은 고북월의 목숨을 내팽개칠 만큼 감정적인 성격이 아니었다.

용비야의 뒷모습은 거의 사라졌지만 한운석은 계속 그쪽을 바라보기만 했다. 이 선택으로 인해 가장 괴로운 사람이 자신일 줄은 생각지도 못한 일이었다.

한참 동안 멍청하게 있던 조 할멈이 갑자기 정신을 차리고 한운석의 옷을 잡아당겼다.

"왕비마마, 전하께서 불쾌해하셨습니다! 정말 불쾌해하셨어요!"

그제야 왕비마마가 조금 전에 했던 말이 떠올랐던 것이다.

왕비마마는 분명히 전하를 불쾌하게 만들겠다고 하지 않았던가? 고북월이 완치될 때까지 왕부에 남겨 두겠다고도 했다.

전하께서 불쾌해하셨으니 왕비마마는 당연히 기뻐해야 했다!

방금 전만 해도 누구 못지않게 걱정하던 조 할멈은 별안간 뛸 듯이 기뻐하며 외쳤다.

"왕비마마, 전하께서 정말로 불쾌해하시는군요!"

그렇지만 한운석은 울적한 마음에 조 할멈이 뭐라고 하는지 들을 수도 없었다.

그때 초서풍이 방에서 뛰어나와 심각하게 물었다.

"왕비마마, 말씀하신 방법이면 정말 화살촉을 빼내지 않아도 되는 겁니까?"

한운석도 그제야 정신을 차리고 황급히 물었다.

"무슨 일인가?"

방 안에서는 벌써 황 태의가 침을 놓고 있었는데, 화살이 부러지고 상처에서는 검은 피가 흘러나왔다.

"왕비마마, 제 질문에 대답부터 해 주십시오!"

초서풍이 다급하게 말했다.

"침을 놓는 데 문제라도 있었나?"

한운석은 방안의 상황이 걱정스러웠다. 그녀의 해독 인생에서 몇 번 사고가 생긴 적이 있는데 모두 침을 놓는 과정에서 벌어졌기 때문이었다.

"침을 놓는 데는 문제가 없었지만 시커먼 피가 흐릅니다!"

초서풍의 목소리에 초조함이 배어 있었다.

한운석은 그제야 안도의 숨을 내쉬었다.

"그럼 됐네. 잘 처리되었으니 피를 깨끗이 닦아 내고 상처를 치료하면 되네."

초서풍은 얼이 빠졌다. 일순 여주인에게 뭐라고 해야 할지 알 수가 없었다!

그는 방금 왕비마마와 황 태의가 나눈 이야기를 듣고도 독을 쓰고 해독하면 화살촉을 빼내지 않아도 된다는 사실을 믿을 수가 없었다. 그런데 놀랍게도 그 방법이 먹혀든 것이다. 더구나 이렇게 빨리.

이는 전하께서 심혈을 기울여 준비하신 일이었다. 누구든 망치면 끝장인데 하필이면 그 사람이 왕비마마라니?

초서풍으로서는 지금 이 순간 주인의 표정이 어떨지 상상조차 할 수 없었다.

한참 뒤 그가 조용히 물었다.

"왕비마마, 전하는 어디 계십니까?"

한운석은 가볍게 한숨을 쉬며 대답하지 않았다. 그녀는 담장에 기댄 채 팔짱을 끼고 차분한 표정으로 기다렸다.

모든 것이 순조롭게 진행된다면 차 반 잔 정도 마실 시간쯤에 황 태의가 나올 것이다.

초서풍이 나간 뒤 방 안에는 고북월과 황 태의만 남아 있었다. 황 태의는 벌써 금침을 빼낸 후였다. 고북월의 배에는 두꺼운 천이 감겼고, 고북월은 높은 베개에 반쯤 기댄 채 옷자락을 여미고 있었다.

겉보기에는 야윈 것 같지만 그의 가슴은 근육이 뚜렷하고 잘 단련되어 있었다. 옷깃 사이로 살짝 드러난 튼튼한 가슴이 소탈하고 온화한 얼굴과 맞물리자 뭐라고 설명하기 힘든 매력이 풍겨 보기만 해도 쉽사리 망상에 빠지게 했다.

"벌써 찾아냈는데 어째서 데려가지 않느냐?"

황 태의가 소리 죽여 물었다.

태의원에서는 황 태의가 고북월의 아랫사람이지만 사실상 황 태의는 고북월의 할아버지의 의형제로 고북월을 어려서부터 본 사람이었다.

고북월은 가볍게 탄식할 뿐 대답이 없었다.

"진왕은 필시 너를 의심하고 있다."

황 태의가 다시 말했다.

"의심이 아닙니다. 그는 뭔가 알고 있고 더 많이 알고 싶어 합니다."

고북월도 오늘의 습격이 용비야의 계획이라는 것을 처음부터 알아차리지는 못했다. 어쨌든 모든 상황이 너무 진짜 같았기 때문이었다. 나중에도 약간 의심스러웠던 것뿐이지만 용비야가 나타난 뒤에야 자객이나 화살 모두 용비야의 짓이라고 확신했다.

"그래도 떠나지 않을 생각이냐?"

황 태의는 초조했다.

고북월은 방문을 바라보다가 한참만에야 담담하게 말했다.

"일곱 귀족의 움직임이 점점 커지고 있습니다. 그녀는 진왕부에 남아 있는 것이 가장 안전합니다."

어떨 때는 옆에 바짝 붙어 지키는 것이 아니라 내버려 두는 것 또한 보호였다.

황 태의가 뭐라고 권하려는데 문 두드리는 소리가 들렸다.

"황 태의, 아직인가요?"

다름 아닌 한운석이었다. 벌써 차 한 잔 마실 시간이 지났으니 치료가 끝나야 했다!

"예, 예, 끝났습니다. 들어오십시오, 왕비마마! 아무 문제없었습니다."

황 태의가 황급히 외쳤다.

한운석이 들어올 줄 알았는데 뜻밖에도 이런 말이 들려왔다.

"문제없다니 다행이군요. 두 시진 후에 한 번 더 약을 갈아 주세요."

말을 마친 그녀는 재빨리 돌아서서 용비야가 사라진 방향으로 달려갔다.

"벌써 간 줄만 알았구나."

용비야가 떠났는데도 한운석이 문 밖에서 지키고 있었다니, 생각지도 못한 일이었다.

"저는……."

고북월은 말을 하려다 말고 천천히 눈을 감았다.

조 할멈은 한운석을 쫓아 부용원까지 따라갔다. 그러다가 갑자기 무슨 생각이 났는지 도중에 멈추고 슬그머니 꽃밭에 몸을 숨겼다.

그때 한운석은 용비야의 침궁 앞에 있었다. 비밀 시위에게 물어보니 용비야는 안에 있다고 했다.

그녀가 문을 두드렸지만 유감스럽게도 반응이 없었다.

"전하! 전하!"

몇 번 소리쳐 불렀지만 여전히 무반응이었다.

문을 밀어 보니 안에서 잠겼는지 열리지 않았다.

"전하, 전 아무것도…….."

해명을 하려는데 갑자기 꽃밭에서 조 할멈이 불쑥 튀어나와 그녀에게 손짓을 했다.

한운석은 고개를 갸웃하며 다가갔다.

"무슨 일이지?"

"왕비마마, 전하께서 불쾌해하셨습니다. 불쾌해하셨단 말입니다!"

조 할멈이 한 번 더 강조했다.

한운석은 그 말을 무시했다. 그녀도 바보가 아니니 그가 불쾌해한다는 건 이미 잘 알고 있었다.

조 할멈이 돌아서려는 그녀를 황급히 붙잡더니 소리를 죽여 저녁에 한운석이 했던 말투를 흉내 내며 한 번 더 강조했다.

"왕비마마, 전하께서 불, 쾌, 해! 하셨다니까요!"

한운석은 멍해졌다가 곧바로 눈을 휘둥그레 떴다. 마침내 그녀도 깨달은 것이다!

맞아, 저 인간을 불쾌하게 만들겠다고 했었잖아? 아무것도 하지 않았는데 저 인간이 불쾌해하고 있어.

그렇다면…….

"왕비마마, 전하의 마음에 마마가 있다고 소인이 말씀드렸지요? 보십시오, 아주 질투에 눈이 뒤집히셨습니다."

조 할멈은 기뻐 어쩔 줄 몰랐다.

한운석도 마찬가지였다!

입으로는 웃지 않았지만 속마음은 날아갈 것 같았다.

"왕비마마, 전하를 더 불쾌하게 만들까요?"

조 할멈이 슬그머니 부추겼다. 전하의 성격은 좀 더 부채질을 해 줘야 했다.

마음만 있다면 다 잘 될 것이다!

한운석은 눈이 반달이 되도록 미소를 지으며 침궁 입구로 돌아가 다시 문을 두드렸다.

"전하, 안 계세요? 중요한 일이 없으면 저는 돌아가 보겠습니다. 아직 고 태의의 상태가 좋지 않거든요."

여전히 반응이 없었지만 이번에는 한운석도 기다리지 않고 깔끔하게 돌아섰다.

하지만 회랑으로 들어서자마자 바로 눈앞에 그녀를 등지고 선 용비야가 보였다.

조 할멈도 몰랐지만 사실 그녀는 지금 무척 긴장해 있었고 용비야가 끝내 모습을 드러내지 않으면 어쩌나 무척 두려워하고 있었다.

다행히 그가 나타났다.

한운석은 일부러 모른 척했다.

"전하, 무슨 일로 신첩을 부르셨는지요?"

용비야의 표정은 볼 수 없었고 차갑고 무정한 목소리만 들렸다.

"올 필요 없다고 하지 않았느냐?"

"참."

한운석은 그의 곁으로 다가가 다시 말했다.

"그럼…… 중요한 일은 아닌가 보군요?"

회랑 전체에 지독한 정적이 내려앉았다. 용비야는 미적미적 오랫동안 답이 없었으나 한운석은 참을성 있게 기다리며 온갖 기대에 부풀었다. 그가 뭐라고 할까?

뜻밖에도 한참만에 용비야의 입에서 나온 말은 간단했다.

"음."

그리고는 반대쪽으로 몸을 돌려 그녀를 등진 채 걸어갔다.

이렇게 되자 한운석은 그의 뒷모습조차 볼 수 없었다. 심장이 덜컥 내려앉았다. 분명히 자기가 꾸민 일인데, 분명히 그를 불쾌하게 만들 목적이었는데, 막상 그렇게 되자 몹시 마음이 아팠다.

용비야, 나하고 조 할멈이 잘못 본 거야? 불쾌해한 게 아니라 그냥 무관심한 거였어?

한운석은 마음이 아팠지만 두려워하지는 않았다.

용감하게 선택한 이상 끝까지 용감하게 나가야 했다!

그녀는 두려움 하나 없는 웃음을 입가에 떠올리며 우아하게 돌아서서 큰소리로 말했다.

"전하, 정말 중요한 일이 없으시다면 신첩은 그만 객방으로 가 볼게요. 고 태의의 상태가 심각해서 대신 병가를 냈는데, 그동안 왕부에 머물면서 치료하라고 하려고요."

사실 오늘 자객 사건이 없었다면 고북월이 깨어난 후 하루만 쉬게 한 다음 집으로 보낼 생각이었다.

그녀는 늘 질질 끌지 않고 시원시원하게 행동했고, 감정적으로도 애매한 것을 좋아하지 않았다.

고북월은 늘 그녀에게 공손했고 예의를 잃은 적이 한 번도 없었다.

그녀가 고북월을 구한 것은 오로지 친구로서 우정 때문이었다. 고북월은 그녀를 여러 번 도와주었고, 이번에 태후가 그를 괴롭힌 것도 그녀 때문이었으니 정으로나 도리로나 남아서 요양하게 해 주는 게 옳았다.

조 할멈이 알려 주지 않았더라면, 남녀가 가까이해서는 안 된다는 규칙은 생각하지도 못했을 것이다.

마침내 용비야가 걸음을 멈췄다.

그가 차갑게 말했다.

"한운석, 왕부에 손님을 머물게 하는 것은 네 소관이 아니다."

"전하께서 왕부의 일은 신첩에게 맡기지 않으셨던가요?"

한운석이 반문했다.

용비야가 돌아섰다. 얼굴은 얼음장처럼 차갑고 표정이라곤 찾아볼 수 없었다.

"지금부터는 아니다."

"그렇군요."

한운석은 가타부타 따지지 않고 용비야가 보는 앞에서 몸을 돌려 걸어갔다.

정말 뒤도 한 번 돌아보지 않았다. 용비야는 긴 회랑에 혼자 남아 한참 동안 움직이지 않았다.

숨어서 지켜보던 조 할멈의 심장은 당장이라도 밖으로 튀어 나올 것처럼 쿵쿵거리고 있었다. 두 주인은…… 정말이지 하나 같이 고집이 쇠심줄이었다!

왕비마마가 연기를 하는 게 아니라 진짜…… 진짜 화가 난 게 아닐까 하는 의심마저 들었다!

한운석의 뒷모습이 완전히 사라진 순간, 용비야는 으드득 소리가 나도록 주먹을 움켜쥐었다. 평생 이렇게까지 분노한 적이 없었다!

그렇지만 그는 한운석을 쫓아갈 기미도 없이 그 자리에 서 있었다.

객방에 돌아온 한운석은 곧바로 마차를 불러 고북월을 집으로 돌려보내게 했다.

"왕비마마, 지금은…… 침상에서 내려오지 않는 것이 좋지 않겠습니까?"

황 태의도 한운석이 이상하다는 것을 느꼈으니 고북월은 말할 것도 없었다.

"괜찮습니다."

고북월은 상처를 누르며 몸을 일으키더니 비굴하지도 오만

하지도 않게 말했다.

 "왕비마마, 소관은 집에서 할 일이 있어 이만 돌아가겠습니다. 훗날 정식으로 찾아뵙고 목숨을 살려 주신 은혜에 감사 인사를 드리겠습니다."

전하, 신경 쓰이시는군요

평소였다면 한운석이 직접 고북월을 부축해 주었을 것이다. 현대 의사에게 그런 건 아무것도 아니었다.

그녀도 고대에는 남녀 간에 지켜야 할 것들이 많다는 건 알지만 대부분 무시해 왔다. 매번 그런 것까지 따지고 생각할 수는 없었다.

하지만 이번에는 부축해 주는 대신 이렇게만 말했다.

"고 태의, 몸조리 잘하도록 해요."

그런 다음 그녀는 초서풍에게 분부했다.

"고 태의를 모셔다드리게. 가는 동안 잘 보살펴야 하네."

고북월을 지켜보라는 명령만 없었다면 초서풍 역시 방금 조할멈과 함께 한운석을 쫓아갔을 것이다.

그렇지만 지금은 여주인과 전하 사이에 무슨 일이 있었는지 모르니 시키는 대로 할 수밖에 없었다.

"명령대로 하겠습니다."

그는 고북월을 부축해 침상에서 내려 주고 황 태의와 함께 나갔다.

조 할멈은 끓는 솥에 기어 올라간 개미처럼 안절부절못했다. 이제는 왕비마마가 무슨 생각을 하는지도 짐작이 가지 않았다. 왕비마마가 정말 고북월을 돌려보낼 줄은 생각조차 못 한 일이었다.

설마 여기서 그만두시려는 걸까? 계속하지 않으시고? 이제 진왕 전하께 가서 사과라도 하실 참인가?

왕비마마가 아무리 진왕 전하를 좋아하신다 해도 자존심과 원칙까지 내던져선 안 되었다!

이건 왕비마마답지 않았다!

이제 와서 잘못을 인정하고 사과할 바에야 애초에 시작하지 않는 편이 나았다.

조 할멈은 왕비마마가 돌아오시기 전에 뭐라도 해야 한다는 의무감에 잠시 고민하다가 입을 열었다.

"전하, 왕비마마께서는 고 태의가 궁에서 벌을 받는 것을 보시고 초조한 나머지 혼절하실 뻔하셨답니다."

용비야는 전서구傳書鳩(서신을 배달하는 비둘기)가 가져온 밀서를 들여다보느라 반응이 없었다.

조 할멈도 주인의 엄청난 자제력을 잘 알지만, 그녀 자신조차 이렇게 불안한데 어떻게 저렇게 침착할 수 있는지 이해가 가지 않았다.

왕비마마가 고 태의를 돌려보내면 이대로 일이 끝나는 걸까?

조 할멈은 진왕 전하가 왕비마마에게 뭔가 꺼리는 것이 있다는 느낌을 받았지만 그것이 무엇인지는 짐작할 수가 없었다.

무엇을 꺼리든, 조 할멈으로서는 지금 이 상황을 받아들일 수가 없었다. 그녀가 또 말했다.

"그때 고 태의는 일어서지도 못해 왕비마마께서 몸소 부축해 주셨지요."

어둠 속에 비친 용비야의 옆얼굴은 유난히 음산해 보였으나 그는 한운석 앞에서 그랬듯 전혀 동요하지 않았다.

"전하, 소인이 기억하기로 왕비마마는 늘 고 태의에게 친절하시더군요. ……전하, 고 태의와 왕비마마께서 사적으로 사이가 참 좋은 모양이지요? ……전하, 고 태의는 의술이 뛰어나니 왕비마마와 말이 잘 통하겠지요?"

조 할멈이 잇따라 세 번이나 질문을 던졌지만 용비야는 쳐다보지도 않았다.

참다못한 조 할멈이 숫제 드러내 놓고 말하려고 했는데, 뜻밖에도 바로 그때 비밀 시위 한 명이 다급히 들어와 보고했다.

"전하, 왕비마마께서 고 태의의 집에서 이틀 정도 머무르시겠다며 짐을 싸고 계십니다."

이 말이 떨어지는 순간 용비야가 벌떡 일어나 화난 소리로 물었다.

"지금 어디 있느냐?"

한운석, 고북월을 돌려보내기에 직접 와서 확실히 해명하기를 기다렸는데, 그런 뜻이었느냐!

고북월의 집에 가겠다고!

대담하기 짝이 없는 여자 같으니!

용비야의 몸이 번쩍하더니 순식간에 사라졌다. 조 할멈은 뒤늦게 상황을 파악하고 찬 숨을 들이켰다. 마침내 그녀도 왕비마마가 무슨 생각인지 알게 되었다.

정말 대담한 분이었다! 바다처럼 속이 깊은 진왕 전하가 이성을 잃고 폭발하게 만들 수 있는 사람은 왕비마마가 유일할 것이다.

그때 한운석은 이미 짐을 싸 들고 운한각 문을 나서고 있었다.

별안간 맞은편에서 강한 바람이 불어 닥쳐 저도 모르게 뒷걸음질 치고 보니, 신처럼 크고 우뚝한 용비야의 몸이 눈앞에 나타나 있었다. 강력한 기운이 산을 무너뜨릴 것처럼 덮쳐와 숨을 쉬는 것조차 힘들었다.

"어딜 가느냐?"

그가 물었다.

"고 태의 집에요."

호랑이 간이라도 먹었는지 그녀는 추호의 망설임도 없이 대답했고, 이렇게 덧붙이기까지 했다.

"고 태의가 아직 완쾌되지 않아서 며칠 돌봐 주려고요."

용비야의 안색이 시꺼메지고 주먹 쥔 손에서는 으드득 소리가 났다. 속에서는 분노의 불길이 끓어올랐다.

"뭐라고 했느냐?"

한운석은 용기도 가상하게 다시 한 번 대답했다.

"고 태의가 아직 완쾌되지 않아서 며칠 돌봐 주려고요."

이 말이 떨어지기 무섭게 용비야가 느닷없이 주먹을 내질렀다. 주먹이 얼굴 옆으로 휙 스쳐가자 한운석은 주먹이 일으킨 바람에 뺨이 화끈화끈해지는 것 같았다.

"당당한 진왕비가 한낱 태의를 돌봐 주겠다니. 한운석, 네

눈에는 본 왕이 안중에도 없느냐?"

마침내 용비야가 물었다.

한운석은 가살지게 눈을 반짝이면서 고개를 숙인 채 입을 다물었다.

용비야가 그녀의 턱을 들어 올려 자신을 똑바로 바라보게 했다.

"본 왕의 물음에 답하라!"

"고 태의의 상처가 너무 심해서 걱정이……."

채 말이 끝나기도 전에 용비야가 턱을 힘껏 움켜쥐어 말하지 못하게 했다.

용비야는 차갑게 한운석을 노려보았다. 말은 하지 않았지만, 항상 차분하던 호흡이 빨라지고 속에서 끓어오른 분노는 당장이라도 폭발할 것처럼 일렁였다.

한운석은 잡힌 턱이 너무 아팠다. 쏘아보는 용비야의 시선에 그녀는 아예 눈을 감아 버렸다.

바로 이 행동이 용비야를 격노하게 만들었다. 이번에 그는 억지로 입맞춤을 하거나 침묵하지 않고 화난 목소리로 힐문했다.

"한운석, 고북월이 마음에 들더냐?"

한운석은 눈을 반짝 뜨고 똑같이 화난 눈길로 용비야를 바라보았다.

"왜, 본 왕의 말이 틀렸느냐?"

노기충천한 용비야는 지금 자신이 얼마나 비이성적인지도 알아차리지 못했다.

지난번 한운석이 사라졌을 때에도 이렇게까지 이성을 잃지는 않았었다.

두 사람은 화난 눈길로 서로를 마주 쏘아보았다.

용비야는 한운석이 극력 부인하리라고 생각했지만, 뜻밖에도 방금까지 화난 표정이던 한운석이 갑자기 배시시 웃기 시작했다. 눈동자에 떠오른 웃음은 하늘에서 반짝이는 별처럼 눈부셨다.

이 여자가…… 어쩌자는 거지?

용비야가 무의식적으로 손을 놓자 한운석은 참지 못하고 큰 소리로 웃었다. 너무 기쁜 나머지 말도 나오지 않았다.

이겼다. 승리였다!

이 남자는 신경을 쓰고 있었다. 아주 많이, 미칠 것처럼!

"푸홋, 아하하……!"

한운석은 입을 막았지만 그래도 기쁨을 숨길 수가 없었다. 용비야를 보기만 해도 웃음이 났다.

용비야는 눈을 잔뜩 찡그리며 화난 목소리로 물었다.

"왜 웃느냐?"

한운석은 고개를 들고 곱게 웃어 보였다. 기분이 좋아지자 목소리도 은구슬처럼 영롱했다.

"전하, 질투하시는 거죠? 네?"

이 말을 듣는 순간 용비야가 움찔했고, 하늘을 찌를 것 같던 분노는 그대로 얼어붙었다.

우와, 용비야의 넋 나간 표정을 볼 수 있다니 이런 행운이!

한운석은 그에게 다가가 가을날 물처럼 눈동자를 반짝거리며 다시 물었다.

"전하, 신경 쓰이시죠? 네?"

너무 갑작스럽게 닥친 상황에 용비야의 분노는 온데간데없이 사라졌다. 미처 대처할 방법을 찾지 못한 그는 무의식적으로 한운석의 시선을 피하며 평생 처음으로 어떻게 해야 좋을지 알 수 없는 기분에 사로잡혔다.

일부러 한 짓이었다! 이 여자가 일부러 그를 건드린 것이다!

용비야가 피하려 할수록 한운석은 끈질기게 물고 늘어지며 또다시 웃음을 터트렸다.

"전하, 아직 신첩의 질문에 대답하지 않으셨어요!"

그 웃음에 용비야의 안색이 더욱 나빠졌다. 이 여자는 분명히 그를 놀리고 있었다!

용비야가 돌아서서 떠나려는 순간, 갑자기 한운석이 그의 손을 잡아당기더니 발꿈치를 들고 차가운 그의 입술에 자기 입술을 댔다.

입술은 살짝 부딪힌 후 곧 떨어져 나갔다. 솔직히 그녀도 심장이 두근거려 견딜 수가 없었지만 여전히 환하게 웃으며 말했다.

"전하, 신첩은 전하께서 이러시는 게 좋아요."

이것도 이 여자가 그에게 선사한 또 하나의 놀라움이라고 볼 수 있을까?

용비야는 떠나지 않고 눈썹을 잔뜩 찌푸린 채 한운석을 바라보았다. 보면 볼수록 눈썹이 점점 더 찡그려져 마치 온갖 근심 걱정이 미간에 모여든 것 같았다.

이렇게 진지한 용비야를 보자 대담하기 짝이 없던 한운석도 겁이 나기 시작했다.

보통 속말을 하기 전에는 용감하지만 속마음을 드러내 보이고 나면 도리어 간이 오그라들기 마련이었다.

"전하……."

무슨 말이라도 해야겠다고 생각한 한운석이 입을 떼는 순간, 갑자기 용비야가 고개를 숙이고 그녀의 입술을 틀어막았다.

한운석이 했던 것처럼 잠자리가 물 위에 앉듯 가벼운 입맞춤이 아니라 그가 늘 그랬듯 강압적이고 힘찬 입맞춤, 거침없이 파고들어 단숨에 격정으로 타오르는 입맞춤이었다.

그렇게도 차가운 사람이 입맞춤할 때는 몹시도 격렬했다. 마치 가슴 깊은 곳에 자리한 모든 압박감을 입술과 혀를 통해 쏟아내려는 것 같았다.

차츰차츰, 그가 그녀를 안아 바짝 끌어 당겼다. 그녀도 자연스레 그를 껴안고 현실에 있는 그의 존재를 느꼈다.

이 입맞춤은 두 사람 모두 원했고 끊임없이 이어졌다.

초겨울 저녁, 황금빛 노을이 운한각 정원을 가득 비추고 서로 끌어안고 입맞춤하는 두 사람의 몸에도 희미하게 금박을 입히자 모든 것이 신성하고 아름다워 보였다.

용비야는 한운석의 물음에 대답하지 않았다. 어쩌면 이 입맞춤이 최고의 대답일지도 모른다.

한운석은 만족했다.

몰래 창가에 엎드려 정원에서 펼쳐지는 정다운 장면을 바라보던 소소옥은 진왕 전하에게도 저런 부드러운 일면이 있다는 사실에 속으로 깜짝 놀랐다.

미성년자 관람불가 장면이지만 그녀는 눈도 깜빡이지 않고 지켜보았다. 진왕의 입술이 한운석의 고운 목덜미에 떨어지자 그녀는 재미있는 구경을 할지 모른다는 생각에 흥분했다.

아무리 강한 남자도 운우지락雲雨之樂에 빠지면 그 어느 때보다 경계심이 낮아진다고 했다. 어쩌면 오늘 원하던 것을 발견하고 주인에게 보고할 수 있을지도 몰랐다.

하지만 용비야는 한운석의 목에 가볍게 입술을 찍었을 뿐, 모든 것을 갑작스레 멈췄다.

저 남자는 정말 자제력이 대단했다!

하지만 그보다 더 대단한 사람은 한운석이었다. 그런 쪽으로는 생각조차 해 보지 않은 그녀는 용비야가 질투했다는 사실에 푹 빠져 날아갈 것처럼 기뻐했다.

"이번이 마지막이다!"

용비야가 차갑게 경고했다.

한운석은 입술을 꼭 깨물고 헤실헤실 웃었지만 감히 그를 쳐다보지도 못했다.

용비야의 눈동자에 자포자기한 빛이 스쳐갔다. 이 여자를 어떻게 해야 할지 도무지 알 수가 없었다.

조금 아쉽기는 했지만 그는 결국 그녀를 놓아주었다.

"짐을 돌려놓지 않고 뭘 하는 거냐?"

한운석은 참다못해 푸하하 웃음을 터트렸다. 용비야는 즉시 얼음장 같은 얼굴이 되어 돌아섰다.

"본 왕은 할 일이 있다."

그는 이 말만 남기고 곧장 사라졌다. 마치 달아나기라도 하듯이.

할 일이 있는 것은 사실이었다. 당문 쪽에서 계속 날아든 비합전서 내용대로라면 당리 그 멍청이는 아직도 달아나지 못하고 있었다.

용비야가 서재에 도착하자 비밀 시위가 밀서 세 통을 내밀었다. 용비야는 창가에 앉았지만 곧바로 밀서를 펼치지 않고 운한각을 바라보았다.

손가락으로 얇은 입술을 살짝 쓰다듬자 저도 모르게 자조 섞인 웃음이 배어나왔다.

그때 초서풍이 고북월의 집에서 돌아왔다······.

혼사, 큰일 났다

초서풍은 고북월을 집까지 호송한 후 안으로 들어가지도 않고 곧바로 돌아왔다. 고북월이 무사하다는 것을 알게 된 주인이 어떤 반응을 보일지 몹시 궁금했기 때문이었다.

고북월 일만으로도 전하의 역린을 충분히 건드렸으니 왕비마마가 전하를 불쾌하게 만들기 위해 특별히 뭔가 하지 않아도 되겠다는 생각이 들었다.

용비야 앞에 선 그는 차분하게 밀서를 읽고 있는 전하의 모습을 보자 도무지 이해가 가지 않아 슬그머니 말을 꺼냈다.

"전하, 고북월은 무사히 집으로 돌아갔습니다……."

"음."

용비야의 반응은 간단했다.

이게 끝이라고?

초서풍은 고개를 갸웃했다. 말도 안 돼!

전하는 고북월을 오랫동안 감시했고 어렵사리 기회를 잡았다. 더구나 커다란 대가까지 치렀는데 어떻게 화를 안 내실 수 있지?

무슨 일이 있었던 거야?

용비야의 앞에서 물러나온 초서풍은 곧바로 조 할멈을 찾아 물었다. 조 할멈은 입이 헤벌어져 있었다.

"왕비마마께는 전하를 주무르실 방법이 많지!"

"허풍 떨지 마시오! 대체 어떻게 된 거요?"

초서풍은 도저히 믿을 수가 없었다.

전하의 성품을 볼 때 좋아하는 여자 앞에서도 냉정할 것이 분명했다.

"왕비마마께는 묘수가 있지. 그 묘수를 펼치기만 하면 전하께서는 고분고분해지시거든!"

조 할멈은 몹시 즐거워했다.

"조 할멈!"

초서풍은 애가 탔다.

조 할멈은 그제야 소리를 죽이고 이야기를 해 주었고 듣고 있던 초서풍은 눈이 휘둥그레졌다. 이 세상에 감히 전하를 놀리는 여자가 있다니, 믿을 수가 없었다.

그가 혼자 중얼거렸다.

"어쩐지 아무 추궁도 하지 않으시더라니……."

언젠가 왕비마마가 진왕부를 불사르더라도 입맞춤 한 번이면 전하가 얌전하게 물러나지 않을까하는 생각이 절로 들었다.

여자란 정말 대단했다!

당문의 밀서는 계속 날아들었으나 이제 와서 용비야가 달려가도 늦은 후라 당리가 알아서 살길을 찾기를 바랄 수밖에 없었다.

용비야가 갑자기 돌아간 이유를 당리가 알게 된다면 속이 터져 어쩔 줄 몰라 했을 것이다.

고요하고 깊은 밤이 찾아왔다. 운한각과 침궁은 캄캄했지만 그 주인들은 잠들지 않았다.

한운석은 창가에 기대 한 손으로 턱을 괴고 한 손으로 입술을 매만지며 지금까지 헤실거리고 있었다.

그 인간이 신경 쓰여 했어.

그런 감정은 속에서 우러나는 것이지 말로 주워섬기는 것이 아니었다.

한때 한운석도 단목요에게 신경을 쓴 적이 있었는데, 오늘 용비야도 그때의 그녀와 같은 기분일지 궁금했다.

오랫동안 좋아해 온 사람이 다른 사람과의 관계에 신경을 쓴다는 것은 정말 행복한 일이었다. 좋아하던 사람이 똑같이 자신을 좋아한다는 것을 알아차린 것과 비슷했다.

평온한 세월에는 임과 함께 속삭이고, 천하가 어지러우면 임과 함께 싸우고, 바쁜 날이 가시면 임과 함께 늙으리. 임의 마음을 얻어 백발이 될 때까지 함께 하고 싶어라!

용비야, 당신이 내게 신경을 써 준다면 난 행복할 거야.

침궁에서는 용비야가 흔들의자에 앉아 술잔을 들고 묵묵히 창밖을 내다보고 있었는데, 운한각을 보는 건지 나뭇가지 끝에 걸린 초승달을 보는 건지는 알 수 없었다.

한참 시간이 흐른 뒤 그가 가만히 입을 열었다.

"웅천과 미천홍련의 소식은?"

사과, 웅천, 미천홍련, 이 세 가지 약재는 벙어리 노파의 미독을 해독하는 데 필요했다. 지금 그에게는 이 약재가 무엇보다 중요했다.

사과가 고칠찰에게 있다는 것은 알아냈지만 다른 두 가지는 아직 소식이 없었다.

비밀 시위가 어둠 속에서 스르르 모습을 드러냈다.

"아직 소식이 없습니다. 웅천이 경매장에 나온 적이 있다는 것은 알아냈으나 구체적인 것은 더 조사해야 합니다."

용비야는 손을 저어 시위를 물러가게 했다. 쉽게 찾을 수 없는 약재라는 것은 알고 있었다.

지금 그는 당리가 폭우이화침을 가지고 빠져나오기를 기다리고 있었다. 사과는 반드시 손에 넣어야 했다…….

밤은 더욱 깊어졌지만 그림자 하나가 진왕부 주위를 어슬렁거렸다.

캄캄한 어둠 속에 흔들리는 새빨간 옷은 말로 표현하기 힘든 요사한 아름다움을 풍겨, 마치 어둠 속에서 서서히 피어나는 꽃무릇처럼 신비롭고 고귀해 보였다.

날이 거의 밝을 때쯤에야 빨간 그림자는 부근 객잔 지붕에 내려섰다.

감히 진왕부 주변을 그토록 오래 배회할 수 있는 사람은 세상에 몇 없었는데, 고칠소가 그중 한 명이었다.

그는 밤새 주변을 배회했지만 비밀 시위의 눈을 피해 진왕부로 잠입할 수는 없었다.

몇 달 전만 해도 몇 차례 들락거렸는데 언제부턴가 용비야가 방비를 강화했던 것이다.

"아아, 우리 독누이를 보고 싶은데!"

그는 그렇게 중얼거리며 나른하게 두 팔을 베고 지붕 위에 누웠다. 물론 독누이를 보고 싶지만 그보다는 확인해 보고 싶은 마음이 더 컸다. 무엇을 확인하려는 것인지는 그 자신만 알고 있었다.

얼마 자지 않았는데 전서구가 그를 깨웠다. 목령아가 보낸 서신이었다.

목령아는 웅천과 미천홍련을 찾아 주겠다고 그에게 약속했다. 고칠소 자신도 목령아가 어디로 약재를 찾으러 갔는지 몰랐지만 어쨌든 그 후로 다시는 목령아를 보지 못했다.

고칠소는 서신을 펼치면서 머리를 굴렸다. 목령아에게 평생 찾지 못할 약재를 구해 오라고 하면 다시는 귀찮게 찾아오지 않으려나?

이런 생각을 하자 스스로도 웃음이 났다.

그 후 며칠간 용비야는 진왕부를 떠나지 않았다. 그가 왕부에 있으니 한운석도 외출하지 않았다.

한운석은 처음으로 용비야가 연검練劍하는 모습을 보았다. 그는 백의 경장을 입고서 은빛 검을 휘두르며 검을 따라 몸을 움직였다. 움직임은 빨라졌다 늦어졌다하며 다양하게 바뀌었고, 베고, 찌르고, 찍고, 관통하고, 꽂고, 들어 올리는 동작 하나하나는 깔끔하고 명료했다.

사실 한운석은 검술을 알지 못해서 그저 끝내주게 멋있다고만 생각했다.

용비야는 오후까지 연검을 했고 한운석도 오후까지 구경했다.

내공을 수련할 수 없는 몸만 아니라면 분명히 용비야에게 검술을 가르쳐 달라고 했을 것이다.

용비야가 연검을 끝내자 그녀는 가까이 부리는 몸종이라도 된 양 친절하게 물을 가져다주었다.

사실 그녀도 할 일이 많았지만, 모처럼 왕부에 있는 용비야의 곁에 붙어 있고 싶었다.

"백리명향의 독약은 잘 진행되고 있느냐?"

용비야가 담담하게 물었다.

'전하를 불쾌하게 만들기' 사건 이후에도 그는 여전히 그대로였고 특별히 달라지지 않아서 마치 아무 일도 없었던 것 같았다.

물론 남들이 보기에는 그랬지만, 한운석은 두 사람이 훨씬 가까워졌다고 느꼈다. 적어도 그녀는 아무 거리낌 없이 그에게 장난을 걸 수 있게 된 것이다.

"별 문제는 없어요. 다만……."

한운석은 잠시 망설였지만 결국 말을 꺼냈다.

"전하, 백리 낭자는 평범한 사람이 아니에요. 제가 치료해 보고 싶어요."

미인혈을 만든 후 백리명향이 어떻게 될지는 아무도 몰랐으나 한운석의 독술 지식에 의하면 살아날 길은 없었다. 단지 어떻게 죽는지 확신할 수 없을 뿐이었다.

용비야가 눈을 찡그리자 한운석은 재빨리 설명했다.

"미인혈을 망치지는 않을 거예요."

용비야는 짤막하게 대답했다.

"뜻대로 해라……."

그에게 있어 백리명향은 많은 부하 중 한 사람에 불과했기 때문에 그녀가 어떻게 생겼는지조차 잊어버릴 정도였다.

"전하, 벙어리 노파는 소식이 있나요?"

한운석은 여태 그 일을 잊지 않고 있었다. 영족의 백의 공자 일도 마찬가지였다.

그녀의 출신에 관한 일은 벙어리 노파, 백의 공자와 함께 감쪽같이 사라져 버린 것 같았다.

때로는 차라리 아무 비밀이 없는 한종안의 친딸이었으면, 한 씨 집안의 적출 장녀였으면 하는 생각도 들었다.

비밀이 많으면 음모도 많고 위험한 일도 많았다. 그녀는 지금껏 천심부인의 난산이 자신이 뱃속에 있을 때부터 죽이기 위해 누군가 꾸민 일이라고 의심하고 있었다.

당시 천심부인에게 무슨 일이 있었는지, 아버지가 어떤 사람인지 명확히 밝히지 못하면 안심하고 살 수가 없었다.

"없다. 찾을 가능성은 적으니 너무 큰 기대는 하지 않는 것이 좋을 것이다."

용비야는 담담하게 말했다.

한운석은 말이 없었다. 벙어리 노파를 떠올리자 또다시 양심이 찔렸다.

그녀는 조용히 말했다.

"전하, 세 가지 약재 중에 사과는 찾았어요."

이 말에 평온하던 용비야의 눈동자에 빛이 번쩍였다.

"사과?"

한운석이 사과를 꺼내보였다.

"꼬맹이가 가져왔어요. 그 녀석이 좋은 걸 그렇게 많이 숨겨 놓았을 줄은 생각도 못했어요!"

용비야는 사과를 집어 들고 살폈지만 진짜인지 확인할 수가 없었다. 고칠찰이 가진 것보다 더 커 보였다!

"전하께서 보관해 주세요. 다른 약재들은 아마 찾기 어려울 거예요."

벙어리 노파를 찾지도 못했는데 약재가 먼저 손에 들어오자 한운석은 기운이 쭉 빠져 사과를 보관하는 것조차 귀찮았다.

용비야는 묵묵히 사과를 소매에 넣을 뿐 아무 말이 없었다.

그의 눈동자에 차가운 빛이 번쩍였다. 고칠찰, 이번에는 본 왕이 너와 함께 놀아 주마!

그러고 있을 때 초서풍이 다급하게 다가왔다.

"전하, 전하, 큰일 났습니다!"

부하들이 허둥거리는 것을 무척 싫어하는 용비야는 불쾌한 목소리로 물었다.

"큰일이라니?"

"태자에게 일이 생겼습니다!"

초서풍이 헐떡이며 말했다.

용비야는 신경 쓰지 않았다. 태자는 시무를 잘 아는 사람이었다. 지금 상황에서는 태자가 상식에 어긋난 일만 하지 않으면 천휘황제가 태자를 건드릴 리 없었다.

그들 부자에게 가장 좋은 방법은 손을 잡는 것이었다.

"무슨 일인가?"

한운석은 자못 궁금했다.

"폐하께서 태자에게 혼인을 명하셨습니다. 상대는 목 대장군부의 목유월입니다!"

초서풍이 진지하게 말했다.

그 대답에 한운석은 멍해졌다. 목유월. 초서풍이 말하지 않았다면 까맣게 잊어버릴 뻔한 이름이었다.

목유월은 장평공주의 첫손 꼽는 친구로서 한동안 어마어마한 위세를 누렸지만, 한운석과의 내기에 지고 약속을 이행하지 않은 일로 명성을 더럽혀 함부로 외출하지도 못하게 되었다.

당시 오라버니인 목청무가 그녀 대신 겉옷을 벗고 거리를 한 바퀴 돌기도 했다.

그런 여자는 아무리 출신이 좋아도 좋은 집안에 시집갈 수가 없었다. 귀족이나 명문가에서 며느리를 고르는 기준은 딸을 시집보내는 기준과는 달랐다. 딸을 시집보낼 때는 상대의 집안만 보기도 했지만 며느리를 들일 때는 반드시 명성과 품행을 가장 중요하게 따졌다.

그런데 태자가 그런 여자와 혼인을 하다니? 아니, 정확히 말해 천휘황제가 그런 여자를 며느리로 받아들이려고 하다니?

한운석으로서는 도저히 이해할 수가 없었다!

이 일은 용비야에게도 뜻밖이었던 게 틀림없었다. 그가 차갑게 물었다.

"목 대장군의 의사는?"

"궁에서 막 소식이 나왔으니 지금쯤 성지가 목 대장군부에 도착했을 겁니다."

초서풍이 사실대로 말했다.

"참, 전하. 며칠 전 저와 초서풍이 목 대장군부에서 태자를 봤어요. 목청무와 함께 있었어요."

한운석은 태자 용천묵이 먼저 목청무를 찾아갔다고 믿었지, 목청무가 군량 문제 때문에 먼저 태자를 찾아갔다고는 생각하고 싶지 않았다.

태자 뒤를 받치는 국구부는 확실히 목청무에게 군자금과 군량을 제공해 줄 힘이 있었다.

"천휘가 목청무에게 준 기한이 되었느냐?"

용비야가 물었다. 그 일을 잊은 것은 아니었다. 다만 이런 상황에서는 천휘황제가 목 대장군부를 구슬리지는 못할망정 정말로 목청무를 내칠 리가 없다고 생각해서 내버려 둔 것이었다.

"바로 엊그제였습니다만, 천휘황제가 목청무를 해임하지는 않았습니다!"

초서풍이 말했다.

어쨌든 천휘황제가 혼인을 명한 것도 구슬리는 한 가지 방법이었고, 이제 남은 것은 목 대장군의 의사뿐이었다.

목 대장군부와 국구부가 함께 서면 용비야에게는 정말로 커다란 위협이었다!

　이 일은 잠시 상황을 지켜보는 수밖에 없었다.

　다시 며칠이 지난 뒤 드디어 당리가 나타났다. 먼지를 잔뜩 뒤집어쓴 그는 놀랍게도 혼례복을 입고 있었다. 그가 생사의 관문에서 어떻게 도망쳐 왔는지는 하늘만이 알 일이었다.

　당리는 왕부에 들어선 뒤 한운석을 만나보기도 전에 용비야에게 붙잡혔다.

　"약귀곡으로 가자!"

다시는 안 돌아가

　당리의 머리카락은 봉두난발이고 경사스러운 혼례복은 누더기가 되어 있었다. 그가 미처 숨을 돌리기도 전에 용비야가 끌고 왕부를 나섰다.

　"잠깐만……."

　아무리 그래도 숨 돌릴 시간은 있어야 했다. 그는 신부를 맞으러 가다가 도망쳐 용비야가 마련해 둔 길로 달아났는데, 아무 문제없으리라 생각한 길에서 매복을 만났다. 당문의 매복이 아니라 신부 측의 매복이었다.

　아버지가 신부의 친정 세력이 강력하다고 말해 주긴 했지만 그는 늘 한 귀로 듣고 한 귀로 흘렸다. 상대방의 배경은 물론이고 신부가 어떤 사람인지도 귀담아듣지 않았기 때문에 아직도 정확히 알지 못했다.

　하지만 매복을 당한 후로는 진심으로 상대 집안이 어딘지 몹시 궁금해졌다.

　정말이지 너무 강력했다!

　일류 중의 일류 고수 쉰 명이 일제히 공격하자 용비야의 부하들은 모조리 무너졌고 당리 역시 폭우이화침을 몽땅 써 버린 다음에야 겨우 포위를 뚫을 수 있었다.

　그동안 그는 먹고 자고 마시는 것조차 포기한 채 추격당하지 않으려고 온 힘을 다해 달아나기만 했다. 천녕국 도성 성문을 통과하고서도 경계를 풀 수 없었지만 진왕부에 도착한 다음에야 겨우 마음을 놓을 수 있었다.

그는 숨을 헐떡이면서 이런 이야기를 하려했지만, 피로에 지친 나머지 눈앞이 까매지며 그대로 혼절하고 말았다.

당문에서 천녕국 도성까지 오느라 말 두 필이 죽어 나갔으니, 그가 약한 게 아니라 생리 현상의 한계를 뛰어넘는 여정이었던 것이다!

당리가 쓰러지자 용비야는 저도 모르게 눈을 찌푸렸다.

"쓸모없는 녀석!"

내켜하지는 않았지만 그래도 용비야는 몸소 당리를 부축하고 왕부로 들어가 객방에 눕혔다.

당문에서 온 마지막 비합전서에는 당리가 달아나다가 매복을 만났다고 써 있었지만 무슨 일이 있었는지 상세한 설명은 없었다.

며칠 기다렸으나 이어지는 소식이 없자 걱정스러워진 용비야는 미리 조사할 비밀 시위를 보냈는데, 비밀 시위가 돌아오기 전에 당리가 다친 곳 없이 찾아오자 더는 걱정하지 않았다.

얼마나 큰 대가를 치렀든 당리가 혼인에서 무사히 달아났으니 상관없었다.

당리를 구하는 것도 목적이지만, 더 중요한 목적은 한운석을 당문에 데려가지 않는 것이었다. 그래서 많은 사람을 보내 당리를 구하게 한 것이다.

당리는 꼬박 하루 밤낮을 잤다. 안심이 되지 않은 용비야가 태의를 불러 진맥하게 했는데, 다행히 피로가 지나친 것뿐 아무 문제도 없었다.

날이 환하게 밝았을 때 마침내 그가 깨어났다.

눈을 뜨자마자 혼자 창가에 앉아 차를 마시는 용비야가 눈에 들어왔다. 당리는 잠기운이 남아 몽롱한 얼굴로 물었다.

"형, 내가 꿈꾸고 있는 건 아니지?"

"폭우이화침은?"

용비야가 차갑게 물었다. 당리의 몸을 뒤졌지만 찾아내지 못했다.

당리는 무척 억울한 표정을 지었다.

"형, 내가 무슨 일을 겪었는지 관심도 없어?"

"빠져나오지 않았느냐?"

용비야가 반문했다.

"어떻게 빠져나왔는지는 궁금하지 않아?"

당리가 재차 물었다.

"빠져나왔으면 됐다."

용비야는 차갑게 대답했다.

그 후로 받은 밀서가 없다는 것은 비밀 시위가 모두 죽임을 당했다는 의미였다. 당리를 매복 공격하고 그의 비밀 시위를 모조리 죽일 수 있는 사람이 비밀 시위를 훤히 아는 당자진과 여이모 말고 또 누가 있을까?

그는 당문, 특히 당자진과 여 이모의 일에는 흥미가 없었고 그저 결과에만 관심이 있었다.

당연히 용비야의 성격을 잘 아는 당리는 조용히 말했다.

"형, 아버지와 여 이모가 아니라 신부 측 세력이야! 일류 고수가 쉰 명이나 있어서 가지고 있던 암기를 모조리 쓴 후에 겨우 빠져나왔어."

그제야 용비야가 그를 돌아보았다.

"신부 측?"

"형이 마련한 길은 아버지와 여 이모는 생각도 못했지만 이상하게 신부 측이 알아냈어. 우연히 마주친 게 아니라 미리 매복을 해 둔 거야!"

당리가 진지하게 말했다.

"신부의 집안이 어디냐?"

용비야도 진지했다.

"나도 몰라. 형한테 물을 생각이었지!"

당리는 무척 유감스러워했다.

용비야는 날카로운 눈빛을 던지며 기가 막혀 입을 다물었다. 신랑도 신부가 누군지 모르는데 그가 어떻게 안다는 걸까?

하긴, 형제 두 사람 다 이번 혼사에 눈곱만큼도 관심이 없었으니 그럴 만도 했다. 신부가 누구건 당리는 무조건 달아날 생각이었다.

신부 측이 그렇게 강하다면 용비야가 알아서 사람을 보내 조사할 것이다.

"폭우이화침은?"

용비야가 관심이 있는 건 이쪽이었다.

"말했잖아……. 가지고 있던 암기를 모두 써 버렸다고."

당리가 쭈뼛쭈뼛하며 말했다.

"폭우이화침까지 말이냐?"

용비야는 또 한 번 놀랐다.

당리는 용비야가 폭우이화침으로 뭘 하려던 건지 몰랐고 반드시 필요하다는 것만 알고 있었다. 그런데 지금 저 반응을 보면 그렇게 중요하지는 않은 것 같았다.

"보아하니 네 약혼녀는 확실히 보통 사람이 아닌 것 같군."

비로소 용비야도 호기심을 보였다.

다른 곳에서 사과를 얻어 협박당할 걱정이 없으니, 고칠찰 쪽은 그 혼자 힘으로도 충분히 상대하고 남았다.

당리를 데려가려고 한 것은 단지 단숨에 고칠찰을 처리하기 위해서였다. 폭우이화침이 없더라도 천천히 놀아 주면 되니 상관없었다.

용비야가 추궁하지 않자 당리도 마음을 푹 놓았다.

당리가 당문에서 둘째가는 보물을 모조리 써 버렸다는 것, 그것도 혼례날 달아나기 위해 써 버렸다는 것을 당자진이 알게 된다면 아마 아들을 잡아 죽이려고 할 것이다.

무시무시한 일이 벌어질 테니 영원히 돌아가지 말라고, 당리는 속으로 자신에게 당부했다.

"설마 살수성 사람이냐?"

용비야가 물었다.

여아성과 소요성은 모두 살수성으로, 둘 다 가볍게 볼 수 없는 세력이었다. 당자진도 늘 그들을 끌어들이고자 했지만 용비야가 내켜하지 않았다.

"어떤 사람이든 상관없어. 어차피 다시는 안 돌아갈 테니까."

당리는 침상에서 내려와 엄숙하게 말했다.

"결심했어. 오늘부터는 형을 따를 거야."

생사가 왔다 갔다 하는 싸움을 겪은 당리는 점점 더 아버지가 미워졌다. 아버지가 혼인을 밀어붙이는 까닭은 손자를 보고 싶어서가 아니라 혼사를 통해 큰 세력을 끌어들이기 위해서였다.

아버지와 여 이모가 용비야가 아닌, 그들 마음속에 있는 야망에 충성하는 것이 아닐까 의심스럽기까지 했다.

용비야가 말이 없자 당리는 소리를 낮췄다.

"형, 영족의 일은 내가 함께 막겠어!"

그동안 용비야는 한운석의 곁에 머물면서 아무도 영족의 일을 알 수 없도록 막는 동시에 영족 외 다른 일곱 귀족의 움직임을 추적해 왔다. 그가 뭘 하려는지는 당리가 가장 잘 알았다.

그는 독종의 세력을 손에 넣음과 동시에 서진 황족이라는 한운석의 신분을 영원히 지워 버리기를 바랐!

용비야는 여전히 말없이 싸늘하게 당리를 흘낏 바라볼 뿐이었다. 하지만 당리는 기뻤다. 어려서부터 지금까지의 경험으로 보아 용비야가 말을 하지 않으면 기본적으로는 묵인이었다.

오래지 않아 한운석이 소식을 듣고 나타났다.

당리도 요즘은 한운석이 눈에 거슬리지 않았다. 그 자신도 좋아할 수 없을 것 같은 여자를 좋아해서 아버지와 고모를 길길이 날뛰게 만들 수 있다면 얼마나 좋을까?

"무사히 혼인을 피했네요?"

한운석이 웃으며 말했다. 역시 조 할멈이 이 일을 알려 준 것이다.

자신이 없는 동안 용비야와 이 여자 사이가 얼마나 발전했는지 모르는 당리는 신중하게 나가는 편이 좋겠다는 생각에 간단히 고개만 끄덕였다.

"전하, 사당 열 곳은 부숴도 혼인 하나는 망치지 말라는 말이 있답니다."

한운석은 용비야가 구해 주었다고 짐작하고 장난스레 말했다.

"당리의 혼인은 사당 한 곳보다도 중요하지 않다."

용비야가 차갑게 말했다.

"신부가 누구였죠?"

한운석이 호기심을 보였다.

"직접 물어라."

용비야는 여전히 차가웠다.

당리는 아무래도 두 사람 사이에 뭔가 생긴 것 같아 고개를 갸웃했다. 용비야는 여전히 쌀쌀하고 바뀐 곳이 별로 없지만 한운석은 예전보다 태도가 훨씬 편안해져 있었다.

예전에 한운석은 용비야 앞에서 어느 정도 겁을 먹었고, 농담하는 것도 본 적이 없는 데다 중요한 일이 아니면 용비야와 대화도 별로 나누지 않았다. 그땐 마치 다른 세상에 사는 사람들 같았는데 지금은 한세상 사람처럼 보였다.

당리는 아무리 생각해도 알 수가 없었다. 대체 무슨 일이 벌어졌던 걸까?

"이봐요, 신부가 누구였어요?"

한운석이 다시 물었다.

당리는 교묘하게 대답을 피했다.

"내 앞에서 혼인 이야기는 다시는 하지 마!"

한운석이 있어 약귀곡으로 가는 이야기는 꺼낼 수가 없었다. 밤이 되자 용비야는 홀로 약귀곡을 찾아갔다.

며칠 후 용비야가 고칠찰의 정원에 나타났지만 예상과 달리 고칠찰은 없었다.

"기다리겠다."

용비야의 한마디에 늙은 집사는 까무러칠 듯이 놀랐다. 진왕 전하는 오만하고 강압적인 사람인데 약귀 대인은 워낙 교활하고 독설이 심해서 단 한마디로 진왕 전하의 분노를 살 수 있었다.

늙은 집사마저 약귀 대인이 제 발로 죽을 자리를 찾아갔다는 생각이 들 정도였다. 약귀 대인이 가진 사과로 용비야를 위협할 수 있어서 다행이지, 그렇지 않았다면 그 결과는 상상할 수도 없었다.

용비야는 정말 기다렸다. 무시무시한 인물이 떡 버티고 있으니 늙은 집사는 한시도 지체하지 않고 곧장 고칠찰에게 비합전서를 보냈다.

이튿날 고칠찰이 돌아왔다.

여전히 검은 장포로 몸을 뒤덮은 차림이었고, 웃음도 괴상야릇했다.

"하하, 진왕 전하께서 이제야 깨닫고 이 몸에게 걷어차이러 오셨나?"

두 차례 싸움에서 고칠찰은 귀한 사과를 반으로 쪼개며 용비야를 위협했고, 시종일관 '한 번 걷어차 보자'는 요구를 견지했다!

용비야가 대답하지도 않았는데 고칠찰은 저 혼자 낄낄 웃음을 터트렸다.

"진왕 전하, 이제 사과는 두 조각이 났는데 어느 조각을 원하는 것일까나?"

이 자리에 있는 모두가 알다시피 조각난 두 쪽을 모두 써야만 약효가 있었다!

고칠찰의 말은 순전히 도발이었다!

용비야의 눈에 차가움이 번뜩이자 화를 내지 않아도 절로 위엄이 드러났다. 옆에 있던 늙은 집사는 그대로 얼어붙을 지경이었지만, 고칠찰은 여전히 신나게 웃었다.

"물론 진왕 전하께서 이 몸에게 두 번 걷어차여도 좋다면……둘 다 상으로 주지!"

이 한마디에 늙은 집사는 참지 못하고 부르르 떨었다. 주인과 진왕 전하 사이에 반드시 갚아야 하는 불구대천의 원한이라도 있는 걸까?

그렇지 않고서야 저렇게까지 도발하고 모욕할 리가 없었다.

마침내 용비야 싸늘하게 입을 열었다.

"두 번이냐?"

"세 번, 네 번이 좋으시다면 그래도 괜찮지."

고칠찰은 시원시원하게 말했다.

용비야는 대답하지 않고 갑자기 훌쩍 날아올라 그림자조차 보이지 않는 빠른 움직임으로 고칠찰을 힘껏 걷어찼다. 그 맹렬한 기세에 주변 공기까지 출렁였다!

그와 두 번 싸워 본 고칠찰은 미리 방비하고 있어서 계속 뒤로 물러나며 피했고 결국 문에 등이 닿았다.

분명히 아직 달아날 시간이 있었는데도 고칠찰은 달아나지 않고 도리어 소매에서 사과 한 조각을 꺼내 몹시 진지한 얼굴로 말했다.

"진왕 전하께서 이 몸에게 네 번 걷어차이고 싶다면……."

그는 말을 잇지 않고 사과 한 조각을 다시 둘로 쪼개는 자세를 취했다.

사람 마음은 변할까

사과를 쪼개는 자세를 취한 고칠찰은 용비야가 멈출 것으로 생각했다. 그런데 웬걸, 용비야는 멈추기는커녕 다른 발까지 동시에 차올렸다.

그 순간 고칠찰의 눈이 휘둥그레졌다!

허공을 가르며 날아든 두 발이 고칠찰의 배를 힘껏 걷어차자 용비야는 그 힘을 빌려 허공에서 공중제비를 넘은 뒤 다시 고칠찰 앞에 내려섰다.

일순 시간이 멈춘 것 같았다. 정원에는 정적이 감돌고 모든 것이 정지했다.

고칠찰은 꼼짝없이 제자리에 서 있었지만, 곧이어 들고 있던 사과가 천천히 땅으로 굴러 떨어지더니 '픽' 소리와 함께 바스러졌다.

용비야는 사과는 쳐다보지도 않고 냉랭하게 고칠찰을 노려보기만 했다. 곧이어 고칠찰 뒤에 있던 문이 요란한 소리를 내며 조각조각 났다.

고칠찰은 그제야 느릿느릿 고개를 숙여 땅에 떨어진 사과를 바라보았다. 이 모든 것을 믿을 수가 없었다.

"용비야, 너……."

이 말이 끝나기도 전에 입에서 선혈이 왈칵 쏟아져 검은 복면을 축축하게 적셨다.

사과로 위협해도 공격하다니, 정말 사과가 필요 없는 걸까?

어떻게 그럴 수가?

고칠찰은 온몸의 기혈이 뒤집히는 것을 느꼈고 곧 다시 선혈을 토했다. 용비야의 두 번에 걸친 발길질은 절대 평범하지 않았다!

마침내 고칠찰도 버티지 못하고 한쪽 무릎을 털썩 꿇었다!

그순간 고칠찰은 하마터면 어화술 씨앗을 던질 뻔했다. 씨앗이 용비야의 몸에 뿌리내리기만 하면 목숨을 앗아갈 수 있었다.

하지만 결국에는 던지지 않았다.

용비야가 몸을 숙이더니 다짜고짜 고칠찰의 복면을 잡아 벗겼다. 이보다 더 창백할 수 없을 것 같은 종잇장 같은 얼굴과 새빨간 피가 묻은 입이 드러났다.

그의 얼굴은 용비야의 예상대로 무척 젊었지만 아는 얼굴은 아니었다.

그래도 용비야는 한참 살핀 뒤에야 몸을 일으켰다.

"아직 발길질 두 번이 더 남아 있으니 다른 약재와 교환할 수 있다. 죽을지 살지 스스로 결정해라."

높은 곳에서 내려다보며 얼음처럼 차갑게 말하는 품이 마치 그 누구도 함부로 대할 수 없고 세상에서 가장 높은 곳에 있는 제왕 같았다.

고칠찰은 패했지만 그에게서 패배자의 낭패감은 찾아볼 수 없었다. 그는 시종일관 피 묻은 입꼬리를 올리고 세상을 비웃는 듯 사악한 웃음을 짓고 있었다.

"진왕 전하께서 어떤 약재를 원하는지 속 시원히 말해 보시지. 이 몸은 죽음을 아주 아주 무서워하거든!"

"웅천과 미천홍련."

용비야가 망설임 없이 말했다. 당연한 일이지만 그는 단순히 복수를 하기 위해 약귀곡을 찾은 것이 아니었다.

이 세상에 약귀 대인보다 약재를 잘 찾는 사람은 아마 세 명을 넘지 않을 것이다. 약귀 대인이 찾아내지 못하면 그가 찾을 가능성은 더욱더 없었다.

"웅천과 미천홍련이라……. 오호라, 진왕 전하의 눈이 꽤 높으시군!"

고칠찰은 감탄을 터트렸다.

"1년 기한을 주겠다."

용비야가 차갑게 말했다.

고칠찰은 개의치 않고 흥미로운 듯 물었다.

"사과, 웅천, 미천홍련? 그게 무슨 약방문이지? 이 몸은 처음 듣는데."

용비야는 대답하지 않고 경고했다.

"약속을 어길 생각은 마라. 그렇지 않으면 1년밖에 살지 못할 것이다."

"하하하, 진왕 전하도 알다시피 쉽게 찾을 수 있는 약이 아니야!"

용비야가 준 1년은 길다고 할 수 없는 시간이었다. 그 두 가지 약재는 3년이 걸려도 찾아낸다는 보장이 없었다.

"어떠냐?"

용비야는 명확한 대답이 필요했다.

"이 몸이 '싫다'고 말할 수도 있는 건가?"

고칠찰은 큰 소리로 웃음을 터트렸다.

용비야는 싸늘하게 그를 바라보더니 쓸데없는 말없이 돌아섰다.

"진왕 전하, 우리 좀 더 이야기하자고. ……이봐, 사과는 필요 없는 건가? ……용비야!"

고칠찰이 아무리 소리쳐도 용비야는 뒤도 돌아보지 않고 대문으로 사라졌다.

용비야가 떠났다는 것이 확실해지자 고칠찰은 쓰러질 것처럼 비틀비틀 뒷걸음질 치면서 배를 누르며 눈썹을 잔뜩 찌푸렸다.

빌어먹게 아프군!

용비야, 내 손에 걸리지 않기를 빌어라. 그렇지 않으면 네게도 똑같이 죽느니만 못한 고통을 안겨 줄 테니!

그제야 놀라 넋이 나갔던 집사가 허둥지둥 달려왔다.

"주인님, 괜찮으십니까?"

"이게 괜찮아 보여?"

고칠찰의 입가에 떠올랐던 웃음은 이미 자취를 감추었고 몹시 불쾌한 표정만 남아 있었다.

집사는 알아서 입을 다물고 다시는 한마디도 하지 않았다.

고칠찰은 산산조각 난 사과를 바라보며 중얼거렸다.

"어떤 때려죽일 놈이 저자에게 사과를 줬을까?"

용비야는 사과를 얻기 위해 두 번이나 찾아왔으니 정말 필요 없어진 것이 아니라 벌써 손에 넣은 것이 분명했다.

고칠찰은 이를 갈며 용비야에게 사과를 준 자가 누군지 알아내면 죽느니만 못하게 만들어 주고야 말겠다고 다짐했다!

그자 때문에 재미있는 일을 깡그리 망치고 말았다!

늙은 집사는 주인의 입가에서 여전히 피가 흐르는 것을 보자 참다못해 입을 열었다.

"주인님, 일단 치료부터 하시지요."

"안 죽어!"

고칠찰은 짜증스레 돌아서서 문 안으로 들어가면서, 사람 가죽으로 만든 가면을 떼어 낸 집사의 얼굴을 향해 휙 던졌다.

영리한 토끼는 굴이 세 개 있다는 말처럼, 고칠찰에게는 사람 가죽 가면이 많이 있어서 누구든 그의 진짜 얼굴을 보는 것은 꿈도 꾸지 못할 일이었다!

용비야, 한운석에게 숨기고 약을 구하러 왔겠지. 내가 반드시 널 대신해 가능한 한 빨리 찾아내 주마!

용비야가 줄곧 약재를 찾고 있다는 것을, 확실히 한운석은 알지 못했다. 용비야가 없는 동안 한운석은 자주 당리를 찾아가 암기를 내놓으라며 귀찮게 굴었다.

당리가 가지고 있던 암기는 모두 써 버렸지만 당문에서 암기를 가져오는 것쯤 그에게는 무척 간단한 일이었다. 이게 다

아들이라면 껌뻑 죽는 어머니 덕분이었다.

며칠 후 용비야가 약귀곡에서 돌아오자 초서풍은 곧바로 나쁜 소식을 전했다. 목 대장군과 목청무가 명을 받아들였고 목유월과 태자 용천묵의 혼례가 월말로 정해졌다는 소식이었다.

"최근 목 대장군이 입궁해서 황제를 만났느냐?"

용비야가 물었다.

이미 자세히 조사해 놓았던 초서풍이 곧바로 대답했다.

"아닙니다. 지난번에 왕비마마와 제가 장군부 뒷문에서 우연히 태자와 목청무를 목격했는데, 목씨 집안에서 혼인을 청한 것일지도 모릅니다!"

목청무는 천휘황제가 내린 임무를 완수하지 못했고 지금 조정에서 그를 도울 힘이 있는 사람은 진왕 전하와 국구였다. 진왕 전하에게 거절당했으니 국구를 찾아가는 수밖에 없었다.

용비야는 말이 없었으나 한운석이 초서풍의 추측을 반박했다.

"목청무는 그런 사람이 아니에요. 하물며 이 중요한 시기에 폐하께서 대장군부를 건드릴 리가 있을까요?"

용비야가 담담하게 물었다.

"그래서, 천휘황제가 먼저 목 대장군부에게 손을 내밀었다는 말이냐?"

그러나 한운석은 이것도 부인했다.

"아뇨, 제 생각에 이 일은 태자가 주도한 거예요. 태자는…… 보통 사람이 아니니까요!"

용비야는 흥미로운 듯이 고개를 끄덕였다. 문득 이 여자가 잔꾀가 많은 것이 아니라 지혜롭다는 생각이 들었다.

목 대장군은 태후의 생신 연회 때 선물을 바쳤으나 특별히 눈에 띄지 않는 평범한 선물이었다. 두 황제를 모신 그는 황위 싸움에서 내내 중립을 취하며 굴복하거나 대항하지 않고 몸을 지켰고, 어느 쪽으로도 기울지 않았다.

무릇 홀로 떨어져 자기 몸을 지킬 줄 아는 사람에게는 그만한 힘이 있기 마련이었다.

천휘황제가 목 대장군부를 구슬릴 생각이었다면 애초에 군자금 문제로 목청무를 압박하지도 않았을 것이다.

바꿔 말하면, 이번 일은 태자가 먼저 목 대장군부에게 손을 내밀었고 천휘황제는 용비야를 상대하기 위해 어쩔 수 없이 태자가 세력을 키우도록 용인한 것이었다.

용비야가 이해할 수 없는 단 한 가지는 태자와 국구부가 무슨 수로 목 대장군을 설득했느냐는 것이었다.

"분명히 수상해요. 목청무가 태자에게 약점이라도 잡혔을까요?"

한운석도 이해가 가지 않아서 목청무를 만나 봐야 할지 고민했다.

혼례가 월말이니 열흘 정도 시간이 있었다.

한운석은 며칠 망설였지만 결국 찻집 별실에서 목청무와 만나기로 약속했다.

구휼미를 국구부에서 **빼돌렸다**는 말을 듣고 의분에 찼던 목청무의 표정을, 한운석은 잊지 않고 있었다.

처음 만났을 때부터 지금까지 한운석은 목청무가 조정에서 가장 바르고 떳떳한 사람이라고 믿고 있었다. 광명정대한 그 눈동자는 거짓일 리 없었다.

목청무가 도착하기도 전에 한운석은 여러 가능성을 생각했다.

하지만 목청무는 그녀가 결코 생각하지 못한 답을 내놓았다.

"왕비마마, 누이동생의 혼기가 찼습니다."

명성을 망친 목유월이 시집을 가려면 장군부보다 낮은 집안을 고를 수밖에 없었다. 괄괄한 목유월이 그걸 받아들일 리 없었다. 조롱을 당한 것도 모자라 가세가 쳐지는 집안에 시집을 가면 더욱 웃음거리가 되지 않을까?

목청무와 목 대장군이 목유월을 무척 아낀다는 것을 아는 한운석은 눈을 찌푸리며 고개를 저었다.

"목유월이 태자에게 시집가면 행복할 거라고 생각해요? 한낱 도구로 이용당할 거예요!"

"왕비마마, 유월이 원하는 것은 명성뿐입니다. 적어도 낮은 집안에 시집가는 것보다는 행복하겠지요."

목청무는 담담하게 말했다.

"그래서, 목유월이 원하는 행복을 찾아 주려고 기꺼이 국구부와 더러운 물에서 어울리기로 한 건가요?"

한운석이 화난 소리로 물었다.

목청무는 대답 없이 한운석의 시선을 피했다.

한운석은 화가 나고 초조했다.

"소장군!"

쓸모도 없는 사람을 구해 주었다고, 사람을 잘못 보았다고 후회해야 할까? 아니면 사람 마음은 너무 빨리 변한다고 탄식해야 할까?

눈앞에 있는 이 강직한 청년 장군은 진지한 얼굴로 이런 말을 한 적이 있었다.

'왕비마마, 언젠가 소신이 필요한 곳이 있다면 반드시 불러 주십시오.'

그런데 지금 그는 진왕부와 대립하는 쪽에 서 있었다.

목청무는 고개를 숙인 채 말이 없었다.

한운석은 어차피 이런 선택을 한 이상 그가 당차게 반박하기를 바랐다. 고개를 숙인 채 자라처럼 목을 움츠린 그의 모습은 도저히 바라볼 수가 없었다.

"소장군, 오늘 만나지 않은 것으로 해요."

한운석은 몹시 실망해서 먼저 일어나 나갔다.

의외이긴 하지만 목청무가 목유월 대신 겉옷을 벗고 거리를 한 바퀴 돈 일을 생각해 보면 오늘 일도 전혀 불가능한 것은 아니었다.

오래, 아주 오랜 시간이 지난 후 비로소 목청무가 고개를 들고 창밖을 바라보았다. 멀어지는 한운석의 뒷모습을 바라보며 그는 답답한 숨을 내쉬었다.

"왕비마마, 언젠가 제가 마마를 도울 수 있기를 바랍니다."

중얼거리는 목소리가 워낙 작아 그 자신조차 똑똑히 들을 수 없었다.

태자와 손을 잡는 일 때문에 목 대장군부가 발칵 뒤집혔던 일은 아무도 몰랐다.

그날 태자가 먼저 찾아와 회유하려는 뜻을 전하고 군자금과 군량을 마련해 주겠다고 했다.

목청무는 기회가 왔다는 것을 느끼고 그 자리에서 승낙했다.

첫째는 백성들에게 돌아갔어야 할 식량을 되찾기 위해서이고, 둘째는 언젠가 왕비마마를 도와 목숨을 구해 준 은혜에 보답하기 위해서였다.

목유월을 맞이하는 일은 태자의 생각이었다. 태자는 천휘황제를 설득해 명을 받아 냈고 목유월의 허영심을 이용해 목 대장군을 설득했다.

이 일 때문에 목유월은 사흘 밤낮 울고불고하며 자결하겠다고 협박했고, 그러는 중에 성지가 도착하자 몸과 마음이 지친 아버지는 선택의 여지가 없었다.

이제 곧 월말이고, 그는 그저 모든 것이 순조롭기를 바랄 뿐이었다.

한번 만나 봐야지

태자의 혼사 이야기가 퍼지자 조정 안팎이 소란스러워졌다.

제왕 집안의 혼사는 본래가 중대한 사건인데, 이번 혼사는 천휘황제와 국구부, 목 대장군부라는 세력이 세 곳이 얽혀 있으니 더욱 그랬다.

태자가 명성이 땅에 떨어진 목유월 같은 여자를 맞이하리라곤 아무도 예상치 못했지만, 소식이 전해지자 태자가 목유월과 혼인하는 것이 가장 영리하고 가장 옳은 선택이라는 것을 거의 모든 사람이 깨닫게 되었다.

천휘황제의 신임과 국구부의 지지, 목 대장군부의 조력. 세 곳에 나오는 커다란 힘은 태자를 전에 없이 높은 자리로 떠받쳐 줄 수 있었고, 진왕 전하에 필적하는 천녕국 황족의 대표가 되기에 충분했다.

목청무를 만나고 돌아온 후 한운석은 거의 매일같이 태자에 관한 소식을 들었다.

천하의 모든 일이 그들 차지였다. 한운석은 남자들의 싸움은 잘 모르고 천녕국 조정에도 흥미가 없지만 목청무 생각을 하면 실망보다는 안타까움이 앞섰다.

그는 천녕국에서 가장 용감무쌍한 청년 장군이자 목 대장군부의 유일한 계승자였고, 조정에서 가장 솔직한 사람이기도 했다!

그렇게 젊고 그렇게 뛰어난 사람이 이렇게 굴복하다니.

한운석이 서재에서 독약을 만들고 나오자 조 할멈이 또 궁의 최신 소식을 전해 주었다.

"왕비마마, 태후가 또 대장군부에 비단 백 필과 보석 열 상자를 예물로 내리기로 하셨다는군요."

한운석은 저도 모르게 눈을 찌푸렸다. 태후가 은자 십오만 냥과 진귀한 물건 한 무더기를 예물로 내리기로 했다고 들은 게 바로 어제였다! 그런데 오늘 또 그 많은 예물을 주겠다니.

국고가 비고 기근이 심각한데도 태후의 개인 곳간에는 여전히 재물이 넘치는 모양이었다!

"마마, 태후에겐 그만한 돈이 없지만 국구부에는 있답니다!"

조 할멈은 왕비마마가 알아듣지 못할까 봐 재빨리 설명을 덧붙였다. 하지만 한운석도 당연히 알고 있었다.

"물은 배를 띄우기도 하지만 뒤집을 수도 있지. 그렇게 권력을 쥐어 봤자 오래 가지 못해!"

한운석은 싸늘하게 말했다.

조 할멈은 알아듣지 못하고 푸념을 했다.

"태자를 구해 주지 말았어야 했습니다. 이제 보니 적을 살려 놓은 격이 아닙니까!"

그런 말로 따지자면 천심부인을 원망해야 했다. 지난날 천심부인이 태후를 구해 주지 않았다면 태후도 없고 오늘의 천휘황제도 없으니 아무 일도 일어나지 않았을 것이다.

원망해 봤자 소용없었다!

"안심하게. 우리 전하께서는 그들을 두려워하지 않으시니까."

물론 한운석 자신도 마찬가지였다.

며칠 연달아 백리 장군부에 다녀왔고 오늘도 가야 했지만, 백리명향의 독이 발작할 때가 되어 망설여졌다. 한운석은 아무런 도움도 주지 못한 채 옆에서 지켜보기만 하는 것을 도저히 견딜 수가 없었다. 게다가 목청무의 일로 속이 답답해서 나가서 바람을 쐬기로 했다.

"조 할멈, 소옥이를 부르게. 거리 산책을 하러 가겠네!"

조 할멈과 소소옥은 하나같이 외출을 좋아했다. 세 사람은 눈에 띄지 않게 차리고 마차에 올라 밖으로 나갔다.

그간 바빠서 소소옥을 신경 쓰지 못했는데 오늘 자세히 살펴보니 말끔하고 고와서 하녀 복장을 했지만 뭐라고 설명하기 힘든 기질이 있어 보였다.

소소옥은 어려서부터 고아여서 부모가 누군지 모른다고 했다.

한운석은 외모나 기질로 보아 평범한 출신이 아닌데 집안에 무슨 변고가 있었던 게 아닐까 생각했다.

그녀 자신도 현대에서는 고아였기 때문에 소소옥에게 더욱 연민을 느꼈다.

"소옥아, 부모님을 찾으려고 한 적이 있니?"

한운석이 물었다.

소소옥은 속으로 경계했지만 겉으로는 천진난만한 표정을 지으며 놀라고 기쁜 목소리로 물었다.

"찾을 수 있어요?"

한운석도 반가워했다.

"누가 안 된다고 했니?"

소소옥은 신이 났지만 곧 눈빛이 어두워졌다.

"왕비마마, 저를 쫓아내시려는 거죠?"

뜻밖의 오해를 사자 한운석은 웃어야 할지 울어야 할지 알수가 없었다.

"그럴 리가 있니? 오히려 네가 떠나려고 할 때는 내가 아무리 붙잡아도 안 될걸!"

"하지만…… 부모님을 찾을 수가 없는걸요."

소소옥은 쓸쓸하게 고개를 숙였다.

한운석도 전에 낙 집사를 시켜 조사해 보았지만, 확실히 이아이는 거지들 틈에서 자랐고 출신에 관한 실마리가 하나도 없어 찾기가 쉽지 않았다.

소소옥의 실망한 모습에 한운석이 위로하려고 하는데, 조할멈이 눈치 없게 웃으며 나섰다.

"왕비마마 곁에 있으면 맛있는 것도 실컷 먹을 수 있는데 슬퍼할 게 어디 있느냐! 왕비마마가 곧 네 부모이신데 뭐 하러 부모를 찾아?"

말은 그랬지만 조 할멈은 평소 소소옥에게 잘해 주었고 맛있는 것이라면 모두 챙겨 주었기 때문에 소소옥도 제법 살이 올라 있었다.

소소옥은 고개를 들었지만 뭐라고 대답해야 할지 모르는지 맹한 표정이었다. 한운석이 참지 못하고 폭소를 터트렸다.

"그만, 그만. 그 이야기는 그만하지. 자, 함께 가서 장신구를 고르세."

여자들이 거리를 둘러보는 목적은 먹거나 사는 것이었고 한운석도 예외가 아니었다. 지난번 태후의 생신 연회 때 쓸 장신구를 구하다가 괜찮은 가게를 찾아냈는데 다양한 물건들이 있었지만 시간이 모자라 자세히 살펴보지 못해 아쉽게 생각하고 있던 차였다.

그 가게는 '금옥연金玉緣'이라는 장신구 전문점이었다. 가게에 진열된 상품들은 하나같이 독특하고 종류별로 하나밖에 없기 때문에 있을 때 사지 않으면 평생 똑같은 것을 구할 생각은 말아야 했다.

한운석 일행이 문 앞에 도착해 보니 문 밖에 칼을 찬 시위 여섯 명이 서 있는 게 보였다.

"시위를 여섯 명이나 데리고 있다니 대단한 거물이라도 온 모양이군요."

조 할멈이 의아해하며 말했다.

칼을 찬 시위들을 데리고 외출하려면 지켜야 할 것이 많은데, 저 기세로 보아 안에 있는 사람은 적어도 직계 황족인 모양이었다.

그 광경을 본 한운석은 다소 흥이 가셨다. 칼 찬 시위들이 문을 막고 있다는 것은 저 가게를 독차지하고 다른 손님을 들이지 않겠다는 말이었다.

"다음에 오지. 한씨 저택으로 가세."

소란을 일으키는 것을 좋아하지 않는 한운석은 그들과 맞설 생각이 없었다.

그런데 막 마차를 돌리려 할 때 고통에 찬 목소리가 들려왔다.

"악……!"

한 번 와 봤던 조 할멈은 단번에 그 목소리를 알아들었다.

"왕비마마, 가게 여주인입니다!"

그 말과 함께 또다시 애처로운 비명이 들려왔다.

"아악…… 살려 주세요! 유월 소저, 저는 정말 못 합니다……."

그 뒤로는 흐느낌에 묻혀 잘 들리지 않았지만, '유월 소저'라는 말은 똑똑히 들렸다.

"유월 소저?"

한운석은 고개를 갸웃했다.

"왕비마마, 목유월이 행패를 부리고 있군요! 가서 보시지요. 어서요!"

떠들썩한 것을 좋아하는 조 할멈은 소소옥까지 끌고 마차에서 내렸다.

목유월은 장평공주를 따라다닐 때 종종 궁에서 위세를 부려 사람들을 괴롭히곤 했는데, 우연히 그 장면을 몇 번 본 조 할멈은 그녀를 무척 싫어했다. 게다가 이제는 태자와의 혼인 문제까지 더해져 더욱 미워하게 되었다.

물론 조 할멈이 아무리 목유월을 미워한다고 해도 한운석만큼은 아니었다!

목유월이 그녀에게 가했던 모욕과 음해는 차치하더라도, 목청무가 태자와 손잡은 일만 해도 모두 저 못된 여자의 허영심 때문이었다.

한운석이 후회하는 단 한 가지는 바로 애초에 저 못된 여자와 내기할 때 철저하게 없애 버리지 못한 것이었다.

지난번 내기에서 진 후 목유월은 약속을 이행하지도 않고 그에 대해 해명하지도 않은 채 지금까지 모습을 드러내지 않았다. 오늘 이렇게 마주친 이상 한번 만나 보지 않을 까닭이 없었다.

한운석이 마차에서 내리자 조 할멈은 소소옥을 데리고 한쪽에 서서 기다리고 있었다.

"먼저 들어간 줄 알았는데!"

한운석이 농담을 했다.

조 할멈은 의미심장하게 웃으며 말했다.

"시위가 여섯이나 되는데 소인이 무슨 수로 들어갈 수 있겠습니까."

한운석은 즐거워했다.

"그럼 들어가지 말고 나오게 해야지."

이렇게 말한 그녀가 시원시원하게 대문 쪽으로 걸어가자 칼을 찬 시위가 가로막았다.

"눈을 어디다 두었느냐? 지키고 있는 것이 보이지 않느냐?"

"지키다니, 무슨 뜻이지?"

한운석은 천진난만한 얼굴로 반문했다.

천녕국 도성에 있는 수천에 이르는 시위들이 모두 다 한운석을 아는 것은 아니었다.

시위는 한운석을 위아래로 훑어본 뒤 음탕한 눈빛을 지으며 웃었다.

"제법 미색이 있군. 하지만 오늘은 바빠서 널 예뻐해 줄 시간이 없다. 썩 물러나라! 이 나리의 마음이 바뀌기 전에."

"나도 제법 세력이 있는 사람이니 다시 보도록 해라. 공연히 목숨 버리지 말고!"

한운석은 사람 좋은 얼굴로 생글생글 웃어 보였다.

시위는 움찔했지만 곧 과장되게 심장께를 쓰다듬었다.

"아이고, 겁이 나 죽겠구나!"

"날 들여보내 주면 없었던 일로 해 주지."

한운석은 여전히 진지한 구석이라곤 없이 생글생글 웃으며 말했다.

그때 안에서 또다시 비명이 몇 차례 들려왔다.

시위는 곧 진지해졌다.

"꺼져라, 어서! 이 나리께서는 너와 놀아줄 시간이 없다!"

한운석은 제자리에서 꼼짝 않고 호기심조로 물었다.

"안에 있는 사람이 누구지? 혹시 아는 사람일지도 모르니 날 들여보내 주지 그래?"

"아는 사람? 하하하, 들으면 까무러칠걸! 어서 꺼져라! 못 들었느냐? 꺼져!"

시위가 귀찮은 듯 손을 내저었다.

한운석은 팔짱을 끼고 태연하게 서 있기만 했다. 그때 조 할멈이 다가와 의미심장하게 말했다.

"이보게, 젊은이. 사람이란 겸손해야 하는 게야. 우리 주인께서는 안에 계신 분보다 훨씬 높은 분이니 어서 비켜나게."

시위는 껄껄 웃음을 터트렸다.

"잘 들어라. 안에 계신 분은 대장군부의 소저이시고 당금 태자의 태자비가 되실 분이다!"

조 할멈은 그를 빤히 바라보다가 갑자기 똑같이 껄껄 웃음을 터트렸다.

"잘 듣게. 우리 주인은 성 북쪽 한씨 집안의 대소저이시다!"

그 말에 다른 시위들마저 껄껄거리며 웃어댔다.

"한씨 집안 대소저? 못 들어 봤는데!"

"하하하, 한씨 집안이 무슨 황실 종친이라도 된다는 거냐?"

"그런 게 어디있나? 황실 종친 중에 한씨라니……."

여기까지 말이 이어지자 시위들은 갑자기 아차 싶었는지 한꺼번에 입을 다물었다.

성 북쪽 한씨 집안?

성 북쪽에 있는 한씨 집안은 단 하나, 의술세가 한씨 집안뿐이었다. 그 집안의 대소저는…….

순간, 음흉한 눈빛을 지었던 시위가 오들오들 떨며 바닥에 털썩 엎드렸다.

"왕비마마께 인사 올립니다!"

다른 다섯 시위도 일제히 무릎을 꿇고 예를 올렸다.

"왕비마마께 인사 올립니다!"

그들 여섯 명은 모두 목유월이 새로 선발한 시위들이고 하나같이 목유월의 성격을 쏙 빼닮아 위세를 믿고 남을 괴롭히는 것을 좋아했다.

오늘 제대로 임자를 만나게 될 줄 짐작이나 했을까?

진왕비는 함부로 건드리면 안 되는 사람으로 유명했다!

"인사 받을 기분은 아닌데."

한운석은 하품을 하며 나른하게 말했다.

"조 할멈, 이 나리를 잘 좀 모시게!"

"예!"

조 할멈도 이 말만 기다리고 있었다.

그녀가 느릿느릿 시위 옆으로 걸어가자 시위는 놀라 얼굴이 해쓱해져 연신 머리를 조아렸다.

"왕비마마, 살려 주십시오! 살려 주십시오! 소인이 잘못했습니다. 눈을 뜨고도 높으신 분을 알아보지 못했으니 백번 죽어 마땅합니다. 왕비마마, 부디……."

용서를 구하는 사이 조 할멈이 그의 귀를 낚아채 힘껏 꼬집었다. 그 순간 용서를 구하던 목소리는 처량한 비명으로 바뀌었다.

"아악…… 아아악……!"

궁에서 수십 년을 살아온 조 할멈의 꼬집기 실력은 일품이었다. 시위의 입에서는 귀신이 울부짖는 것이라고 해도 좋을 정도로 점점 더 큰 비명소리가 흘러나왔다.

곧 길 가던 사람들이 몰려들었고, 안에 있던 높으신 주인도 소리를 듣고 허둥지둥 달려 나왔다…….

혼사로 돈 자랑

가게 주인을 괴롭히고 있던 목유월은 시위의 비명소리를 듣자마자 달려 나왔다. 무슨 일이냐고 외치려는데 그보다 먼저 영원히 잊을 수 없는 얼굴이 시야에 들어왔다.

"한운석!"

목유월은 몹시 뜻밖이었다.

한운석은 팔짱을 끼고 태연하게 서서 그녀를 바라보았다.

"아니, 누군가 했더니 목 소저였군. 오랜만이구나!"

확실히 오랜만이었다.

내기가 끝난 후 목유월은 거의 외출을 하지 않았고 나갈 일이 있어도 남몰래 움직였다. 전부터 장평공주를 따라다니며 미움을 산 사람이 수없이 많은 데다 명성이 땅에 떨어진 후에는 보는 사람마다 그녀를 비웃으니 어쩔 수 없었다.

그러다가 오늘 처음으로 정정당당하게 외출했는데, 하필이면 한운석과 마주친 것이다!

오랫동안 집에 숨어 있는 동안 목유월도 많은 것을 배웠다. 무릎 꿇은 시위들과 잔뜩 몰려든 구경꾼들을 보자 그녀도 상황을 헤아렸다.

며칠 후면 화려하게 태자에게 시집갈 몸이니 거리에서 한운석과 충돌할 생각은 없었다.

그녀는 목 대장군부가 태자의 즉위를 돕게 할 생각이었다. 자신을 맞아들이는 것이 곧 천녕국의 보병을 얻는 것임을 진왕에게 알려 주어 한운석 같이 아무 권력도 세력도 없는 여자를 맞아들인 것을 후회하도록 만들어 주고 싶었다!

"왕비마마, 제 시위가 무례라도 저질렀나요?"

목유월이 물었다.

한운석은 말이 없었고 조 할멈이 싸늘하게 대답했다.

"큰 불경을 저질렀습니다. 크나큰 실례였지요."

"그래?"

목유월은 더없이 진지한 얼굴로 시위 옆으로 걸어가더니 대뜸 뺨을 후려쳤다. '짝' 하고 시원시원한 소리가 났다!

"맞을 짓을 했군요! 왕비마마께서 충분히 가르치지 않으신다면 제가 대신 가르치겠어요!"

목유월은 그렇게 말하며 다시 손을 휘둘렀고, 시위는 감히 한마디도 하지 못했다.

옆에서 보는 조 할멈도 간담이 서늘했다. 물론 조 할멈도 힘껏 꼬집기는 했지만 목유월처럼 세게 때리지는 않았던 것이다. 따귀 두 대 만에 시위의 얼굴이 시뻘겋게 부어올랐다.

"왕비마마, 마음이 풀리셨나요? 풀리지 않으셨다면 더 때리죠! 마마께서 기뻐하실 때까지 때리겠어요."

목유월이 성의 넘치는 태도로 말했다.

한운석의 눈동자가 의아하게 반짝였다. 이 여자가 몇 달 못 본 사이 저렇게 변했을 줄이야. 영리하다고 할 수는 없지만 적어도 멍청하지는 않았다!

이 많은 사람들 앞에서 목유월에게 계속 시위를 때리게 하면 아마 그녀가 입방아에 오르내릴 것이고, 모르는 사람은 진왕비가 평소 아랫사람을 학대하기 좋아한다고 생각할 것이다.

한운석은 시위의 얼굴을 살피며 쯧쯧 혀를 찼다.

"연습을 얼마나 많이 했기에 여자 손이 이렇게 매울까? 앞으로는 아랫사람을 너무 많이 때리지 않도록 해라. 오늘 일은 조 할멈이 따끔하게 혼내 주면 될 일이었다."

연습?

그러니까 그녀가 평소에 아랫사람을 자주 때린다는 뜻 아닌가?

목유월은 반박하고 싶었지만 방금은 확실히 온 힘을 다해 때렸기 때문에 설명할 말이 없었다.

그녀는 화제를 돌려 시위를 꾸짖었다.

"어서 감사 인사를 올리지 않고 뭘 해? 오늘은 왕비마마께서 기분이 좋으셨기에 망정이지, 아니면 너희 같은 아랫것들에게 시비를 따지지도 않고 놓아주셨을 것 같아?"

그 말인즉 왕비마마는 속이 좁아서 아랫사람에게도 꼬치꼬치 시비를 따진다는 뜻이었다.

날카로운 혀 싸움에서도 목유월은 절대 밀리고 싶지 않았다.

한운석은 웃음을 터뜨렸다.

"옳은 말이군! 본 왕비가 오늘은 기분이 좋아서 다행인 줄 알아라. 그렇지 않으면 아랫것들은 말할 것도 없고 주인에게도 중벌을 내렸을 테니!"

그 말에 조 할멈이 제일 먼저 웃음을 터트렸고, 이어서 구경꾼들 사이에도 웃음소리가 들려왔다.

목유월이 잔꾀를 부리다가 도리어 제 발등을 찍은 셈이었다.

목유월은 얼굴이 시꺼메졌다. 이런 상황에서 '벌을 내리지 않아 감사드립니다' 말고 또 무슨 말을 할 수 있을까?

시위들만 감사 인사를 하면 끝날 일이었는데 이제는 그녀까지 따라서 감사 인사를 해야 했다.

"일어나라."

한운석이 한가롭게 손을 흔들었다.

한운석의 말솜씨는 태후도 상대가 되지 않았으니, 아무리 영리해졌다고 해도 목유월은 애당초 그럴 깜냥이 못되었다!

구경꾼들이 많지 않았다면 목유월은 벌써 펄쩍펄쩍 뛰었을 것이다!

그녀는 참아야 한다고 스스로 다잡았다. 한운석의 계책에 당할 수는 없었다.

천휘황제의 성지를 받은 후 그녀가 제일 먼저 한 일은 새로운 시위를 뽑고 새 가마를 사는 것이었다. 이제는 신분이 달라졌다. 태자비가 될 사람이라 말 한마디, 행동거지 하나가 모두 동궁과 연결되니, 신분을 망각하고 체면을 떨어뜨려 또다시 사람들의 웃음거리가 될 수는 없었다.

목유월은 일어나서 말했다.

"왕비마마, 저는 할 일이 있어 그만 물러가겠습니다."

달아나는 게 상책이었다!

한운석은 달리 괴롭힐 생각이 없는지 웃으며 고개를 끄덕였다.

목유월은 정말 떠나려고 돌아섰다. 하지만 가마에 오르려는 순간 한운석이 유유히 입을 열었다.

"참, 목 소저. 지난번 우리가 한 내기는 아직 이행하지 않았지?"

그 말에 목유월은 기분이 확 상했다.

이미 지난 일이잖아! 지난 일이라고! 그런데 왜 또 꺼내는 거야?

그녀는 며칠 후 태자에게 시집갈 예정이었고 지금 도성 전체가 태자의 혼사 문제로 떠들썩했다. 이 중요한 시기에 옛일을 들먹이는 것은 고의가 분명했다!

목유월은 생각할수록 분통이 터져 더는 참지 못하고 그녀를 돌아보며 화를 냈다.

"오라버니가 대신 거리를 한 바퀴 돌지 않았나요? 그 이상 어쩌라는 거죠?"

"내기 당사자인 목 소저가 모습을 감췄고 지금에야 나왔기에 난 또 소저가 약속을 지키지 않는 사람인 줄 알았지!"

한운석은 나쁜 뜻은 없는 사람처럼 웃어 보였다.

그러잖아도 도성을 발칵 뒤집어 놓은 사건인 데다 목청무가 겉옷을 벗고 거리를 내달렸기 때문에 일반 백성들도 알고 있었다.

"그러고 보니 태자께 시집가는 사람이 정말 그 소저였구나!"

구경꾼들 중 누군가가 소리를 지르자 주위가 소란스러워졌다.

목유월의 얼굴이 홧홧 달아올랐다. 그녀는 다급히 가마에 올라 힘껏 가리개를 쳤다.

"가자!"

허둥지둥 달아나는 뒷모습을 보자 한운석은 며칠간 답답했던 속이 확 풀리는 것 같았다.

사실 일부러 목유월을 괴롭히러 온 것이 아니라 우연히 목유월이 제 발로 모습을 드러낸 것뿐이었다.

한운석이 웃는 것을 보자 조 할멈도 히죽이며 권했다.

"왕비마마, 기분이 풀리셨는지요? 소장군이 그렇게 고집을 부린다면 마음대로 하라고 하십시오. 사람 사이는 인연이 중요한데, 소장군 같은 친구쯤 없어도 그만이지요."

조 할멈은 며칠 전 왕부에서도 여러 번 이렇게 말했지만 왕비마마의 기분이 썩 좋지 않다는 것은 알고 있었다.

왕비마마는 도성에 친구가 얼마 없었고 목청무는 그중 한 명이었다.

"목청무에게 따질 생각은 없네. 내기 문제는 본래 목유월의 잘못이니까!"

한운석은 개의치 않는 듯 털털하게 말했다.

그녀는 산책을 그만두고 조 할멈과 소소옥을 데리고 성 북쪽 한씨 저택으로 향했다.

그런데 도중에 지나던 골목에서 마주 오는 목유월의 가마와 또 마주쳤다.

떠난 게 아니었어? 왜 또 여기 있는 거야? 더구나 반대 방향에서 오는 것을 보면 일부러 돌아온 것이 분명했다.

골목이 좁아 마차와 가마가 동시에 지날 때는 자칫하다 끼지 않도록 무척 조심해야 했다.

마차와 가마가 모두 멈추었다. 조금 전 거리에서와는 달리 이곳 주변에는 아무도 없어서 목유월은 거리낌 없이 성질을 부렸다.

그녀는 내리지 않고 가리개를 걷은 채 웃으며 말했다.

"한운석, 나와!"

한운석도 상대하기 귀찮아서 가리개만 걷고 물었다.

"무슨 일이냐?"

"조금 전에는 깜빡하고 말해 주지 않았는데, 태자께서는 성대한 혼례를 베풀어 주시고 나를 맞이하러 몸소 찾아오실 거야! 게다가 황족들이 우리 집에 보낸 예물도 거리 하나를 가득 채울 정도야!"

목유월이 득의양양하게 말했다. 돌아가던 길이지만 생각할수록 분하고 인정할 수가 없어서 결국 방향을 돌려 한운석을 쫓아온 것이었다.

"그게 나와 무슨 상관이지?"

한운석이 쌀쌀하게 물었다.

"네가 꼭 와 줬으면 해!"

목유월은 생긋 웃었다.

"너도 황실에 시집왔지만 혼례도 못 치르고 예물도 못 받았잖아. 진왕부에서는 매파 한 사람만 보냈고 혼례 행렬을 따르는 사람들도 너희 집에서 고용했다지? 쯧쯧, 가엾기도 해라. 황실 혼례를 본 적이 없을 테니 내 혼례식 때 잘 봐! 황족들이 예물을 얼마나 보내 줬는지 궁금하면 우리 집에 와서 보면 돼."

그 말을 듣자 한운석은 갑자기 차분해졌다. 그녀가 담담하게 물었다.

"다른 할 말은 없느냐?"

"그래! 꼭 알려 주고 싶었어!"

목유월은 더욱더 눈부시게 웃었다.

한운석은 차분하게 말했다.

"다른 일이 없으면 길 막지 말고 비켜라."

한껏 자랑한 목유월은 기분이 무척 좋아져 여유롭게 가리개를 내렸다. 가마가 마차 오른쪽으로 천천히 지나갔다.

그때 한운석이 유유히 한마디 던졌다.

"태자비가 되면 본 왕비를 황숙모라고 불러야 한다. 다음에 또 이름을 부르면 봐주지 않을 테니 명심해라."

창 가리개 안에서 목유월이 콧방귀를 꼈다.

"황숙모? 흥, 평생 못 들을 거야!"

가마는 마차 옆을 지나 의기양양하게 떠나갔다.

하지만 한운석의 마차는 한참 동안 제자리에 서 있었다. 한운석은 두려우리만치 차분해서 조 할멈과 소소옥은 겁을 먹고 서로를 바라볼 뿐 아무 소리도 내지 못했다.

목유월의 말이 옳았다. 왕비마마가 황실에 시집올 때는 아무 것도 없었으니 목유월의 혼례식에 비하면 하늘과 땅 차이였다.

아무리 소탈한 여자라지만 혼례처럼 중요한 일을 신경 쓰지 않을 수 있을까?

조 할멈은 왕비마마가 화를 낼 줄 알았지만 예상과 달리 한운석은 그러지 않았다.

그녀는 높은 베개에 기대 한참 동안 조용히 생각하다가 이윽고 차분하게 입을 열었다.

"조 할멈, 의태비의 생신이 요 근래 아닌가?"

조 할멈은 고개를 갸웃했다. 왕비마마께서 왜 저러시지? 갑자기 그건 왜 물으실까?

지금까지 의태비의 생신은 모용완여가 맡았는데 모용완여가 혼수상태에 빠지고 의태비가 불당에 은거한 후로 생신 문제를 거론하는 사람은 아무도 없었다.

조 할멈은 날짜를 헤아려 본 뒤 대답했다.

"사흘 후로군요. 어떻게 하시려고……."

한운석은 눈을 반짝 빛내며 싸늘하게 웃었다.

"왕부로 돌아가세. 전하께 상의드릴 일이 있네."

조 할멈은 긴장했다. 왕비마마가 대체 뭘 하시려는 걸까? 목유월의 말에 자극받아 진왕 전하께 다시 예물을 받아 내시려는 건 아니겠지?

왕비마마의 성품에 그럴 리는 없었다! 대체 무슨 생각이실까?

그때 용비야는 왕부에서 당리, 초서풍과 함께 의논 중이었다.

약귀곡에서 돌아온 후로 그는 도성을 떠나지 않았다. 태자의 혼사가 확실히 위협적이었던 것이다. 물론 혼사가 정해지기 전에 그는 이미 남몰래 국구부에 손을 써놓았다.

"전하, 조사는 마쳤습니다. 구휼미는 총 사십만 석으로, 국고에서 이십만 석을 내고 전국의 유지와 거상들이 이십만 석을 모은 것입니다. 그중 실제로 백성들에게 전해진 것은 십만 석에 불과합니다! 국구부 쪽에서 얼마나 빼돌렸는지 지금 조사 중입니다."

초서풍이 사실대로 보고했다.

용비야가 꽉 쥔 주먹으로 탁자를 두드리며 말을 하려는 순간 한운석이 나타났다……

안 그런 척 약은 수

한운석이 들어오자 용비야는 아무 말도 하지 않았고 초서풍도 눈치 빠르게 한쪽으로 물러났다.

한운석도 그들이 상의 중이었다는 것을 알아챘지만, 이쪽 일이 급해서 당장 용비야에게 말해 놓고 싶었다.

"전하, 한 가지 상의드려도 될까요?"

그녀가 진지하게 말했다.

소소옥은 운한각으로 돌아갔으나 조 할멈은 주인이 자극받아 어리석은 일이라도 할까 봐 걱정되어 바짝 쫓아왔다.

그 말을 듣자 조 할멈은 긴장한 나머지 슬그머니 한운석의 옷자락을 잡아당겼다.

목유월이 왕비마마를 모욕한 일을 진왕 전하께 고자질하고 싶은 마음이야 굴뚝같지만 그럴 수는 없었다.

전하가 왕비마마를 좋아하는 것을 알지만 대체 얼마만큼 좋아하는지, 어디까지 포용할 수 있는지는 조 할멈도 알지 못했다.

조 할멈이 아는 것은, 전하와 왕비마마가 백 걸음만큼 멀리 떨어져 있지는 않으나 아주 가깝지도 않다는 것이었다.

애초에 두 사람의 혼사는 태후가 정하고 천휘황제가 명을 내린 것이니, 사실 진왕 전하에게는 모욕적인 일이었다.

이런 때 왕비마마가 혼례와 예물에 대해 따지면 진왕 전하는 기뻐하지도 않을 것이고 보상해 주지도 않을 것이다.

"무슨 일이냐?"

용비야는 담담하게 물었다. 그가 기억하기로 이 여자가 먼저 상의를 하자고 하는 일은 드물었고, 이렇게 서두른 적은 더욱 없었다.

한운석은 뒤에서 조 할멈이 열심히 잡아당기는 것도 무시하고 진지하게 말했다.

"전하, 모비께 생신 연회를 열어드리고 싶어요."

뭐…….

조 할멈은 멍해졌다. 이게 어떻게 된 거지?

용비야 일행도 의아해했다. 이 여자가 왜 갑자기 그런 생각을 했을까?

"어째서?"

용비야가 물었다.

한운석은 간교한 눈빛을 반짝이며 갑자기 그에게 바짝 다가섰다. 용비야는 다소 의외였으나 피하지 않고 내버려 두었다.

한운석은 웃으면서 용비야의 귀에 뭐라고 속삭였는데, 무슨 말을 했는지는 몰라도 용비야 역시 흥미로운 듯 고개를 끄덕였다.

그 자리에 있던 사람들은 영문을 몰랐지만 물어보고 싶어도 차마 방해할 수가 없었다.

한운석은 아주 상세하고 오래도록 설명했다. 향긋한 숨결이 자연스레 용비야의 귓불을 자극했고, 그녀가 말을 끝내고 떨어지자 용비야는 어쩐지 아쉬운 기분이었다.

하지만 한운석은 자신이 연출한 장면이 얼마나 야릇했는지도 모른 채 진지하게 말했다.

"어떠세요, 전하?"

용비야는 귓불을 만지작거리며 시원스레 허락했다.

"계획대로 해라."

한운석은 무척 기뻤다.

"전하께서도 참석하실 건가요?"

놀랍게도 용비야가 빙긋 웃었다.

"그러지!"

두 사람은 기분이 무척 좋아 보였지만 당리와 다른 사람들은 어리둥절했다. 대체 무슨 이야기를 한 거야? 정말 의태비를 위해 생신 연회를 열어 줄 생각인가?

한운석이 떠난 후 당리가 답답한 듯이 물었다.

"형, 의태비는 나오지 않는 게 낫지 않아?"

소낭의 일이 있은 후 황궁의 두 사람은 암암리에 용비야의 출신을 조사하고 있었고 의태비는 가장 위험한 사람이었다. 의태비가 그들 손에 들어가면 무척 성가신 일이 벌어질 것이다.

용비야는 단 한마디로 대답했다.

"괜찮다."

그날부터 한운석은 의태비의 생신 연회를 준비하기 시작했다.

제일 먼저 한 일은 초청장을 써서 황족과 귀족, 백관과 권세가들에게 대거 발송한 것이었다. 용비야 편이든 천휘황제 편이

든 아니면 중립파든 상관없이 모두 초청했다.

물론 용비야의 허락을 얻어 용비야의 이름으로 청했다.

초청장이 전해지자 도성 전체가 술렁였다.

의태비의 생일이 태자의 혼례날과 며칠 차이 나지 않는데 진왕부에서 이렇게 나오는 것은 무슨 뜻일까?

"하하, 주목을 받고 싶은 모양인데 몇 사람이나 참석할지 두고 봐야겠군! 이런 중요한 시기에 참 어리석은 짓이군!"

"진왕 쪽 사람들은 당연히 가겠지, 하지만……."

"하지만 저희들끼리 즐겨야 할걸! 하하하, 내 생각에는 진왕 쪽 사람 중에 배신하는 자가 나올 걸세. 재미있는 구경거리가 되겠군."

"목 대장군이 태자 쪽에 설 줄 누가 알았겠나? 아아, 진왕의 위기로구나!"

태자가 맞이하는 신부가 목 대장군의 딸이 아니었다면 의태비의 생신 연회가 크게 북적였을지도 몰랐다. 하지만 이런 상황에서 태자의 혼례가 얼마 남지 않았는데 연회를 베푸는 것은 백리 장군조차 이해가 가지 않았다. 진왕 전하께서는 왜 사서 웃음거리가 되려 하실까?

용비야는 이 일에 관해 아무런 설명도 하지 않았다.

모두 이 연회를 좋게 보지 않았고 심지어 적잖은 이들이 드러내 놓고 불참하겠다고 떠들어 댔다. 그런데 그때 한운석이 갑자기 용비야의 이름으로 또 다른 공고문을 발표했다.

의태비의 생신 연회는 오로지 채식으로만 진행되는데, 이는 의태비가 부처를 숭상하고 채식을 하는 데다 최근 들어 흉년이 극심하고 이재민이 많아짐에 따라 근검절약하고 사치를 부리지 않기 위해서라고 했다.

제일 중요한 것은 의태비가 선물을 받지 않을 것이며, 연회에서 진귀한 약초를 경매해 그 수익을 모두 재난 지역에 기부하겠고 밝힌 것이었다.

이 내용이 알려지자 즉시 커다란 반향이 일었다. 진왕부를 지지하는 사람들은 떠들썩하게 찬양하며 차례차례 참석을 알렸고, 천휘황제 쪽 사람이나 중립파들도 일언지하에 거절하지 못했다. 백성을 생각하는 마음을 보여 주기 딱 좋은 기회이고 민심을 얻을 수도 있기 때문에 속으로는 내키지 않아도 겉으로는 지지하지 않을 수 없었다.

한운석은 정말 영악했다!

처음부터 밝히지 않고 초청장만 보낸 뒤 나중에 진짜 의미를 알림으로써 비꼬던 사람들의 입을 단단히 틀어막은 것이다.

서재에서 운한각의 창문 너머로 바삐 움직이는 그림자를 바라보는 용비야의 눈동자에는 사랑스러워하는 빛이 더욱 짙어졌다.

천휘황제는 태후에게 온 초청장을 보자마자 안색이 착 가라앉았다.

"민심을 사려들다니 위선이다!"

"내가 가 보겠소. 가서 대체 무슨 놀이를 하는지 봐야지!"

태후는 아직 심각하게 생각하지 않았다.

그런데 뜻밖에도 한운석이 일부러 사람을 동원해 소식을 퍼트리는 바람에, 이틀 사이 도성과 주변 성시에 소문이 쫙 퍼졌고 심지어 전국에 알려질 기세였다.

순식간에 태자의 혼사는 묻히고 말았다. 모두 의태비의 생신 연회 이야기만 하고 백성을 사랑하는 진왕 전하를 칭송하느라 태자와 목유월 이야기는 입에 담지도 않았다.

연회가 시작되기도 전에 한운석이 분위기를 바꿔 놓자 태후와 천휘황제도 다급해졌다.

물론 바깥사람들은 이것이 한운석의 생각인 줄은 모르고 진왕의 계획이라고만 생각했다.

의태비의 생일과 태자의 혼례날은 겨우 며칠 차이였다. 이 중요한 시기에 기근 문제가 이처럼 크게 불거졌으니 태자가 무슨 배짱으로 성대하게 혼례를 치를 수 있을까? 예물조차 많이 보낼 수가 없었다!

하지만 예물 목록이 이미 공개된 지금 보내지 않는 것도 이치에 맞지 않았다.

"부황, 소자 생각에는 예물을 모두 기부하는 것이 좋을 것 같습니다. 혼례를 치를 때 쓸 은자도 기부하고 간소하게 치르는 것입니다."

용천묵은 진왕 전하의 수법에 속으로 무척 감탄했다. 목유월을 맞이하는 것은 목 대장군부 때문이니 혼례식 같은 것에는 그도 별로 관심이 없었다. 도리어 간소하게 할수록 일을 덜 수 있어 좋았다.

자신이 목유월을 맞이하게 될 줄은 한 번도 생각해 본 적이 없었기 때문에 혼례가 성대할수록 기분만 울적해질 뿐이었다.

천휘황제가 입을 열기도 전에 태후가 노성을 터뜨렸다.

"안 된다! 당당한 태자의 혼례를 어찌 간소하게 할 수 있단 말이냐? 진왕도 네가 이렇게 나오기를 기다리는 게야! 정말 그 뜻에 부응할 생각이냐?"

"황조모님, 민심이 그 무엇보다 중요합니다! 저는 본래부터 혼례를 과하게 치를 생각이 아니었습니다."

태자가 진지하게 말했다.

태후도 이해했지만 받아들이고 싶지 않았다. 그녀는 친손자의 혼례에 얼마나 마음을 썼는지 몰랐다.

혼례식과 예물에 들어간 엄청난 재물은 모두 국구부에서 나온 것이었다. 솔직히 말해 국구부는 태자의 혼례를 핑계 삼아 목 대장군부를 매수하려고 했다!

비록 혼사가 결정되고 목청무가 태자와 가까워졌지만, 국구는 마음을 놓을 수 없었다!

국구는 세상일에 잔뼈가 굵은 늙은 여우였다. 인척을 맺어도 도우려 하지 않을 수 있지만 돈을 받으면 마음이 약해져 어쩔 수 없이 돕게 된다는 것을, 그는 알고 있었다.

평소라면 직접 돈을 쥐여 줘도 목 대장군과 목청무가 받는다는 보장이 없지만, 이 기회를 이용하면 예물이라는 명목으로 돈을 보낼 수 있고 또 그 돈이 적지 않다는 것을 모두에게 알릴 수 있었다. 예물을 받은 목 대장군은 훗날 태자의 마음은 거절할 수 있을망정 태자의 낯을 무시하지는 못할 것이다!

그 돈을 백성 구제에 내놓으면 국구에게 뭐라고 설명할까?

태자는 태후를 내버려 두고 천휘황제를 향해 진지하게 말했다.

"부황, 지금은 민심을 얻을 좋은 기회입니다. 소자가 직접 생신 연회 경매에 참석해 혼례에 쓸 돈을 모두 내놓겠습니다."

의태비의 생신 연회에 태자가 반드시 참석해야 한다는 것, 거금을 가져가 다시 이쪽으로 분위기를 끌어와야 한다는 것은 천휘황제가 누구보다 잘 알고 있었다.

훗날 국구부와 싸울망정 용비야가 세력을 쥘 기회를 주고 싶지는 않았다. 그가 이 혼사를 허락한 것은 태자를 강성하게 만들어 용비야를 상대하는 데 이용하기 위해서였다.

혼사가 끝나고 국구부와 목 대장군부가 정식으로 인척이 되면 용비야에 대한 공격을 다시 시작할 생각이었는데, 뜻밖에도 용비야가 이 중요한 시점에 이런 일을 벌인 것이다.

솔직히 말해 천휘황제조차 감탄이 나오는 한 수였다.

물론 국구부의 속마음도 알고 있었다.

잠시 망설이던 그는 수염을 쓰다듬으며 말했다.

"천묵, 이 일은 네가 결정해라."

"황제!"

태후는 초조해졌다.

"모후, 앞으로도 시간은 많습니다."

천휘황제는 이렇게 말한 뒤 덧붙였다.

"의태비가 민심을 얻도록 하지는 마십시오."

이 말이 태후를 일깨웠다. 의태비의 생일 연회인데 이런 식으로 진행하면 의태비의 이름이 널리 알려질 것이고, 어쩌면 백성들 마음속에서 태후를 훨씬 뛰어넘는 인지도를 얻게 될지도 몰랐다.

그럴 순 없었다. 태후도 거금을 들고 찾아가 분위기를 돌려놔야 했다!

궁에서 일어나는 이 모든 일을, 목유월은 까맣게 몰랐다. 목대장군부에 초청장이 날아들자 그녀는 당연히 참석하려고 했다.

이번 일이 민심을 사려는 목적이라는 것은 알았지만, 그렇게 심각하게 생각지 않았고 혼사와 연결 짓지도 못했다.

혼인하기 전에 오랜만에 다시 사람들 앞에 나서는 자리였으니 어떻게든 좋은 모습을 보여야 한다고 생각한 그녀는 제법 두둑이 은자를 준비했다.

이렇게 해서 도성의 거의 모든 세력이 은자를 마련해 의태비의 생신 연회를 기다리게 되었다.

이번 연회가 진왕의 계획이 아니라, 잠자는 호랑이의 코털을 건드린 목유월을 혼내 주기 위해 진왕비가 꾸며낸 일임을 알게 되면 그들 모두 어떤 반응을 보일까? 그건 나중의 일이었다.

흠모의 마음은 출렁이는 강물처럼

그간 내내 각 곳의 소식을 수소문하던 초서풍은 무척 즐거워했다.

태자의 혼사가 떠들썩하게 알려지자 진왕 전하가 손을 쓰려던 참이었는데 왕비마마의 수법 덕분에 일을 덜 수 있었다.

"황궁의 태감 말로는 태후가 예물 문제로 태자와 말다툼을 할 뻔했다고 합니다. 전하, 왕비마마께서는 정말 영리하십니다!"

용비야는 한가롭게 차를 마시다가 한참만에야 담담하게 대꾸했다.

"음, 영리하지."

"정말입니다, 전하. 왕비마마께 이런 능력이 있다는 것을 왜 전에는 몰랐을까요?"

초서풍도 흥분해서 의태비의 생일이 몹시 기다려졌다.

뜻밖에도 용비야는 말없이 웃음을 지었다.

초서풍은 주인의 매력적인 웃음을 보고 얼이 빠졌다. 초서풍 같은 남자마저 그 웃음을 매력적으로 느낄 정도였는데, 안타깝게도 주인은 웃는 것을 좋아하지 않았다.

도성 전체가 뒤흔들리고 모두가 이러쿵저러쿵 떠드는 가운데 의태비의 생일이 되었다.

진왕부는 떠들썩한 일은 늘 멀리했고 아무리 큰일이 벌어져도 사람들이 들락거리는 것을 좋아하지 않는 곳이었기 때문에 한운석은 도성 서쪽 교외 별궁에 연회를 차렸다.

의태비와 태후는 지위가 달랐지만, 의태비의 생신 연회는 참석 하객 수에서나 연회 규모에서나 하나같이 태후의 생신 연회 못지않았다.

유일한 차이라면 천휘황제가 참석하지 않은 것뿐이었다. 물론 천휘황제는 참석하지는 않았으나 연회에서 벌어지는 모든 일을 주시하고 있었다.

의태비는 세상일을 내려놓은 지 오래지만 아무래도 눈치가 빨라서 어떻게 행동해야 하는지 알았다.

간단한 채식이 끝나자 그녀는 풍한을 핑계로 자선 경매를 진왕에게 맡긴 뒤 먼저 일어섰다.

경매를 주재하는 사람은 다름 아니라 많은 사람이 아는 조 할멈이었다.

한운석은 용비야와 함께 주인석 오른쪽에 앉아 있었다. 왼쪽의 첫 번째 자리는 영친왕이, 그 옆자리는 태자가 차지했다. 목청무는 태자 곁에 앉아 있었고, 목유월은 아직 태자비가 아니었기 때문에 목청무의 뒤에 앉았다.

조 할멈은 허울 좋은 이야기를 한참 늘어놓은 후 자선 수입을 모두 공개하고 경매에서 번 돈은 곧바로 이재민에게 전할 것이라고 약속했다.

정의로운 사람들은 분분히 칭찬했지만, 듣지도 않고 어서 빨리 경매 물품이 나오기를 기다리는 사람도 적지 않았다.

그들은 어쩔 수 없이 돈을 쓰러 왔기 때문에 가능한 가성비가 좋은 물건을 많이 살 수 있기를 바랐다.

그런데 누가 예상이나 했을까? 조 할멈은 경매에 내놓는 것은 약재 세 가지뿐이라고 선포했다!

이 말에 장내가 술렁거렸다. 참석자는 적게 잡아도 백 명에 가까운데 약재 세 개만 경매로 내놓다니? 진왕부는 대체 무슨 생각을 하는 걸까?

용비야도 경매 물품을 많이 내놓을 줄 알았기 때문에 소리 죽여 물었다.

"세 개뿐이냐?"

"전하, 여기 있는 사람 중 적어도 절반은 명성 때문에 온 것이지 진심으로 좋은 일을 하려는 게 아니에요. 그런 사람들에게 왜 가짜 선행을 베풀고 명성을 얻을 기회를 줘야 하죠?"

한운석은 진지하게 반문했다.

알다시피 오늘 경매에서는 누가 얼마를 들여 무엇을 사든 모두 소문이 나게 되어 있었다.

모두 자선 경매에 관해 떠들어 댔지만 지금 재해 지역에서는 돈이 있어도 식량을 구하지 못하는 상황이라는 것을 진지하게 생각한 사람은 얼마 되지 않았다! 지금 천녕국에는 식량이 많지 않았다! 돈이 많아도 소용이 없었다.

사실 이번 경매에서 한운석의 제일 중요한 목표는 용천묵의 돈을 뺏는 것이었다!

용비야는 한참 동안 한운석을 바라보다가 아무 말 없이 그녀의 손을 잡고 열 손가락을 서로 얽었다.

위풍당당하게 앉아 있던 한운석은 갑자기 고개를 숙이며 마치 꿀이라도 삼킨 듯 달콤하게 웃었다.

독종의 금지에서는 이 손길을 거절한 적이 있는 그녀였지만 오해가 풀린 뒤로는 무척 좋아했다.

목유월의 시선은 내내 용비야에게 향해 있었다. 곧 누군가의 아내가 될 몸이지만 마음속으로는 어렸을 때부터 짝사랑해 온 남자를 여전히 잊을 수가 없었던 것이다.

열 손가락이 서로 얽히는 장면을 보자 목유월은 한운석에게 더욱더 이를 갈았다. 그녀는 반드시 전력을 다해 태자를 도와 진왕 전하가 자신의 가치를 알아보게 만들겠다고 속으로 다짐했다.

사람들은 세 가지 경매 물품에 대해 각종 추측을 내놓기 시작했다.

약재 세 가지만으로 돈을 얼마나 모을 수 있을까? 설마…… 성 하나 살 돈에 맞먹는 귀한 약재일까?

적잖은 사람들이 한운석의 친정 약재 곳간을 떠올렸다. 어쩌면 정말 최고급 약재일지도 몰랐다!

"조 할멈, 시작하지. 물건을 가져오게."

한운석이 웃으며 말했다.

한운석은 용비야 옆에 앉아 그와 손을 잡고 있었고, 용비야는 말이 없는데 마치 그의 대리인처럼 먼저 말을 꺼내며 여주인다운 태도를 보여 주었다.

"예, 왕비마마."

조 할멈이 손짓하자 시녀가 첫 번째 약재를 가져왔다. 약재가 놓인 쟁반에는 붉은 천을 씌워 무엇인지 볼 수가 없었다.

사람들이 호기심을 갖고 바라보자 조 할멈이 천을 걷었다. 쟁반에 있는 것은 다른 무엇도 아닌, 더할 나위 없이 평범한⋯⋯ 당귀였다!

아무도 예상하지 못한 일이었다. 당귀 한 뿌리를 경매에 내놓고 얼마에 판매할 생각일까?

여기저기 일어나는 쑥덕임 속에서 조 할멈이 큰 소리로 말했다.

"3년 묵은 당귀 한 뿌리입니다. 시작가는 오천 냥입니다!"

오천 냥?

사람들은 다시 한 번 충격을 받았다!

10년 묵은 당귀라 해도 오천 냥은 나가지 않았다! 이건 경매가 아니라 숫제 사기였다!

용비야는 한운석이 뭘 준비했는지 몰랐지만 입꼬리를 올리며 그 광경을 바라보았다. 당귀라는 것이 상당히 만족스러웠다.

사람들은 불만이 컸지만, 첫 번째 약재가 오천 냥부터 시작이라면 나중에 나올 약재는 얼마나 될지 상상할 수도 없었다. 경매 물품이 세 가지밖에 없으니 한발 늦으면 돈을 쓰지 못하게 될 것이다.

오늘 이 자리는 백성들을 위한 경매인데 참석하고도 돈을 쓰지 않았다는 소문이 퍼지면 얼마나 망신스럽고 부끄러울까?

곧 누군가 값을 불렀다.

"칠천 냥!"

다름 아닌 목유월이었다!

첫 번째 약재를 낙찰하면 분명히 크게 주목을 받을 것이니 떨어진 명성을 되찾을 수 있을지 모른다고 생각하고 있었다.

"팔천 냥."

곧바로 누군가 가격을 올렸다.

목유월은 서두르지 않았다. 그런데 사람들이 뒤따라 참여하면서 팔천 냥은 순식간에 이만 냥으로 뛰었다.

"이만하고도 천 냥!"

목유월이 다시 값을 불렀다.

"이만 이천 냥."

또 누가 따라 잡았다.

"천 냥 더!"

목유월이 또 손을 들었다.

"거기에 천 냥 더."

그 사람도 바짝 따라붙었다.

"오천 냥 더!"

목유월이 시원시원하게 외쳤다.

이렇게 되자 그 사람은 당황했다. 이만 오천 냥은 적은 금액이 아니었다.

장내가 조용해지자 목유월은 속으로 쾌재를 불렀다. 이만 오천 냥이 적은 금액은 아니지만 명성을 위해서라면 아깝지 않았다. 쌈짓돈을 싹싹 긁어모으고 아버지가 마련해 준 혼수를 더

하면 충분할 것이다.

"이만 오천 냥, 1차입니다! 더 부르실 분 계십니까?"

조 할멈이 큰 소리로 물었다.

목유월은 득의양양해하며 승리를 직감했다. 그런데 뜻밖에도 백리 장군이 입을 열었다.

"십만 냥!"

"헉……"

어마어마한 씀씀이였다!

상상도 하지 못한 가격에 사람들은 서로 서로 얼굴을 바라보았고, 목유월 역시 자신이 아무것도 아니라는 것을 깨닫고 멍한 얼굴이 되었다.

"이 늙은이는 이재민들을 위해 미력이라도 돕고자 합니다. 십만 냥을 내놓겠습니다."

정확히 요점을 찌르는 말이었다. 경매는 형식일 뿐 돈을 내는 것이 중요했다. 당귀를 사기 위함이 아니라 기부를 하기 위함이었다.

"백리 장군께서 이처럼 관대하시니 이재민들에게는 참으로 행운입니다!"

조 할멈이 감개무량하게 말했다.

이 말에 영친왕과 용천묵도 더는 앉아 있을 수 없게 되었다.

용천묵이 참지 못하고 나섰다.

"이십만 냥!"

이런……. 이런 식이면 어떻게 같이 놀아?

조금 전까지만 해도 천 냥이나 이천 냥씩 올랐는데 이제는 십만 냥씩 오르고 있었다.

이 가격이 불리자 장내의 모든 사람이 찬 숨을 들이켰다. 태자는 역시 태자였다. 국구부가 떡하니 받쳐 주니 과연 통이 컸다!

이번에는 백리 장군도 경쟁하지 않았다. 물론 장내의 그 누구도 경쟁하지 않았다. 용천묵은 진왕부의 당귀 한 뿌리를 이십만 냥으로 사들이게 되었다.

미래의 부군에게 애정은 없지만 적잖은 희망을 걸고 있던 목유월은 이 상황을 보자 감격을 금치 못했다. 태자와 그 뒤를 받치는 재력은 그녀의 상상을 훨씬 뛰어넘었던 것이다.

혼인 예물을 워낙 많이 내놓아 재정 상태가 좋지 않으리라 생각했는데 아직도 저렇게 시원시원하게 내놓을 돈이 있다니 대체 기반이 얼마나 튼튼한 걸까?

첫 번째 약재는 이렇게 기분 좋게 팔려나갔다.

시녀가 두 번째 약재를 가져왔고 조 할멈은 역시 시원하게 천을 걷었다. 모두 두 번째 약재는 좀 더 좋은 것이기를 바랐다.

하지만 한운석은 누가 뭐래도 세상에서 제일가는 깍쟁이 왕비였다.

두 번째 약재는 바로 결명자였다. 그것도 단 한 알.

이런 쓸모없는 것을 두고도 사람들은 앞다투어 값을 제시했다. 설령 낙찰하지 못하더라도 최소한 참여는 해야 소문이 나서 웃음거리가 되는 것은 면할 수 있었다.

첫 번째 약재처럼 이번에도 오천 냥부터 시작이었다.

이번에도 목유월은 열심히 값을 올렸다. 누군가 값을 제시하면 아무도 끼어들 틈을 주지 않으려는 듯이 곧바로 값을 불렀다.

그러나 애석하게도 용비야뿐 아니라 태자조차 그녀를 쳐다보지도 않았다. 도리어 한운석만 내내 흥미롭게 그녀를 응시할 뿐이었다.

한운석은 태자가 혼인 예물을 가져와 경매에 참석하고 있는 것을 목유월이 아는지 궁금했다. 어쩌자고 저렇게 즐거워한담?

물론 목유월은 계속 값을 올렸지만 결국 낙찰하지 못했다.

두 번째 약재 역시 태자가 사들였기 때문이었다. 이번에도 값은 이십만 냥이었다.

세 번째 약재가 경매에 올랐을 때 영친왕이 태자의 손을 잡았다.

"천묵, 지나치다."

예산 초과였다. 은자 사십만 냥은 예산을 한참 뛰어넘은 금액이라 또 사들이면 정말 혼례를 치르지 못하게 될 것이다.

태자는 말이 없었으나 뜻밖에도 영친왕이 놓친 틈을 타 또 손을 들었다.

"십오만 냥!"

영친왕은 입이 떡 벌어졌다. 경매는 현물을 내야 하는데 저 많은 은자를 어디서 구한단 말인가? 설마 국구부에 요청하려는 걸까?

목청무의 눈동자가 싸늘하게 반짝였다. 그는 시종일관 아무 말도 하지 않았지만 뒤에 앉은 목유월의 마음속에서는 미래의 부군을 향한 흠모가 파도처럼 일고 있었다!

저렇게 돈 많고 권력 있고 매력적이고 앞날이 창창한 남자를 어떻게 좋아하지 않을 수 있을까 하는 생각마저 들었다.

"십오만 냥, 1차입니다! 더 부르실 분 계십니까?"

조 할멈은 흥분해서 외쳤다.

더 할 사람이 과연 있을까?

진왕이 제일 나빠 (1)

앞선 두 약재가 흔해 빠진 것이었으니 세 번째 약재인들 귀할 리 없었다. 바로 흔한 원추리 한 뿌리였다.

모두 약재가 무엇인지는 이미 관심 밖이었고 경매가에만 관심이 있었다.

"십오만 냥, 2차입니다. 더 부르실 분 안 계십니까?"

조 할멈이 한 번 더 외쳤다.

장내는 조용해서 아무도 값을 올리지 않을 것 같았다.

태자는 앞서 두 약재에 이십만 냥이라는 고가를 치렀는데 세 번째 약재에도 또 십오만 냥이나 불렀다. 태연자약한 표정으로 단정하게 앉은 그의 모습에 사람들은 하나같이 감탄을 터트렸다. 태자와 국구부의 재력이 저 정도일 줄은 아무도 몰랐다.

자선 경매에는 현물을 내놓아야 했다. 현물이란 곧 실제 은자나 당장 전장錢莊(옛날의 은행 같은 곳)에서 바꿀 수 있는 전표 혹은 곧바로 사용할 수 있는 신용 금패를 의미했다.

부자에는 두 종류가 있다. 하나는 현물이 없는 부자로, 재산이 저택이나 밭, 사업장, 심지어 소장품 같은 것으로 이루어져 있기 때문에 현물을 내놓으려면 팔아서 바꿀 시간이 필요했다. 다른 하나는 단번에 천금을 쓸 수 있는 부자로, 언제든지 진짜 금이나 은을 대량으로 내놓을 수 있었다. 의심할 바 없이 후자가 가장 콧대가 높았다.

태자가 세 번째 약재까지 낙찰하면 총합은 오십오만 냥이었다! 누가 뭐래도 적은 금액이 아니었다.

조 할멈이 두 번 소리쳤고 이제 끝났다고 모두가 생각할 무렵, 백리 장군이 다시 나섰다.

"사십만 냥!"

이 말에 좌중이 발칵 뒤집혔다!

조 할멈도 진짜 놀랐는지 아니면 연기를 하는지 몰라도 충격받은 목소리로 물었다.

"백리 장군, 뭐라고 하셨습니까?"

"사십만 냥. 이 늙은이가 사십만 냥을 내겠네!"

백리 장군은 숫제 일어서서 말했다.

조 할멈은 연신 고개를 끄덕였다. 정말 놀란 것이 분명했다.

백리 장군의 돈은 다 전하의 돈이었다. 병사를 기르는 데는 돈이 많이 들었고 특히 수군은 더욱 그랬다. 전하는 백리 장군 휘하의 수군을 중요하게 생각해서, 조정에서 매년 백리 장군부에 은자를 지급하고 있는데도 남몰래 적잖은 돈을 보내 주곤 했다.

백리 장군은 미치기라도 했는지 단번에 사십만 냥을 불렀다. 태자가 앞서 경매 두 번에 사용한 것과 같은 금액이었다!

조 할멈은 말할 것도 없고 한운석도 놀라 눈을 휘둥그레 떴다. 진왕 전하가 돈이 있다고 해도 이 자리는 태자와 국구부의 돈을 빼앗기 위한 자리이지 진왕부에서 돈을 쓰기 위한 자리가 아니었다!

한운석은 용비야를 돌아보았지만 용비야는 전혀 놀란 기색이 아니었다. 한운석은 고민이 되기 시작했다. 백리 장군이 하필이면 '사십만 냥'을 부른 것은 고의일까?

장내에서 태연한 사람은 용비야 혼자뿐인 것 같았다. 용천묵의 곧은 눈썹도 이미 잔뜩 일그러져 있었다.

그는 사십만 냥이라는 단어에 몹시 민감했다. 백리 장군이 마지막 약재에 이런 가격을 부른 것은 비김수를 노리겠다는 뜻이었다!

그는 연회에 참석하기 전에 부황을 찾아가, 진왕부가 의태비의 생신 연회를 핑계로 이재민을 도와 앞장서서 민심을 얻으려 하니, 자신이 연회에 가서 경매 물품을 모두 사들여야만 분위기를 반전시키고 진왕부의 세력을 억눌러 여론의 중심이 될 수 있다고 말했다.

그는 본래 진왕 전하에게 존경심을 품고 있었지만 아무리 존경해도 진왕 전하는 적이었다. 진왕 전하는 그가 황위를 '쟁탈'하는데 있어 강력한 적이고, 나아가 그가 황위를 '계승'하는데 있어서도 강력한 적이었다.

이런 상황에서는 반드시 부황 편에 서야 했다. 설령 몇 년간 부황을 이기지 못하더라도 기다릴 수는 있었다. 어쨌든 부황은 늙어 가고 있으니 큰 문제를 일으키지만 않으면 언젠가는 정정당당하게 황위를 계승할 수 있었다.

하지만 진왕 전하는 부황과 달리 너무 젊었다. 그와는 겨우 두세 살 차이밖에 나지 않았다.

이번에는 진왕부에 지고 싶지 않았다!

하물며 일부러 국구부의 은자를 털어 민심을 얻으려는 개인적인 마음도 있었다.

부황이 국구부를 경계하듯 사실은 그도 똑같이 국구부를 경계했다. 외척이 정치에 간섭하고 환관이 권력을 휘두른 일이 역사상 얼마나 많았던가?

황족이 아무리 존귀한들, 황족이 아닌 이들이 천자를 끼고 뭇 제후를 호령하는 일은 너무너무 많았다. 그는 언젠가 황위에 올랐을 때 국구의 명령을 듣고 싶지는 않았다.

수년간 병을 앓느라 시간을 버리지 않았다면, 그리고 부황에게 버린 돌 취급 받지만 않았다면, 지금처럼 국구부를 의지하지 않았을지도 모른다.

지금은 한 발 한 발 살얼음판을 딛듯 조심하여 무엇이든 꾹 참아야 했다.

이 모든 것은 영친왕에게도 말한 적이 없었다.

장내가 시끌시끌한 가운데 조 할멈마저 더 부를 사람이 있는지 묻는 것을 잊은 채 서 있을 때, 뜻밖에도 용천묵이 벌떡 일어났다. 영친왕이 막을 틈도 없었다.

"오십만 냥!"

조금 전에는 값이 나올 때마다 탄성을 터트리던 사람들이지만 지금은 조용해졌다.

오십만 냥?

이건 자선 경매가 아니라 돈 자랑이었다!

놀랍게도 백리 장군도 끝까지 따라붙었다.

"백만 냥!"

아니…….

용천묵이 아무리 기세등등해도 순식간에 움츠러들었다! 모든 사람이 백리 장군을 돌아보았다. 누구 하나 탄식하고 놀라워하지 않는 사람이 없었다.

태후의 생신 연회 이후 백리 장군의 진짜 주인이 진왕 전하라는 것을 거의 모든 사람이 알고 있었다. 백리 장군이 저 값을 부른 것은 틀림없이 진왕 전하의 뜻이었다. 다시 말해 진왕부는 자선 경매만 하는 것이 아니라 거액의 돈을 내놓으려는 것이다.

이런 일을 계획하고 저런 씀씀이까지 보여 주는 사람을 누가 믿고 따르지 않을까? 누가 찬동하지 않을까?

이때가 되자 사람들은 진왕 전하가 상상한 것보다 부유하다는 것을 알게 되었다!

멍하니 백리 장군을 바라보는 용천묵은 호흡마저 거칠어져 있었다. 백만 냥이라니…… 솔직히 그도 감히 값을 올릴 용기가 나지 않았다.

여기서 더 나가면 총 합이 백사십만 냥을 넘는데 국구부가 그만한 현물을 마련할 수 있는지 생각해 보지 않을 수 없었던 것이다.

자선 경매 규칙은 경쟁 입찰로, 낙찰되면 먼저 절반을 내고 나머지는 열흘 안에 청산해야 했다. 만에 하나 제때 현물을 마련하지 못하면 망신도 그런 망신이 없었다!

하지만 그는 계속하고 싶었다!

백리 장군의 행동을 곰곰이 생각하던 한운석은 퍼뜩 깨달았다. 백리 장군은 정말 경매를 하려는 것이 아니라 일부러 고가를 불러 용천묵이 값을 올리도록 자극하는 것이라고 거의 확신했다.

한운석은 교활하게 씩 웃었다.

"조 할멈, 뭘 하고 있는가? 망치를 치게!"

조 할멈은 머릿속이 텅 빈 채 바보처럼 경매 망치를 내리쳤다. '땅' 하는 소리가 유난히도 크게 울렸다.

"백만 냥, 1차입니다! 더 부르실 분 있으십니까?"

장내는…… 고요했다!

"백만 냥, 2차입니다! 더 부르실 분 계십니까?"

조 할멈이 한 번 더 외쳤다.

장내는 여전히 조용했고 사람들의 숨소리만 들렸다. 용천묵은 제자리에 서서 숨을 죽였다. 하마터면 충동적으로 손을 들고 값을 부를 뻔했지만 끝끝내 눌러 참았다.

"백만 냥, 3차입니다! 더 부르실 분 계십니까?"

조 할멈이 외치며 망치를 높이 들었다. 이제 곧 망치가 떨어질 것이다.

한순간 모든 사람의 시선이 경매 망치에 쏠렸다. 한운석과 백리 장군마저 긴장했다. 이렇게 가격을 올려놨다가 공연히 제 발등을 찍게 되는 것은 아닐까? 태자를 자극하지도 못하고 도리어 처음 불렀던 십오만 냥까지 받아내지 못하게 되는 것은 아닐까?

경매 망치가 천천히, 아주 천천히 탁자 위로 내려앉았다.

오로지 용비야만 우아하게 찻잔을 들고 눈을 내리뜬 채 태연자약하게 차를 맛보았다. 모두가 긴장한 분위기 속에 꽃 한 송이, 차 한 잔을 벗하며 홀로 딴 세상에 있는 것 같았다.

정적 속에서 누군가 벌떡 일어섰다. 다른 누구도 아닌 국구부의 유일한 아들이자 태후가 가장 예뻐하는 종손자, 태자의 사촌 동생, 도성에서 가장 부유한 공자, 그 사람이었다. 그는 국구부 대표로 의태비의 생신 연회에 참석한 이락원李樂遠이었다.

그는 수척한 몸에 품이 큰 장포와 소매통 넓은 비단 옷을 걸쳤는데 옥구슬을 꿴 커다란 목걸이는 어깨 쪽으로 비스듬히 기울어져 있는 데다 몸을 경박하게 달달 떠느라 영 볼품이 없었다.

한운석은 한눈에 그를 알아보았다. 역병이 도성에 퍼졌을 때 국구부에 가서 치료해 준 적이 있는 공자였다. 당시 상황이 무척 긴박해서 조금만 늦었어도 저 공자는 목숨을 부지하지 못했을 것이다.

그가 일어나자 한운석은 안도의 숨을 쉬었다. 백리 장군의 도발이 성공한 것이다.

이락원은 한참 서 있다가 사람들이 모두 쳐다보자 그제야 만족스레 냉소를 지으며 느릿느릿 자리에서 걸어 나왔다.

심계가 깊은 늙은 여우로 무척 신중한 국구에게서 어쩌다 저런 아들이 태어났을까? 필시 오냐오냐 키운 탓일 것이다!

이 광경을 본 조 할멈은 동작을 멈추었다. 경매 망치는 탁자에서 겨우 서너 치밖에 떨어져 있지 않은 상태였다.

사람들의 시선 속에서 이락원은 거들먹거리며 경매대로 걸어 나오더니 놀랍게도 망치를 빼앗아들고 휙 돌아서서 사람들을 둘러보며 큰 소리로 물었다.

"이백만 냥이오. 더 부를 사람 있소?"

본래도 정적이 흐르던 장내는 그 말이 떨어지자 더욱더 조용해져 숫제 숨소리조차 들리지 않게 되었다. 많은 이들이 숨까지 참고 있었던 것이다!

용천묵과 영친왕은 순간적으로 멍해졌다. 사실 한운석도 마찬가지였다. 저 공자가 값을 부를 거라는 생각은 했지만 이렇게 비싼 값을 부를지는 몰랐던 것이다!

그때 용비야의 입꼬리가 만족스럽게 올라갔고 백리 장군도 더는 값을 부르지 않았다.

"없소?"

이락원은 뻔히 알면서도 다시 물으며 장난스레 망치를 내리쳤다.

"백리 장군, 더 하겠소?"

이제는 도발까지 했다.

"안 할 모양이군. 안 할 거면 망치를 치겠소. 후회하지 마시오."

그는 이렇게 말하며 다시 망치를 내리쳤다.

직접 진왕을 도발할 용기는 없었지만, 그래도 그는 분명하게 진왕 쪽을 흘끗 보며 계속 물었다.

"자, 더 부를 사람 있소? 없으면 이 도련님이 낙찰하겠소!"

없었다!

이런 상황에서는 동전 한 닢이라도 더 부르면 이백만 냥이라는 대가를 치러야 했다. 한참 동안 아무도 말이 없었다.

이락원은 득의양양했다.

"여러분, 미안하게 됐소. 어쨌든 양보해 줘서 고맙소."

말을 마친 그가 힘차게 망치를 내리쳤다. '땅' 하는 소리가 장내에 우렁차게 울려 퍼졌다.

국구부에 연회 초청장이 날아들자 아버지와 할아버지는 진왕이 체면을 세우도록 두고 보지 않겠다고 결정했다. 본래는 어머니가 갈 계획이었는데 병이 나는 바람에 그가 오게 된 것이다.

그는 돈을 물 쓰듯 쓰기로 유명해서 늘 아버지에게 꾸지람을 들었다. 이곳에 오기 전에 아버지는 그를 불러 태자와 경쟁하지 말고 태자의 자리를 빼앗지 말라고 신신당부했다.

태자가 실컷 뽐을 내는 동안 그는 몸이 근질근질하는 것을 꾹 참고 지켜보기만 했다. 그런데 나중에 상황이 바뀌자 가만히 앉아 있을 수가 없었다.

태자의 자리를 빼앗지 말라고 했으니 백리 장군 자리를 빼앗는 건 상관없다는 생각이었다.

그는 이 경매에 무슨 의미가 있는지 아무 관심이 없었다. 그저 태자가 버티지 못하면 자기가 나서야 한다는 생각뿐이었다. 어쨌든 진왕부가 거들먹거리도록 내버려 둘 수는 없었다.

세 번째 경매는 이백만 냥으로 정해졌다! 경매는 끝났다.

정말 끝났을까?

아니, 진왕 전하에게는 아직 일이 남아 있었다.

진왕이 제일 나빠 (2)

망치가 세 번 떨어지고 세 번째 약재는 은자 이백만 냥에 국구부 셋째 공자 이락원에게 낙찰되었다.

이제 경매 물품도 모두 팔렸으니 경매를 끝내야 할 때였다. 채 반 시진도 걸리지 않았는데 이렇게 빨리 끝날 줄은 아무도 예상하지 못한 일이었다.

이락원은 으스대며 자리로 돌아갔는데, 그때까지도 자신이 얼마나 어리석은 짓을 했는지 알아차리지 못했다.

하지만 장내에는 영리한 사람들이 많았고 대부분은 이미 상황을 파악했다. 백리 장군은 진심으로 경매를 하려던 게 아니라 일부러 가격을 올린 것이 분명했다.

백리 장군이 훼방을 놓지 않았으면 세 번째 약재는 태자가 십오만 냥에 낙찰했을 것이다. 하지만 백리 장군이 가격을 올리고 이락원의 멍청함이 더해지자 국구부는 백팔십오만 냥을 더 부담하게 되었다.

백팔십오만 냥은 정말이지 작은 돈이 아니었다. 국구도 이 소식을 들으면 화병이 나서 쓰러지지 않을까? 어쨌든 연회에 참석한 이들 중에는 기뻐하는 사람도 있고 울적해하는 사람도 있었다!

이락원은 대단치 않게 생각했다. 어쨌든 아버지는 돈이 많았다. 얼마나 많은지는 정확히 모르지만 충분히 치를 수 있을 것이다.

용천묵과 영친왕의 얼굴은 사색이 되었고, 목청무는 웃고 싶었지만 꾹 참았다. 그 뒤에 있던 목유월은 일찌감치 넋이 나가 국구부가 정말 그렇게 부자일까 하는 생각을 하고 있었다.

적잖은 사람들이 한가롭게 차를 마시는 진왕 전하를 흘끔거리며 몸서리를 쳤다. 백리 장군의 모든 행동은 저 얼음왕이 지시한 것이었다.

지금 이 자리에서 누구보다 태연한 남자, 그가 가장 무서운 사람이었다.

"전하, 대단하시군요."

한운석이 나지막이 말했다. 그녀는 국구부에 몇 십만 냥만 뜯어낼 생각이었는데 용비야가 몇 배나 더 부풀린 것이다.

용비야는 느긋하게 그녀에게 차를 따라 주며 아무 말 하지 않았다.

조 할멈이 웃느라 입을 다물지 못하는 얼굴로 경매 종료를 알리려는데 밖에서 소리 높여 외치는 소리가 들려왔다.

"태후마마 납십니다!"

태후가 나타난 것이다.

선제와 황제 외에는 몸을 굽혀 누군가의 생일을 축하하러 온 적이 한 번도 없는 태후였다. 특히 철천지원수인 의태비는 말할 것도 없었다.

하지만 이번 연회는 달랐고 상황도 달랐다. 이런 자리는 오지 않을 수 없었다.

물론 위세를 뽐내기 위해 반드시 느릿느릿 움직여야 했다.

늑장을 부리더라도 시간은 맞춰야 했다. 식사가 끝나면 곧 자선 경매가 진행되는데 적어도 약재 10여 개는 낙찰 받을 계획이기 때문이었다.

지금쯤이면 너무 이르지도 너무 늦지도 않으니 딱 맞춰 경매 물품을 사들여 이재민들에게 마음을 전할 수 있었고, 그다음 차 몇 잔 마신 후 궁으로 돌아가면 되었다.

사람들이 대문 쪽을 쳐다보니 태후가 편한 복장에 궁녀 두세 명만 거느리고 들어오는 것이 보였다.

"태후마마, 천세, 천세, 천천세!"

사람들이 우르르 일어나 예를 올렸다.

태후는 여느 때처럼 자상하게 한껏 웃음을 지었다.

"자자, 다들 일어나게."

사람들은 차례차례 일어나면서 속으로 고개를 갸웃했다. 이렇게 빨리 소식이 전해졌을 리 없는데 태후가 어떻게 이락원이 고가를 부른 것을 알고 왔을까? 어쨌든 경매가 끝났는데 지금 와 본들 아무 소용이 없었다.

태후는 점잖게 영친왕 옆 상석에 앉더니 경매대 앞에 선 조할멈을 흘낏 바라보았다.

"계속하거라."

이렇게 말한 그녀가 고개를 돌려 영친왕에게 조용히 물었다.

"우리 쪽도 값을 제시했소?"

뜻밖에 이락원이 웃으며 대답했다.

"고모 할머님, 경매는 벌써 끝났습니다!"

태후는 민망해졌다.

끝났다고? 어떻게 벌써?

차분한 분위기가 태후를 더욱 민망하게 만들었다. 그녀는 가볍게 헛기침을 한 다음 조용히 영친왕에게 물었다.

"어떻게 된 일이오?"

영친왕은 뭐라고 해야 좋을지 몰라 망설였으나 결국 반 시진도 안 되는 시간 동안 일어난 일을 간단하게 설명해 주었다.

순간 태후는 민망함 따위는 까맣게 잊고 제일 먼저 분노한 눈길로 이락원을 노려보았다! 사람들이 보고 있지만 않았다면 저 멍청한 자식을 손수 때려 주었을 것이다!

은자 이백만 냥은 애초에 국구부가 당장 치를 수 있는 돈이 아니었다!

"어찌 그럴 수가 있소? 어째서 세 개뿐이오?"

태후는 타들어가는 속을 안고 소리 죽여 물었다.

영친왕이 무슨 말을 할 수 있을까? 이 질문은 한운석에게 하는 수밖에 없었다.

"황조모님, 이제 어떻게 해야 할까요? 최소 백이십만 냥을 먼저 지불해야 합니다."

용천묵도 참지 못하고 말했다. 오늘은 황제파를 대표해 분위기를 되돌리기 위해 왔으니 체면을 깎일 수는 없었다!

태후는 복장이 터져 죽을 것 같았고 안색마저 하얗게 질렸지만 아무렇지 않은 척 웃으며 말했다.

"아무래도 내가 너무 늦게 왔구나."

그녀는 이렇게 상황을 수습하면서 나지막이 분부했다.

"당장 국구부에 사람을 보내거라. 국구부에서 방안을 낼 것이다."

그녀는 방법이 생각나지 않았다. 후궁의 이달 치 용돈과 가진 쌈짓돈을 싹싹 긁어모아도 그 정도 돈은 마련할 수 없었다.

몇 년간 국고가 빠듯해서 후궁의 복지도 예전만큼 좋지 않았다. 체면치레를 하느라 지난번 생신 연회에도 쌈짓돈을 많이 보태야 했다.

그녀가 아는 국구부라면 당장 현물은 없을지라도 방법을 마련할 수는 있을 터였다.

"벌써 보냈으나 아직 도착하지는 않았을 겁니다."

영친왕이 소리 죽여 대답했다. 교외 별궁에서 도성 중심가까지는 제법 거리가 있었다. 아니면 태후도 일찍 소식을 들어 이렇게 체면을 구기지는 않았을 것이다.

"보냈으면 됐소. 초조해할 것 없소. 국구는 반드시 은자를 마련해 올 것이오."

그녀는 이렇게 말하며 느긋하게 찻잔을 들고 물었다.

"진왕, 모비는 어디 계시냐? 어째서 주인공이 안 보이지?"

비록 나이가 들고 수면 부족으로 정신이 멍할 때도 종종 있지만 적잖은 풍파를 겪은 사람답게 태후는 수많은 시선 앞에서도 태연하게 버틸 만했다.

공적으로는 황제파의 민심을 잃을 수는 없었고, 사적으로는 바로 얼마 전 한운석에게 한바탕 당했으니 이번 경매에서 이백만 냥을 쓰더라도 반드시 분풀이를 해서 일이 진왕부 뜻대로 돌아가지 않게 막아야만 했다.

"모비께서는 풍한 때문에 먼저 왕부로 돌아가셨습니다. 마음이 쓰이시면 왕부에 들러 보십시오."

용비야는 늘 이렇게 사정 봐주지 않고 말했다.

태후가 의태비를 보러 진왕부를 갈 리가 없었다.

하지만 그녀는 여전히 걱정스러운 척했다.

"저런, 어쩌다가? 태의는 불렀고?"

무슨 쓸데없는 소리람? 병이 났으니 당연히 태의를 불렀겠지.

태후는 분명히 시간을 끌고 있었다. 한운석은 그렇게 인내심이 많지 않아서 어서 빨리 돈을 내놓으라고 태후와 이락원을 몰아붙이고 싶었다.

하지만 그녀가 조 할멈을 재촉해 경매를 끝내려고 하자 용비야가 막았다.

"서두를 것 없다."

서두를 게 없다고?

이 인간이 또 뭘 하려는 거지? 아직도 할 일이 남았나?

경매는 성공적으로 끝났고 시원하게 한 방 먹여 줬는데!

한운석은 용비야가 또 뭘 할 생각인지 짐작이 가지 않았지만 얼마든지 참고 기다릴 수 있었다.

용비야는 태후를 신경 쓰지 않았고 태후도 다른 사람들과 이야기를 나누기 시작했다. 당연히 아무도 용비야처럼 콧대를 세우지 않았고 하나같이 공손하게 대답했다.

그렇게 한담을 나누는 사이 시간은 빠르게 흘렀고, 곧 국구부로 보낸 어린 태감이 달려왔다.

"태후마마, 국구 나리께서 오늘 안에 반은 마련할 수 있고 나머지는 열흘 안에 문제없이 준비하실 수 있다 하셨습니다."

어린 태감이 사실대로 보고했다. 솔직히 국구 나리가 이 말을 하기 전에 서재에서 부술 수 있는 물건이란 물건은 다 부쉈고, 자칫하면 칼을 뽑아들고 달려와 누군가를 베어 버릴 뻔했다는 말도 덧붙이고 싶었다.

이 소식에 태후와 영친왕, 태자는 모두 안도의 숨을 내쉬었다.

"문제없이 마련할 수 있다니 다행이군요."

태자가 차분하게 말했다.

"대가가 컸으나 적어도 분위기를 우리 쪽으로 돌려놓을 수는 있었다. 소문이 나면 진왕부의 명성은 태자와 국구부에 미치지 못하게 될 것이다."

영친왕이 감격스러운 목소리로 말했다.

이게 유일한 위안거리였다!

어마어마한 대가를 치렀으나 적어도 이곳에 온 목적은 이루었으니 태자가 앞서 두 번이나 이십만 냥을 부른 것도 헛수고는 아닌 셈이었다.

"아무렴, 옳은 말이오. 태자, 돌아가거든 사람을 시켜 이 일을 널리널리 퍼트리도록 해라. 은자를 헛되이 쓰지는 말아야지!"

태후가 황급히 말했다.

위기는 있었으나 잘 해결되자 세 사람 다 기뻐했다.

국구부의 약속을 받았으니 태후도 더는 시간을 끌지 않고 웃으며 말했다.

"시간이 늦었고 경매할 물건도 없다고 하니 이만 파하는 것이 좋겠구나."

도발이 잔뜩 묻은 말이었다.

장내의 누구도 감히 입을 열지 못하자 태후는 자랑스레 감탄을 터트렸다.

"태자와 국구부가 백성을 아끼고 이재민을 생각하는 마음에 아낌없이 주머니를 풀다니, 우리 천녕국의 크나큰 행운이로구나!"

이 말에 많은 사람들이 동조했고, 얼마 지나지 않아 칭찬을 넘어 칭송가를 부를 정도가 되었다.

상황이 이렇게 되자 한운석도 불쾌해졌다. 한 방 먹이기는 했지만 아무래도 완전히 쓰러뜨리지는 못한 것이다.

그녀는 용비야를 돌아보았지만 용비야는 분위기에 아랑곳하지 않고 고개를 숙여 초서풍에게 뭐라고 분부하고 있었다.

한운석은 '서두를 것 없다'던 그의 말을 넘겨짚은 게 아닌가 하는 의심이 일기 시작했다.

내내 기뻐하던 조 할멈도 다소 기분이 상했다. 그녀는 이 가식적인 칭송을 더 듣고 있을 수가 없어서 떠들썩한 소리가 잠시 끊어진 틈을 타 재빨리 큰 소리로 선포했다.

"여러분, 자선 경매가 종료되었고 도합 은자 이백사십만 냥이 모였습니다. 호부를 통해 재난 지역에 기부하고 식량을 구입해 이재민을 돕도록 하겠습니다! 태자 전하와 이 공자께서는 오늘 안에 금액의 반을 호부에 전달해 주시고, 나머지는 열흘 내에 모두 지불해 주십시오."

태자가 즉시 일어났다.

"반드시 그렇게 하겠네!"

이락원도 따라 일어나 오만방자하게 말했다.

"열흘은 무슨, 오늘 안에 모두 지불하겠다. 이재민들을 위해 작은 성의라도 베풀어야지."

태후는 저 멍청한 녀석을 흠씬 두들겨 주고 싶은 마음이 여전했지만, 지금은 저렇게 거드름을 피우는 것이 마음에 들었다. 어차피 쓴 돈이니 실컷 자랑해서 진왕 일행의 속을 뒤집어 놓아야 마땅했다.

이락원에게 동조하는 사람도 꽤 많아서 조 할멈이 경매 종료를 선언했는데도 상황을 수습할 수가 없었다. 그런데 바로 이때 용비야가 천천히 일어섰다.

그동안 그는 한마디도 하지 않았고 단 한 번 태후의 질문에 대답한 것이 전부였다.

지금도 소리 없이 일어났지만 이상하게도 아무도 그를 무시할 수 없었다.

일순 장내가 조용해지고 태후마저 입을 다물었다!

자신 때문에 주위가 조용해지든 말든, 용비야는 한운석을 붙잡아 일으키면서 태연하게 말했다.

"조 할멈, 본 왕이 오백만 냥을 내놓을 테니 함께 호부에 전하도록 해라. 은자는 곧 도착할 것이다."

이 말이 떨어지자 모든 이들의 눈이 휘둥그레졌다!

직접 기부한다고?

하긴, 경매에 참여하지 않더라도 직접 기부할 수 있었다. 반드시 경매를 통해 기부해야 한다는 규칙을 정한 사람은 아무도 없었다!

은자 오백만 냥이라니!

태자의 사십만 냥이나 이락원의 이백만 냥은 순식간에 묻히고 말았다! 그 정도는 터무니없이 적은 금액이었다! 고작 그걸로 진왕에게 대항하고 민심을 얻겠다고?

오백만 냥은 두 사람이 낸 돈을 합친 것보다 배로 많았다!

더욱이 그들은 경매에서 조금씩 조금씩 값을 올렸지만 진왕은 단번에 시원시원하게 기부한 것이었다!

패기가 무엇인지, 기개가 무엇인지, 호방함이 무엇인지, 백성을 생각하고 백성을 이롭게하는 것이 무엇인지, 그는 행동으로 똑똑히 보여 주었다!

국구부는 그 많은 돈을 쓰고도 결국 백성을 위한다는 칭송을 얻지 못했으니 그야말로 진정으로 한 방 먹은 셈이었다!

한참만에야 정신이 든 한운석은 참지 못하고 몰래 쿡쿡 웃었다.

"전하, 전하가 제일 나빠요!"

용비야는 입꼬리를 살짝 올리더니 그녀의 손을 잡고 돌아섰다. 전설과 다름없는 뒷모습만 남긴 채.

자선 경매는 그제야 진짜 끝났다. 태후와 태자의 안색은…….

진왕이 제일 나빠 (3)

용비야가 그렇게 한운석을 데리고 가 버리는 바람에 한운석은 태후와 태자의 안색이나 목유월의 반응을 볼 수가 없었다.

하지만 상관없었다. 조 할멈이 왕비마마 대신 자세히 살펴본 다음 돌아와서 보고해 줄 테니까!

우선 돈 자랑을 하며 안하무인으로 굴던 이락원이었다.

지금껏 자기 집안이 천녕국에서 으뜸가는 부자라고 생각했던 그는 오늘에서야 아니라는 것을 깨달았다…….

그는 아직도 사태의 심각성을 깨닫지 못하고 멀어지는 진왕 전하의 뒷모습을 바라보며, 자신도 진왕 전하처럼 시원시원하게 쓸 수 있으면 얼마나 좋을까 생각하면서 속으로 연신 감탄했다.

하지만 귀한 집에서 자란 그도 오백만 냥을 한 번에 쓰는 건 지나친 사치라고 느꼈다. 황제조차 그렇게 통 크게 돈을 쓴 적이 없을 것 같았다.

다음은 귀하신 태후마마였다. 태후는 입을 다물지 못했다. 방금까지만 해도 보란 듯이 뽐낼 생각이었는데 안타깝게도 그럴 기회조차 없었다.

태자의 안색은 더욱 나빴다. 돌아가면 국구부와 부황이 자신에게 무슨 화풀이를 해 댈지 걱정스러웠다. 황제파를 대표해 참석했지만 국구부의 은자를 날렸을 뿐 아니라 부황의 체면도 깎고 말았던 것이다.

꿩 잃고 매 잃는 격이라더니 딱 그 꼴이었다. 그는 이것이 함정인 줄 알고 있었고 이 기회에 남의 손으로 국구부에 타격을 입힐 생각이었다. 그런데 함정 속에 또 함정이 있을 줄이야!

하지만 울적한 중에도 진왕 전하를 향한 감탄을 숨길 수 없었다. 가능하다면 정말이지 진왕과 적이 되고 싶지 않았다.

목청무는 입가에 미소를 띠고 있었다. 웃으면 안 되지만 정말 참기가 힘들었다. 이럴 줄 알았더라면 좀 더 빨리 태자와 손을 잡아 좀 더 빨리 국구부를 파산시켰을 텐데!

목청무는 웃고 있지만 뒤에 앉은 목유월은 어안이 벙벙한 얼굴이었다. 넋은 이미 진왕 전하를 따라 저 멀리 가 버린 후였다.

태자를 향해 끓어오르던 애모의 감정은 씻은 듯 사라진 지 오래였다. 진왕 전하의 재력에 비하면 태자와 국구부는 아무것도 아니었다.

목유월은 보면 볼수록 불만이 샘솟았다. 한운석에게 당하지만 않았어도, 당해서 명성을 잃지만 않았어도 진왕부에 시집갈 희망이 있었을지도 모른다.

목 대장군부가 태자에게 투신하기 전까지 아무런 움직임이 없던 진왕이 오늘에서야 이렇게 큰일을 벌인 것은 그의 마음속에 목 대장군부가 어느 정도 중요한 위치에 있다는 뜻이었다.

생각하면 할수록 질투가 폭발해서 이대로라면 화가 나 죽을지도 모르겠다는 생각이 들었다.

한운석, 전생에 내가 네게 무슨 죄를 졌기에 이생에서 이렇게까지 날 괴롭히는 거야!

한참이 지난 뒤 목유월의 시선이 비로소 약혼자 용천묵에게 향했다. 마침내 그녀도 혼례식이 걱정되기 시작했다.

국구부가 그렇게 많은 은자를 내놓았는데 그녀와 태자의 혼례에 신경 써 줄 수 있을까? 목유월은 생각할수록 두려웠다. 태자의 혼례까지는 겨우 사흘밖에 남지 않은 상태였다!

태자 일행만 충격을 받은 것이 아니라 장내에 있던 다른 사람들, 심지어 진왕 쪽 사람들조차 여태 놀람을 가라앉히지 못했다.

진왕 전하가 나라에 맞먹는 재산을 가지고 있는 줄은 아무도 몰랐다!

진왕 전하의 이 행동은 이제 막 바람이 가라앉은 조정에 다시 한 번 풍파를 일으킬 것이 분명했다.

연회장을 가득 채운 사람들이 넋이 나가든 말든, 용비야는 한운석을 끌고 천천히 꽃밭의 오솔길을 걸었다.

한운석은 이 남자와 손을 잡고 평온하게 산책하는 것도 좋아했지만, 그래도 그와 이야기를 나누는 게 더 좋았다.

"전하, 그 돈은 어디서 나셨어요?"

솔직히 한운석도 궁금했다. 세상 사람들이 모두 궁금해할 테니 그들을 대표하는 셈 치고 물어본 것이었다.

"비밀이다."

용비야는 건성으로 대답했다.

"제가 알면 안 되나요?"

한운석은 우물거리며 물었다.

"네가 알면 비밀이라고 할 수 있느냐?"

용비야가 반문했다.

말이라면 지지 않는 한운석도 일순 대답할 말을 찾지 못했다.

'아니요'라고 하면 용비야는 절대로 알려 주지 않을 것이다.

그녀는 생각 끝에 대답했다.

"설마 전하 혼자만 아시는 일인가요?"

용비야는 기분이 좋은지 한운석을 데리고 길옆에 만들어 놓은 꽃시렁 아래에 앉았다.

그가 고개를 끄덕이며 말했다.

"본 왕만 알고 있다."

한운석은 기회를 놓치지 않고 마음을 표현했다.

"신첩도 전하와 함께 비밀을 지키고 싶어요!"

용비야는 눈썹을 치키며 그녀를 내려다보았다. 깊은 눈동자가 아득했다.

"전하……, 신첩을 안 믿으세요?"

한운석이 다시 물었다.

"한운석……."

용비야는 망설이는 것처럼 말을 멈추고 한참 동안 입을 열지 않았다.

한운석은 조심스레 기다렸다. 그가 자신에게 뭔가 중요한 이야기를 하려는 것 같다는 생각이 들었다. 이 남자가 자신의 이름을 부른 게 언제인지도 기억이 나지 않았다.

숫제 부르지 않거나 부를 일이 있으면 성을 붙여 '한운석'이라고 불렀다.

그가 미적미적 말이 없자 한운석은 고개를 갸웃했다.

"네?"

용비야가 그제야 입을 열었다.

"한운석, 함께 지키는 비밀은 비밀이 아니다."

그래. 역시 알려 주지 않을 셈이군.

한운석은 약간 실망해서 가만히 '네' 하고 대답한 뒤 침묵에 빠져들었다.

용비야도 말없이 그녀와 손가락을 얽은 채 시렁 아래 한참 동안 앉아 있었다.

일어나기 전에 그가 갑자기 손을 뻗어 사랑스러운 듯 한운석의 앞머리를 매만졌다.

"가자."

함께 지키는 비밀은 비밀이 아니다. 무슨 말일까?

왕부로 돌아오는 내내 한운석은 용비야의 말을 곱씹었다. 용비야의 말 속에 아무래도 다른 의미가 있는 것 같은데 곰곰이 생각해 보니 괜한 생각을 한 게 아닌가 싶기도 했다.

그가 말하지 않으려 하니 그녀도 더는 묻지 않았다. 어쨌든 그에게는 그녀가 모르는 것들이 많았고 그녀는 억지를 부리는 사람이 아니었다. 그의 마음이 내키면 언젠가는 알려 줄 것이다.

이렇게 해서 의태비의 생신 연회는 원만하게 끝났고, 한운석은 처음으로 용비야의 시커먼 속을 직접 목격했다. 그런데 누가 짐작이나 했을까? 진왕부에 돌아온 다음에야 더 나쁜 것은 있어도 가장 나쁜 것은 없고, 더 시키면 것은 있어도 가장 시키면 것은 없다는 사실을 알게 되었다!

그들이 진왕부 대문에 들어서기 무섭게 초서풍이 달려와 보고했다.

"전하, 호부에는 자선 경매 수익금을 단단히 지켜보다가 바로 전달하고 즉시 공표하라고 말해 두었습니다. 국구부 쪽에서 온 소식으로는, 국구가 이미 곡식을 팔 생각을 굳히고 큰 양곡상 몇 명에게 사람을 보냈다고 합니다."

모든 것이 용비야의 계산 대로였다. 그는 고개를 끄덕이고 태연하게 안으로 들어갔다.

하지만 한운석은 얼이 빠졌다!

용비야를 돌아보던 그녀는 저도 모르게 언젠가 자신도 이 인간에게 팔려 나갈지 모른다는 생각이 들었다.

이 인간의 수법은 정말이지 아무도 따라갈 수 없었다!

경매가를 올려 국구부에게 큰돈을 뜯을 생각인 줄만 알았지, 국구부가 곡식을 팔도록 압박하는 것이 진짜 목적일 줄은 생각조차 하지 못한 일이었다.

기근이 심각하고 곡식이 부족해지자 조정과 자선가, 자선 기구에 돈이 있어도 곡식을 구해 이재민을 도울 수가 없었다. 이런 상황에서는 곡식을 팔아 돈을 마련하는 것이 가장 빠른 방법이었다.

국구부가 직접 국고의 은자를 횡령하는 일은 거의 없었고,

그간 가장 많이 빼돌린 것은 곡식이었다.

전국 각 군현에서 올리는 곡식을 빼돌리거나 심지어 구휼미와 군량미까지 빼돌려 사재기했다가 기근이 들거나 전쟁이 났을 때처럼 곡식이 부족할 때 최고가에 팔아 폭리를 취했다.

군현의 부호들에게 팔기도 했지만 대부분 나라에 팔았으니 바꿔 말하면 나라의 물건을 가져가 나라에 파는 방식으로 국고를 비게 만든 것이었다.

예전이었다면 이 정도 기근에 곡식을 팔지는 않았을 것이다. 아직 가격이 최대로 오르지 않았고 나라에서도 민간에서 곡식을 구매하고 있지 않아서였다.

하지만 이번에는 달랐다.

이번에는 열흘 안에 은자 이백만 냥을 마련해야 했다! 유일한 방법이 바로 곡식을 파는 것이었다!

"전하께선 국구부가 기부한 이백만 냥으로 곡식을 사서 이재민을 구할 계획이신가요?"

한운석이 웃으며 말했다.

국구부가 내놓은 돈으로 그들이 파는 곡식을 사들이는 것은 용비야만이 해낼 수 있는 일일 것이다.

"아마 살 수 있을 것이다."

용비야가 차분하게 말했다.

"그렇다면 국구부는…… 오래 가지 못하겠군요!"

한운석은 크게 기뻐했다.

용비야는 고개를 갸웃했다.

"그걸 알겠느냐?"

한운석은 비록 나랏일에 관심이 없었지만 정사와 야사를 많이 읽었고, 당연히 알아볼 수 있었다.

용비야는 국구부의 횡령 사건을 오랫동안 조사해 왔다. 궁지에 몰린 국구 나리가 서둘러 곡식을 팔려고 하지 않았다면 그 역시 이렇게 빨리 단서를 얻지는 못했을 것이다.

초서풍이 국구 나리가 양곡상들에게 연락한 것을 알아냈으니, 그들이 거래하는 방식과 위치, 시간 같은 증거를 조사하기란 훨씬 쉬웠다.

충분한 증거를 찾아내면 용비야의 성격상 반드시 국구부를 무너뜨릴 것이다.

솔직히 말하면, 이번 사건에서 용비야의 최종 목적은 이재민을 구하는 것도 아니고 적을 한 방 먹이는 것도 아니라, 기회를 만들어 국구부가 곡식을 횡령한 증거를 찾아내는 것이었다!

본래는 안으로 들어간 후 한운석에게 이야기해 줄 생각이었는데 뜻밖에도 이 영리한 여자는 단숨에 알아차렸다.

그는 그녀를 가만히 바라보았다. 보면 볼수록 그의 눈동자에는 점점 더 패기가 짙어지고 흥미로운 빛도 강해졌다.

"전하, 제가 참 영리하죠?"

한운석은 여전히 자신만만했다.

그런데 뜻밖에도 용비야가 되물었다.

"본 왕의 여자가 영리하지 않을 수 있겠느냐?"

그 한마디에 한운석은 심장이 철렁 내려앉고 몸이 얼어붙었다. 돌아서서 걸어가는 용비야는 입가에 가벼운 미소를 떠올리며 무척 만족스러워했다.

한운석은 운한각으로 어떻게 돌아갔는지도 기억이 나지 않았다. 어쨌든 꿀을 삼킨 것처럼 기분이 달콤하고 꿈에서조차 웃음이 났다.

이날 밤, 호부에서 소식이 왔다. 태자와 이락원이 백이십만 냥을 보냈고 열흘 안에 나머지 절반을 보내겠다고 약속했다는 것이었다.

용비야는 당연히 국구부가 곡식을 파는 것을 감시하느라 바빴고 한운석은 나흘 후 있을 태자의 혼례에 기대가 컸다.

목유월은 제 입으로 예물이 거리 하나를 가득 채울 거라고 말했다!

천녕국의 혼례 풍습에 따르면 혼례식보다 예물 전달이 먼저였다. 신부를 맞이하기 사흘 전에 예물이 먼저 신부 집에 도착해야 했다.

하지만 다음날에도 동궁에서 예물을 보냈다는 소식이 없었다. 목유월은 집에서 기다리고 또 기다렸고, 한운석도 왕부에서 기다렸다.

마침내 저녁이 되었지만 예물 소식은 들리지 않았고, 오히려 동궁에서 천하에 전하는 글이 발표되었다.

태자의 혼례는 나라의 경사이지만 심각한 기근을 고려해서 근검절약하고 이재민을 구하고자 태자비 책봉식을 거행하지 않고 동궁에서 간소하게 성혼례成婚禮를 치르기로 했다는 것이

대략적인 내용이었다.

이튿날 용비야가 왕부에 없어 한운석이 대신 동궁의 초청장을 받았다. 부부가 함께 입궁해서 태자의 혼례식에 참석하라는 초청장이었다.

이런 상황에 황궁 사람들이 누구보다 보고 싶지 않은 사람이 그들일 텐데 왜 초청했을까? 목 대장군부를 내세워 위세를 부리고 싶은 걸까?

한운석은 갈 생각이 없었지만 으스대던 목유월을 떠올리자 가기로 결심했다!

본 왕이 기억해 두마

사흘 후 예정대로 태자의 혼례식이 다가왔다.

초서풍은 진왕 전하가 몸소 양곡상과 국구부의 거래를 확인하러 갔으니 때맞춰 도성에 돌아올 수 있을지는 모르겠다고 했다. 보통 때는 용비야가 없으면 별로 내키지 않은 듯 입궁했을 한운석도 이번에는 무척 신이 나 있었다.

그녀는 남자 뒤에 숨어 아무것도 하지 않는 여자가 아니었고, 숨을 곳만 있으면 숨어 버리는 여자는 더더욱 아니었다. 그녀는 남자와 나란히 싸울 수 있는 여자였다!

용비야가 없어도 그녀는 용감하게 입궁했다.

그런데 조 할멈과 함께 마차에 오르려는 순간 용비야가 돌아왔다.

"전하, 못 오실 줄 알았어요."

한운석은 뜻밖이라는 듯 말했다.

용비야는 마차를 흘낏 보더니 싸늘한 태도로 말했다.

"본 왕은 네가 기다릴 줄 알았다."

그러니까, 내가 잘못했다는 말이지?

한운석은 기뻐하면서 황급히 해명했다.

"전하, 앞으로는 늘 전하를 기다릴까요?"

생글생글 웃는 한운석의 눈을 보자 용비야는 다소 당황한 듯 시선을 피했다. 그는 그 질문에 대답하지 않고 차갑게 말했다.

"타거라!"

한운석은 교활한 눈빛을 지으며 쪼르르 뒤를 쫓았다. 마지막으로 마차에 오른 조 할멈은 속으로 한숨을 푹푹 내쉬었다. 어째서 보면 볼수록 왕비마마가 진왕 전하를 놀린다는 생각이 들까?

왕비마마가 혼자 외출할 때면 조 할멈도 마차 안에 함께 탔으나 진왕 전하가 계실 때면 눈치 빠르게 마부 옆에 앉았다.

진왕부에서 황궁까지는 도성에서 가장 번화한 대로를 지나야 했다. 마차는 천천히 앞으로 나갔고 한운석은 창에 엎드려 밖을 바라보았다.

황궁에서 목 대장군부까지 가려면 반드시 진왕부를 지나게 되어 있었다. 도성에서 진왕부보다 황궁에 가까이 있는 저택은 없었다. 한운석이 일부러 알아보니, 지금쯤 태자가 신부를 맞이하러 마중을 나올 시간이었다!

하지만 거리에는 별다른 움직임이 없었다.

한운석은 의아해하며 이리저리 둘러보았다.

편안하게 기대앉아 있던 용비야가 그 모습을 보고 별생각 없이 물었다.

"뭘 보느냐?"

한운석은 주변을 살피며 대답했다.

"신부 맞이요! 태자가 지금쯤 궁에서 나와야 하거든요."

용비야는 전혀 흥미가 없어 보였다.

한운석은 한참 동안 입을 다물었다가 갑자기 그를 돌아보며 생긋 웃었다.

"전하, 실은 신첩도 전하를 기다리고 싶었어요. 하지만 신부 맞이 시간 때문에 먼저 가기로 한 거예요."

용비야는 그제야 태연하게 물었다.

"신부 맞이가 무슨 구경거리라는 것이냐?"

그가 알기로 이 여자는 떠들썩한 구경거리를 좋아하지 않았다.

한운석은 대답하려고 했지만 생각 끝에 그냥 입을 다물었다.

그녀 역시 신부 맞이가 재미있는 구경거리라고 생각지 않았다. 다만 목유월이 그렇게도 자랑하고 도발했으니 꼼꼼하게 구경해 줄 생각이었다.

여자들 간의 질투나 잘난 척, 과시, 자랑 같은 것은 남자 눈에는 하나같이 시시한 것들이어서, 한운석은 바쁘기 그지없는 용비야는 그런 이야기를 듣는 것조차 귀찮아하리라 생각했다.

더군다나 그녀 역시 고자질을 좋아하지 않았다.

그녀는 웃으며 말했다.

"얼마나 간소하게 하는지 궁금해요!"

그런데 갑자기 밖에서 조 할멈의 목소리가 들려왔다.

"전하, 그런 게 아닙니다!"

한운석이 미처 반응하기 전에 조 할멈이 고자질을 했다.

"며칠 전에 목유월이 골목에서 왕비마마의 마차를 가로막고 특별히 알려 주러 왔다며, 자신이 얼마나 성대하게 혼례를 치르는지, 예물을 얼마나 많이 받는지 자랑을 하지 뭡니까. 게다가 왕비마마께서 진왕부에 시집오실 때는 신부 맞이 행렬도 한씨 집안에서 고용하지 않았느냐고 했답니다."

조 할멈은 그날 돌아오자마자 고자질을 하고 싶었지만 여태 말을 꺼내지 못했다. 어떤 식으로 말을 꺼내든 목유월의 입을 빌려 진왕 전하의 흠을 들춰내는 일이 되기 때문이었다!

그녀도 왕비마마처럼 없던 일로 하려고 했으나 방금 두 주인이 나누는 대화를 들으니 도저히 참을 수가 없었다.

더욱이 마차 가리개 덕분에 진왕 전하를 직접 보지 않아도 되기 때문에 용기가 났다.

만에 하나 진왕 전하가 지난 혼사 이야기에 불쾌해하더라도 길거리에서 화를 내지는 않을 것이고, 또 왕비마마가 마차 안에 있으니 대신 막아 주겠지 싶어서였다.

조 할멈의 말에 한운석은 놀라서 어쩔 줄을 몰랐다.

눈치도 없는 조 할멈! 목유월이 이러쿵저러쿵했다는 건 말해도 되지만 어쩌자고 신부 맞이 행렬을 한씨 집안이 고용했다는 말까지 하는 거람! 그럼 내 체면이 어떻게 되겠어?

내가 지금까지 원망하고 있다고 생각하진 않겠지?

침묵에 이어 마차 안의 분위기가 점점 어색해졌다. 상황을 이렇게 만들어놓고 원흉인 조 할멈도 더는 말을 하지 않았다.

한운석은 창밖을 보는 자세를 유지했지만 구멍이 있다면 기어들어가고 싶은 심정이었다.

혼인은 종신대사인 만큼 신경이 쓰이는 건 사실이었다. 그렇지 않았다면 그런 식으로 목유월에게 복수하지도 않았을 것이다. 하지만 원망할 정도로 신경 쓰는 것은 아니었다.

애당초 그녀와 용비야의 혼사에 복잡한 이해관계가 얽혀 있었다는 것은 그녀도 잘 알았다.

탓하려면 그는 진왕이고 그녀는 태후를 구해 준 은인의 딸이라는 사실을 탓해야 했다. 태후의 첩자로 전락하지 않아서 그와 원수를 맺지 않은 것만 해도 다행이라 생각했다.

두 사람이 침묵에 빠져 있을 때 멀리서 경사스러운 북소리가 들려왔다. 길 가던 사람들이 차례차례 길을 비켜 주었다.

신부 맞이 행차였다!

"전하, 왕비마마, 신부 맞이 행차가 출궁했습니다!"

간이 조마조마하던 조 할멈은 마침내 어색함을 풀 기회를 얻었고, 한운석도 즉시 그 말을 받았다.

"정말이군! 놓쳤나 했는데."

비록 아무 일도 없는 척했지만, 지금은 고개를 돌려 용비야의 표정을 보고 싶은 생각에 사로잡혔다.

말을 하지 않으면 모르지만 이미 엎질러진 물이었다. 그런데도 진왕 전하는 정말 아무 반응도 안 하려는 걸까?

조금 더 기다렸지만 여전히 조용했다.

한운석은 가슴속에 피어오른 약간의 실망을 감추며 일부러 신난 척 창밖으로 고개를 내밀고 행렬을 바라보았다.

그런데 그 광경을 보는 순간 마음이 싹 풀렸다.

신부 맞이 행렬은 행렬이라고 할 수도 없었다!

비록 진왕부 덕분에 태자의 혼사가 간소하게 치러지긴 했지만 이렇게까지 간소화 할 줄이야!

도성의 일반적인 부잣집에서 치르는 혼례도 태자의 신부 맞이 행렬보다 나을 것이다!

태자는 커다란 말을 타고 제일 앞에 섰고, 그 뒤로 가마 한 대가 따르고 있었다. 가마 옆에는 매파 한 사람, 가마 뒤에는 악사 몇 명이 있었지만 그 뒤에는…… 뒤에는 아무것도 없었다!

가마를 든 사람조차 모두 합쳐 스무 명이 넘지 않았다!

한운석은 저도 모르게 목유월이 걱정되기 시작했다. 이 장면으로 볼 때 용천묵은 태자비에게 전혀 마음이 없다 해도 과언이 아니었다.

목 대장군이 불쾌해하는 것도 개의치 않는 태도였다. 말하자면 당근과 채찍을 병행하는 방법으로, 목유월을 태자비로 맞아들이는 일이 목 대장군부를 구슬리기 위한 것이긴 하지만 한편으로는 협박이기도 하다는 뜻이었다.

앞으로 목유월이 잘 지내게 될지 어떨지는 목 대장군부가 어떻게 나오는지에 달려 있었다.

신부 맞이 행차가 크지 않은 데다 최근 사람들의 관심이 자선 경매에만 쏠려 있었기 때문에 이 장면은 전혀 반향을 일으키지 못했다. 한운석이 진왕부에 시집갈 때 거리 가득 사람들이 몰려들었던 것과는 비교도 되지 않았다.

한운석은 자신이 가끔은 꼭 복수를 해야 성이 풀리는 사람이라는 것을 인정하지 않을 수 없었다. 지금 당장 목 대장군부로 가서 목유월을 구경하고 싶었지만 서두를 필요는 없었다. 어쨌든 조금 있으면 궁에서 만나게 될 테니까.

용비야는 시종 아무 말이 없었고 한운석은 가는 내내 창에 엎드려 내내 밖을 내다보았다. 조 할멈은 마차 안에 귀를 기울였지만 안타깝게도 더는 아무 소리도 나지 않았다.

그들은 곧 궁궐 입구에 도착해 마차에서 내려 가마로 바꿔 탔다.

한운석이 서둘러 내리려는데 용비야가 붙잡았다. 그는 말없이 먼저 내린 다음 손수 그녀를 부축해 주었다.

이 인간이 왜 이러지? 방금 아무 일도 없었던 척하려는 걸까?

솔직히 한운석은 방금 있었던 일이 계속 마음에 걸렸다는 것을 인정할 수밖에 없었다. 그녀는 용비야의 손을 잡고 고개를 숙인 채 마차에서 내리면서 딴 생각을 했다.

그런데 용비야가 아무 예고도 없이 담담하게 말을 꺼냈다.

"혼례 건은…… 잘 복수해 주었다."

"예?"

한운석은 고개를 번쩍 들다가 그만 발을 헛디뎌 마차 끌채 쪽으로 기우뚱했다.

용비야가 재빨리 두 팔로 그녀의 가느다란 허리를 껴안더니 그대로 높이 안아 올리면서 마차에서 내려섰다.

일부러 그런 것이 아니어서 놀라고 당황한 한운석은 자연스레 두 팔로 그의 목을 끌어안았다.

용비야가 그녀를 안고 빙글빙글 돌았다면 무척이나 아름다운 장면이었을 것이다!

용비야는 그러지 않았지만 그래도 이 장면은 사람들의 이목을 끌었다. 조 할멈과 마부는 말할 것도 없고 궁궐 문을 지키던 수비병들도 모두 그쪽을 바라보았다.

이 자세대로 용비야는 고개를 들어 한운석을 바라보았고 한운석은 고개를 숙여 그를 바라보았다.

그들에게는 평생 처음 있는 일이었다!

용비야는 고개를 들고 높이 있는 여자를 바라보는 것이 처음이었고, 한운석은 이 얼음왕을 내려다보는 것이 처음이었다.

하지만 그들은 이런 각도가 무척 익숙한 것처럼 서로 끌어안은 채 한참 동안 조용히 마주보았다.

아무도 방해하지 않았다면, 한운석은 태자의 신부 맞이 행렬이 돌아올 때까지 내내 이렇게 용비야를 바라보았을지도 모른다.

하지만 용비야는 곧 정신을 차렸다. 그는 아무 말도 하지 않고 갑자기 공주님 안기 방식으로 한운석을 안아들고 앞으로 걸어갔다.

조 할멈은 눈이 휘둥그레져서 바라보았다. 전하는 남녀 문제에서 늘 보수적인 분이었는데? 왕비마마가 버선만 벗어도 화를 내시던 분이 지금은 이런 공개적인 장소에서 남들이 다 보는데 저런…….

진왕 전하, 왕비마마. 태자 나리의 혼례날 궁궐 문 앞에서 그렇게 애정을 과시하는 게 과연 현명한 일인지요?

용비야는 패기 넘치니 그렇다 쳐도 여자인 한운석도 달리 저지하지 않았고 도리어 그의 포옹을 실컷 즐겼다. 용비야를 바라보는 그녀의 눈에는 기쁨이 넘쳐흘러 감출 수 없었다.

어쨌든 그녀는 그에게 이렇게 안기는 게 좋았다. 이런다고 죽는 것도 아닌데 좋아하면 어때. 혼례니 뭐니 하는 건 어차피 지난 일이니 내버려 두지 뭐.

한운석은 현재를 즐기고 미래를 생각하는 사람이었다!

그녀는 기분이 싹 풀렸다. 그런데 용비야는 그녀를 가마에 태운 뒤 귓가에 속삭였다.

"한운석, 기억해 두마."

귓가에서 익숙한 온도가 가시기도 전에 용비야는 자기 가마로 갔다.

기억? 뭘 기억해 둔다는 거야?

가마가 들어 올려졌다. 두 가마가 앞뒤로 궁으로 들어가는 동안 궁궐 담장 옆에 흰옷을 입은 남자가 서서 내내 그들을 지켜보고 있다는 것은 아무도 알아차리지 못했다.

얼굴을 가린 하얀 복면으로는 몸에서 풍기는 맑고 초탈한 기질을 가릴 수 없었다. 그의 눈동자는 맑고 깨끗했지만 허약하고 지쳐 보였다.

그는 가마가 궁궐 문으로 완전히 사라진 다음에야 돌아서서 떠났다.

이보다 더한 비극이 있을까

천녕국 황족의 혼사는 두 종류가 있었다. 하나는 나라의 대사로 치르는 것으로, 황후를 책봉하거나 태자의 정비를 맞아들일 때, 혹은 나라 간 화친을 맺을 때였다. 다른 하나는 황족의 집안일로 처리하는 것으로, 성대한 의식 없이 집안 어른들을 모시고 성혼례만 치렀다.

한운석과 용비야가 동궁에 도착했을 때 천휘황제, 태후, 영친왕이 모두 와 있었다.

황족이라도 부모와 집안 어른에게는 똑같이 예를 올려야 했다.

태자는 나라의 후계자이지만 그래도 아직 군주는 아니기 때문에 용비야와 영친왕은 집안 어른으로서 태자보다 위였다.

천휘황제와 태후가 주인석에 자리하고 영친왕은 왼쪽에 자리를 잡았다. 오른쪽은 용비야와 한운석의 자리였다.

한운석은 안으로 들어서자마자 천휘황제와 태후의 눈에서 쏟아지는 살기를 느꼈다.

자선 경매에서의 일은 당한 사람이 누구든 간에 울화가 치밀고 속이 타들어가는 게 당연했다.

한운석도 그 마음을 이해하고 가만히 시선을 피했다. 그들이 내놓은 은자를 보아 맞서지 않는 것이 예의였다!

남몰래 싸우기도 하고 드러내 놓고 싸운 적도 많지만 아직은 완전히 갈라선 것이 아니었기 때문에 여전히 군주는 군주, 신하는 신하였다.

예를 올린 후 천휘황제가 그들에게 자리를 권했다.

제법 오래 앉아 있어야 할 줄 알았는데, 뜻밖에도 앉은 지 얼마 되지 않아 신부 맞이 행렬이 돌아왔다.

벌써 오다니, 용천묵이 전력 질주라도 했나?

마음이 급했던 걸까 아니면 귀찮았던 걸까?

어느 쪽이든 간에 가마에 앉은 목유월은 당장 울음이라도 터트릴 것 같은 얼굴이었다. 가마가 너무 흔들려 하마터면 속에 든 것을 토할 뻔했다!

주겠다던 예물에 관해서는 한마디도 없었지만 대국을 생각해서 억지로 참았다.

성대한 혼례 의식이 성혼례로 급이 떨어진 것만으로도 속이 타들어갔지만 참으려고 애썼다.

하지만 어째서 신부 맞이 행렬마저 이렇게 간소하고 대충대충 해야 했던 걸까?

가마를 타고 입궁하는 동안 처음에는 몰래 밖을 내다보았는데 보면 볼수록 속이 턱턱 막혔다. 그런데 가마꾼들이 점점 속도를 올리는 바람에 속이 터질 기회조차 없었고 답답하던 기분은 두려움으로 바뀌었다.

만에 하나 가마가 뒤집히면 어쩌지? 어쨌든 그녀는 용천묵에게 목 대장군부의 지지를 선물했고, 이는 훗날 그가 황위를 차지하고 그 자리를 공고히 하는데 큰 도움을 줄 것이다. 그런데 어째서 조금이라도 소중히 대해 주지 않는 걸까?

혼인의 기쁨은 벌써 저 멀리 달아나 버렸고 그녀의 마음속에는 오로지 슬픔과 원망만 남았다.

그녀는 이 모두가 한운석이 벌인 일이라는 것도 몰랐다. 그저왜 하필이면 올해 기근이 들었는지, 왜 하필이면 진왕 전하가이 시기에 자선 경매를 열었는지, 왜 하필이면 태자가 돈도 없으면서 그렇게 무리를 해야 했는지 이를 갈며 원망할 뿐이었다.

한운석처럼 제 발로 가마에서 내린 사람도 혼례날 만큼은 도성이 떠들썩했다!

가마에서 내리기 전에 목유월은 영 내키지 않는 마음으로 빨간 면사포를 썼다. 가마에서 내리면 용천묵이 손을 잡아 주리라고 생각했지만 뜻밖에도 용천묵은 혼자 앞서가 버렸고 손을 잡아 준 사람은 매파였다.

속이 터지긴 했지만 그녀는 그래도 참았다. 어쨌든 입궁하면모든 것이 달라질 것이다.

궁에서 치르는 성혼례를 들어 본 적은 있지만 아무래도 낯선곳이어서 뭐든 매파의 말을 따라야 했다.

매파는 상서로운 말을 잔뜩 한 뒤 그녀를 태자 옆으로 이끌었다.

지금까지는 간소했지만 성혼례는 좀 더 성대할 것이라고 목유월은 남몰래 생각했다. 그런데 웬걸, 성혼례도 단순히 부모에게 절하고 천지에 절하고 부부간에 맞절하는 것이 전부였다.

그녀는 매파의 도움을 받아 용천묵과 함께 천휘황제와 태후에게 절을 올리고, 천지에 절을 올리고, 서로 맞절을 했다.

"혼례가 끝났습니다!"

매파의 높은 외침에 목유월의 심장은 힘없이 떨어지고 말았다. 너무나도 실망스러웠다!

혼례가 끝나면 동방에 들어야 했다.

하지만 천녕국 황족의 혼인 풍습에는 한 가지 규칙이 더 있었다. 바로 차를 올리며 문안 인사를 드리는 것이었다. 한운석도 혼례 다음 날 아침 의태비에게 차를 올렸고 입궁해서 태후에게도 차를 올리며 낙홍파를 검사받았다.

태자비인 목유월은 내일 태후와 황제에게만 차를 올리면 되지만, 오늘은 혼례식에 참석한 집안 어른들에게 차를 올려야 했다. 황실 며느리 신분으로 집안 어른들의 인정을 받는 자리인 셈이었다.

목유월은 기운이 하나도 없어 헝겊 인형처럼 매파가 시키는 대로 움직였다. 그녀는 용천묵과 함께 차를 올리고 절을 하고 차를 마셨다.

용천묵을 따라 천휘황제를 부황이라 부르고 태후를 황조모라고 부르고 영친왕을 태황숙이라고 불렀다.

영친왕에게 절한 다음, 매파는 그녀를 용비야와 한운석 앞으로 이끌었다.

본래부터 말이 아니던 목유월의 기분은 용천묵이 진황숙이라고 부르는 순간 완전히 어그러지고 말았다! 마음이 너무 아파 숨을 쉴 수가 없었다!

진황숙, 그 사람까지 왔구나.

그렇게 오랫동안 마음속에 그리던 남자, 늘 시집가고 싶어 했던 남자가 숙부가 되다니. 이보다 더 비극적인 일이 있을까?

있었다!

옆에 있는 용천묵이 '진황숙모'라고 불렀을 때 얼떨떨해 있던 목유월은 곧장 정신을 차렸고 하마터면 빨간 면사를 걷을 뻔했다.

한운석이 숙모가 되었다는 것을 그제야 깨달은 것이다! 용천묵은 이미 차를 올린 후였지만 목유월은 제자리에 못박혀 있었다.

며칠 전 골목에서 한운석을 황숙모라고 부를 일은 평생 없을 거라고 큰 소리쳤는데 지금은…….

이런 상황에서 신부가 상례에 어긋난 행동을 할 수 있을까? 그랬다간 웃음거리만 될 것이다.

매파가 남몰래 목유월의 옷자락을 잡아당기자 그녀는 그제야 정신을 차렸다.

"태자비는 진황숙모께 차를 올리십시오!"

매파는 여전히 직업정신이 투철한 미소를 지으며 찻잔을 목유월의 손에 건넸다.

목유월은 입술을 꼭 깨물었다. 한순간 태자에게 시집간 것이 몹시도 후회스러웠다.

그녀는 두 손으로 차를 올렸다.

"진황숙모, 차 드시지요."

"그래⋯⋯."

한운석의 대답은 더없이 달콤하고 의미심장했다. 빨간 면사 아래로 목유월이 어떤 표정을 짓고 있을지 상상이 갔다.

이 못된 계집도 오늘은 제대로 배웠겠지.

한운석은 찻잔을 받아 깨끗이 비운 뒤 빨간 주머니를 꺼내 내밀었다.

"유월, 어서 빨리 아들을 낳으렴."

솔직히 한운석은 정말 악독했다. '빨리 아들을 낳아라'라는 말에는 깊은 뜻이 있었다.

용천묵의 성품이나 평소 태도로 보아 목유월에게는 손도 대지 않을 것이다. 설령 함께 밤을 보내 목유월이 회임한다 해도 지금 상황에서 목유월에게 자식이 생기는 것을 원치 않는 사람이 후궁에 많이 있었다.

태후는 그런 한운석을 바라보며 도리어 다행으로 여겼다. 저 여자가 후궁이 아니라 진왕부에 들어갔다는 것이 정말 다행이었다.

목유월은 멍청해서 한운석의 말이 무슨 뜻인지 알아듣지도 못했다. 오늘 하루 동안 벌써 너무 많은 것을 겪은 그녀였다!

흑흑, 집에 가고 싶어⋯⋯.

차를 올리고 나자 모든 것이 끝났다.

매파가 목유월을 인도하고 용천묵은 뒤를 따랐다. 문가에 이르렀을 때 그는 참지 못하고 뒤를 돌아보았다. 자리에 태연하

게 앉은 한운석은 하얗고 순결한 옷을 입고 아름다운 얼굴에
미소를 띠고 있었는데 나른하면서도 영리해 보였다.

산에 나무가 있고 나무에 가지가 있듯 마음에 그녀가 있건
만 그녀는 모르는구나. 지는 꽃바람에 흩날리고 흐르는 물 의
구히 동으로 가노라……. 한운석, 오늘 신부가 당신이라면 얼
마나 좋을까?

새신부 새신랑이 떠난 후에도 사람들은 여전히 자리에 앉아
있었다.

"목 장군에게 저런 딸이 있고 소장군에게 저런 누이동생이 있
으니 짐은 일찍부터 태자와 맺어 줄 생각이었습니다. 모후, 유월
이 궁에 들어왔으니 억울한 일이 없도록 잘 보살펴 주십시오."

천휘황제는 태후에게 이야기하는 척했지만 사실은 용비야에
게 들으라고 하는 소리였다.

말하자면 목유월이 있는 이상 목 대장군은 함부로 행동하지
못할 테니 진심으로 충성하지 않더라도 용비야 편에 서지는 않
으리라는 뜻이었다.

확실히 커다란 위협이었지만, 용비야는 편안하게 차를 마시
기만 해서 아무도 그 속마음을 꿰뚫어 볼 수 없었다.

한운석 역시 겉으로는 아무 말 없이 속으로만 천휘황제의 낯
두꺼움을 비웃었다. 목유월이 아직 시집오기도 전에 억울하게
만들어 놓고 무슨 말이람?

"당연하오. 유월 저 아이는 장평과 가장 사이가 좋았소. 장평
이 있었다면 얼마나 좋았을꼬!"

태후는 이렇게 말하더니 손수건으로 눈가를 닦으며 한운석을 흘깃 본 다음 다시 말했다.

"이런 이야기는 그만해야겠소. 유월이 들으면 상심할 테지."

한운석은 못 본 척했지만 뜻밖에도 태후가 한마디 덧붙였다.

"유월은 내 마음속에서 장평이나 마찬가지라오. 앞으로 누구든 저 아이를 괴롭히면 내가 제일 먼저 가만두지 않겠소!"

한운석은 묵묵히 생각했다. 저건 나더러 들으라고 하는 말인가? 이걸 어쩌나, 벌써 괴롭혔는데!

한운석이 속으로 즐거워하고 있을 때 천휘황제가 느닷없이 용비야를 공격했다.

"진왕, 진왕부의 자선 경매에서 자네도 큰돈을 냈다더군. 기근에 그토록 관심을 가져주니 이재민들에게는 실로 큰 행운일세. 짐이 어제 몇몇 대신들과 상의한 결과 자네를 재해 지역으로 보내 구호를 맡기기로 결정했네. 어떤가?"

이 말이 떨어지자 찻잔을 쥔 용비야의 손에 살짝 힘이 들어갔다. 예상 밖의 사건이 분명했다.

하지만 그는 곧 태연하게 단 한마디로 대답했다.

"그러지요."

한운석은 눈을 찌푸렸다. 그가 이렇게 시원하게 승낙하다니 뜻밖이었다.

제 배 불릴 생각만 하는 관리들만 아니라면 구호를 맡는 것이 나쁠 것도 없었다.

천녕국의 이번 기근은 무척 심각해서 설사 용비야가 구휼미를 빼돌린 사건을 밝혀낸다 해도 상황을 돌이키기는 어려웠다.

　예전 같은 기근이라면 곡식을 보내 반년이나 1년쯤 버틸 수 있었지만, 이번에는 기근 지역이 워낙 넓고 벌써 겨울이었다.

　곡식은 본래부터 부족했고, 조정의 곡식에 용비야가 개인적으로 내놓은 곡식과 각 군현의 부호들이 기부한 것을 더해도 겨우 한 달 정도 버티는 게 고작이었다.

　고대에는 곡식을 만들려면 시간과 기후가 필요하고 경작할 사람도 필요했다. 곧 추운 겨울인데 단시일 내에 어디에 가서 곡식을 경작할 수 있을까?

　이렇게 어려운 일인데도 용비야가 해내지 못하면 천휘황제에게는 그를 힐난할 이유가 생기는 셈이었다. 더 중요한 것은 백성들이 진왕에게 믿음을 잃어버릴 수도 있다는 것이었다.

　결론적으로 이것은 함정이었다. 커다랗고 깊은 함정.

　'젠장!'

　한운석은 속으로 분통을 터트렸다. 기근 문제도 천휘황제가 일찍 관심을 가지고 제때 구호하고 탐관오리를 엄벌했다면 지금처럼 수습하지 못할 지경은 되지 않았을 것이다.

　황제의 책임을 용비야에게 떠넘기다니, 저럴 거면 황제의 관도 용비야에게 주지 그래?

　천휘황제도 용비야가 이렇게 쉽게 승낙할 줄은 몰랐던 것이 분명했다. 하지만 용비야가 승낙하든 말든 상관없었다. 자선 경매 건으로 진왕부의 명성이 높아져 있으니 어떻게든 우겨 용비야에게 승낙을 받아 낼 방법은 얼마든지 있었다.

"진왕, 백성들의 목숨은 자네에게 맡기겠네."

천휘황제의 은근한 태도에 한운석은 구역질이 날 것 같았다.

자선 경매가 없었더라도 천휘황제가 이 기회를 놓쳤을 리 없다는 것은 그녀도 알고 있었다.

반면 용비야는 차분해서 대답조차 없이 고개만 끄덕였다.

한운석은 의아했다. 이 인간, 설마 벌써 준비하고 있었던 거야?

곁에서 당신을 보호할게요

황궁에서 나온 뒤 용비야는 한운석을 데리고 진왕부로 돌아갔다.

한운석은 돌아가서 구휼에 관해 그와 이야기를 나누려고 했지만, 용비야는 할 일이 있다고 외출했다.

나가려는 그를 보고 한운석이 다급히 불러 세웠다.

"전하……."

뜻밖에도 용비야 역시 그녀에게 할 말이 있는 듯 고개를 돌리던 참이었다.

"먼저 말씀하세요."

"무슨 일이냐?"

두 사람이 동시에 입을 열었다. 한운석은 생긋 웃으며 대범하게 요구했다.

"전하, 신첩도 재난 지역에 데려가 주세요. 재난 지역에서 역병이 횡행하니 신첩이 곁에서 전하를 보호하겠어요."

옆에 있던 조 할멈이 참다못해 가볍게 헛기침을 했다. 왕비마마는 갈수록 낯이 두꺼워지는 것 같았다. 왕비마마는 누가 뭐래도 독의여서 해독 솜씨는 뛰어나지만 의술은 평범해서 종종 고 태의의 도움을 받곤 했다.

더 중요한 것은 무공을 전혀 모르면서 용감하게도 '곁에서 보호하겠다'고 말했다는 것이었다.

조 할멈도 왕비마마가 진왕 전하와 함께 가길 바랐지만, 이건 조 할멈 자신도 넘어가지 않을 핑계였다.

"곁에서 보호하겠다고?"

용비야는 흥미로운 듯 되물었다.

사실 한운석은 따라가고 싶은 것뿐이었다. 용비야가 재난 지역에 갈 때는 필시 호부 사람과 태의원 사람도 데려갈 테니 그녀가 신경 쓸 일은 없었다.

용비야가 저런 눈으로 응시하자 그녀는 점점 자신감이 하락했다.

하지만 그래도 겉으로는 드러내지 않았다. 이백 걸음의 여정에서 무슨 일이 생기든, 그녀는 웃으면서 그를 향해 한 발 한 발 걸어가야 했다.

한운석은 여전히 곱게 미소를 지으며 자신만만하게 말했다.

"네, 보호할 거예요!"

용비야는 정말 우스웠는지 전에 없이 큰 소리로 웃음을 터트렸다.

"하하하, 그래, 데려가 주지!"

용비야가 웃는 것을 몇 번 봤지만 이렇게 시원하게 웃는 모습은 처음이었다. 말 한마디, 웃음소리 하나에 한운석은 그가 훨씬 더 가까워진 기분이었다.

"전하, 방금 무슨 말씀을 하려고 하셨어요?"

한운석이 물었다.

"아니다. 사흘 후에 출발할 테니 가서 준비해라."

용비야는 방금 자신도 그녀와 똑같은 요구를 하려 했다는 것을 이 바보 같은 여자에게 알려 주지 않았다.

한운석은 기쁜 나머지 꼬치꼬치 캐묻지 않았다.

"네, 준비하고 기다릴게요."

용비야가 나간 후 조 할멈은 왕비마마를 끈질기게 쫓아다니며 부탁했다.

"왕비마마, 소인도 데려가십시오! 소인이 곁에서 마마를 보호할 수 있습니다. 마마와 전하의 옷을 빨고 밥을 지어드릴 수도 있고요. 두 분이 출타하시는데 시중들 사람은 필요하지 않겠습니까."

한운석은 조 할멈을 바라보며 아무 말도 하지 않고 애를 태웠다.

"왕비마마, 소인은 평생 도성을 떠나 본 적이 없습니다……."

두 사람이 운한각 정원에 도착하자 소소옥이 다가왔다.

상황을 본 소소옥이 궁금해하며 물었다.

"왕비마마, 어딜 가시는 거예요?"

"어린아이는 깊이 알 것 없다."

조 할멈이 대뜸 꾸짖었다.

소소옥은 억울한 듯 커다란 눈을 끔뻑끔뻑하더니 한운석을 흘끔흘끔 살피면서 순순히 물러났다.

사리판단을 할 줄 아는 한운석은 조 할멈이 평소 소소옥을 얼마나 아끼는지 보아왔기 때문에 소소옥의 억울한 모습에도 아랑곳하지 않았다.

"조 할멈, 자네가 함께 갈 수는 있네. 하지만 한 가지 약속해 줘야겠네."

마침내 한운석이 입을 열었다.

조 할멈은 흥분해서 무슨 일인지 묻지도 않고 받아들였다.

"왕비마마, 뭐든 말씀만 하십시오."

"나와 함께 고 태의 저택에 다녀오세."

한운석이 히죽 웃으며 말했다.

그 말에 조 할멈의 얼굴에 떠올랐던 웃음이 딱딱하게 굳었다.

"왕비마마, 고…… 고 태의 저택에는 뭐 하러 가십니까?"

왕비마마와 고 태의 사이에 아무 일도 없다는 것도 알고 지난 번 전하의 오해도 깨끗이 풀린 상태였다.

하지만 전하의 성격으로 보아 고 태의와는 아무 교류도 하지 않는 편이 나았다!

고 태의는 중상을 입은 후 계속 집에서 요양하느라 지금까지 태의원에도 휴가를 내놓고 있었다. 고 태의를 데리고 재난 지역 에 가는 것은 불가능했다. 그것 말고 왕비마마가 그를 찾을 일 이 뭐 있을까?

한운석은 손에 잡히는 과일 하나를 집어 조 할멈에게 던졌다.

"나이가 그렇게 들었는데도 이상한 생각만 하는군. 나와 고 태의 사이에 무슨 일이 있겠나?"

하긴, 그렇게나 전하를 좋아하는 왕비마마가 다른 남자를 마음에 둘 리 없었다.

조 할멈은 억울한 목소리로 말했다.

"마마, 고 태의는 무슨 일로 찾으십니까?"

"함께 가 보면 알 걸세."

한운석이 신비로운 척 말했다.

조 할멈은 어쩔 수 없이 그러겠다고 했다. 물론 이 일은 진왕 전하에게 알리지 않아야 한다는 것도 잘 알았다.

옆에서 듣고 보던 소소옥은 마치 교활한 여우처럼 흑백이 또렷한 눈동자를 또르르 굴렸다.

"소옥아, 주방에 가서 건량을 준비하라고 해. 낙 집사에게는 사흘 후 나와 전하가 멀리 출타할 테니 찻잎을 준비하라고 전하고."

한운석은 소소옥에게 일을 맡긴 후 조 할멈을 데리고 고북월의 집을 찾아갔다.

소소옥은 곧 일을 끝내고 한운석과 조 할멈이 운한각에 없는 틈을 타 핑계를 대고 빠져나왔다.

소소옥은 작고 움직임이 재빠른 데다 일처리도 꼼꼼했다. 그녀는 진왕부 대문을 나선 후 가게 몇 곳에 들러 간식을 사고 또다시 작은 거리 여기저기를 돌면서 아무도 쫓아오지 않는 것을 확인한 다음 깊숙한 골목으로 접어들어 어느 평범한 민가에 들어섰다.

방 안이 어두컴컴해서 보통 아이라면 겁을 낼 만했지만 소소옥은 신이 나서 조심조심 걷지도 않고 폴짝폴짝 뛰었다.

제 손가락도 제대로 보이지 않을 만큼 어두운 곳에 도착하자 그녀가 갑자기 걸음을 멈추고 웃음 섞인 소리로 불렀다.

"주인님, 나오세요!"

이 활발한 태도는 진왕부에 있던 모습과는 딴판이었다.

"소식이 있느냐?"

낮고 묵직한 소리와 함께 어둠 속에서 그림자 하나가 어른 거리더니 곧 다시 어둠 속으로 사라졌다.

"그게 뭐 쉽나요? 그 여자는 괴벽이 있어서 씻거나 자거나 옷을 갈아입을 때 늘 혼자 한다고요."

소소옥의 투덜거림이 발동했다. 어둠 속에 있는 사람이 뭐라고 말하기도 전에 그녀가 또 말했다.

"게다가 진왕 전하와 같이 자지도 않아요. 각자 다른 방에서 자요. 그렇게 오래 있었는데 진왕 전하가 그 여자 방에서 자는 건 딱 한 번밖에 못 봤어요. 주인님, 그 여자와 진왕 전하 사이에는 아직 그렇고 그런 일이 없었을 거라는 생각이 심각하게 들어요."

그 말이 끝나기 무섭게 어둠 속에서 사레들린 듯한 기침 소리가 들려왔다.

"주인님, 사흘 후 두 사람이 멀리 떠난대요. 아마 저는 데려가지 않을 것 같은데 어쩌죠?"

이것이 소소옥이 오늘 찾아온 주요 목적이었다.

"서두를 것 없으니 기다려라."

어둠 속의 남자가 차분하게 말했다.

"주인님, 기다리더라도 방법은 생각해야죠! 그 여자 몸을 보기가 정말 어렵다니까요. 단언하지만 진왕 전하도 보지 못했을 거예요!"

소소옥은 말하다 말고 웃음을 터트렸다.

"주인님, 주인님이 시도해 보시면 어때요?"

그 말에 어둠 속의 남자가 차갑게 말했다.

"그렇다면 네가 왜 필요하겠느냐?"

"제가 주인님께 기회를 만들어드릴 수 있어요! 한운석을 여주인으로 삼는다면 저도 받아들일 수 있어요."

소소옥은 주인에게 혼나는 것도 두려워하지 않고 계속 히죽거렸다. 그녀는 다른 부하들과는 다르게 주인이 데려와 직접 키운 고아였다. 주인의 친누이동생조차 그녀의 존재를 몰랐고, 누구든 그녀의 출신을 조사하면 고아라는 것밖에 알아낼 수 없었다.

그때 남자가 정색하고 날카롭게 말했다.

"그만! 만에 하나 한운석이 정말 우리가 찾는 사람이라면 지금 네가 한 말은 크나큰 불경이다!"

소소옥은 그제야 조용해져 입을 삐죽이면서도 감히 아무 말이나 뱉어 대지는 못했다.

사실 그녀도 주인이 대체 왜 한운석의 신분을 확인하려는지 확실히 알지 못했다. 그 신분이 무척 존귀해서 주인의 온 집안, 심지어 일족 전체가 충성을 바쳐야 한다는 것 정도만 알고 있었다.

한운석이 주인이 찾는 사람이라면 몸 뒤쪽 꼬리뼈 부근에 유일무이한 봉황 깃털 모양 모반母斑(태어날 때부터 피부에 있는 무늬나 점)이 있어야 했다.

"아직 3년이란 시간이 있으니 서두를 것 없다. 무슨 일이 있어도 공연히 경계를 사서는 안 된다. 알겠느냐?"

남자는 무척 진지하게 말했다.

"네……."

소소옥은 고분고분 대답했다.

"알겠느냐고 물었다."

남자는 불쾌하게 말했다.

소소옥은 즉시 정신을 차리고 큰 소리로 대답했다.

"알겠습니다! 절대 주인을 실망시키지 않을 테니 안심하십시오!"

소소옥이 어두운 방을 떠난 지 한참이 지난 후에야 남자도 옆에 난 문을 통해 나갔다. 얼굴은 보이지 않았지만 뒤에서 본 몸집은 산처럼 우뚝했고 등에는 새까만 흑단목 활을 메고 있었다. 활 위에는 불속에서 부활하는 봉황이 새겨져 있었다.

바로 흑단봉황궁이었다. 이런 궁을 멘 사람이 서주국 초씨 집안 초천은 말고 또 있을까?

천휘황제와 서주국 황제는 이미 초청가를 통해 화친을 맺기로 했지만 아직 정식으로 공표하지는 않았다.

모두 그가 이미 초청가, 단목백엽과 함께 서주국으로 돌아간 줄 알았지만, 사실 그는 내내 천녕국 도성에 남아 있었다.

소소옥이 왕부로 돌아갔을 때 한운석과 조 할멈은 아직 돌아오지 않은 상태였다.

한운석은 대체 무슨 일로 고북월을 찾아갔을까? 사실 조 할 멈은 몰랐지만, 한운석은 벌써 몰래 사람을 보내 고북월에게 두 번이나 약을 전해 주었다. 사흘 후 도성을 떠나게 되었으니 혹시 작별 인사라도 하려는 걸까?

아니었다. 그녀는 고북월에게 중요한 것을 부탁할 생각이었다.

꼬맹이는 그날 고북월을 구한 뒤로 내내 자다 깨다를 반복했는데, 깨어났을 때도 한운석에게는 눈길조차 주지 않고 먹기만 했고 그렇게 먹고 또 먹다가 잠이 들었다.

꼬맹이는 무척 허약해져 있어서 푹 쉬고 실컷 먹어야 했다. 한운석은 꼬맹이를 해독시스템에 숨기고 싶은 마음이 간절했지만 해독시스템은 꼬맹이의 이빨에 있는 독소를 판별하지 못해 아직은 받아들이지 못했다.

재난 구역으로 가면 분명히 바빠서 꼬맹이를 돌볼 시간이 없을 것이다. 이런저런 방법을 생각해 보았지만 아무래도 조금만 건드려도 다칠 만큼 허약해진 꼬맹이는 고북월에게 맡겨야만 안심이 될 것 같았다.

고북월의 상처는 그럭저럭 나았는데 아직 몸이 허약해져 있는 것뿐이었다.

한운석은 독약 한 무더기를 고북월에게 건넨 다음 진료 주머니에서 조심조심 꼬맹이를 꺼냈다.

몸을 잔뜩 웅크리고 단잠에 빠진 꼬맹이는 마치 갓 태어난 아기 같았다.

주인과 헤어진다는 것을 알면 녀석은 분명 슬퍼하겠지만, 한동안 가장 좋아하는 백의 공자와 함께 있을 수 있다는 것을 알면 잠자는 것도 아까워할 것이다.

"부탁할게요!"

한운석은 시원시원하게 말했지만 사실은 헤어지기가 몹시 아쉬웠다.

고북월의 창백한 얼굴에 떠오른 웃음은 여느 때와 같이 사월 봄바람처럼 따스했다. 그가 말했다.

"왕비마마, 마마의 부탁이니 반드시 목숨을 걸고 지키겠습니다."

결과가 나왔어요

목숨을 걸고 지킨다고?

일순 한운석은 뭐라고 해야 할지 알 수 없었다. 저렇게 따스하게 웃으면서 이렇게 잔인한 말을 하다니.

그래, 상당히 잔인한 말이었다. 다른 사람이 아니라 자기 자신에게.

그녀가 그 말을 곱씹고 있을 때 조 할멈이 웃으며 끼어들었다.

"고 태의, 그래 봤자 꼬맹이를 잠시 맡기는 것뿐인데 말씀이 과하시군요. 전하와 왕비마마께서 돌아오시면 마마께서 꼬맹이를 데려가실 겁니다."

조 할멈도 꼬맹이와 헤어지기가 아쉬웠다.

고북월은 어쩔 수 없는 미소를 띠며 차분하게 말했다.

"왕비마마와 꼬맹이 모두 제 목숨을 구한 적이 있으니 제 목숨은 그분들 것입니다."

그런 말이었군.

한운석은 이렇게 심각한 이야기는 좋아하지 않았다. 게다가 따지고 보면 고북월이 이 지경이 된 것은 모두 그녀 탓이었다.

"됐어요, 목숨을 걸긴 왜 걸어요? 꼬맹이를 잘 돌봐 주기만 하면 돼요. 돌아오면 다시 와서 데려갈게요."

그녀가 진지하게 말했다.

고북월은 고개를 끄덕이며 역시 진지하게 말했다.

"왕비마마, 역병을 치료하는 약방문을 지어드리겠습니다. 재난 지역에서 쓸모가 있을 겁니다."

대놓고 한운석의 의술을 얕보는 말이었다.

하긴, 독서역 같이 특수한 역병이 아니라면 한운석은 역병을 다스리는 법을 잘 몰랐다. 태의원의 다른 태의들도 고북월을 의지하고 있으니 고북월의 약방문이 있으면 마음이 든든했다.

역병이란 일반적으로 대규모의 전염병을 의미했다. 기근이 심한 곳에는 죽거나 아픈 사람이 생기기 마련이고 그 수가 많아지면 역병이 발생하고 퍼지기 쉬웠다.

재해나 기근, 전쟁보다는 그 뒤에 따라오는 역병이 무서울 때도 많았다.

한때 사학계 역사학자들이 고증한 적이 있는데, 전쟁 때문이 아니라 전쟁 후 대규모 역병의 발병 때문에 멸망한 왕조가 적지 않다고 했다.

고북월은 세심한 사람이어서 약방문을 서른 개나 지어 주었다. 지금까지 운공대륙에 나타난 적이 있는 대규모 역병들을 거의 아우른 것이었다.

고북월은 허약해진 몸을 이끌고 문가까지 한운석을 배웅하면서 소리 죽여 알려 주었다.

"왕비마마, 재난 지역에 부족한 것은 식량뿐만이 아닙니다. 약재도 부족할 수 있습니다."

한운석은 움찔했다. 고북월이 알려 주지 않았다면 그 점은 생각지도 못했을 것이다. 고북월의 상태가 나쁘지만 않았다면 정말이지 함께 가고 싶었다!

다행히 용비야는 약성과 끈이 닿아 있어 약재 공급에 문제가 생길 정도는 아니었다.

물론 한운석은 재난 지역 상황이 역병이 횡행할 만큼 나쁘지 않기를 바랐다. 그렇지 않으면 용비야는 더 어렵게 될 것이다.

꼬맹이를 맡긴 뒤, 이튿날 아침 일찍 한운석은 혼자서 백리 장군부를 찾아갔다. 얼마나 오래 도성을 비울지 모르니 해야 할 일은 모두 처리하고 가야 했다. 백리명향 또한 한운석이 맡은 중요한 일이었다.

그녀가 찾아갔을 때 백리명향은 향을 피우고 차를 끓이는 중이었다. 눈처럼 새하얀 적삼을 입고 먹물처럼 까맣고 숱 많은 머리카락을 늘어뜨린 채 다실에 앉은 그녀의 모습은 마치 한 폭의 미인도처럼 고요하면서도 아득했다.

한운석은 이처럼 아름다운 장면을 깨뜨리기가 아쉬웠다. 그래서 대청으로 돌아가 가져온 독약을 백리 장군에게 맡긴 다음 다시 백리명향을 찾아갔다.

한운석을 보자 백리명향은 무척 기뻐했다.

당문에서 돌아와 천녕국 도성에서 오랜 시간을 보내는 동안, 동년배 여자 중에 한운석을 제외하고는 그녀를 찾아와 준 사람이 아무도 없었기 때문이었다.

그녀는 몸소 방석을 깔아 주고 차를 올렸다.

"앉으시지요, 왕비마마."

"전하와 취향이 비슷하군요. 무슨 차를 좋아해요?"

한운석이 별 뜻 없이 물었다.

"홍차예요."

백리명향은 망설임 없이 대답했다.

"신기해라. 전하도 홍차를 좋아하시는데."

한운석이 담담하게 말했다.

백리명향은 이 이야기를 계속하고 싶었지만 잠시 망설이다가 먼저 화제를 돌렸다.

"왕비마마, 아버지께 들으니 폐하께서 이재민을 구호하라고 전하를 보내신다지요?"

"그래요. 나도 따라가요. 그러니까 적어도 반년 정도는 날 보지 않아도 돼요!"

한운석이 웃으며 말했다.

당황한 백리명향은 황급히 해명했다.

"왕비마마, 저는 마마를 만나는 걸 싫어하지 않습니다!"

"농담인데 뭘 긴장해요?"

한운석은 그녀를 흘겨보았다. 이 소녀는 늘 공손하고 격식을 차렸고, 한운석은 이런 분위기가 견디기 힘들었다.

도성의 권세가들 중에 백리명향은 한운석의 유일한 동성 친구라고 할 수 있었다. 신분 같은 것은 내려놓고 마음 편히 이야기하면 좋으련만.

한운석은 한담을 몇 마디 나눈 뒤 본론을 꺼냈다.

"오늘은 특별히 두 가지 소식을 전하러 왔어요. 좋은 소식 하나, 나쁜 소식 하나가 있는데 어느 것부터 들을래요? 직접 선택해요."

백리명향은 망설이지 않고 답했다.

"좋은 소식이요!"

"하하하, 나랑 같네요. 기분 좋은 것부터 먼저 하는 거!"

한운석이 웃으며 말했다.

나쁜 소식부터 들으면 좋은 소식을 들어도 기분이 나아지지 않을 수도 있었다.

"미인혈을 만들어 낸 뒤 어떻게 되는지 알아냈어요."

그동안 한운석은 서재에 틀어박혀 밤낮없이 이 일에 매달렸고 결국 진전이 있었다.

"나쁜 소식이란 그 결과인가요?"

백리명향이 다급히 물었다. 결과를 알아낸 것은 확실히 좋은 소식이었다. 지금껏 자신이 오래 살지 못하리라 생각해 왔지만 어떻게 죽는지는 알지 못했다.

한운석은 바로 대답하지 않고 차분하게 설명했다.

"사실 미인혈은 극독을 가진 피예요. 낭자의 체질이 독특한 점은 어떤 독으로도 죽지 않는 몸이라는 거예요."

한운석은 직접 독을 만들어 보고 독 경전을 수없이 뒤적여 이런 결론을 얻었다.

미인혈을 만드는 데 필요한 것은 꼬맹이 같은 백독불침百毒不侵(어떤 독에도 해를 입지 않음)의 몸이었다. 단, 꼬맹이에게는 어떤 독을 써도 효과가 없고 통증을 유발하지도 않는데, 백리명향의 몸에서는 독이 효과를 발휘하고 발작 증상도 나타났다. 단지 목숨을 앗아가지 못할 뿐이었다.

"지난번 낭자에게 준 독약 중에 급성독도 하나 있었는데, 몰랐죠?"

한운석이 웃으며 물었다.

백리명향은 의아해했다. 통증 외에 다른 반응이 없어서 전혀 알아차리지 못했던 것이다.

"그러니까 만성독뿐만 아니라 다른 독도 낭자를 죽이지 못해요. 다만 미인혈을 만드는데 필요한 것이 만성독이었던 거예요."

미인혈을 연구하는 김에 한운석은 전설로 전해지는 고술에 관한 기록도 관심 갖고 보았다.

독인, 독시, 독고라는 단계 중에 독인과 독시를 만드는 것을 양독이라 부르며, 바로 이것이 군역사가 하는 일이었다.

하지만 독고는 고술을 사용하는 양고養蠱의 범주였다. 그중 독고인은 사람을 이용해 만드는 것이고, 지난번 새옥백이 태자에게 심은 고는 동물을 이용해 만든 것으로 고충蠱蟲이라고 했다.

백리명향의 몸 상태는 독고와 유사했다. 단지 한운석이 알기로 진정한 독고는 백독불침일 뿐만 아니라 불사不死이자 불멸不滅이기도 했다.

즉, 백리명향이 타고난 체질은 우연히 얻은 기적이라고 할 수밖에 없었다.

백리명향은 차분하게 귀를 기울였으나 독을 배운 적이 없어다 알아듣지는 못했다. 그녀가 알고 싶은 것은 하나, 자신이 어떻게 죽는가 하는 것이었다.

"왕비마마, 독혈을 만든 뒤에는 어떻게 되지요?"

"미인혈이 만들어지면 체질이 완전히 변해요. 그래서……."

한운석은 입을 다물었다가 한참만에야 비로소 담담하게 말했다.

"독이 발작해서 죽게 돼요."

독이 발작해서 죽는다!

그 많은 독이 한데 뒤섞여 한꺼번에 발작하면 죽을 때까지 얼마나 괴로울까?

백리명향은 상상할 수도 없었다. 그녀는 조용히 고개를 숙였다.

"네, 알겠어요."

백리명향은 상상하지도 못했지만 한운석은 똑똑히 알고 있었다.

지금 백리명향이 받는 통증은 한두 가지 독이 발작하기 때문이고 치명적인 것도 아니었다. 하지만 모든 독이 발작한다면 통증만으로 끝나지 않을 것이다. 적어도 지금 한운석이 확신할 수 있는 것은, 백리명향이 예전에 먹었던 몇 가지 독은 발작 시 온몸의 살과 피부를 짓무르게 할 것이라는 사실이었다.

물론 그런 말은 하지 않았다.

그녀는 담담하게 말했다.

"이것도 좋은 소식이에요. 중독이라면 반드시 해독할 방법이 있으니까요. 아무것도 모르는 것이 제일 무서운 법이죠."

이 말에 백리명향도 그제야 고개를 들었다. 맑은 눈동자에 생전 처음으로 '삶의 희망'이 떠올랐다.

그래, 아직 방법이 있었어! 중독이라면 반드시 해독할 방법이 있었다!

"왕비마마, 뭐라고 감사드려야 할지 모르겠어요!"

백리명향은 입을 가리고 울먹였다.

"뭘요. 난 그저 아무 잘못 없는 목숨을 해치고 싶지 않은 것뿐이에요."

용비야가 미인혈을 원하지 않았다면, 그녀는 절대 독으로 사람을 죽이는 사형집행인 노릇을 받아들이지 않았을 것이다.

"앞으로 반년 동안 무척 고통스러울 거예요. 지난 십수 년보다 더 견디기 힘들 테니 마음의 준비를 해야 해요."

그녀가 진지하게 당부했다.

백리명향은 지금껏 약을 과다 복용했기 때문에 받는 고통도 나날이 늘고 있었다. 앞으로 반년간은 독이 빈번하게 발작하는 기간이었다.

백리명향은 그래도 감격에 젖어 연신 고개를 끄덕였다.

한운석은 한참 동안 침묵하다가 더는 말하지 않고 일어났다.

"그럼 됐어요. 할 이야기는 그것뿐이니 이만 갈게요!"

예전이었다면 차분하게 그녀를 배웅했을 백리명향이지만 이번만큼은 참지 못하고 불러 세웠다.

"왕비마마, 잠깐 기다려 주세요."

한운석이 몸을 돌려 그녀를 바라보았다.

"무슨 일이죠? 뭐든 말해 봐요."

"앞으로…… 앞으로 얼마나 지나야 미인혈을 만들 수 있나요?"

백리명향이 진지하게 물었다.

독성이 몸속에서 어떻게 바뀔지는 예측할 수 없어서 한운석도 대략적인 시간밖에 말할 수 없었다.

"반년에서 1년 정도예요."

백리명향은 고개를 끄덕인 뒤 더 묻지 않았다.

하지만 한운석은 이렇게 덧붙였다.

"안심해요. 내가 계속 해독 방법을 연구하고 있으니까요. 미인혈이 완성되는 날, 난 반드시 낭자 곁에 있을 거예요."

현대에서도 몇 번이나 했던 말이었다.

환자가 두려워할 때마다 그녀는 항상 이렇게 말했다.

의사가 이런 말을 하면 환자는 무한한 안도감을 느낄 수 있었다. 특히 목숨이 위험한 환자들이 그랬다.

백리명향은 죽음에 대한 두려움을 드러낸 적이 없지만 자신이 두려워하는 것은 알고 있었다.

용비야가 백리명향을 한운석에게 맡긴 것은 미인혈을 만들기 위해서였으나 한운석은 백리명향을 자신이 담당하는 환자로 여겼다.

백리명향은 '감사합니다'라는 말 외에는 무슨 말을 해야 좋을지 몰랐다.

"안심해요. 전하와 내가 모두 있을 테니까요."

별 뜻 없이 용비야를 언급한 한운석은 이 한마디가 백리명향에게 얼마나 큰 위안이 되는지 알지 못했다.

이 순간만큼 희망에 부푼 날이 또 있을까?

지금까지는 죽기를 바랐지만 이제는 살기를 바랐다. 살아서 진왕 전하를 볼 수 있기를 바랐다…….

사흘간 한운석은 무척 바빴다. 백리명향에게 연구 결과를 설명해 준 뒤에는 또 틈을 내어 한씨 저택에 다녀왔는데, 구호에 관해서 특별히 이야기하지는 않았다. 한씨 집안은 용비야의 보호를 받고 있으니 천휘황제 역시 심하게 괴롭히지는 못할 것이다.

한운석이 바쁘게 지내는 동안 용비야도 국구부의 일로 바빴다.

사흘째 날 밤, 용비야가 왕부로 돌아가려는데 유각 쪽에서 소식이 왔다.

"전하, 누군가 밀실에 침입해 사람을 빼내려 합니다!"

초서풍이 부랴부랴 보고했다.

유각 밀실에 갇힌 사람은 초서풍과 당리만 알고, 비밀 시위들조차 몰랐다. 당리가 침입자를 붙잡아 두는 동안 초서풍이 구원 군을 청하러 서둘러 달려온 것이다.

마음이 있으면 흥분하기 쉽다

언제나 냉정하고 침착한 용비야도 초서풍의 보고를 듣자 깜짝 놀라 다급한 소리로 물었다.

"침입자가 누구냐?"

"흑의에 복면을 해서 확인하지 못했습니다."

초서풍이 사실대로 대답했다.

유각 밀실에 갇힌 사람은 주인과 그, 당리 세 사람 외에는 아무도 몰랐다. 심지어 밥을 넣어 주는 시종조차 안에 어떤 사람이 있는지 몰랐다.

흑의인이 밀실을 노리고 온 이상 그곳에 갇힌 사람이 있다는 것을 아는 게 분명했고, 갇힌 사람이 누군지도 알고 있을 것이다.

어떻게 알았을까?

초서풍은 더 말하고 싶었지만 용비야는 몸을 날려 사라진 후였다.

밀실에 갇힌 사람은 무척 중요해서, 무슨 일이 생겨서도 안되고 바깥에 알려져서도 안 되었다.

용비야가 유각에 도착했을 때 당리는 아직 흑의인과 싸우고 있었다.

흑의인이 밀실에 뛰어들어 갇힌 사람을 데려가려 할 때 다행히 당리가 제때 도착해 막았다. 흑의인은 꺼리는 게 있는지 강행 돌파하지 않고 달아나려 했다.

하지만 내버려 둘 당리가 아니었다. 당리의 무공은 보통이지만 강력한 암기를 많이 갖고 있었다. 당문으로 돌아가지 않겠다고 결정한 후 그는 심복들을 여러 갈래로 나눠 보내 모아 둔 암기를 유각으로 보내게 했다.

비록 무공은 초일류가 아니지만 암기는 초일류였다. 흑의인은 당리와 싸운다기보다는 암기와 싸우는 셈이었다.

어둠 속에서 백의를 펄럭이는 당리의 동작 하나하나는 힘든 기색 하나 없이 우아하고 자연스러워 보였다. 평온하기 짝이 없는 뒷모습은 정말 하늘의 신선이 내려온 것 같았다.

당리의 가벼운 움직임에 비해 흑의인은 몹시 힘들어 보였다. 하지만 그 역시 고수라는 걸 인정하지 않을 수 없었다. 적어도 이렇게 오래 당리의 암기에 맞서면서도 빠져나가지만 못했을 뿐 몸은 무사했기 때문이었다.

초서풍이 곧바로 나서서 도우려 했지만 용비야가 막았다.

두 사람은 한쪽에 몸을 숨기고 상황을 지켜보았다. 초서풍은 진왕 전하가 기습하려는 것임을 깨달았다.

진왕 전하의 공격을 정면에서 받는 것도 무시무시한데 기습이라면…… 그야말로 상상 불가였다!

초서풍은 저도 모르게 흑의인이 걱정스러워졌다.

어둠 속에서 용비야는 눈앞에 벌어지는 싸움을 응시했다. 검은 경장을 차려입고 눈동자를 매처럼 날카롭게 번쩍이며 온

몸에서 신비한 기운을 풍기는 그는 꼭 밤의 사냥꾼 같았다.

어느새 그가 검을 뽑아 들었다.

마침 흑의인이 몸을 뒤집으며 빗발치는 당리의 매화침을 피했다. 바로 그때 용비야가 예고도 없이 공격을 펼쳤다. 그의 몸은 검을 따라 앞으로 날아갔고 검은 똑바로 흑의인의 급소를 찔렀다!

용비야가 지금 공격할 줄은, 더구나 이렇게 모질게 공격할 줄은 아무도 예상하지 못한 일이었다!

용비야의 검이 흑의인의 가슴을 힘차게 파고들고 흑의인이 선혈을 토할 때까지, 그 자리에 있던 사람들은 여전히 사태를 파악하지 못했다. 흑의인 자신도 마찬가지였다.

아직 당리가 암기를 거두지 않아 매화침 몇 개가 계속 날아들었지만 용비야가 소매를 휘두르자 남은 암기는 모조리 바닥에 떨어졌다.

일순 시간이 정지한 것 같았다. 흑의인의 가슴에서 솟아나는 피만 방울방울 떨어질 뿐 모든 것이 제자리에 멈춘 것 같았다.

별안간 용비야가 검을 쑥 뽑아냈고 곧바로 새빨간 피가 사방으로 뿜어져 나갔다. 흑의인은 가슴을 움켜쥐며 뒤로 넘어가더니 쿵 하고 바닥에 쓰러졌다.

가슴을 파고든 검날은 아슬아슬하게 심장을 비껴갔다. 용비야의 정확한 계산 덕분에 흑의인은 당장 죽지는 않았지만 얼마 살지도 못하고 달아나지도 못하는 처지가 되었다.

그는 눈을 크게 뜨고 용비야를 노려보았다.

모든 것이 끝났다.

당리와 초서풍은 그제야 정신을 차렸고, 당리는 탄식을 숨기지 못했다.

"형은 진짜 독하다니까!"

용비야는 언제나 모질고 독한 사람이었고, 이런 일에서는 특히 더 그랬다.

밀실에 가둔 사람이 발각되는 것도 허락할 수 없고, 납치당하는 것은 더욱 허락할 수 없었다. 곁에 있는 심복 몇 사람을 제외하고 이 사실을 아는 사람은 가차 없이 죽여야 했다!

용비야는 당리를 내버려 두고 직접 흑의인 옆에 몸을 웅크렸다. 그가 다소 서두르듯 복면을 벗기면서 물었다.

"밀실에 사람이 있다는 것은 어떻게 알았느냐?"

"나…… 나는……, 사…… 살려 줘."

몹시 허약해진 흑의인은 말조차 제대로 하지 못했다.

흑의인의 가슴께에서 자꾸만 피가 흘러나왔지만 용비야는 본체만체했다.

"죽고 싶지 않으면 당장 본 왕의 물음에 답하라."

"좋아. 마, 말…… 하겠다. 우리 주인께서……."

흑의인의 다음 말은 잘 들리지 않았지만 입은 계속 움직이고 있었다.

용비야는 소리를 듣기 위해 몸을 숙였다. 그런데 그가 가까이 가는 순간 흑의인이 느닷없이 비수를 꺼내 용비야의 가슴을 힘껏 찔렀다.

"전하!"

"형!"

당리와 초서풍은 일제히 찬 숨을 들이켰다. 머릿속이 하얘졌지만 머리보다 몸이 먼저 반응해 쏜살같이 그쪽으로 날아갔다. 하지만 이미 늦은 후였다. 흑의인은 비수를 찌르고 장법으로 용비야를 힘껏 쳐낸 뒤 몸을 날려 달아났다.

새빨간 피가 바닥에 흩뿌려졌다. 용비야는 똑바로 서 있지 못하고 연신 뒷걸음질 치다가 억지로 균형을 잡았다. 입가에서 주르륵 피가 흐르고 얼굴은 삽시간에 핏기가 가셔 종잇장처럼 변했다.

그는 오른손으로 심장께를 눌렀다. 피가 금세 옷을 축축이 적시고 하얗고 긴 손가락마저 차츰차츰 물들였다.

용비야는 흑의인이 사라진 방향을 멍하게 바라보았다. 중상을 입은 흑의인이 어떻게 기습을 할 수 있었는지 도무지 알 수가 없었다. 게다가 장법까지 펼치다니?

이해가 가지 않았다!

확신하지만, 그는 검에 충분히 힘을 주었고 한 치의 어긋남도 없었다. 아무리 건강하고 체질 좋은 사람도 견뎌 낼 수 없는 공격이었다!

똑같이 칼을 맞은 그도 견딜 수 없기 때문이었다.

그의 가슴에 난 상처는 그가 흑의인의 가슴에 만든 상처와 똑같았다. 아슬아슬하게 심장을 비껴가 당장 죽지는 않겠지만…… 오래 살 수도 없었다!

당리와 초서풍은 용비야가 이만한 중상을 입은 것을 한 번도 본 적이 없었다. 가까이 달려가 살핀 그들은 순간적으로 넋이 나갔다.

두 사람 다 무예를 배운 사람이라 용비야의 상처가 얼마나 심각한지 대번에 알아차렸다. 그들은 머릿속이 텅 비어 그 자리에 못 박혔다.

어쩌지?

그들을 바라보는 용비야의 시야가 서서히 흐려졌다. 그 자신도 몹시 충격적이었다. 이렇게 심각하게 다칠 날이 오리라고는 꿈에서도 생각해 본 적이 없었다.

그는 늘 신중했다. 예전이었다면 이런 상황에서 직접 흑의인의 복면을 벗기려하지도 않았을 것이고, 특히 그처럼 가까이 가지도 않았을 것이다. 하지만 밀실에 갇힌 사람은 그가 늘 마음에 걸려하던 문제였고, 확실히 전에 없이 서둘렀다.

마음이 있으면 흥분하기 마련이고, 마음이 있으면 서두르기 마련이었다.

사방은 고요하고 아무 소리도 없었다. 용비야의 가슴에서 흘러나온 피가 뚝뚝 떨어지는 소리가 전부였다.

별안간 용비야의 몸이 세게 무너져 내렸다. 그는 한쪽 무릎을 바닥에 쿵 찍더니 그대로 바닥에 널브러지며 혼절했다.

"의원! 어서 의원을 불러!"

목이 터져라 소리치는 당리의 목소리가 유각에 쩌렁쩌렁 울렸다.

초서풍은 온몸을 부들부들 떨었다. 그 오랜 세월 주인을 따랐지만 이런 상황은 처음이었다. 너무 당황한 나머지 길을 잘못 찾아갔지만 다행히 비밀 시위가 때맞춰 유각에서 일하는 임 의원을 데려왔다.

임 의원은 도착하자마자 화들짝 놀랐다.

"지혈을! 어서, 당장 지혈해야 합니다!"

의원들은 대부분 긴박한 상황에서 표정에 감정을 드러내지 않고 냉정하게 행동했다. 천성이 무정해서가 아니라 직업이 그렇게 만들었기 때문이었다. 의원이 허둥거리면 제대로 치료할 수가 없었다. 사람을 살리고 병을 치료하는 일에는 한 치의 실수도 용납되지 않았다!

유각의 임 의원은 직업적 소양이 무척 높은 사람이었지만, 이런 상황에서는 역시 당황했다.

진왕 전하의 상태는 너무나 위험해서 살릴 수 있다는 보장이 없었다!

그는 마구 소리를 지르면서 약상자에서 이것저것 꺼냈다. 하지만 곧 순서가 틀렸다는 것을 깨달았다. 우선 약을 바른 다음 지혈해야 했다!

"금창약! 금창약이 어디 있더라!"

그가 허둥거리며 약상자를 마구 뒤졌다.

옆에 있던 초서풍과 당리도 초조하고 화가 났다.

"왕비마마를 모셔오겠습니다!"

초서풍이 말하고 돌아서는데 당리가 붙잡았다.

"안 돼. 이 일은 절대 한운석이 알면 안 돼!"

"밀실 이야기는 빼고 자객에게 당했다고 해야지요. 자칫하면 전하께서……."

초서풍은 차마 말을 계속할 수가 없었다. 모든 것이 너무 갑작스러웠다.

"한운석이 와도 소용없어. 그 여자는 독의지 신의가 아니라고."

당리는 용비야를 안다가 그의 손이 점점 차가워지는 것을 깨달았다.

임 의원은 당황했지만, 그래도 공포심을 억누르고 떨리는 손으로 용비야에게 약을 바른 뒤 상처를 싸매 지혈했다.

하지만 상처 부위가 부위인 만큼 쉽게 지혈될 리 없었다. 이 부위를 어떻게 일반적인 금창약으로 치료할 수 있을까? 임 의원이 할 수 있는 일은 그저 피 흘리는 속도를 늦추는 것뿐이었다.

당리는 여 이모를 부를까 하는 생각까지 했다. 바로 그때 임 의원이 좋은 생각이 난 듯 초조하게 말했다.

"당 공자, 어서 왕비마마를 모셔 오십시오. 제가 기억하기로는 왕비마마께서 해독할 때 사용하시던 지혈약이 아주 효과가 좋았습니다. 어서요!"

사실 임 의원도 지혈만으로는 일이 해결되지 않는 것을 알지만, 지금 생각할 수 있는 방법은 일단 피를 멈춰야 한다는 것뿐이었다. 너무 갑작스러운 일이었다.

"진작 말하지!"

당리는 주먹질이라도 할 듯이 으르렁거리고는 용비야를 초서풍에게 맡긴 채 급히 사라졌다.

　한밤중이었다. 종일 바빴던 한운석은 아직도 자지 않고 혼자 용비야의 침궁 문가에 앉아 그를 기다리고 있었다.

　내일 함께 재난 지역으로 가기로 했으니 오늘은 돌아오리라 생각했다.

　그가 돌아오면 짐 싸는 것을 도울 생각이었다.

　기다리는 동안 한운석은 저도 모르게 기대감에 부풀었다. 용비야와 함께 외출한 적은 몇 번 있지만 대부분 바삐 갔다가 바삐 돌아오곤 했다. 이번에는 달랐다. 이번에는 가는 길만 해도 며칠이 걸렸고 가야 할 곳도 여러 곳이었다.

　구호는 힘든 임무지만, 한운석은 낙관적이게도 이번 출행을 여행처럼 생각하고 있었다. 그와 함께라면 어디를 가든, 무슨 일을 하든 기대에 부풀 만했다. 안 그래?

　한운석이 온갖 기대를 하고 있을 때 갑작스럽게 당리가 날아와 그녀의 손을 낚아챘다.

　"한운석, 따라와. 어서!"

　한운석은 어리벙벙해져 잡힌 손을 힘껏 잡아당겼다.

　"왜 이래요?"

　당리는 손을 놓지 않고 그녀를 끌고 가면서 초조하게 말했다.

　"용비야가 다쳤어. 가슴을 찔려서 목숨이 위험해!"

　뭐라고?

　한운석의 눈이 휘둥그레졌다.

가장 무서운 사람

가슴을 찔려서 목숨이 위험하다고?

한운석은 그 말을 듣고 곧장 얼어붙었다. 저녁 내내 용비야를 기다렸는데 이런 소식이라니! 어떻게 받아들이라는 거야?

목숨이 위험하다고…….

같은 말이 끊임없이 머릿속에 맴돌았지만 아무리 해도 그 말과 용비야를 연관 지을 수가 없었다.

갑자기 그녀가 당리를 와락 붙잡으며 화난 소리로 물었다.

"대체 무슨 일이에요? 누구 짓이에요?"

경공을 펼쳐 허공을 가로지르던 당리는 그 바람에 하마터면 바닥에 떨어질 뻔했다. 그도 노성을 터트렸다.

"그런 걸 물어서 뭐 해? 일단 사람부터 살려야지!"

그래, 지금은 사람을 살리는 게 먼저였다. 그런 걸 물어 봤자 무슨 의미가 있을까?

한운석은 손을 놓고 공포에 질린 어린아이처럼 조용해졌다.

그들은 곧 유각에 도착했다.

초서풍이 벌써 용비야를 침실에 옮겨 놓았고 한운석은 유각에 들어서자마자 침상으로 달려갔다.

용비야는 웃옷을 벗고 누워 있었다. 가슴에 두껍게 천을 감아 놓았지만 여전히 피가 새어 나오고 있었다.

조용히 누운 그의 준수한 미간에는 평소의 쌀쌀함과 엄숙함이 다소 가시고 단순한 차분함이 자리하고 있었다. 눈을 감은 모습이 평소보다 훨씬 보기 좋고 평온한 수묵화처럼 아름다웠다.

모르는 사람이 보면 단순히 잠들어서 날이 밝으면 깨어날 사람이라고 생각할 정도였다.

한운석의 눈시울이 소리 없이 빨갛게 물들고 촉촉하게 젖었다. 그녀 자신도 유난히, 더할 나위 없이 유난히 차분해졌다.

"당리, 당장 가서 고북월을 찾아와요. 비수에 가슴을 깊이 찔렸다고 해요."

그녀가 차분하게 분부했다.

당리와 초서풍은 서로를 바라보며 우물쭈물했다. 유각의 존재 자체도 비밀인 데다 고북월은 진왕 전하가 계속 조사하던 대상이었다. 이곳에 고북월을 데려오는 건 적절하지 않았다.

"한운석, 고북월은 왜 찾아? 빨리 지혈해! 네게 특효약이 있다며?"

당리가 초조하게 재촉했다.

그런데 차분하던 한운석이 화난 눈길로 그를 돌아보았다. 냉엄한 얼굴에서 날카로운 기운이 쏟아져 나와 당리와 초서풍은 공연히 몸이 떨렸다.

그녀는 한 글자씩 힘주어 명령했다.

"고북월을 데리고 와요. 늦어도 이각(약 30분) 안에는 반드시 데려와야 해요! 그러지 못하고 이 사람이 죽으면 내가 제일 먼저 당신을 독살해 버릴 거예요!"

아직 자세히 살펴보지는 않았지만 용비야의 창백한 얼굴과 상처 위치, 출혈 정도를 보면 상태가 몹시 심각하다는 것을 알 수 있었다.

고북월도 이 부위를 다친 적이 있었다. 당시 고칠소가 날린 매화침이 고북월의 심장에서 살짝 비켜난 곳에 박혀 들어갔지만, 상태는 용비야만큼 심각하지 않았다.

용비야는 찔린 곳이 깊었고 비수를 찔렀다가 모질게 뽑아내는 바람에 2차 상처까지 입었다.

약간 비껴났다 해도 결국 심장 부위여서, 이렇게 깊이 찔리면 아무리 작은 상처라도 정상적인 혈액 순환에 나쁜 영향을 끼칠 수 있었다. 일단 혈액 공급이 부족해지면 심장 박동에 영향을 미쳐 생명이 위험했다.

상처의 상태가 워낙 복잡해서 단순히 지혈만으로는 용비야를 구하기가 어려웠다.

치료는 한운석의 전문이 아니어서 울음이 터질 것처럼 초조해도 냉정함을 유지하려고 애를 썼다.

그녀에게는 지혈에 좋은 특효약이 있고 침으로 지혈을 할 수도 있었다. 하지만 약으로든 침으로든 지혈하려면 반드시 상처를 다시 드러내야 하는데, 이런 상황에서는 함부로 상처에 손댈 수가 없었다.

상처를 치료하는 것은 고북월의 전문이니, 고북월이 온 다음 어떻게 지혈하고 어떻게 치료할지 결정할 수밖에 없었다.

지금 상황에서 이각 이상 시간을 끌면 그 결과는 상상하기도 싫었다.

당리는 '죽는다'는 말에 깜짝 놀라 이것저것 따지지 않고 달려갔다.

한운석은 용비야의 얼음 같은 손을 꽉 잡은 채 침상 옆에 꿇어앉아 아무 말 없이 그를 바라보았다.

초서풍과 임 의원은 아무 소리도 내지 못하고 그녀와 함께 묵묵히 옆을 지켰다.

초서풍은 왕비마마의 손이 바들바들 떨리는 것을 보았다. 겉으로는 침착해 보이는 왕비마마지만 속으로는 대체 얼마나 두려워하고 있는 것일까?

어쩌면 두려움이라는 말로는 한운석의 지금 심정을 묘사할 수 없을지도 몰랐다.

이 나이가 되도록, 두 인생을 살면서 이렇게 당황하고 놀란 적은 한 번도 없었다.

지금까지는 용비야가 그녀의 손을 잡고 깍지를 꼈지만, 이번에는 저도 모르게 그녀가 먼저 그의 손을 잡고 깍지를 꼈다. 아주 힘껏.

그녀의 마음속에서 못 하는 일이 없고 절대 쓰러지지 않을 것처럼 우뚝하던 이 남자가, 바로 지금 눈을 뜨고 그녀를 봐 준다면, 힘을 준다면 얼마나 좋을까!

용비야, 함께 재난 지역으로 가자고 말했잖아? 내일 떠나자고 했잖아.

용비야, 내가 얼마나 기대하고 있었는지 알아?

용비야, 약속을 어기면 안 돼…….

방안은 고요했고 시간은 조금씩 조금씩 흘렀다. 다행히 반 시진이 못 되어 당리가 고북월을 데려왔다.

오는 동안 당리는 고북월에게 지금 상태를 간단히 설명해 주었다. 약상자를 들고 문으로 들어선 고북월의 창백한 얼굴은 무척 숙연했다.

안으로 들어선 후 그가 제일 먼저 한 말은 이랬다.

"왕비마마만 남으시고 다른 사람들은 모두 나가십시오. 뜨거운 물을 준비해 문 앞에서 기다리십시오."

고북월이야 말로 가장 침착한 사람이라고 하지 않을 수 없었다. 이렇게 말하며 약상자를 열어 약을 꺼내는 그의 동작은 빠르면서도 질서 정연했다.

초서풍과 당리는 서로를 쳐다보며 망설였지만 결국 물러났다.

한운석은 마음을 가다듬고 침상 앞자리를 내주며 진지하게 물었다.

"위치는 당신이 전에 다쳤던 부위와 같은데 너무 깊어서 함부로 검사할 수가 없었어요."

고북월은 도구를 준비하느라 그제야 그녀를 돌아보았다. 새 빨개진 한운석의 눈을 보는 순간 그도 움찔 당황했다.

하지만 그는 곧 정신을 차리고 설명했다.

"왕비마마, 당장 상처를 검사한 뒤 무슨 약을 쓸지 결정하시지요. 시간이 촉박해 생혈단을 구하기는 불가능합니다. 그러니……."

"알았어요!"

한운석은 고북월의 말을 기다리지 않았다. 치료 도중에 용비야가 출혈 과다로 목숨을 잃을 수 있다는 것은 똑똑히 알고 있었다.

하지만 시간이 촉박해서 위험하더라도 치료해야 했다. 다른 길이 없었다.

"반드시 최선을 다하겠습니다. 왕비마마께서도 부디 침착하시고 언제든 지혈할 준비를 하십시오."

고북월은 무척 진지했다.

고북월이 위로하려고 하는 말인 것을 알면서도 한운석은 힘차게 고개를 끄덕였다.

"네!"

그녀는 언제든 고북월을 도울 수 있게 금침과 약을 준비했다.

고북월은 몸소 용비야의 몸에 감긴 천을 풀었다. 천이 풀리면서 상처에서 새빨간 피가 끝없이 솟아났다.

한운석도 처음에는 차분하게 지켜보았다. 하지만 상처가 샘구멍이라도 되는 양 피가 점점 많이 쏟아졌다.

저기서 쏟아지는 것은 단순히 피가 아니라 용비야의 목숨이었다!

한운석은 겁이 나서 도저히 침착할 수가 없었다.

"지혈부터 할게요!"

"왕비마마, 침착하십시오!"

고북월이 날카롭게 외쳤다. 한운석에게 이런 투로 말한 것은 처음이었다.

한운석도 지금은 지혈하면 안 된다는 걸 알고 있었다. 하지만…… 결국 그녀는 보지 않으려고 시선을 돌리고 말았다!

"지혈이 필요하면 불러요."

시선을 돌리느라 깜짝 놀랄 장면을 놓쳤다는 것은 전혀 몰랐다.

고북월은 한 손으로 용비야의 상처를 살피며 다른 손으로 약을 잡았는데, 그 동작이 어찌나 빠른지 무슨 일이 있었는지는 보이지도 않아서 마치 그림자가 휙휙 지나가는 것만 같았다.

용비야의 상처에는 이미 약을 발라 놓았지만 고북월은 준비해 온 약재를 모조리 썼다.

의학원 의술 등급으로 따질 때 고북월은 고작 5품 신의였고, 그가 보여 준 의술도 기본적으로는 5품에 걸맞은 수준이었다. 하지만 사실상 그의 의술은 의품의 범위를 넘어선 수준으로 의학원 원장도 비할 수 없을 정도였다. 하지만 세상에서 그 사실을 아는 사람은 없었다.

용비야의 상처에 끊임없이 흐르던 피는 곧 약재에 파묻혔다.

고북월이 지체 없이 말했다.

"왕비마마, 지혈하십시오. 어서요!"

한운석이 몸을 홱 돌려보니 용비야의 가슴팍은 온통 피투성이이고 이불도 벌겋게 물들어 있었다.

상처가 새빨간 피에 완전히 가려져 어떻게 처리했는지 볼 수가 없었다.

이런 상황에서는 고북월의 상처 치료 속도에 관심을 가질 마음의 여유가 없었다.

그저 믿을 뿐이었다.

그녀는 침을 써서 지혈하기로 하고 떨리는 손을 움직여 평생 가장 빠른 속도로 용비야에게 침을 놓았다.

피가 완전히 멈추었을 때 한운석의 등은 식은땀에 흠뻑 젖어 있었다.

"뜨거운 물! 서두르십시오!"

고북월이 소리치자 당리가 직접 뜨거운 물을 가지고 들어왔다.

여전히 손을 떠는 한운석을 보자 고북월의 눈동자에 안타까움이 떠올랐다. 그가 직접 하려고 하자 한운석이 거절했다.

"내가 할게요."

그녀는 노련한 동작으로 용비야의 몸을 깨끗이 닦고 핏자국을 처리한 후 몸을 따뜻하게 해 주는 옷으로 갈아입혔다. 피를 많이 흘린 사람에게 가장 필요한 것이 보온이라는 것은 그녀도 알고 있었다.

한운석이 뒤처리를 하는 동안 고북월은 약방문을 지어 초서풍에게 약을 달여 오게 했다.

그제야 긴장된 분위기가 다소 누그러졌다.

당리가 불안하게 물었다.

"진왕은…… 괜찮겠지?"

고북월이 말이 없자 그는 한운석을 돌아보았다.

"한운석, 말해 봐!"

한운석은 고북월을 바라보았다. 사실 그녀도 이 질문을 하고 싶었다.

용비야는 피를 너무 많이 흘렸고 이정도면 당장 피를 보충해 줄 방법이 없었다. 설사 피를 만들어 주는 신비한 약이 있다 해도 소용이 없을 수 있었다.

잠시 용비야의 목숨을 붙여 놓기는 했지만, 그녀로서는 나중에 어떻게 될지 알 수도 없고 함부로 추측할 수도 없었다.

"고북월, 말 좀 해 봐!"

당리는 초조해했다.

고북월은 복잡한 눈빛을 지은 채 용비야의 맥을 짚더니 잠시 망설인 끝에 차분하게 말했다.

"오늘 밤이 고비입니다. 오늘 밤 깨어나지 않으면 상황은…… 낙관하기 어렵습니다."

이날 밤 아무도 자지 않고 한운석과 함께 자리를 지켰다.

그렇지만 날이 거의 밝았는데도 용비야는 깨어날 기미가 전혀 없었고 맥상은 점점 약해졌다.

고북월이 창문을 열자 햇살이 비쳐 들었으나 모두들 날이 밝았다는 사실을 무시했다. 단순히 날이 밝기만 한 것이 아니라 벌써 해가 높이 뜬 시간이었다.

별안간 당리가 고북월에게 주먹을 휘둘렀다.

"이 돌팔이!"

다행히 한운석이 제때 그를 밀어냈다.

"무슨 짓이에요!"

"형은 분명 아무 일 없을 거야. 저 돌팔이가 헛소리한 거라고!
죽고 싶은 거지!"

당리는 이성을 잃었다.

"나가요!"

한운석이 와락 소리를 질렀다.

당리가 거부하려고 했지만 뜻밖에도 진짜 이성을 잃은 것은
한운석이었다. 그녀가 사람들을 향해 화난 소리로 으르렁거렸다.

"다 나가 버려요! 나가!"

고북월이 제일 먼저 떠났고 당리는 초서풍에게 끌려 억지로
나갔다.

한운석의 눈동자는 토끼 눈보다 더 빨갰지만 끝내 눈물은 흘
리지 않았다.

그녀는 용비야의 손을 꽉 움켜쥐고 옆을 지켰다.

그렇게 하루 밤낮이 흘렀다. 한운석은 직접 맥을 짚고 직접
탕약을 먹였지만 용비야는 여전히 깨어나지 않았다.

〈천재소독비〉 8권에서 계속